Karen Harter

Und über uns die Wolken

Roman

Über die Autorin

Karen Harter war Schriftstellerin und leidenschaftliche Anglerin. Aufgewachsen ist sie an den Flüssen im Nordwesten der USA. Mit ihrem Romandebüt „Der Fluss, der mich trägt", an dem sie acht Jahre schrieb, gewann sie 2007 den *Christy Award*.
Harter erlag 2008 einem Krebsleiden. Sie hinterlässt ihren Mann Jeff und drei erwachsene Söhne.

Karen Harter

Und über uns die Wolken

Roman

Aus dem Amerikanischen übersetzt von Beate Zobel

GerthMedien

Für Dan und Linda,
meinen Hafen der Freude in schweren Zeiten

FSC
Mix
Produktgruppe aus vorbildlich
bewirtschafteten Wäldern und
anderen kontrollierten Herkünften

Zert.-Nr. SGS-COC-1940
www.fsc.org

Verlagsgruppe Random House FSC-DEU-0100
Das für dieses Buch verwendete FSC-zertifizierte Papier
Super Snowbright liefert Hellefoss AS, Hokksund, Norwegen.

Die amerikanische Originalausgabe erschien im Verlag
Center Street, a division of Hachette Book Group USA,
unter dem Titel „Autumn Blue".

1. Auflage 2009
Bestell-Nr. 816 399
ISBN 978-3-86591-399-9

Umschlaggestaltung: Hanni Plato
Satz: Nicole Schol
Druck und Verarbeitung: GGP Media GmbH, Pößneck
Printed in Germany

Kapitel 1

Er würde bestimmt aus dem Wald kommen. Er liebte den Wald. Auch wenn sich alle anderen am hellen Sonnenlicht erfreuten und mit ihren Mofas die Straße entlangknatterten, Tim ging am liebsten über den weichen Waldboden. Wenn er Laub, Moos und Tannennadeln unter seinen Füßen spürte und grüne Äste ihn beschirmten, dann fühlte er sich wohl.

Am Waldrand hinter dem Haus verlief ein Kanal, der vom Sparrow Creek gespeist wurde, einem Flüsschen, das bis nach Ham Bone floss. Wo der Wald sich lichtete, lagen Häuser und Wiesen, Kirchen und Schulen angeschmiegt an die Ausläufer des Kaskadengebirges. Tim kannte jeden Quadratmeter dieses Geländes. Es war sein ureigenes Territorium, in dem er so heimisch war wie die wilden Tiere, die sich an sein Kommen und Gehen gewöhnt hatten.

Als Tim noch klein gewesen war, war er immer mit lebenden Trophäen von seinen Streifzügen zurückgekehrt, mit Nacktschnecken oder winzigen Laubfröschen mit smaragdgrüner Haut, die sich so glatt und weich anfühlte wie das Fruchtfleisch einer reifen Avocado. Für Tim bargen die Teiche und Bäche mehr Schätze als die gesamte spanische Armada. Während farbenfrohe Libellen über ihm schwebten, konnte Tim Stunden damit zubringen, mit den Händen im trüben Teich nach kleinen Fischen zu suchen oder zwischen Seerosenblättern durchs seichte Wasser zu waten, um mit seinen scharfen Augen nach den Nasenlöchern von Ochsenfröschen Ausschau zu halten, die von Zeit zu Zeit an der Wasseroberfläche sichtbar wurden.

Schon früh hatte Celine lernen müssen, ihn ziehen zu lassen. Mit seinem feinen Gespür für die Zusammenhänge der Natur war dieses Kind im Wald besser aufgehoben als auf den Straßen der Stadt. Wenn Tims Hund hechelnd und mit Kletten übersät an der Hintertür auftauchte, dann wusste Celine, dass ihr Sohn auch bald kommen würde.

Sie stand an der Spüle. In der einen Hand hielt sie die Müslischale, in der anderen die Spülbürste, doch ihre Augen sahen aus dem Küchenfenster und suchten nach ihrem Sohn. Der Rasen direkt vor ihrem Fenster, auf dem sich der Hund an seiner Laufleine bewegen konnte, war zertrampelt und erinnerte an die abgewetzten Knie von Tims Hosen. Seit Tagen suchten ihre Augen schon den Waldrand nach einer Spur von Tim ab.

Ihr Vermieter kümmerte sich nicht um den Garten. Mitten auf dem von Unkraut überwucherten Grundstück hatte er eine Fläche gerodet, den großen, alten Wohncontainer daraufgestellt und am Straßenrand eine Tafel in die Erde gerammt, auf der „Zu vermieten“ stand. Von den Wiesen rechts und links von ihrem Grundstück kamen die Samen angeflogen, aus denen das Gras rund um ihren „Wohnwagen“ spross. Doch im Moment litten die Pflanzen unter dem langen, heißen und trockenen Sommer. Im Schatten unter den alten Zedern standen noch ein paar Büsche, die die hintere Grenze ihres Grundstücks markierten. Die beiden halb verdorrten Azaleensträucher im Vorgarten des Hauses trugen leider schon lange keine Blüten mehr.

Aus dem Kinderzimmer drang das Lachen der Mädchen an ihre Ohren, doch Celine wurde erst aus ihren Gedanken gerissen, als die Mädchen kreischend und lachend in die Küche stürmten. Sie hatten offensichtlich die Idee gehabt, den Schäferhund ihres Bruders in den bösen Wolf zu verwandeln, der sich als Rotkäppchens Großmutter verkleidet hatte. Jetzt jagten sie ihn jubelnd durchs Haus. Der Ärmste versuchte vergeblich, den rosa Puppenhut abzustreifen, den sie ihm umgebunden hatten, wobei er sich in dem Schal verfing, der seinen Hals zieren sollte. Das hätten sie sich nie erlaubt, wenn Tim zu Hause gewesen wäre.

„Komm her, Duke." Celine befreite das arme Tier von Schal und Mütze.

„Mama!", rief Sissi empört. „Warum hast du das gemacht? Er sah so toll aus. Stimmt's, Duke?"

„Schau doch mal seinen Schwanz an, Sissi. Er hängt ganz traurig nach unten. In der Hundesprache sagt er uns damit, dass ihm das gar nicht gefällt. Rebecca, bitte lass ihn nach draußen."

„Soll ich ihn an seiner Leine festmachen?"

Normalerweise legten sie ihn immer an die Laufleine, die er an einem langen, zwischen zwei Holzpfosten gespannten Seil hin und her ziehen konnte. So hatte er viel Bewegungsspielraum und konnte doch nicht durch die angrenzenden Grundstücke streunen. Sie wohnten hier zwar am Stadtrand, aber trotzdem war das Verkehrsaufkommen vor ihrem Haus nicht zu unterschätzen. Vor allem wollte Celine aber Ärger mit den Nachbarn vermeiden. Mr Bradbury, der ältere Herr von der anderen Straßenseite, wäre alles andere als erfreut gewesen, wenn ihr Hund seine schönen Blumen zertreten oder, noch schlimmer, ein Häufchen auf seinem makellosen Rasen hinterlassen hätte.

„Nein, wir lassen ihn frei."

Rebecca öffnete kichernd die Hintertür. „Schau mal, wie er sich freut!" Der buschige Schwanz des Hundes ragte sichelförmig gen Himmel. Er zwängte sich durch den Türspalt und stürmte ins Freie, noch ehe das Mädchen richtig die Tür geöffnet hatte. Die beiden Mädchen kehrten in ihr Zimmer zurück, während Celines Blick wieder aus dem Fenster wanderte.

Vielleicht war Tim ja irgendwo in der Nähe? Vielleicht dachte er gerade darüber nach, ob er nicht doch wieder zu seinem weichen Bett und einer warmen Mahlzeit zurückkehren sollte? Der Hund würde ihn bestimmt finden. Die beiden waren unzertrennlich. Duke inspizierte das Gelände, schnüffelte hier und da und setzte seine Duftmarken. Plötzlich reckte er die Nase in die Luft. Celine hielt den Atem an. Doch dann streunte er wieder ziellos weiter, offensichtlich ohne eine Witterung seines Freundes aufgenommen zu haben.

Den ganzen Vormittag über hatte sie nach dem Jungen gesucht und dort weitergemacht, wo sie am Vorabend hatte aufhören müssen, weil es zu dunkel geworden war. Hätte sie vielleicht lieber flussaufwärts suchen sollen? Schweren Herzens war sie den kleinen Wildwechseln gefolgt, die sich durch das dichte Gewirr von Heidelbeerranken wanden. Möglicherweise hatte Tim sich auch fernab vom Fluss im undurchdringlichen Wald versteckt, vielleicht sogar in den Hügeln?

Ein Ast war ihr ins Gesicht geschlagen. Der brennende Schmerz hatte genügt, um die Tränen freizugeben, die sie schon so lange unterdrückt hatte. Sie war auf einen umgestürzten Zedernstamm gesunken und hatte hemmungslos geschluchzt. Das Zwitschern der Vögel war verstummt; sie hatte ihre Brust mit den Armen umklammert, als würde ihr sonst das Herz zerspringen. Die unerfüllbare Aufgabe, ihren 15-jährigen Sohn zu erziehen, hatte sie in eine unbeschreibliche, verzweifelte Einsamkeit gestürzt.

Geistesabwesend stellte sie einen nassen Teller zum Abtropfen in den Geschirrkorb, während sie weiter unablässig das Gelände draußen beobachtete und sich wünschte, sie könnte den dichten Wald mit Röntgenblicken durchdringen. Wo auch immer Tim sich gerade aufhalten mochte, er war viel zu weit weg. Sein Verschwinden zerrte schmerzhaft an dieser unsichtbaren Nabelschnur, die jede Mutter ein Leben lang mit ihrem Kind verbindet.

Samstags war alles noch schwerer zu ertragen. Solange sie bei der Arbeit war, wurde sie durch Telefonanrufe, Versicherungsdinge und Computerarbeit abgelenkt. Aber heute gab es kein Entrinnen vor all den sorgenvollen Gedanken.

Nicht einmal seine Jacke hatte er mitgenommen.

Seit über einer Woche war Tim jetzt schon weg. Während der Mittagspausen war sie die Straßen der Stadt abgefahren, hatte ihn in der Bücherei, in Supermärkten und unter Brücken gesucht. Die Bezirkspolizei war informiert und hatte versprochen, sie sofort anzurufen, falls sie einen Hinweis auf den Verbleib ihres Sohnes entdecken würden. Hoffentlich würde sie ihn selbst finden! Ihr zorniger, rebellischer Junge – war er an einem sicheren Ort? Sie wollte ihn in ihre Arme schließen, ihre Liebe wie Balsam auf sein wundes Herz legen, sie wollte alles wiedergutmachen für ihn. Das Verlangen, ihn mit ihrer Liebe zu umgeben, war viel intensiver als der Wunsch, ihn für sein Verhalten zu bestrafen. Übers Knie legen konnte sie ihn nicht mehr, er war fast schon so groß wie sie selbst.

Als sie endlich mit dem Abwasch fertig war, begann sie automatisch, den Kühlschrank aufzuräumen. Die Brokkoli-Lasagne, Tims Lieblingsessen, wanderte nun endgültig in den Müll. Sie konnte sie ja nicht ewig für ihn aufbewahren.

„Was gibt's zum Mittagessen, Mama?" Die siebenjährige Sissi kletterte auf den Barhocker und stützte ihre kräftigen Unterarme auf die Küchentheke. Ihr langes braunes Haar hing wieder einmal in ungekämmten Strähnen vor ihren Augen. Zwischen dem T-Shirt, das sie schon seit gestern trug, und der ausgebeulten Schlafanzughose war ihr nacktes Bäuchlein zu sehen. Sie sah nicht gerade schick aus.

„Habt ihr nicht gerade erst gegessen?“ Celine hatte Obst und Müsli bereitgestellt gehabt, bevor sie sich schon im Morgengrauen auf die Suche nach Tim gemacht hatte.

„Nein, das ist schon ewig her.“ Rebecca setzte sich neben ihre Schwester an den schmalen Tresen. Sie hatte ihr feines Haar zu einem sorgfältig gekämmten Zopf zusammengebunden, ihre Lieblingsfrisur, seit sie sich Ohrlöcher hatte stechen lassen. Alle Mädchen in ihrer Klasse trugen Ohrringe, hatte sie beteuert und so lange gebettelt, bis Celine endlich einwilligte. Das Thema war aus der langfristigen Perspektive betrachtet keinen Streit wert. Celine hatte gelernt, nur noch für die wirklich entscheidenden Dinge zu kämpfen.

„Na gut.“ Celine schaute im Kühlschrank nach. „Soll ich euch Toast mit Spiegelei machen?“

„Ja, mit Tomaten und Avocados“, freute sich Sissi.

„Und Zwiebeln“, ergänzte Rebecca.

Celine fühlte sich wie die Bedienung im Schnellimbiss, aber sie hatte nichts gegen diese Rolle. Wenn doch nur auch das dritte Gesicht hier sitzen würde! Die Küche war der Mittelpunkt ihres Familienlebens. Hier trafen sie sich, hier wurden die Tagesereignisse und die neuesten Witze ausgetauscht und Probleme gewälzt, während Celine schnippelte, hackte, briet und schmorte. Tim liebte es, ihre Kreationen zu probieren oder die Muffins frisch aus dem Ofen zu vertilgen, wenn sie noch so heiß waren, dass man sie kaum anfassen konnte.

„Mami, gehen wir morgen zum Jahrmarkt?“

Celine trocknete sich die Hände an einem Küchentuch. „Oh, Sissi ...“

„Wir *müssen* hin! Morgen ist der letzte Tag! Du hast es versprochen!“

„Habe ich das?“

„Ja! Weißt du das nicht mehr?“

„Aber euer Bruder könnte heimkommen, während wir weg sind.“ Und sollte er bis dahin immer noch nicht da sein, würde sie den Tag damit verbringen, ihn zu suchen. In der Gegend oberhalb der Brücke war sie noch nicht gewesen; dort hielt er sich auch gerne auf.

Rebecca zuckte unbeeindruckt mit den Schultern. „Wenn er heimkommt, kann er doch einfach durch die Hintertür ins Haus, und wir sehen ihn dann ja, wenn wir zurück sind.“

„Wahrscheinlich verfolgt er ein irgendein Tier hoch oben in den Bergen“, mutmaßte Sissi unschuldig. Den Mädchen waren die näheren Umstände von Tims Verschwinden nicht bewusst, und sie ahnten nicht, in welcher Gefahr er möglicherweise schwebte. Celine wollte sie nicht beunruhigen. „Mama, du musst dir keine Sorgen machen. Er erlebt wahrscheinlich gerade ein spannendes Abenteuer. Am Ende kommt er doch immer nach Hause.“

Celine konzentrierte sich auf die Eier in der Pfanne, schnitt die Tomaten in feine Scheiben und toastete das Brot. Sie hätte so gern mit ihren Mädchen über irgendetwas Belangloses geplaudert, aber ihr fiel nichts ein. Ob Tim heute nach Hause kommen würde? Vielleicht würde er sich in der Nacht in sein Zimmer schleichen, und morgen früh würde sie ihn zusammengerollt unter seiner Bettdecke finden? Sie hoffte es so sehr!

Die Mädchen freuten sich auf den Rummel und bissen herzhaft in ihre Brote. Celine wusste nicht, was sie tun sollte. Sie hatte sich in letzter Zeit viel zu wenig um die beiden kümmern können. Irgendwie war sie erleichtert, als sie satt waren und wieder in ihrem Zimmer verschwanden.

Mit einem tiefen Seufzen blies Celine sich eine blonde Strähne aus dem Gesicht und legte den Kopf in den Nacken, als könnte sie durch ein offenes Fenster direkt in den Himmel sehen und dort Antworten auf all ihre Fragen finden.

Aber es war nichts zu sehen außer einem dicken, hässlichen Riss, der sich über die Küchendecke zog. Das alte Containerhaus fiel förmlich auseinander; trotzdem war sie froh, hier wohnen zu können. Hier hatten sie es viel schöner als in ihrer alten Wohnung in dem mehrstöckigen Haus mitten in der Stadt. Zumindest hatte sie hier ihre eigene Waschmaschine und einen Wäschetrockner und den Garten für die Kinder und Duke. Dem Hund hatten sie es zu verdanken, dass sie umgezogen waren. Die Nachbarn hatten sich beim Hausbesitzer über den Lärm beschwert, den Duke angeblich machte.

Celine war begeistert gewesen, als sie dieses Haus entdeckt hatte. Es kostete kaum mehr als die alte Wohnung und bot beträchtliche Vorteile. Sie waren nur wenige Kilometer von der Stadt entfernt, lebten aber auf einem Grundstück, das direkt an den Wald angrenzte, den Tim so liebte. Das Haus selbst war und blieb ein besserer Wohnwagen, auch wenn Celine es hingebungsvoll dekorierte.

Als sie noch am College war, hätte sie am liebsten Innenarchitektur studiert, doch dann wurde sie schwanger, brach die Schule ab und bekam Tim. Von ihrem Traum war nicht mehr viel übrig, außer dass sie bemüht war, ihr Haus einigermaßen wohnlich einzurichten, und darauf achtete, dass die Handtücher zusammenpassten, wenn sie Besuch bekamen.

Sie hätte Jack Mellon heiraten sollen. Dann wäre jetzt alles anders, ohne Frage. Jack und Tim hatten sich vom ersten Augenblick an toll verstanden. War es wirklich erst zwei Jahre her, dass sie mit Jack Schluss gemacht hatte? Er hatte ihren Sohn zu Basketballspielen mitgenommen und ihm auf der Wiese hinter der Schule beigebracht, ferngesteuerte Flugzeuge zu bedienen. Andere Jungs in Tims Alter waren auch mit ihren Vätern dort gewesen, und oft gingen sie dann hinterher alle zusammen in die Pizzeria. Jack war ein sympathischer Kerl, von Beruf Metzger. Im Rückblick sah Celine, dass Tim in dieser Zeit ein Funkeln in den Augen gehabt hatte, das sie danach nie wieder bei ihm gesehen hatte.

Seit Monaten quälte sie sich schon mit diesen Gedanken herum. Sie hatte einfach nichts für Jack empfunden. Aber war das wirklich Grund genug, ihrem Sohn das vorzuenthalten, was er so dringend brauchte wie die Luft zum Atmen? Warum konnte sie keine Gefühle für diesen Mann entwickeln? Wartete sie insgeheim wieder auf so einen verrückten Kerl wie Don, den Vater ihrer Kinder, der ihr Leben wieder ins Chaos stürzen würde? Sie schauderte. Wenn sie die Zeit noch einmal zurückdrehen könnte, würde sie Jack auf der Stelle heiraten.

Sie hatte die Glöckchenstimme ihres kleinen Tim noch im Ohr. Er liebte seine kleinen Schwestern abgöttisch. Wenn seine Mutter mit den Babys zu tun hatte, konnte er sich stundenlang in ihrer Nähe beschäftigen. Seine Altersgenossen spielten Fangen, doch Tim saß unter den höhlenartigen Zweigen des Rhododendrons vor ihrem Küchenfenster und ließ Spielzeugautos brummen, während Celine die Kartoffeln fürs Abendessen schälte. Einmal war sie mit ihm in ein nahe gelegenes Wäldchen gegangen und wartete, während er einem Kaninchen hinterherlief. Lange hörte sie, wie er sich raschelnd im Unterholz bewegte, dann, nach einem Moment des Schweigens, erklang sein kleines Stimmchen: „Mami, wo bin ich?"

Doch nun hatte er sich tatsächlich verirrt. Es war, als hätte eine unsichtbare Strömung ihn vor ihren Augen hinausgezogen ins offene Meer. Dabei hatte alles so unmerklich begonnen, dass sie die Gefahr erst viel zu spät erkannt hatte. Jetzt hatte der Sog ihn schon so weit hinausgerissen, dass kein Rettungsring ihn mehr erreichen konnte. Wie ein Pünktchen war er eine Zeit lang noch am Horizont zu sehen gewesen, bis er endgültig ihren Blicken entschwunden war.

Kapitel 2

Millard Bradbury schlug exakt um 7:45 Uhr seine Augen auf, ohne dafür einen Wecker zu benötigen. Er stellte seine Füße auf den harten Holzboden, wo seine Lederpantoffeln auf ihn warteten, Seite an Seite wie zwei glänzende braune Fahrzeuge, mit der Kühlerhaube zum Bordstein sorgfältig eingeparkt.

Aus dem Spiegel im Badezimmer schaute ihn ein fremder, alter Mann an. Tränensäcke hingen unter den wässrig blauen Augen, tiefe Falten zogen sich von den Augenwinkeln über die Wangen wie die Wasserstrahlen eines Rasensprengers. Die Mundwinkel hingen nach unten, als wollten sie demnächst über das Kinn von dannen rutschen. Er zwang sie zu einem Lächeln in die Höhe und suchte in seinem Spiegelbild nach irgendetwas, das ihn an den Mann erinnerte, der er einmal gewesen war. Doch den gab es nicht mehr.

Er zog sich an und schüttelte sein Bett auf. Das dicke Federkissen lehnte er gegen den Holzrahmen, das kleine Zierkissen wurde davorgestellt, genau so, wie Molly es immer gemacht hatte. Dann war es Zeit für seine Morgengymnastik: die Übungen für den Rücken, die sein Hausarzt ihm gezeigt hatte, etwas Training für die Beine und ein paar Liegestütze. Anschließend rührte er sich eine Tasse löslichen Kaffee an – für eine Person lohnte es sich nicht, die Kaffeemaschine einzuschalten – und schnippelte eine Banane ins Müsli. Wenigstens waren seine Zähne noch in Ordnung.

Nach dem Frühstück war es Zeit, die Zeitung aus dem Briefkasten zu holen. Die Morgenluft war eisig, aber der Himmel strahlte in wolkenlosem Blau. Mit der Zeitung unter dem Arm lehnte er sich gegen das Geländer der Außentreppe. Eine Amsel trällerte ihr fröhliches Lied, während sie am Rand des Grabens herumhüpfte, der die Wiese westlich des Hauses umgab. Aus dem Wald gesellten sich weitere Vogelstimmen dazu. Molly hätte jeden Vogel allein an seinem Gesang erkennen können. Wie oft hatte sie ihn auf das fröhliche, vielstimmige Zwitschern aufmerksam gemacht ...

Willards Augen kontrollierten den Rasen auf Anzeichen von feindlichen Löwenzahnsamen, die wie die Fallschirmspringer einer gegnerischen Luftwaffe über Nacht bei ihm gelandet sein könnten. Sein Rasen war dicht und ebenmäßig wie ein hochfloriger Teppich, mit sorgfältig geschnittenem Rand und exakten, abgerundeten Ecken, gesäumt von Schatten spendenden Sträuchern.

Die Zweige des Apfelbaums bogen sich unter der schweren Last rotbackiger Früchte. Er hatte recht gehabt, als er ihn vor zwei Jahren so radikal beschnitten hatte. Molly hatte händeringend danebengestanden und ihm vorgehalten, dass er den armen Baum zugrunde richtete. Aber der Schnitt war diesem gut bekommen. Nun stellte sich die Frage, was er mit all den Äpfeln machen sollte. Die Regale in der Speisekammer standen immer noch voller Gläser mit Apfelmus, und im Tiefkühlschrank stapelten sich die Tüten, die in Mollys schöner Schreibschrift mit „Apfelstücke für Kuchen" beschriftet waren.

Auf der anderen Straßenseite fiel die Haustür ins Schloss. Die Frau aus dem Wohncontainer versuchte vollgepackt, das Haus abzuschließen, während ihre Töchter ins Auto stiegen. Kurz nachdem sie damals hier eingezogen war, hatten sie sich einmal am Briefkasten getroffen. Das Schild mit der Aufschrift „Zu vermieten" war gerade erst entfernt worden.

Sie war eine nette junge Frau, hatte er damals gedacht. Allerdings ohne Mann. Viel Fleisch hatte sie nicht auf den Knochen, aber sie war immer ordentlich gekleidet und wirkte gepflegt – ganz im Gegensatz zu ihrem Garten. Der war eine Beleidigung für die Augen der gesamten Nachbarschaft. Das Unkraut war dabei, die gepflasterte Einfahrt zu überwuchern, zwei abgestorbene Azaleensträucher verschandelten den Eingang, und ein Stück der Regenrinne hing an der einen Hausecke herunter.

Sie hatte einen Sohn, der eigentlich alt genug war, um den Rasen zu mähen und die Regenrinne zu reparieren. Doch der Junge war nur selten zu sehen. Und wenn, dann fuhr er mit seinem Skateboard in viel zu weit unten hängenden Hosen die Straße entlang. Mit seinem in alle Richtungen abstehenden Haar sah er von Weitem genauso wüst aus wie das Unkraut rund ums Haus. Willard grinste in sich hinein, als er sich vorstellte, wie ihm die Hose vollends nach unten rutschte, sich um das Skateboard wickelte und ihn zu Fall brachte.

War es heutzutage nicht mehr normal, dass ein Kind in diesem Alter zuerst seine häuslichen Pflichten erledigen musste, ehe es zum Angeln oder zum Sport gehen konnte? Er hatte immer den Hühnerstall säubern, die Eier einsammeln und Feuerholz spalten müssen. Verständnislos schüttelte er den Kopf und wandte sich ab. Die Jugend von heute – alles Punker! Sie hatten ja keine Ahnung, was es bedeutete, ein produktives Leben zu führen!

Er ließ sich in den abgewetzten blauen Sessel fallen, der neben seinem Panoramafenster stand, schlug die Zeitung auf und zog die Brille aus der Brusttasche. Zuerst überflog er die Traueranzeigen nach bekannten Namen. Das war der einzige Kontakt zu seinen Altersgenossen, der ihm noch geblieben war. Ein ganzes Leben – in wenigen Zeilen zusammengefasst. Dann brütete er über dem Kreuzworträtsel, bis der hellblaue Wagen seiner Tochter langsam in die Einfahrt rollte.

Beladen mit zwei großen Einkaufstaschen stürmte sie das Haus. „Hallo, Papa. Wie geht's dir?" Sie bückte sich und küsste ihn auf die Stirn. „Warum hast du keinen Pulli an? Der Sommer ist vorbei. Wo hast du denn deine graue Strickjacke?"

Damit verschwand sie in der Küche, um dort herumzuwühlen. Er hörte, wie sie die Schranktüren öffnete und wieder schloss. „Nicole hat am Freitagabend ihren ersten Auftritt als Cheerleader bei einem Fußballspiel. Hoffentlich hält das Wetter. Du weißt ja, wie dünn die Kostüme der Mädchen immer sind. Aber sie würde natürlich nie im Leben eine Jacke darüberziehen."

„Ich brauche ein Wort mit acht Buchstaben für *Hüpfen*, das mit einem *S* anfängt."

Am Brummen des Gefrierschrankes konnte er erkennen, dass sie jetzt dessen Tür geöffnet hatte. „Springen?"

„Stimmt." Wieso war er nicht selbst darauf gekommen? Er kritzelte die Buchstaben in die Kästchen.

„Du hast die Kürbissuppe ja gar nicht gegessen." Ihr Tonfall verriet, dass sie beleidigt war. Er hatte nicht gewürdigt, dass sie die Frucht zerteilt und zu diesem zähen Brei verarbeitet hatte, den er noch nie hatte ausstehen können. „Du weißt doch, du brauchst Vitamin A, Vater. Für deine Augen. Was soll aus dir werden, wenn du nicht mehr richtig sehen kannst? Ohne Kreuzworträtsel und Fernsehen – was wäre das für ein trostloses Leben?"

Millard starrte aus dem Fenster. Sieben Buchstaben, in der Mitte ein d, für „innere Kraft". „Gerade hat ein Star eine Bombe auf das hellblaue Auto da draußen abgeworfen", sagte er. Der große Fleck auf der Windschutzscheibe sah lila aus. Es gab viele Brombeeren in diesem Jahr. Vielleicht würde er an diesem Nachmittag eine Schüssel pflücken.

Rita kam aus der Küche und sah aus dem Fenster, als wollte sie ihm nicht glauben. Ärgerlich schüttelte sie dann den Kopf und brummte: „Blöde Vögel."

Und schon war sie wieder bei ihrem Thema: „Du solltest nichts mehr als selbstverständlich nehmen, auch nicht dein Augenlicht. In deinem Alter ist jeder Tag, an dem du noch gesund bist, ein Geschenk."

„Aha", sagte er, „während die Gesundheit der Jungen garantiert ist?"

„Du musst gut auf dich achten, Vater, das ist alles, was ich sagen will." Wenn Rita sich auf ein Thema eingeschossen hatte, dann war sie davon kaum noch abzubringen. Sie ging wieder in die Küche. Sie würde den Gefrierschrank mit einer Wochenration der tiefgefrorenen Essensreste ihrer Familie füllen. „Übrigens, Vater, es ist wieder Zeit, deine Prostata untersuchen zu lassen. Wie hoch waren deine PSA-Werte beim letzten Mal?"

Verärgert warf er den Kuli auf den Tisch. Was bildete sie sich ein? „Keine Ahnung." Kaum waren die Worte ausgesprochen, da war ihm klar, dass er seiner Tochter damit weiteren Stoff geliefert hatte. Wurde er etwa vergesslich? Bekam er jetzt Alzheimer? „Ich habe heute schon zwei Mal Wasser gelassen, die Farbe des Urins war limonadengelb, hinterher habe ich jedes Mal gespült. Mein Stuhlgang ist regelmäßig, mein Blutdruck liegt konstant bei 125 zu 80. Was willst du sonst noch wissen?"

Rita kam aus der Küche, die Arme über der Brust verschränkt, und baute sich mit vorwurfsvoller Miene vor ihm auf. Sein kleines Mädchen war auch nicht mehr die Jüngste. Die Haut an ihrem Hals erinnerte ihn an das rote Krepp-Papier, mit dem sie früher so gern gebastelt hatte. Es war doch noch gar nicht lange her, dass die kleinen Füßchen, die so trotzig auf den Boden stampfen konnten, in winzigen Kinderschuhen steckten.

Kämpferisch warf sie den Kopf in den Nacken und stützte die Hände in die rund gewordenen Hüften. „Tut mir leid, Vater.“ Nein, leid tat es ihr sicher nicht. „Aber wir müssen über diese Dinge reden, auch wenn es dir unangenehm ist. Wenn Mutter noch da wäre, dann würde sie dir diese Fragen stellen. Aber nun muss ich das eben machen. Für mich ist es auch nicht leicht. Schließlich habe ich meine Mutter verloren. Aber im Gegensatz zu dir hocke ich nicht nur herum und blase Trübsal. Es ist auch nicht so, dass mir langweilig wäre, ganz im Gegenteil. Ich muss für die Kinder noch ihre Kostüme schneidern, muss mit ihnen zum Fußball und zum Klavierunterricht – ich weiß oft gar nicht, was ich zuerst machen soll.“ Sie stöhnte und sah auf ihn herab, als wäre er ein hoffnungsloser Fall. Das Seufzen einer Märtyrerin, die sich in lobenswerter Ergebenheit in ihr Schicksal fügte.

Trübsal blasen? Tat er das? „Nun, dann lass mich doch in Frieden“, knurrte er. „Du brauchst mich nicht zu bemuttern; ich kann mir selbst mein Essen machen!“

„Aber du würdest dir nie etwas Gesundes kochen, sondern von belegten Broten leben, wenn ich dir nichts bringen würde.“ Sie setzte sich auf die Sofakante: „Solange du allein hier in diesem Haus wohnst, werde ich mir Sorgen um dich machen, Vater. Ich wäre so froh, wenn du in die Seniorenwohnanlage ziehen würdest. Dort ist es so schön. Du hättest deinen eigenen, abgeschlossenen Bereich, deine Privatsphäre wäre gesichert. Aber trotzdem hättest du auch Kontakt zu den anderen Leuten im Haus. Im Speisesaal bei den gemeinsamen Mahlzeiten würdest du sie kennenlernen. Bestimmt gäbe es dort auch Leute, die Lust hätten, mit dir Schach oder Karten zu spielen. Und es wäre doch auch sehr beruhigend zu wissen, dass dort immer medizinische Fachkräfte anwesend sind.“

Jedenfalls hätte sie dann nicht mehr das Gefühl, sich um ihn kümmern zu müssen. Hoffentlich würde sie bald gehen, bevor sie ihm den letzten Rest von Männlichkeit und Würde raubte. Sich mit Gesellschaftsspielen die Zeit zu vertreiben, bis man wieder zu Staub wurde – das war nicht seine Vorstellung vom Rest seines Lebens. Okay, er war alt und sah aus wie eine vertrocknete Erbse – das war nun mal so, aber man musste diese unschöne Wahrheit ja nicht ständig ins Licht zerren. War es nicht viel besser, seine gewohnte Routine zu haben, seinen angenehmen Beschäftigungen nachzugehen und die Tage mit kleinen, selbstgestellten Aufgaben zu verbringen? Die Weltpolitik interessierte ihn nicht mehr so richtig, aber die Pusteblumen vom Nachbargrundstück, mit denen wollte er es noch lange aufnehmen. Als er noch die Ringermannschaft der Highschool trainiert hatte und sie in zehn Jahren sechsmal die Meisterschaften gewonnen hatten, das waren andere Zeiten gewesen. Er war ganz schön erfolgreich gewesen. Und jetzt versuchte er nur noch, das tägliche Kreuzworträtsel zu lösen.

Mit einem Blick auf die Uhr stemmte er sich hoch. „Die Post wird schon da sein", erklärte er, schob sich an Rita vorbei und strich ihr dabei leicht über das weiche rote Haar. „Ich werde mich bemühen, alles richtig zu machen", versprach er, „solange du nicht von mir verlangst, diesen Kürbismatsch zu essen."

Kapitel 3

Celine und ihre Freundin Micki schoben sich mit ihren Kindern durchs Gedränge auf dem Rummelplatz in Richtung Landwirtschaftsausstellung. Der jährliche Besuch dieses Festes war ein Muss, daran ließ sich nicht rütteln, wie ihre Töchter ihr deutlich gemacht hatten. Doch Celines Gedanken waren nicht bei der Sache.

Beide Mädchen trugen ihre rosa Jeansjacken, die sie im letzten Jahr von ihrer Oma zu Weihnachten bekommen hatten. Sissis Jacke hatte einen grauen Streifen davongetragen, als sie vorhin am Zaun gelehnt und einem Schulkameraden zugesehen hatte, der mit seinem Pony am Turnier teilgenommen hatte. Jetzt ging Mickis neunjähriger Sohn Andy ihnen voraus und bahnte ihnen einen Weg an etlichen Verschlägen vorbei zum Gehege des riesigen preisgekrönten Hausschweins. Es lag da, mit Schlammflecken übersät, und sah aus wie ein Heißluftballon mit Beinen. Es versuchte mühsam, sich aufzurichten, überlegte es sich dann aber anders und fiel mit einem Grunzen auf das weiche Stroh zurück. Die Kinder klatschten und jubelten: „Komm hoch, los, du schaffst es!"

Die Sau nahm einen erneuten Anlauf und kam tatsächlich auf die Beine. Dann schien sie zu überlegen, welche Bewegung sie sich als Nächstes vornehmen sollte.

Alle lachten, einschließlich Celine. „Seht ihr, deshalb esse ich kein Schweinefleisch", erklärte sie. „Das reine Fett."

„Ausgerechnet du", spottete Micki und hielt ihr die Popcorntüte unter die Nase, „du hast doch noch nie auch nur eine einzige Fettzelle in deinem Körper gehabt."

Celine lehnte ab. Micki sah toll aus, obwohl sie sich größtenteils von ungesundem Zeug ernährte. Bei den Kollegen bei der Versicherung, für die sie arbeitete, war sie dafür bekannt, dass eine Schublade ihres Schreibtischs immer mit Süßigkeiten gefüllt war. Sie setzten sich auf ein paar Heuballen im Stallzelt, von denen aus sie ihre Kinder beobachten konnten, die von Gehege zu Gehege zogen. „Jetzt bist du doch froh, dass ihr gekommen seid, stimmt's? Ich hab doch gewusst, dass dir die Ablenkung guttut."

Celine holte eine Flasche Wasser aus ihrer Tasche und nahm einen Schluck. Unwillkürlich hielt sie nach Tim Ausschau, auch wenn es äußerst unwahrscheinlich war, dass er sich hier herumtrieb. Da blieb ihr Blick an einem attraktiven Mann mit einem kleinen Kind auf den Schultern und einem Jungen an der Hand hängen, der sich über den Zaun des Schweinegeheges beugte. Zum Entzücken seiner Kinder begann er, laut zu grunzen. Die anderen Leute lachten und stimmten mit ein. Nur das Schwein reagierte überhaupt nicht auf seine Avancen.

Celine seufzte. „Das fehlt uns."

„Was? Ein grunzender Mann? Davon gibt es jede Menge, glaub mir!"

„Ein Mann, der das Wochenende mit den Kindern verbringt. Schau doch mal, wie der Junge zu seinem Vater aufsieht. Sein Papa ist sein Held – nur weil er grunzen kann. Er muss weder ein Rockstar sein noch riesige Geschenke schicken, um die vielen Besuchstermine wettzumachen, die auf irgendwann verschoben wurden."

Celine sah Tim vor sich, wie er auf seinen Papa wartete. Aufgeregt stand er am Wohnzimmerfenster, dann konnte er vor lauter Vorfreude nicht mehr still stehen und hüpfte über die Polstermöbel. Unzählige Male hatte sich das wiederholt, aus dem kleinen Tim war ein Teenager geworden. Immer wieder enttäuschte Hoffnungen hatten ihre Spuren hinterlassen. Irgendwann hatte er gelernt, nicht mehr am Fenster zu warten, sondern so zu tun, als interessiere es ihn gar nicht, ob sein Vater nun kam oder nicht. Celine blutete jedes Mal das Herz, wenn sie die Enttäuschung ihres Jungen mit ansehen musste. Tim veränderte sich zusehends; jedes vergebliche Warten fügte ihm eine neue Wunde zu, bis seine Seele vernarbt und hart geworden war.

Für die Mädchen war es anders, sie konnten sich an ihren Vater nicht erinnern. Celines Augen füllten sich wieder einmal mit Tränen. Sie atmete tief durch, konzentrierte sich auf den süßen Duft von Heu und Zuckerwatte und beobachtete ihre Mädchen. Rebecca war voller Leben und Energie, zehn Jahre alt, groß, schlank und mit langen Armen wie ihre Mutter. Sissi, die bald acht wurde, wirkte vergleichsweise noch sehr kindlich und rund mit ihrem Babyspeck.

„Don denkt immer noch, die beiden wären Kleinkinder", erzählte Celine. „Wenn er sie an Weihnachten nicht komplett vergisst, schickt er ihnen Babyspielzeug. Weißt du, was er Tim geschickt hat, als er zwölf war? Einen Kipplaster, stell dir das mal vor! Tim hat zu der Zeit mit einem Franzosen im Internet Schach gespielt! Wahrscheinlich schickt Don immer ein paar seiner Groupies los, um Weihnachtsgeschenke für die Kinder zu kaufen."

Micki schüttelte entrüstet den Kopf: „Der kriegt ja wohl überhaupt nichts mit. Zahlt er wenigstens Unterhalt für die Kinder?"

Celine lachte bitter. „Unterhalt? Von Don? Seine Band ist irgendwo auf Tour. Er ist unauffindbar. Vielleicht wird er ja eines Tages berühmt, dann wäre es leichter, ihn zu erwischen. Außerdem wäre er dann reich, und es würde ihm nichts mehr ausmachen, für die Kinder zu zahlen."

Die beiden Frauen standen auf, wischten sich das Heu von den Hosen und folgten ihren Kindern, die auf dem Weg nach draußen waren, wo die aufregendsten Abenteuer warteten.

„Erinnerst du dich noch an Jack Mellon?", fragte Celine ihre Freundin. „Das war der Metzger, mit dem ich vor ein paar Jahren befreundet war."

„Klar! Das war die Zeit, als die Vegetarierin jeden Abend im Steakhaus zum Essen eingeladen war. Wie könnte ich das vergessen", lachte Micki mit dem Mund voller Popcorn. „Ich weiß auch noch, dass du ihn langweilig fandest."

„Stimmt das? Na ja, jedenfalls ... ich habe in letzter Zeit viel darüber nachgedacht, was ich bei Tim alles falsch gemacht haben könnte. Was hätte ich anders machen sollen? Wann hat er angefangen, so komisch zu werden? Dabei fiel mir auf, dass Tim sich genau in der Zeit von mir zurückgezogen hat, als das mit Jack vorbei war. Jack konnte super mit Tim umgehen, er hat viel mit ihm unternommen. Vielleicht war ich damals zu wählerisch? Eigentlich ist es doch toll, wenn man einen Mann gefunden hat, der die Kinder liebt."

„Na ja, aber wenn zwischen euch keine Anziehungskraft da war ..."

Celine seufzte. „Ja, das ist blöd. Das ist bei dir und Dennis eben so anders. Deine Familie ist mein Vorbild, das weißt du ja. Ihr habt euch nach all den Jahren immer noch lieb, und Dennis ist so ein engagierter Vater. Nun schau doch nicht so! Du weißt genau, was ich meine. Na gut, er bringt Andy viel zu spät, dreckig und mit dem Bauch voll Pommes und Süßigkeiten nach Hause. Aber nun schau dir das mal aus meiner Perspektive an. Tim kriegt von mir seit Geburt nur das allergesündeste Essen, ihm fehlt mit Sicherheit kein Vitamin und kein Spurenelement. Aber das ist eben nicht alles, was er braucht. Er braucht einen Vater. Einen Papa, der ihn richtig lieb hat. Bei den Mädchen ist das anders, denen scheint nichts zu fehlen, aber sie haben ihren Vater auch nie richtig kennengelernt. Aber Tim hat das nun schon zweimal durchgemacht. Er war sechs, als sein Vater ging, das hat ihn damals schwer mitgenommen. Und als er sich dann endlich wieder für einen Mann geöffnet hat, habe ich das Ganze beendet."

„Jack arbeitet immer noch im Supermarkt in Dunbar", sagte Micki. „Als ich neulich dort war, habe ich ihn gesehen. Dafür, dass er von oben bis unten voller Blutspritzer war, sah er ganz gut aus."

Celine zog eine Grimasse. „Willst du damit sagen, ich soll zu einem dreißig Kilometer entfernten Supermarkt fahren und dort an der Fleischtheke eine Scheibe Corned Beef kaufen, um ihn wiederzusehen? Wahrscheinlich ist er längst verheiratet. Er wollte so gern eine Familie gründen. Das war es doch, was mir Angst gemacht hat."

„Mochten die Mädchen ihn?"

Celine zuckte mit den Achseln. „Schon, aber nicht so wie Tim. Jack und Tim, das war so eine Art Männerfreundschaft."

Sissi kam angestürmt, stolperte über Celines Füße und wischte sich kichernd den Mund an ihrem rosa Ärmel ab. „Mama, gibst du uns Geld für die Achterbahn?" Ihre Jüngste war ein hübsches Kind, aber sie sah immer irgendwie schmuddelig aus: verschmiertes Gesicht, dreckige Hände, Flecken an den Klamotten und ewig zerzauste Haare. Wenn Celine nicht ständig meckerte, kämmte Sissi sich nie. Heute trug sie einen dicken geflochtenen Zopf; trotzdem hingen ihr schon wieder diverse Haarsträhnen wild ins Gesicht und verdeckten ihre schönen, dunklen Augen.

Rebecca kam nun ebenfalls angetänzelt und verbeugte sich vor ihrer Mutter. „Würden Eure Majestät uns bitte an Ihren Reichtümern teilhaftig werden lassen?" Ihre langen, dünnen Arme waren noch vom Sommer gebräunt; sie war ein dunkler Typ wie ihr Vater, nur die blonde Haarfarbe hatte sie von ihrer Mutter geerbt. Sie hatte ihre Hände in einer bittenden Geste vor der Brust gefaltet.

Celine wühlte nach ihrem Portemonnaie und fand einen 20-Dollar-Schein. Damit bezahlte sie sonst das Essen für eine ganze Woche, so sparsam, wie sie wirtschaftete. Einen Moment lang kämpfte sie noch mit sich, dann hob sie entschlossen das Kinn und auf ihrem Gesicht erstrahlte das Lächeln einer Königin. „Euer Wunsch sei euch gewährt", erklärte sie und streckte den Mädchen den Geldschein entgegen.

„Oh, gute Königin, wir danken Euch!"

Zeitgleich bearbeitete Andy seine Mutter mit dem gleichen Anliegen. Dann stürmten alle drei wieder davon. Die Achterbahn sah furchterregend aus. Die Gondeln waren riesige Schlangenköpfe, die Musik war ohrenbetäubend und die Passagiere kreischten hysterisch, während sie sich durch die Luft wirbeln ließen.

„Komm, wir fahren auch mit", schlug Micki vor und packte Celine aufgeregt am Arm.

„Auf keinen Fall", keuchte Celine und zog ihren Arm weg. „Ich muss kein Geld dafür ausgeben, in Panik zu geraten. Mein Leben ist auch so schon stressig genug." Micki schaute sie enttäuscht an. „Fahr ohne mich", schlug Celine vor. „Du holst dir deinen Adrenalin-Stoß und ich schaue mir so lange die Kunstausstellung an, die dich sowieso nicht interessiert. Danach treffen wir uns dort drüben an den Bänken beim Waffelstand, okay?"

Micki war einverstanden und rannte los, um die Kinder noch einzuholen, die vor dem Kassenhäuschen Schlange standen.

Celine schlenderte durch die Menge. Immer wieder sah sie bekannte Gesichter, denen sie grüßend zunickte. Sie fühlte sich wie eine trübsinnige Flunder auf dem Meeresgrund, über der die anderen, farbenfrohen Fische fröhlich dahinschwammen. Sie passte hier nicht her, heute jedenfalls nicht.

Seufzend betrat sie das Zelt mit der Kunstausstellung. An den Wänden hingen handgearbeitete Quiltdecken, davor waren reihenweise bemalte Einmachgläser ausgestellt, es gab Bilder, die Studenten oder ältere Damen gemalt hatten, Schwarz-Weiß-Fotos von Schatten werfenden Zäunen und anderen Hell- und Dunkeleffekten – jedes Jahr das Gleiche. Einmal hatte sie hier auch schon eine blaue Schleife gewonnen, als sie ein antikes Schränkchen gezeigt hatte, das sie auf der Vorderseite mit Blumenranken bemalt hatte. Das war schon einige Jahre her, als sie längst noch nicht so gut war wie heute. Sie war damals die einzige Ausstellerin in der Kategorie „Bemalte Möbel" gewesen und ein zweiter Platz konnte gar nicht vergeben werden.

Plötzlich tauchte Mary Hadley auf und hielt sie mit ihren Blicken fest, ehe sie verschwinden konnte. Früher hatten sie Tür an Tür gewohnt. Ihr Sohn hatte Tim verehrt und war ihm ständig hinterhergelaufen. In jeder Pfütze hatten die beiden damals auf dem Gelände hinter dem Haus nach irgendwelchen Tieren gesucht, die sie in ausgewaschene Marmeladegläser pferchen konnten. „Hallo, Celine! Wie geht's dir? Mann, habe ich dich lange nicht gesehen! Seit deinem Umzug …!"

Manchmal war es nicht das, was die Leute sagten, das wehtat, sondern das, was sie *nicht* sagten. Mary fragte nach den Mädchen: ob Rebecca noch Fußball spielte und welche Lehrer Sissi hatte. Sie redeten über alles, was sie so an gemeinsamen Themen hatten. Nur auf Tim kamen sie nicht zu sprechen. Tim hatte an Marys Küchentisch ebenso oft Nudeln mit Tomatensoße gegessen, wie Marys Ricky bei ihnen zum Essen gewesen war. Nein, nach Tim brauchte man nicht zu fragen. Jeder in Ham Bone wusste über Tim Walker Bescheid.

Celine hatte keine Lust mehr, sich die Exponate anzusehen. Stattdessen verabschiedete sie sich von Mary und ging zum großen Ring, wo gerade ein Rodeo mit jungen Reitern stattfand. Hoffentlich traf sie nicht noch mehr alte Bekannte.

Ziellos schlenderte sie weiter, bis sie zu der alten Holzhütte draußen vor dem Festgelände kam. Es war ein altes Haus der allerersten Siedler, das hierherversetzt worden war, weil man auf dem Originalgelände einen Parkplatz gebaut hatte. Der Verein zur Erhaltung der historischen Bauwerke hatte das Häuschen Brett für Brett hierhertransportiert, instand gesetzt und die Räume wieder so ausgestattet, wie sie 1879 ausgesehen hatten, als William Cangle, der Gründer der Stadt, darin gewohnt hatte. Er hatte sich damals als Goldgräber hier niedergelassen. Da er nicht wirklich fündig wurde, fing er an, Bäume zu fällen und Holz zu verkaufen. Dabei verdiente er dann ein Vermögen; allerdings nicht mit dem Holz, sondern mit dem fruchtbaren, ebenen Ackerland, das nach der Rodung zum Vorschein kam.

Außerhalb des Festgeländes war es ganz ruhig. Die Menschen der Stadt interessierten sich schon längst nicht mehr für das alte Gebäude mit der rostigen Säge, die am Giebel über dem Vordach befestigt war.

Neben der Holzhütte war neuerdings auch noch die kleine, weiße, ehemalige Dorfkirche aufgebaut worden. Als die Straße verbreitert worden war, hatte auch sie weichen müssen, samt dem alten Schild, auf dem in verblichenen Lettern zu lesen war: *Müder Wanderer, halt an und bete!* Celine wurde neugierig. Sie hatte sich schon immer gefragt, wie viele Leute wohl in diese Minikirche gepasst hatten. Sie stieg die knarrenden Stufen hinauf und öffnete das schwere Holzportal.

Oh, das würde ihren Mädchen gefallen! Es war ein Puppenhaus, nein, eine Puppenkirche mit vier kurzen Bankreihen und einer kleinen Kanzel aus Eichenholz. Rebecca würde sich sofort auf die Kanzel stellen und eine flammende Predigt für die unsichtbare Gemeinde halten. Celine lächelte. Sie war früher immer sonntags mit ihren Kindern zum Gottesdienst gegangen. Nachdem die Kinder eine Taufe miterlebt hatten, spielten sie mit anderen Kindern im Schwimmbad „Taufen". Eine große Schar reuiger Sünder hatte damals Schlange gestanden, um von Rebecca untergetaucht zu werden, die sich ein weißes Handtuch um die Schultern gelegt hatte und immer wieder sagte: „Im Namen des Vaters, des Sohnes und des Heiligen Geistes, bis der Tod uns scheidet! Amen."

Sie ging um die Bänke herum und sah zu der gewölbten, mit Kiefernholz getäfelten Decke auf. Aus der Ferne hörte sie immer noch die Ansagen des Rodeosprechers und den Beifall der Zuschauer.

Plötzlich kamen ihr die Tränen. Sie sank auf die erste Bank, suchte nach einem Taschentuch und tupfte sich die Augenwinkel ab, während sie auf den Boden starrte. Sie hatte ihn verloren, obwohl sie mit allen Mitteln versucht hatte, ihn zu schützen, zu führen und auf das Leben vorzubereiten. Als er gerade geboren war, hatte sie ihn in weiche, feste Tücher gewickelt, weil die Hebamme ihr erklärt hatte, dass ihm das ein Gefühl von Sicherheit und Geborgenheit geben würde, als ob er noch in ihrem Bauch wäre. Jahrelang hatte sie ihn in den verschiedenen Kinderautositzen angeschnallt, in warme Jacken gesteckt und an der Hand gehalten, um ihn im Gedränge nicht zu verlieren. Doch es hatte alles nichts genützt. Sein Körper war zwar von Krankheiten und Unfällen verschont geblieben, aber sein zartes Herz war schwer verletzt worden.

„Oh Gott", flüsterte sie, „ich weiß nicht, was ich tun soll. Bitte schick mir jemanden, der helfen kann. Wir brauchen einen Vater, vor allem für Tim. Allein schaffe ich das nicht."

Sie saß lange in dem Kapellchen und sog dankbar die Ruhe und den Frieden ein, die sie plötzlich umgaben. Es war, als hätte Gott ihr Gebet erhört. Sie hatte das beruhigende Gefühl, dass Gott gerade einige Engel losgeschickt hatte, die sich um Tim kümmern würden, wo auch immer er jetzt gerade sein mochte.

Kapitel 4

Montagabend und immer noch kein Lebenszeichen von Tim.

Celine machte sich eine Tasse Tee und sank in den Schaukelstuhl, den sie von ihrer Mutter geerbt hatte. Sie legte die Füße auf den kleinen Tisch und seufzte. Als sie die Tasse an den Mund führte, verbrannte sie sich die Lippe. Ächzend stellte sie die Tasse in ihren Schoß und lehnte den Kopf gegen das Polster.

Zähneknirschend hatte sie einen weiteren Arbeitstag bei der Versicherung hinter sich gebracht. Dann hatte sie für die Mädchen einen Gemüseeintopf gekocht, vitaminschonend gegart, dazu gab es Nussbrot, das sie morgens vor der Arbeit noch schnell in der Brotbackmaschine angesetzt hatte. Sie hatte irgendwelche Unterlagen für die Schule unterschrieben, denen sie kaum Beachtung geschenkt hatte, dann musste noch ein Riss in Sissis Rucksack geflickt werden. Von Stunde zu Stunde war es ihr schwerer gefallen, den Mädchen gegenüber so zu tun, als ob alles in Ordnung wäre. Jetzt waren die beiden in ihrem Zimmer und machten Hausaufgaben.

Celine konnte sich nun auch selbst nicht mehr einreden, dass Tim irgendwo im Wald vor ihrem Grundstück war und sich dort ein Lager unter freiem Himmel eingerichtet hatte. Per Anhalter konnte ein flüchtender Teenager in ein paar Tagen sehr weit kommen. Vielleicht war er längst in Kanada oder in Kalifornien, vielleicht auch in den dunklen Gassen der Innenstadt von Seattle, wo Drogendealer und anderes lichtscheues Gesindel auf Kids wie Tim warteten, verwirrte, zornige Teenager, die nach etwas suchten, von dem sie selbst nicht wussten, was es war.

Es ging auf 20 Uhr zu, war aber immer noch nicht dunkel, denn die Uhr war noch nicht von Sommer- auf Winterzeit umgestellt worden. Der Septemberhimmel hatte sich in dunkles Violett gehüllt. Mr Bradbury, ihr Nachbar auf der anderen Straßenseite, sprengte seinen Rasen. Irgendwie erinnerte er sie an ihren Vater – nicht vom Aussehen her, Mr Bradbury war größer, breiter und hatte längere, schlaksigere Arme –, aber sein Verhalten war dem ihres Vaters sehr ähnlich. Jeden Abend um diese Zeit stand Mr Bradbury pünktlich im Garten und schaltete den Rasensprenger an – außer wenn es regnete. Dazu trug er immer diese taubenblaue Strickjacke. Bestimmt war sein ganzes Leben so übersichtlich und geordnet wie sein makelloser Garten. Das Konto wurde nie überzogen, alle Rechnungen immer schon zwei Wochen vor der Fälligkeit bezahlt und das Auto scheckheftgepflegt.

Schade, dass ihr Vater nicht mehr lebte. Schon vor fünf Jahren war er gestorben. Sie vermisste ihn und seine verlässliche, gewissenhafte und berechenbare Art. Ihre Mutter hatte damals sehr um ihn getrauert. Kein Wunder, wo sie doch über 40 Jahre lang an seiner Seite gelebt hatte. Da dämmerte ihr plötzlich etwas: War nicht Mr Bradburys Frau im vergangenen Jahr erst gestorben? Sicher war er auch noch in Trauer. Sie sollte ihm einmal einen Besuch abstatten. Vielleicht könnte sie ihm einen Apfelkuchen oder ein Brot backen. Ihr Orangen-Hafer-Brot würde er bestimmt mögen; alle Leute mochten es. Wenn sie ihre Brotbackmaschine entsprechend einstellte, könnte sie ihm morgen nach der Arbeit ein ganz frisches, noch warmes Brot bringen.

Plötzlich fuhr ein Auto in ihre Einfahrt. Celines Herz begann zu rasen. Die Polizei! Sie stieß hektisch die Teetasse um und bekleckerte ihre Hose.

Schnell wischte sie den Tee auf, stellte die Tasse zur Seite und spähte durchs Fenster, ob sie Tims Gesicht hinten im Wagen erkennen konnte. Dann öffnete sie die Haustür und wartete eine Ewigkeit, bis der Uniformierte endlich seinem Wagen entstieg und ihr entgegenkam. Mr Bradbury hatte gerade seinen Gartenschlauch wieder eingerollt und wollte ins Haus gehen, als er den Polizeiwagen sah. Er blieb auf den Stufen vor seinem Haus stehen und starrte neugierig herüber.

„Mrs Walker?“, fragte der Polizist.

„Haben Sie meinen Sohn gefunden?“

Er schüttelte den Kopf. Celine spürte, wie alle Farbe aus ihrem Gesicht wich. Sie wusste nicht, ob sie erleichtert oder enttäuscht sein sollte. Wenn Tim in diesem Wagen gesessen hätte, dann wäre er gleichzeitig auf dem Weg ins Gefängnis gewesen. Aber wenn sie ihn nicht gefunden hatten, hieß das, er war immer noch auf der Flucht, irgendwo an einem fremden, kalten Ort, von dem sie Abend für Abend neue Schreckensbilder vor Augen hatte.

Der Polizist blieb auf der untersten Stufe stehen, ein großer Mann mit breiten Schultern und einem lateinamerikanischen Einschlag. Vielleicht Mexikaner? Seine dunklen Augen sahen sie kalt an. Er kam nicht als Freund. „Ich muss Ihnen einige Fragen stellen.“

Sollte sie ihn hereinbitten? Nein, die Mädchen sollten lieber nichts mitbekommen. Sie wussten zwar, dass ihr Bruder weggelaufen war, aber die näheren Einzelheiten hatte Celine ihnen noch nicht erzählt.

„Dann fragen Sie“, sagte Celine.

Er kam die Stufen hoch. Sie konnte seinen Namen auf dem Schild an seiner Brust lesen, direkt unter dem Sheriffstern: A. Estrada. Celine wich einen Schritt zurück, lehnte sich gegen den Türrahmen und schuf auf diese Weise eine Art Barriere zwischen ihrem Zuhause und dem unwillkommenen Gast. Sie kreuzte die Arme und spürte, dass sie eine Gänsehaut hatte.

„Wann haben Sie Ihren Sohn Tim zum letzten Mal gesehen, Mrs Walker?"

„An dem Morgen, an dem er von der Schule weggelaufen ist." Die Frage hätte er sich sparen können. Die Schulsozialarbeiterin hatte an dem Freitagnachmittag sofort bei der Polizei angerufen und mitgeteilt, dass Tim gegen die Auflagen des Gerichts verstoßen hatte, und Celine war seitdem in regelmäßigem Kontakt mit der Polizeistation gewesen.

„Das war am Neunten." Er hob den Kopf und seine durchdringenden Augen verengten sich zu Schlitzen. „Sie wollen also behaupten, dass Sie ihn seitdem nicht mehr gesehen haben? War er kein einziges Mal zu Hause?"

Sie nickte. „Stimmt genau."

Er hob die Augenbrauen und musterte wortlos ihr Gesicht. Hielt er sie für eine Lügnerin? Am liebsten hätte sie ihm einen Fußtritt verpasst. Stattdessen beruhigte sie sich damit, dass er einfach nur seine Arbeit tat. Mr Bradbury hatte unterdessen wohl vergessen, dass er ursprünglich ins Haus gehen wollte. Er stand vornübergebeugt an einem Strauch, der direkt an der Straße wuchs, und pflückte welke Blüten ab, während er immer wieder verstohlen zu ihnen hinüberschaute.

„Haben Sie etwas dagegen, wenn ich mir Tims Zimmer anschaue?"

Celine richtete sich auf und atmete tief durch. Mit aller Kraft versuchte sie, sich nicht von dem Sheriffstern, der Waffe an seinem Gürtel, seinem breiten Brustkorb, den muskulösen Schultern und dem finsteren Blick einschüchtern zu lassen. „Ja, dagegen habe ich etwas. Ich habe noch zwei Töchter und möchte nicht, dass diese durch Ihren Besuch beunruhigt werden. Was suchen Sie überhaupt? Sie wissen doch selbst, dass Tim sich unmittelbar nach dem Vorfall im Supermarkt selbst gestellt hat. Er hat nichts weiter genommen als eine Flasche Wein und damit hat er es noch nicht einmal bis zur Tür geschafft."

Der Ladenbesitzer hatte Tim mittels spezieller Spiegel dabei beobachtet, wie er die Flasche in seiner Jacke verschwinden lassen hatte. Er stellte ihn, noch ehe er die automatischen Glastüren erreicht hatte. Die Flasche ging zu Bruch. Celine war schockiert gewesen, als man ihr erzählte, ihr Junge hätte sich auf den Rücken gerollt, seine Spielzeugpistole aus der Hose gezogen und sie direkt unter das Kinn des Ladenbesitzers gehalten. Dieser dachte, die Waffe sei echt, und wich zu Tode erschrocken zurück. Tim rannte aus dem Laden. Celine hatte die Martinshörner der Polizei an dem warmen Sommerabend im August durch die geöffneten Fenster ihres Schlafzimmers gehört, aber nicht im Traum damit gerechnet, dass sie etwas mit ihr zu tun haben könnten. Sie dachte, Tim sei in seinem geliebten Wäldchen, in das er nach einer Auseinandersetzung mit ihr geflüchtet war. Sie hatte ihm erklärt, dass er das Schuljahr schaffen müsse, egal wie unfair sämtliche Lehrer ihm gegenüber auch sein mochten.

Der Polizist grinste böse. „Ich würde mich auch stellen, wenn ich jemanden bräuchte, der mir die Glassplitter aus der Haut zieht."

„Ich nehme an, Sie hatten an dem Abend viel Spaß auf Ihrer Polizeiwache", gab Celine hitzig zurück. „Er sah wohl aus, als wäre er erschossen worden, mit dem ganzen Rotwein unter der Jacke. Sie haben sich wahrscheinlich gebogen vor Lachen."

Das Grinsen verschwand. „Mrs Walker, ich tue nichts weiter als meine Arbeit. Ich bin nicht der Böse. Die Tat Ihres

Jungen wurde in dem Moment schwerwiegend, als er eine Waffe zog. Ihm wird der Versuch eines bewaffneten Überfalls zur Last gelegt. Das ist ein schweres Verbrechen."

„Aber es war doch gar keine Waffe."

„Doch, in den Augen des Gesetzes schon."

„Die schießt kleine, gelbe Plastikkügelchen. Alle Jungs hier in der Stadt spielen ständig damit."

„Wer einen anderen mit einer Waffe bedroht, macht sich strafbar, selbst wenn es nur eine Spritzpistole ist. Trotzdem hat der Richter Ihren Sohn vorübergehend auf freien Fuß gesetzt, unter der Bedingung, dass er sich bis zur Verhandlung nur in der Schule und zu Hause aufhalten würde. Gegen diese Auflage hat er jetzt verstoßen, und ich habe Grund zu der Annahme, dass er an einer weiteren Straftat beteiligt ist."

Celine blieb fast das Herz stehen. „Was für eine Straftat?"

„Ein Einbruch hier in der Stadt."

Sie schüttelte den Kopf. „So etwas würde Tim nie tun. Er ist kein übler Kerl." Doch im selben Moment bekam sie schon Zweifel. Wer war dieser zornige junge Mann, der neuerdings in dem Körper ihres sensiblen Kindes wohnte?

„Deshalb möchte ich mir sein Zimmer ansehen und herausfinden, ob er dort einige von den gestohlenen Gegenständen versteckt hat", sagte der Polizist ungerührt.

„Er war nicht hier", versicherte sie ihm und stellte sich demonstrativ in den Türrahmen. „Das können Sie mir glauben. Wenn er hier gewesen wäre, dann wüsste ich das. Ich werde nicht zulassen, dass Sie mit Ihrer Pistole im Gürtel hier hereinkommen und meine Mädchen erschrecken."

Seine Lippen zogen sich zu einer schmalen Linie zusammen, und für einen Moment verharrte er reglos, betrachtete sie und überlegte, wie er weiter vorgehen sollte.

In dem Moment öffnete sich die Glastür hinter ihr, und ehe Celine es verhindern konnte, stand Sissi vor dem Polizisten. Ihre staunenden Augen wanderten von seinem Gürtel an ihm entlang nach oben, dann lächelte sie ihn freundlich an: „Hallo."

„Sissi, geh sofort wieder rein", fuhr Celine sie an.

Doch das Mädchen schaute immer noch den Polizisten an. „Sind Sie der Sheriff, der in meiner Klasse war?"

Seine Züge wurden sanfter. „Das kann gut sein. Wie heißt denn deine Lehrerin?"

„Mrs Gilbert."

Mit eisernem Griff schob Celine ihre Tochter in die Wohnung zurück. Mittlerweile schaute auch Rebecca neugierig aus der Tür. „Ihr beiden geht jetzt bitte in euer Zimmer und lasst mich hier ganz ALLEIN mit dem Herrn reden!" Sie hatte das Wort „ALLEIN" deutlich hervorgehoben und hoffte, Mr Bradbury würde den Wink mit dem Zaunpfahl verstehen. Es war inzwischen so dunkel, dass er vermutlich die welken Blüten nicht mehr von den frischen Knospen unterscheiden konnte und seine schönsten Blüten abzupfte, nur um in Hörweite bleiben zu können.

Sissi verschwand mit einem freundlichen „Wiedersehen!".

Der Polizist strich sich über die Wange. Er war eigentlich ein attraktiver Mann, wenn er nicht die Stirn so gerunzelt und die Augen zusammengekniffen hätte. „Irgendwie habe ich gar nicht das Gefühl, Ihre Töchter hätten Angst vor mir."

„Trotzdem lasse ich Sie nicht herein."

„Mrs Walker, wenn Sie wissentlich Diebesgut in Ihrem Haus verbergen …"

„Das tue ich nicht!" Nun wurde sie ärgerlich. Wie konnte er es wagen …? Er behandelte sie wie eine Verbrecherin, wie in einem schlechten Film. Unversehens war sie in die Rolle einer dieser klischeehaften asozialen Frauen geraten, die ihre Taten nur unzulänglich vertuschen konnten und schließlich auch überführt wurden – nur dass sie etwas gepflegter aussah und bessere Zähne hatte als die „üblichen Verdächtigen". Sie fühlte sich bloßgestellt, beschämt und durchschaut, als wüsste der Sheriff alles über sie. Mit Don war sie damals in so einige halblegale Situationen geraten und in manches dubiose Geschäft verwickelt worden. Aber Don war schon lange nicht mehr Teil ihres Lebens. Sie hatten nichts mehr miteinander zu tun. Sie lebten jetzt ein anderes, neues Leben, sie und ihre Kinder.

Wenn sie an die Zeit mit Don dachte ... damals hatten sie tatsächlich Diebesgut in der Wohnung gehabt. Deshalb traf die Bemerkung des Polizisten sie wahrscheinlich so sehr. Sie war damals mitschuldig geworden, schuldig aus lauter Dummheit. Sie hatte Don geglaubt, dass er den riesigen Fernseher beim Kartenspielen gewonnen hätte und dass all die tollen Dinge, die er nach Hause brachte, Geschenke von Freunden waren oder Schnäppchen, die er sich nicht entgehen lassen konnte.

Als dann zum ersten Mal zwei Polizisten vor ihrer Tür gestanden hatten, war sie total entsetzt gewesen. Tim war damals noch ein Baby, sie hatte ihn auf dem Arm, während sie mit den Männern an der Tür stand. Diebesgut! Da war dieser Vorwurf wieder. Sie stand wieder vor ihrer Tür, starrte wieder auf den gelben Stern und konnte es wieder nicht glauben. Der einzige Unterschied war der, dass nun Tim verdächtigt wurde. „*Wie der Vater, so der Sohn*", hämmerte es plötzlich in ihrem Kopf. War es wirklich so?

„Bitte, Sheriff ..." Sie seufzte und rieb sich die Schläfen. „Wenn Sie im Besitz eines Durchsuchungsbefehls wären, dann hätten Sie mir den längst gezeigt. Ob Sie es mir glauben oder nicht, ich verstecke nichts, was mir nicht gehört. Aber ich bin sehr müde. Bitte gehen Sie jetzt. Ich muss meine Kinder ins Bett bringen."

Er nickte knapp: „Wie Sie wünschen, Mrs Walker."

Sie schaute ihm nach, wie er auf seinen Wagen zuschritt, erhobenen Hauptes, mit geradem Rücken und entschlossenem Schritt. Er warf ihr noch einen finsteren Blick zu, ehe er in sein Auto stieg. Die Tür fiel krachend ins Schloss. Sobald der Wagen wieder auf der Straße war, beschleunigte er rasant und brauste davon. Celine stand da und hatte das Gefühl, als hätte alle Kraft sie verlassen. Endlich waren die roten Rücklichter nicht mehr zu sehen.

„Guten Abend, Mr Bradbury!", rief sie laut über die Straße und fügte ein leises „Neugieriger alter Hund!" hinzu.

Er sah in gespielter Überraschung auf. „Oh, äh, guten Abend", stammelte er, drehte sich um und strebte seinem Hauseingang zu.

Kapitel 5

Das durfte doch nicht wahr sein! Millard Bradbury war so entsetzt, dass er mehrere Schritte nach hinten stolperte und sich gerade noch am Türrahmen festhalten konnte. Die Zeitung lag unbeachtet auf dem Boden.

Ein Maulwurf! Ein dummdreister, blinder, unverschämter Maulwurf hatte seinen Rasen unterminiert! Das elende Tier hatte eine ganze Reihe von Erdhügeln aufgeworfen, beginnend an dem Zaun, der sein Grundstück zu dem Wiesenstück nach Westen hin abgrenzte, bis in die Mitte seines perfekten Rasens, wo ein besonders ausladender Hügel das vorläufige Ende des Tunnels markierte.

Keuchend vor Entsetzen stapfte Millard die Betontreppe hinunter. An der letzten Stufe hielt er unvermittelt inne, zögerte kurz und marschierte dann entschlossen auf seine Garage zu. Schon bald kehrte er zurück, bewaffnet mit einer Schaufel. Auf Zehenspitzen näherte er sich dem Ort des Grauens, das scharfe Blatt der Schaufel hoch erhoben wie einen Speer, bereit, den frechen Eindringling zu vernichten, sobald er seine Nase aus der Erde reckte.

Er wartete und fixierte den Erdhügel. Nichts bewegte sich. Vögel flatterten singend am Himmel, ohne zu bemerken, welches Drama sich zu ihren Füßen abspielte. Der kürbisfarbige Schulbus hielt quietschend und rumpelnd an der nahen Haltestelle und verpestete die Luft, während die Mädchen von gegenüber einstiegen. Neugierige Kinderaugen starrten ihn an, wie er reglos wie eine Statue im Garten stand, mit erhobener Schaufel und leicht gebeugten Knien. Millard bemerkte sie nicht. Der Bus rumpelte weiter.

Immer noch blieb alles ruhig. Vorsichtig ließ er sich auf ein Knie nieder und stützte sich dabei auf seine Schaufel. Schließlich ging er auf alle Viere und lauschte angestrengt. Vielleicht konnte er etwas hören, wenn er sein Ohr direkt auf die Erde legte wie die Indianer bei der Büffeljagd? Er legte sich der Länge nach auf den Boden, das Gesicht auf dem kühlen, feuchten Rasen. Zuerst konnte er nur seinen eigenen Atem hören. Nun, sein Gehör war auch nicht mehr das, was es einmal gewesen war. Er schloss die Augen, um sich besser konzentrieren zu können. Dieser pelzige Eindringling hatte ihm also den Krieg erklärt. Nun gut. Er würde mindestens so zäh sein wie der Gegner. Immerhin war er der Intelligentere von beiden. Ein hinterhältiges Lächeln zog über sein Gesicht und seine Finger umklammerten die Schaufel mit noch größerer Entschlossenheit. Er hatte das Fallbeil in der Hand … er war der Vollstrecker!

Da – ein Geräusch! Ja, der Boden vibrierte! Er zwang sich zu äußerster Ruhe, wie eine Katze, die bewegungslos auf die Maus lauert.

„Mr Bradbury!“

Sein Herz machte einen Satz vor Schreck. Er wollte aufspringen, kam aber nur bis auf die Ellbogen und drehte den Kopf in die Richtung, aus der die Frauenstimme gekommen war.

„Bitte bleiben Sie ganz ruhig. Ich bin es, Celine Walker, Ihre Nachbarin von gegenüber. Warten Sie, ich helfe Ihnen!“

„Nein!“, stotterte er und stemmte sich auf Hände und Knie hoch. Celine hockte sich neben ihn und legte eine Hand auf seinen Rücken. „Mit mir ist alles in Ordnung“, versuchte er zu erklären und wollte aufstehen. Aber da spielte sein Kreislauf nicht mehr mit. Er kippte um, landete auf seiner Schaufel und der Griff schnellte durch die Luft.

„Sind Sie sicher?“, fragte sie. „Sind Sie gestürzt?“ Sie streckte ihren Arm aus und strich ihm ein paar Grashalme von der Wange.

„Nein.“ Unverschämtheit! Konnte sich ein Mann nicht einmal auf seinen eigenen Rasen legen, ohne dass eine Frau daherkommen und vermuten musste, er könne nicht auf seinen eigenen Beinen stehen? Er zog die Schaufel unter sich hervor. „Ich habe einen Maulwurf“, erklärte er empört, als würde das alles erklären.

Seine Nachbarin sah ihn zunächst ratlos an, dann fiel ihr Blick auf den Erdhügel neben der Stelle, an der er gelegen hatte. Sie atmete erleichtert auf. „Ach, das tut mir leid“, sagte sie verständnisvoll. „Ihr Rasen sieht immer so perfekt aus! Ihr Garten würde jeden Wettbewerb gewinnen. Umso peinlicher ist mir der Zustand unseres Grundstücks. Ich nehme mir immer wieder vor, etwas zu unternehmen, aber die Tage sind immer so schnell vorbei, mit der Arbeit, den Kindern und allem.“

Plötzlich erinnerte er sich wieder an den Polizisten, der Mrs Walker neulich abends einen Besuch abgestattet hatte. Er wollte ja nicht neugierig sein, aber ein klein wenig nachbohren könnte ja nicht schaden. „Sie haben doch einen Sohn. Wie alt ist er? Vierzehn? Fünfzehn?“

Ihr Blick schweifte in die Ferne. „Fünfzehn.“

„Warum lassen Sie ihn nicht den Garten machen? Ein Junge in dem Alter kann seiner Mutter ruhig ein bisschen helfen. Sie haben doch zu Hause genug zu tun mit Putzen, Nähen, Kochen und alledem.“

Sie lächelte, als hätte er einen Scherz gemacht. „Na ja, ich kann nicht behaupten, dass ich viel nähen würde.“ Nachdenklich spielte sie mit dem Reißverschluss an ihrer Jacke. „Wir haben nicht einmal einen Rasenmäher.“

Gut, das machte die Angelegenheit etwas schwieriger. Millard schaute zur Straße, doch da er noch immer auf dem Boden saß, konnte er nicht über seine ausladenden Pfingstrosenbüsche hinwegschauen. Das Einzige, was er sehen konnte, war die lose herabhängende Regenrinne. Nun, er hatte einen Rasenmäher. Den könnte er ihr ausleihen. Aber er hatte gerade erst vor ein paar Wochen die Messer geschliffen! Wenn der Junge einen Stein oder eine Wurzel treffen würde, die hinter jedem Grasbüschel lauerten, wären die Messer ruiniert. Andererseits wäre es wirklich schöner, beim Blick aus dem Fenster ein gepflegtes Nachbargrundstück vor sich zu haben. Er konnte es bis heute nicht verstehen, wieso der Besitzer die schönen Erlen und den wilden Wein niedergemetzelt hatte, um diesen alten Wohncontainer hinzustellen. Gerade im September hatten die rot gefärbten Weinblätter immer so schön ausgesehen.

„Sagen Sie Ihrem Jungen, er soll bei mir klingeln und sich den Rasenmäher ausleihen. Ich zeige ihm auch, wie es geht. Er muss nur aufpassen, dass keine Steine und Äste im Gras liegen."

Celine ließ den Kopf hängen und atmete langsam aus. „Danke, das ist sehr freundlich von Ihnen, Mr Bradbury. Aber leider ist es so, dass ich zurzeit ein paar … Probleme mit Tim habe."

Aha. Das war es also. Natürlich, man konnte ja schon von Weitem sehen, wie rebellisch der Junge war. „Schicken Sie ihn einfach rüber. Ich werde schon mit ihm klarkommen."

Sie seufzte erneut. Ihr schmales, aber hübsches Gesicht sah ganz grau aus. „Mein Sohn ist im Moment nicht zu Hause. Er, äh, er ist vor Kurzem weggelaufen."

„War deshalb neulich die Polizei da?"

Sie biss sich auf die Lippen und sah ihn prüfend an. „Mr Bradbury, ich werde Ihnen die Wahrheit sagen. Sie sind ein netter Mensch, und da wir so nah beieinander wohnen, werden Sie es ohnehin früher oder später erfahren. Haben Sie von dem sogenannten versuchten Raubüberfall auf den Supermarkt im Sommer gehört?" Er nickte. „Nun, das war mein Tim." Ihre schönen grünen Augen schweiften kurz ab, ehe sie ihn wieder ansah.

Er versuchte sich den Schreck nicht anmerken zu lassen. Zuerst der Maulwurf und jetzt auch noch so etwas! Er lebte in nächster Nähe eines bewaffneten Kriminellen – dabei vergaß er abends sogar oft, die Haustür abzuschließen, ehe er schlafen ging. Er hatte das bisher nie für nötig gehalten. Nach allem, was sein Frisör ihm erzählt hatte, hätte der Jugendliche damals um Haaresbreite den Ladenbesitzer erschossen, einen Familienvater mit Frau und zwei Kindern, nur wegen einer Flasche Wein. Aber der Gangster war gestolpert und die Flasche war in seiner Jacke zu Bruch gegangen. „Aber ich habe ihn danach doch noch hier gesehen!"

„Weil er noch so jung ist, weil er vorher noch nie auffällig gewesen war und weil er sich selbst der Polizei gestellt hat, hat ihn der Richter bis zur Verhandlung unter der Bedingung auf freien Fuß gesetzt, dass er sich nur zu Hause und in der Schule aufhalten darf." Sie sah zur Seite. „Dagegen hat er nun verstoßen. Er wurde in der Schule in einen Streit verwickelt, danach ist er abgehauen. Ich vermute, dass er Angst hatte, wegen dem Konflikt in der Schule direkt ins Gefängnis zu kommen." Ihre Augen wurden feucht. „Er ist eigentlich ein guter Junge, Mr Bradbury. Er ist nur sehr verletzt worden, und der Schmerz treibt ihn dazu, dumme Dinge zu tun. Und ich kann ihn nicht mehr so erreichen, wie das früher ging."

Zuerst der Maulwurf, dann ein krimineller Nachbar und jetzt auch noch eine weinende Frau in seinem Garten. Was war das nur für ein Tag. Dabei war es erst früher Vormittag und er hatte noch nicht einmal seine Zeitung gelesen. Seine ganze, hübsche, ordentliche kleine Welt schien auseinanderzufallen. Er sollte dringend etwas unternehmen, doch er wusste nicht, was. Unwillkürlich streckte er seine Hand aus, um ihr über den Arm zu streicheln, doch schnell besann er sich eines Besseren und griff stattdessen nach seiner Schaufel. Er stützte sich schwer auf den Stiel und drückte seine steifen Glieder mühsam nach oben.

Celine erhob sich ebenfalls und tupfte ihr Gesicht mit der Innenseite ihres Ärmels trocken. Es war exakt die gleiche Bewegung, die er von Molly kannte, wenn sie bei einem traurigen Film weinen musste und sich nicht das Make-up verschmieren wollte. Molly hatte immer sehr auf sich geachtet. Selbst als sie schon sehr krank gewesen war, schminkte sie sich immer noch schnell, wenn jemand zu Besuch kam.

„Bitte entschuldigen Sie, Mr Bradbury, dass ich Sie mit meinen Sorgen belastet habe." Celine kicherte unter Tränen. „Ich weiß auch nicht, wie das passieren konnte." Sie sah auf ihre Uhr. „Dafür werde ich heute Abend bis nach fünf Uhr arbeiten müssen, um diese Zeit wieder hereinzuholen." Sie lächelte tapfer. „Egal. Jedenfalls bin ich froh, dass Sie nur einen Maulwurf gejagt haben und keinen Schlaganfall oder etwas Ähnliches hatten."

„Sie können jederzeit zu mir kommen, wenn Ihnen danach zumute ist", hörte er sich selbst sagen und wunderte sich sofort, wo dieser Satz hergekommen war. Am liebsten hätte er die Worte wieder zurückgenommen. Aber so war das mit Worten: Einmal ausgesprochen, taten sie ihre Wirkung, und man konnte sie nicht mehr ungeschehen machen. Die anderen konnten sie nehmen und einlösen.

Sie lächelte weich. „Vielen Dank, Mr Bradbury." Unvermittelt ging sie einen kleinen Schritt auf ihn zu und umarmte ihn, einfach so, ihre Wangen berührten sich. Dann wandte sie sich um und ging langsam zu ihrem Wagen. Millard Bradbury stand bewegungslos da und beobachtete, wie sie versuchte, ihren alten Ford in Gang zu setzen. Der Motor stotterte etliche Male, bis er endlich mit lautem Geheul ansprang. Kraftlos erwiderte er ihr Winken und sah ihr hinterher, wie sie die Straße entlangtuckerte.

Kapitel 6

Celines Chef beugte sich über ihren Schreibtisch, blätterte eine der daraufgestapelten Akten durch und suchte nach ein paar Informationen, die er für das anstehende Telefongespräch benötigte.

Leon Schumann war ein sehr gewissenhafter Mensch. Plaudern lag ihm nicht. Die tiefen Linien, die sich in sein Gesicht eingegraben hatten, machten es schier unmöglich, seine Gedanken oder Gefühle darin zu lesen. Hoffentlich würde er den Stapel unbeantworteter Anfragen links von ihrem Computer nicht sehen. Celine legte unauffällig einen Notizblock darüber. Erleichtert atmete sie auf, als er in sein mit Glaswänden abgeteiltes Büro zurückkehrte. Sie unterdrückte ein Gähnen und fuhr fort, Zahlen in das Computerprogramm einzugeben. Ihre Augen begannen zu tränen, so müde war sie. Letzte Nacht hatte sie kaum geschlafen.

Nach allem, was sie wusste, war Micki die Einzige hier in der Firma, die über Tims Verschwinden informiert war. Natürlich wussten die anderen auch von Tims Verhaftung im Sommer, auch wenn die Zeitung seinen Namen nicht drucken durfte, weil er noch so jung war. Aber solche Nachrichten verbreiteten sich schnell in Ham Bone. Doch ihre Kollegen gingen wohl davon aus, dass Tim bis zur endgültigen Verhandlung entweder zu Hause oder in der Schule war, so wie der Richter es angeordnet hatte. Die meisten sprachen Celine nicht mehr auf das Thema an, seit sie gemerkt hatten, wie empfindlich sie darauf reagierte. Aber natürlich wurde in ihrer Abwesenheit, im Pausenraum zwischen Donuts und Kaffeeschlückchen, immer wieder leise über ihre Familiensituation geredet.

Sie erinnerte sich nur zu genau daran, wie die Anwältin, die Tim vom Gericht zugeteilt worden war, ihn ermahnt hatte, sich peinlich genau an die Anweisungen des Richters zu halten. Sie war knapp dreißig Jahre alt und schwanger. Mit großem Ernst hatte sie ihm deutlich zu machen versucht, dass der Richter eine sehr nette Entscheidung getroffen hatte, als er ihn ohne Kaution der Obhut seiner Mutter überlassen hatte. Wenn er sich nicht an die Abmachung hielte, würde das äußerst unangenehme Folgen haben. Tim hatte die Anwältin aufmerksam angesehen und ernst genickt.

Celines Blick ruhte auf dem kleinen, gerahmten Foto auf ihrem Schreibtisch, das Jack Mellon von dem damals 12-jährigen Tim gemacht hatte, wie er eine Fernbedienung in Händen hielt und staunend gen Himmel sah. Das rote Doppeldeckerflugzeug, das Jack mit größter Sorgfalt zusammengebaut und lackiert hatte, war auf dem Bild nicht zu sehen. Er hatte seine Kamera nicht auf sein Meisterwerk, sondern auf Tims Gesicht gehalten. Das allein hätte ihr damals doch schon zu denken geben müssen! Warum war sie nur so blind gewesen? Was wäre aus Tim geworden, wenn sie Jack geheiratet hätte? Sicher wäre er jetzt nicht in irgendwelchen dunklen Straßen oder im Wald unterwegs, wo er sich von Beeren und Wurzeln ernähren musste. Sie versuchte sich Tim vorzustellen, wie er unter der liebevollen Anleitung eines starken Mannes heranwuchs, sicher und zufrieden, mit Erfolg in der Schule und seinen eigenen Modellflugzeugen. Der Bildschirm vor ihr war schon längst im Standby-Modus.

Endlich erlöste Micki sie aus ihren trüben Gedanken. „Hallo!“ Der Blondschopf ihrer Freundin erschien über den

Trennwänden ihres Arbeitsplatzes. „Gehen wir zusammen essen?"

Celine blinzelte. Sie hatte den ganzen Vormittag über keinen einzigen Antrag bearbeitet. Seufzend speicherte sie ihre Computerdaten und stand auf: „Ja, gerne."

Bis jetzt war der September sonnig und warm gewesen, doch heute lag ein kalter Nebel über der Stadt. Wo man sonst die grünen Hügel am Fuße der Kaskadenberge sehen konnte, war heute alles grau in grau. Sie nahmen ihre Jacken und gingen in das kleine mexikanische Restaurant direkt neben ihrem Büro. Celine und Micki fanden einen freien Tisch am Fenster, von wo aus sie nach draußen und in den Frisörsalon auf der anderen Straßenseite sehen konnten. Micki bestellte Enchiladas mit Hühnchenfleisch, Celine nahm gefüllte Gemüse-Tortillas.

„Ich vermisse dich", eröffnete Micki das Gespräch.

„Was redest du da? Wir sehen uns doch jeden Tag, ob du willst oder nicht."

„Schon, aber das hier bist nicht du selbst. Ich vermisse dein berühmtes Lachen."

Celine versuchte ein irritiertes Lächeln. „Du kannst mir ja einen Witz erzählen."

„Tut mir leid." Micki nahm Celines Glas. „Soll ich dir Wasser holen?"

„Ja bitte, mit viel Eis."

„Ich habe nur versucht, dich von Tim abzulenken."

„Für ein paar Sekunden hat es auch funktioniert. Aber jetzt bin ich wieder mit all meinen Gedanken bei ihm. Während wir hier schön essen, ist er irgendwo da draußen und hat Hunger. Ob er sich von Beeren ernährt?" Ein entsetzlicher Gedanken kam ihr in den Sinn. „Sag mal, gibt es hier in der Gegend auch giftige Pflanzen?"

Micki schüttelte so heftig den Kopf, dass ihre silbernen Ohrringe klimperten. Sie hatte einen topmodernen Haarschnitt und trug eine modische, knapp sitzende Bluse. Mit ihrer sportlichen Figur konnte sie sich das erlauben. Wenn sie daran dachte, nahm Celine sich immer vor, mehr Sport zu machen, damit ihre Arme nicht mehr so dünn aussahen. „Das Schlimmste, was ihm hier passieren könnte, ist, dass er die Rinde von diesem Baum erwischt, aus der Abführmittel gemacht werden."

„Na super, Durchfall auf der Flucht – was wünscht man sich mehr?"

Micki seufzte. „Du musst aufhören, dir Sorgen um ihn zu machen. Er ist ein Naturkind, das weißt du doch. Er hat mehr Zeit im Wald verbracht als ein durchschnittlicher Wolf. Außerdem ist er ein kluges Köpfchen. Wenn irgendjemand da draußen klarkommt, dann Tim."

„Habe ich dir erzählt, dass er ohne Jacke losgegangen ist?"

„Ja, schon mehrmals." Micki zog die Augenbrauen zusammen. „Ich wette mit dir, dass er inzwischen eine hat!"

In diese Richtung wollte Celine nicht weiterdenken. Die Vorstellung, dass ihr Sohn ein gewohnheitsmäßiger Dieb werden könnte, ertrug sie nicht. Konnte es sein, dass der Polizist recht hatte mit seiner Vermutung, dass Tim in ein Haus eingebrochen war? Vielleicht war die Geschichte damals mit der Weinflasche ja gar nicht die einmalige, zufällige, verrückte, dumme Ausnahme seines Lebens? Nachdem er verschwunden war, hatte sie leere Bierflaschen in seinem Kleiderschrank gefunden, unter seinem Bett stand ein Sixpack. Er musste sie gestohlen haben, denn er konnte sie unmöglich kaufen; selbst mit einem gefälschten Pass hätte kein Kassierer ihn mit seinem kindlichen Gesicht für volljährig gehalten.

„Heute Nacht habe ich meine Mutter angerufen."

Mickis Augenbrauen schnellten in die Höhe. „Und?"

„Ich habe sie aufgeweckt. Es war zwei Uhr nachts. Ich

fand einfach keine Ruhe. Ständig hatte ich Bilder vor Augen, wie dieser Polizist mit einem Durchsuchungsbefehl zurückkehrte oder von Tim, den ich mir in jeder erdenklichen Gefahr vorstellte. Es war der blanke Horror. Schließlich habe ich einfach die Nummer meiner Mutter gewählt. Sie war nicht mal sauer. Ich habe ihr alles erzählt, die ganze Geschichte, von Anfang an – wie es zu der Verhaftung kam, von den Auflagen des Richters und von seiner Flucht." Celine stöhnte. „Es wäre besser gewesen, wenn ich ihr früher schon manchmal etwas von seinen Problemen erzählt hätte. Wenn sie gewusst hätte, dass er immer wieder in solche finsteren Stimmungen verfiel, dann wäre sie letzte Nacht vielleicht nicht so schockiert gewesen. Wenn sie an Tim denkt, dann ist er immer noch der liebe kleine Junge, der stolz seine Tausendfüßler und Kartoffelkäfer zeigte. Sie hat sich immer so gefreut über alles, was er ihr brachte, als wären es Diamanten und Edelsteine."

„Ist sie nicht ausgerastet, als du ihr die ganze Geschichte erzählt hast?"

„Nein, das ist nicht ihre Art. Sie war ganz ruhig und vernünftig und meinte, Tim würde diese schwere Zeit sicher überstehen und eines Tages würden wir staunend und dankbar zurückschauen und uns freuen, dass so ein vernünftiger junger Mann aus ihm geworden wäre."

„Wow! Sie ist auf jeden Fall eine gnadenlose Optimistin. Warum hast du ihr nicht schon früher dein Herz ausgeschüttet? Ich weine mich ja sogar bei meiner Mutter aus, wenn die Toilette verstopft ist oder so was."

Celine starrte auf das Tortilla-Stück auf ihrer Gabel und zuckte die Achseln. „Keine Ahnung. Meine Mutter hat so ein vollkommenes Bild von mir und meinen Kindern – es läuft immer alles gut, die Kinder sind immer sauber und fröhlich. Bevor sie mich besuchen kommt, putze ich tagelang die Wohnung, damit alles so perfekt und wohlsortiert aussieht wie bei ihr zu Hause. Wir waren nicht reich, als ich ein Kind war, aber sie hat den Haushalt so geführt, dass man uns für reiche Leute halten musste. Wenn Gäste kamen, hat sie den Tee mit dem feinsten Porzellan serviert, auf einem silbernen Tablett in einer silbernen Kanne. Meine Schwester und ich hatten farblich aufeinander abgestimmte Sachen an. Wir trugen Kleidchen, die man bügeln musste! Ich bin ja schon froh, wenn ich es schaffe, Sissi zwei gleiche Socken zu verpassen, ehe ich sie morgens zum Bus schicke. Zum Bügeln komme ich überhaupt nicht. Natürlich war meine Mutter auch immer perfekt frisiert und geschminkt, wenn mein Vater von der Arbeit nach Hause kam. So ist es ihr tatsächlich gelungen, ein Leben lang mit einem Mann glücklich verheiratet zu bleiben."

„Wie lange?"

„Vater starb unmittelbar vor ihrem vierzigjährigen Jubiläum. Die Beerdigung war genau an ihrem vierzigsten Hochzeitstag, am 12. August."

„Wie traurig."

Celine strich sich über die Stirn und lächelte. „Ja, es war wirklich traurig. Aber wenigstens dieses eine Mal hat Vater am Hochzeitstag für Blumen gesorgt – so viele Blumen, dass es für alle anderen, vergessenen Hochzeitstage reichte. In dem Punkt hat er oft versagt."

Micki lehnte sich zurück, verschränkte die Arme und musterte sie, bis Celine sich an ihre Lehrerin aus der fünften Klasse erinnert fühlte, die sie auch so anzuschauen pflegte, wenn sie den Aufbau eines einfachen Satzes nicht erklären konnte. „Du vergleichst dich also mit deiner perfekten Mutter, die – korrigiere mich, wenn ich mich irre – während deiner gesamten Kindheit keinen einzigen Tag einem Job nachging und einen Mann hatte, der die Rechnungen bezahlte und ihr bei der Erziehung der Kinder half."

„Nein, ich vergleiche mich nicht mit ihr", widersprach

Celine. „Ich versuche nur, mich ihren Idealen anzunähern. Kannst du mir bitte die Soße geben?"

„Schade, dass sie so weit weg wohnt. Ich glaube, es würde dir im Moment sehr guttun, ein bisschen bemuttert zu werden."

Celines Augen blieben an dem Papagei aus Pappmaschee hängen, der über Mickis Schulter baumelte. Ihre Mutter lebte zusammen mit Celines Tanten Claire und Aggie in einem Vorort von Cleveland. Die drei alleinstehenden Frauen hatten richtig viel Spaß an ihrer WG. Manchmal konnte Celine kein vernünftiges Telefongespräch mit ihrer Mutter führen, weil die beiden Tanten im Hintergrund so viel Blödsinn machten. Um nichts in der Welt würde Celine dieses glückliche Kleeblatt auseinanderreißen, egal wie schwierig es für sie und ihre Kinder noch werden würde.

„Meine Schwester braucht sie dringender als ich", antwortete Celine und schüttelte wieder einmal ungläubig staunend den Kopf. Ihre Schwester hatte immer gesagt, sie sei kein Familientyp, und nun hatte sie schon fünf Kinder, die alle unter 10 Jahren waren. „Mutter hütet vormittags die Kleinen, während Alana arbeitet."

Sie schielte auf ihre Uhr. Um 13:45 Uhr würden Rebecca und Sissi mit dem Schulbus zu Hause ankommen. Da Tim nicht da war, würden die beiden bis nach 17 Uhr allein zu Hause sein. Aber vielleicht war es in dem Zusammenhang gar nicht so schlimm, dass Tim weg war. In letzter Zeit hatte sie sich schon fast mehr Sorgen gemacht, wenn die Mädchen mit Tim zusammen waren, als wenn sie ohne ihn zu Hause waren.

Ein Polizeiwagen fuhr mit Blaulicht an ihrem Fenster vorbei. Celine beobachtete erschrocken, dass er exakt vor der Versicherungsfirma hielt.

„Was ist denn da los?", fragte Micki und sprang auf. Ihre Serviette landete auf dem Boden. Ein zweiter Polizeiwagen kam aus der entgegengesetzten Richtung und hielt ebenfalls vor der Versicherung. Die Frauen rannten aus dem Lokal, ihr halb fertiges Essen hatten sie vergessen.

„Wir sind gleich wieder da", rief Celine der Bedienung noch zu.

Die Polizisten rannten los, schrien etwas und verschwanden auf dem Schotterweg hinter dem Bürogebäude. Dort versuchte ein weiterer Polizist, jemanden niederzuringen. Die Person trug eine lange, braune Jacke und wehrte sich heftig. Entsetzt schrie Celine: „Es ist Tim!"

Micki hielt sie fest und widersprach: „Nein, Celine, das glaube ich nicht."

Sie blieben auf dem kleinen Parkplatz vor dem Haus stehen und beobachteten das Geschehen aus sicherer Entfernung. Mr Schumann und einige der Angestellten kamen aus dem Seitenausgang, um zu sehen, was dort vor sich ging. Ein dunkelhaariger Polizist mit breitem Rücken und kräftigen Schultern – es war eindeutig Estrada – drehte dem Gefangenen gerade den Arm auf den Rücken, um ihm Handschellen anzulegen. Dabei drückte er das Gesicht des Unglücklichen so in die Steine, dass dieser einen Schmerzensschrei von sich gab.

Tim! Es war ihr Sohn, der da festgenommen wurde! Ihr Kind wurde in die Steine gedrückt.

Sie rannte zu ihm hin, ihre Beine versagten ihr fast den Dienst. Kurz bevor sie ihn erreicht hatte, packte ein Polizist sie am Arm und hielt sie zurück. Unsanft riss Estrada den Jungen auf die Beine. Tims Blick war wild und fiebrig, seine Haare zerzaust.

„Tim!" Er sah ihr direkt ins Gesicht, blinzelte und senkte den Kopf. Ein dünnes Rinnsal Blut lief über seine Wange. Estrada schob und zerrte ihn über den Parkplatz. Diese Jacke hatte sie noch nie gesehen. Sie war aus braunem Stoff, die viel zu langen Ärmel waren an den Handgelenken dick aufgerollt. Kurz vor dem Polizeiauto riss Tim sich noch einmal los, aber Estrada packte ihn mit kräftigem Griff, drückte seinen Kopf hinunter und stieß ihn grob auf die Rückbank.

Micki war an Celines Seite und hatte den Arm schützend um sie gelegt, als die Tür zugeschlagen wurde.

„Bitte lassen Sie mich mit ihm reden." Der Beamte zögerte, dann griff er durch die vordere Tür nach hinten und ließ das Fenster ein Stück weit hinunter. Tausend Fragen schwirrten Celine durch den Kopf. Warum war Tim überhaupt weggelaufen? Was hatte er die ganze Zeit gegessen? Wo hatte er geschlafen? Wie hatte er die kalten Herbstnächte verbracht? Sie bückte sich und presste ihre Stirn gegen den oberen Fensterrand. „Tim", sagte sie sanft.

Wegen der Handschellen auf seinem Rücken musste er sich unbequem nach vorn beugen. Er sah nicht auf. „Ich wollte dir nur sagen, dass es mir gut geht", murmelte er leise.

Die aufsteigenden Tränen drohten ihr die Stimme zu ersticken. Aber sie ließ es nicht zu. Noch nicht. „Tim, wir kriegen das wieder hin, wir beide. Du machst jetzt, was man dir sagt, und ich werde dir helfen. Hörst du mich?"

„Ich gehe nicht ins Gefängnis. Das kann ich nicht. Lieber sterbe ich."

Ein kalter Schauer durchlief ihren Körper. Über dieses Thema schien er viel nachgedacht zu haben. „Keiner sagt, dass du ins Gefängnis musst, Tim. Es liegt jetzt viel an dir." Sie hatte keine Ahnung, ob es stimmte, was sie da sagte. Immerhin wurde es als Straftat gewertet, dass er damals diese Spielzeugpistole gezogen hatte. „Ab jetzt machst du alles richtig, und ich tue, was nur möglich ist, um dir zu helfen. Du hast dich selbst in diese Lage gebracht, jetzt entscheide dich bitte dazu, da wieder herauszukommen. Mach ab sofort keine so dummen Fehler mehr."

Endlich sah er sie an. Er hatte die dunklen Augen mit den

langen Wimpern seines Vaters – diese schönen Augen, die sie damals ins Verderben gestürzt hatten.

„Tim, ich liebe dich."

Er versuchte zu sprechen, aber alles, was über seine zitternden Lippen kam, war ein halb ersticktes „Mama ...". Sein Gesicht verzog sich wie früher, als er noch ein kleiner Junge war und weinen musste. Damals wurde sein kleines Herz gebrochen von einem Vater, der ein vermeintlich besseres Leben fand und darüber vergaß, dass er eine Familie gegründet hatte. Tim wandte sein Gesicht ab. Ein Grasbüschel hing in seinem schmutzigen, zerzausten Haar.

Nun waren Celines Tränen nicht mehr aufzuhalten. Micki hielt sie fest und ließ nicht zu, dass sie auf dem harten Gehsteig zusammenbrach, als die kugelsicheren Fenster sich schlossen und der Polizeiwagen sich entfernte.

Kapitel 7

Celine wartete fast drei Stunden in dem kahlen Bezirksjugendgefängnis, bevor sie endlich ihren Sohn sehen durfte. Konnte es so lange dauern, jemanden hier aufzunehmen? Es war ein Furcht einflößender Ort. Die kahlen, hohen Wände warfen den dumpfen Schall jeden Schrittes als Echo zurück. Der endlose, breite Flur hatte kein Tageslicht, nur am Ende gab es einen schmalen Schlitz, durch den sich mühsam ein Lichtstreifen zwängte.

Sie saß mit dem Rücken zur Wand, mitten in einer Reihe grüner Plastikstühle, die vermutlich älter waren als sie selbst. Als endlich ein Wachmann kam und sie zu dem Besuchsraum führte, gab sie ihm die Visitenkarte von Sybil Tanner. „Würden Sie bitte unsere Anwältin anrufen und ihr sagen, dass wir sie jetzt sprechen können?" Ihr Büro lag direkt auf der anderen Straßenseite im Gerichtsgebäude, das mit seinen vielen, hellen Fenstern eine vergleichsweise freundliche Atmosphäre hatte und von allen Seiten von Grünflächen und Bäumen umgeben war.

Celine musste auch hier wieder warten. Sie starrte auf die Tür, in die auf Augenhöhe ein vergittertes Loch eingelassen war. Dann kam Sybil. Seit Celine sie das letzte Mal gesehen hatte, war ihr Babybauch beträchtlich gewachsen. Die junge Anwältin hatte kaum Zeit gehabt, ihre säuberlich geordneten Papiere auf den Tisch zu legen, als die Tür sich erneut öffnete.

„Versuchen Sie bitte, sich auf eine halbe Stunde zu beschränken“, erklärte der Wachmann und schob Tim, den er mit einem festen Griff am Oberarm geführt hatte, in den Raum. Die Tür fiel ins Schloss, doch durch das vergitterte Fenster konnte man den Beamten vor der Tür stehen sehen.

Celine stockte der Atem. Ihr Junge trug Handschellen, die an einem Gürtel befestigt waren. Er steckte in einem blauen Overall und sein Blick war voller Scham und Mutlosigkeit. Sie nahm alle Kraft zusammen. *Ich werde jetzt nicht weinen! Ich weine jetzt nicht!* Ihr Stuhl machte ein kratzendes Geräusch, als sie sich erhob, um ihn zu umarmen. Er stand steif da, doch er hielt still, als sie ihre Wange an seine legte und seinen Rücken streichelte. Wie sie diesen Moment genoss! Endlich konnte sie die schmale, aber doch immer erwachsener werdende Gestalt ihres Sohnes wieder in die Arme schließen. Sie spürte eine neu erwachende, männliche Kraft in seinem Rücken und deutlich hervortretende, sehnige Bizepsmuskeln an seinen Armen. Er roch nach Seife. Vermutlich hatte er duschen müssen, ehe er den Overall anziehen durfte, der ihn als Gefangenen kennzeichnete.

„Bitte verzeih mir, Mama“, hörte sie ihn flüstern.

„Hallo, Tim!“, unterbrach die Anwältin. „Bitte setz dich doch hier zu mir an den Tisch, wir haben nur wenig Zeit.“

Er plumpste auf einen Stuhl gegenüber Mrs Tanner.

„Nun gut“, seufzte sie, „wir haben eine schwierige Aufgabe vor uns. Hast du mir nicht zugehört, als ich dir erklärt habe, was es bedeutet, gegen die Anordnungen des Gerichts zu verstoßen? Warum bist du weggelaufen?“

Seine Augen zogen sich zusammen. „Ich wurde in der Schule in eine Schlägerei verwickelt.“

Sie sah ihm direkt in die Augen. „Erzähl mir das genauer.“

Er zuckte mit den Schultern. „Da war so ein Blödmann, der hat mich ständig mit dieser Geschichte vom Supermarkt aufgezogen. Seit dem ersten Schultag waren er und seine Freunde gegen mich. Sie haben Lügen über mich verbreitet, die ganze Zeit. Sie sagten, ich hätte den Typen umbringen wollen." Er schnaubte verächtlich. „Mit einer Spielzeugpistole!"

„Von wem kam der erste Schlag?"

Er starrte auf ihre blasse Hand, die eifrig Notizen machte. „Na ja, das war wohl ich, aber er hat mich zuerst getroffen. Er ist riesig, mit längeren Armen als ich."

„Warst du froh, als die Lehrer euch auseinanderbrachten?"

„Ja. Bis dann die Schulsozialarbeiterin die Polizei anrief. Da wusste ich, dass ich abhauen musste." Seine Stimme brach. „Nach allem, was Sie mir gesagt hatten, war mir klar, dass ich ins Gefängnis kommen würde. Ich sollte doch vor meiner Verhandlung überhaupt nicht mehr negativ auffallen." Er sah sie fragend an. „Was wird jetzt passieren?"

Sie zögerte. Ihre Lippen bildeten eine schmale Linie, während sie mit dem Stift auf den Tisch trommelte. „Nun, es wäre besser gewesen, du hättest dich der Situation gestellt." Sie blätterte durch seine Akte. „Man hat dir den Versuch einer schweren Straftat zur Last gelegt, was bedeuten kann, dass du nicht mehr unter das Jugendstrafgesetz fällst. Der Richter war überraschend milde, als er dich trotz dieses Vorwurfs der Obhut deiner Mutter überlassen hat." Sie sah ihm direkt ins Gesicht und schüttelte bedauernd den Kopf. „Ich werde dich nicht anlügen, Tim. Richter Renkin mag es nicht, wenn man ihn nicht ernst nimmt. Er kann in solchen Fällen sehr hart sein. Ich werde tun, was in meiner Macht steht."

Sie sah zu Celine herüber. „Wenn Sie Angehörige haben, dann trommeln Sie diese zusammen und lassen Sie alle zur Verhandlung erscheinen. Wenn man sehen kann, dass es viele Leute gibt, die hinter Tim stehen, könnte das den Ausgang des Verfahrens günstig beeinflussen." Dann wandte sie sich wieder zu Tim. „Bereite dich darauf vor, dass du auf jeden Fall eine Haftstrafe bekommen wirst. Im schlimmsten Fall, wenn du nach dem Erwachsenenrecht bestraft werden wirst, könnten es fünf Jahre werden."

Tim wurde kreidebleich und schrie auf. „Nein!" Seine gefesselten Hände krachten auf den Tisch und das metallene Geräusch der Handschellen brach sich an den kalten Wänden. Celine sah, wie seine Schultern sich krampfhaft hoben und senkten, und mit kaum hörbarer Stimme vernahm sie zum zweiten Mal diese Worte: „Lieber sterbe ich."

Zögernd parkte Celine ihren Wagen vor dem Supermarkt in Dunbar. Lange schaute sie prüfend in den kleinen Spiegel auf der Rückseite der Sonnenblende. Ihre Augen waren noch leicht gerötet vom Weinen, aber sie waren nicht mehr geschwollen. Sie tuschte sich halbherzig die Wimpern. Was hatte sie sich da bloß vorgenommen? Jack Mellon war inzwischen bestimmt längst verheiratet oder zumindest in festen Händen. Er hatte es ja sehr eilig damit gehabt, eine Familie zu gründen. Warum auch nicht, auf jeden Fall hatte er das Zeug zum Familienvater, mit solidem Job, Liebe zu Kindern und Freude am Sport.

Da sie nun ohnehin schon in Dunbar war und die Mädchen bei Micki waren, bot es sich förmlich an, Jack einen Besuch abzustatten. Auf die Gefahr hin, dass sie sich etwas vormachte – sie konnte die Vorstellung nicht abschütteln, wie Jack am kommenden Donnerstag neben ihr in der Verhandlung sitzen könnte. Ihre Mutter war in Ohio. Micki und Dennis waren am ehesten so etwas wie Verwandte, aber beide waren am Tag der mündlichen Verhandlung in Arizona, wo Dennis geschäftlich zu tun hatte.

Celine fuhr sich mit dem Kamm durch die Haare, die jetzt viel länger waren als damals, als sie und Jack zusammen gewesen waren. Noch ein bisschen Lippenstift – und los. Celine war entschlossen, es hinter sich zu bringen.

Sie nahm sich einen Einkaufswagen und machte sich auf den Weg zur Fleischabteilung. Unterwegs legte sie wahllos einige Artikel in den Wagen, nur nichts Tiefgekühltes, denn die Fahrt zurück nach Ham Bone würde eine halbe Stunde dauern. Wie sollte sie Jack erklären, dass sie ausgerechnet in seinem Supermarkt einkaufte? Lügen war nicht ihre Stärke. Die Fischtheke kam in Sicht. Ein junger Mann mit weißer Schürze und Plastikhandschuhen arrangierte Lachsfilets auf Eis. Celine bog scharf rechts ab, ohne auch nur einen Blick nach links zu riskieren, wo das rohe Fleisch ausgebreitet lag.

Sie ekelte sich davor, und Jack wusste das. Sie hatten sich so oft darüber amüsiert, dass ein Metzger und eine Vegetarierin zusammen sein konnten. Jack hatte immer behauptet, Gegensätze zögen sich eben an, während sie den Gedanken, dass er dieses hormon- und chemieverseuchte Zeug verzehrte, immer wieder abstoßend fand. Auch Tim hatte er heimlich Hotdogs, Salamipizza und Hamburger gekauft, wenn er mit ihm unterwegs gewesen war. Noch lange, nachdem sie mit Jack Schluss gemacht hatte, plagte Tim sie mit seinem Betteln um einen Hamburger.

Endlich war sie in der Obst- und Gemüseabteilung. Hier ging es ihr doch gleich wieder besser. Der Salat sah gut aus. Nachdenklich suchte sie sich den größten Kopf aus.

Es war nicht wegen dem Fleisch gescheitert. Es waren ganz andere Gründe gewesen, aus denen sie sich gegen Jack entschieden hatte. War es Panik, weil Jack sich spürbar immer mehr in sie verliebte und ernsthafte Absichten hatte, während sie es einfach nur angenehm fand, mit einem Mann befreundet zu sein? Er wollte von ihr die drei alles entscheidenden Worte hören. Doch allein bei dem Gedanken geriet sie in Panik, obwohl sie wusste, dass Jack ein guter Typ war, nicht im Entferntesten so wie Don.

Abgesehen davon war ihr bei Don eigentlich von Anfang an klar gewesen, dass er kein guter Partner war. Sie hatte gerade angefangen, an der *Western Washington*-Universität zu studieren, weit weg von zu Hause. Alles roch nach Abenteuer. Hätte sie damals geahnt, wie dieses Abenteuer namens Don ihr Leben durcheinanderbringen würde – sie wäre zu Hause geblieben und hätte in Ohio studiert, so wie die meisten ihrer Klassenkameraden auch.

Celine war mit ihrer Cousine Tara durch eine Baumschule gestreift, um den idealen Weihnachtsbaum für die Eingangshalle ihres Studentenwohnheims auszusuchen. Es dämmerte schon, als der junge Mann mit seiner Säge zwischen den Fichten auftauchte.

„Ladys, bitte entschuldigt, dass ich euer Gespräch belauscht habe. Ihr braucht etwas Großes, groß genug, dass sämtliche Bewohnerinnen eures Hauses sich in ihren Pyjamas darum herum setzen können, während sie sich die Fußnägel lackieren." Er grinste und bedeutete ihnen, ihm zu folgen. „Hier ist der Baum eurer Träume!"

Sie folgten dem Fremden über den schneebedeckten Weg zwischen den duftenden Nadelbäumen und waren bald schon mehr an dem Verkäufer als an seiner Ware interessiert. Vor einem drei Meter hohen Baum blieb er stehen, musterte ihn von oben bis unten und pfiff zufrieden durch die Zähne. „Glaubt mir, einen besseren gibt es nicht." Ein anzügliches Grinsen zuckte über sein Gesicht. Schwarze Locken drängten sich unter seiner Wollmütze hervor. Seine kaffeebraunen Augen ruhten ein bisschen zu lange auf Celine. Sie spürte, wie sie errötete.

„Diesen Baum würde ich niemandem sonst verkaufen", schmeichelte er. „In dem steckt so viel Arbeit – jahrelang wurde der gehegt und gepflegt. Von allein wächst kein Baum so gleichmäßig, der musste immer wieder beschnitten werden. Seht doch nur, wie gerade die Äste sind! Auf denen könnte man einen Teller abstellen."

„Ein Baum in dieser Größe kostet aber sechzig Dollar, stimmt's?", fragte Tara.

„Was ist los, gefällt er euch nicht?"

Sie nickten. „Doch, schon ..."

„Also, dann gehört er euch." Er warf Celine einen langen, vielsagenden Blick zu und hob seine Säge. „Ihr habt Glück, dass ich heute so gut gelaunt bin."

„Vielen Dank, das ist sehr nett. Trotzdem ist er zu groß. Den kriegen wir unmöglich auf unser Auto gebunden."

Ohne seinen Blick von Celine zu wenden, antwortete er Tara: „Ich werde ihn euch vorbeibringen." Mit einer gekonnten Bewegung strich er Celine den Schnee vom Haar.

Heute noch wurde sie wütend, wenn sie an diesen Abend dachte. Nicht so sehr, weil er es gewagt hatte, sie zu berühren. Auch nicht, weil sie später, nachdem der Baum schon fertig geschmückt im Wohnheim stand, herausfand, dass Don gar nicht in der Baumschule arbeitete. Er hatte den Baum mit der größten Selbstverständlichkeit auf die Ladefläche seines Wagens gelegt, der allerdings auffallend weit weg geparkt war. Ohne auch nur einen Blick in Richtung auf den Holzschuppen zu werfen, in dem man bezahlen musste, war er weggefahren. Nicht einmal im Traum hätte Celine daran gedacht, dass es sich um einen Diebstahl handelte. Was sie aber abgrundtief ärgerte, war die Tatsache, dass sie auf ihn und seine Masche hereingefallen war wie ein dummes Schulmädchen – blind vor Naivität, Abenteuerlust und Verliebtheit.

Gedankenverloren starrte Celine auf die Regale. Sie konnte sich einfach nicht aufs Einkaufen konzentrieren. Bei Jack war sie dann übervorsichtig gewesen. Sie hatte seine kleinen Eigenarten äußerst kritisch beurteilt, weil sie nicht noch einmal einen Fehler machen wollte. Wie dumm sie doch gewesen war, beide Male! Er wäre der Mann gewesen, der ihr und den Kindern gutgetan hätte, seine Liebe und Treue wären Balsam für ihre Wunden gewesen. Doch sie hatte ihn abgewiesen.

Wahrscheinlich hatte er heute seinen freien Tag. Wenn sie ihn heute nicht traf, sollte es wohl nicht sein. Damit wäre das Thema für sie erledigt. Sie würde in Ham Bone einkaufen, wo sie sich auskannte und nah genug an ihrem Haus war, um die tiefgekühlten Brombeeren in ordentlichem Zustand heimbringen zu können. Sie warf einen Strunk Brokkoli in den Wagen und bog dann entschlossen in den Gang zur Fleischtheke ein.

Jack war nirgendwo zu sehen. Sie war selbst überrascht, wie enttäuscht sie darüber war. Verloren starrte sie auf ein Regalfach mit Wurst und Schinken, ohne irgendetwas wahrzunehmen. Plötzlich fühlte sie sich ganz elend. Was für ein zermürbender Tag das gewesen war. Sie hatte mit ansehen müssen, wie ihr Sohn von der Polizei überwältigt und abgeführt worden war. In höchster Eile war sie zur Jugendstrafanstalt gerast, wo man sie stundenlang hatte warten lassen. Die Anwältin hatte alle ihre Hoffnungen zunichtegemacht. Das war kein Tag, um Jack wiederzusehen. Sie sollte lieber nach Hause fahren und die Mädchen ins Bett bringen.

Sie seufzte tief und schlang ihre Arme um ihren plötzlich vor Kälte zitternden Körper. Die Last der ganzen Situation legte sich lähmend auf sie. Völlig allein musste sie allem standhalten; sie hatte niemanden. Keinen Menschen. Nur Gott. Doch den kannte sie leider auch nicht richtig, jedenfalls nicht so wie ihre Mutter.

Ihre Mutter glaubte so fest an Gott, dass sie sogar Wunder erwartete und erlebte. Einmal hatte sie einer obdachlosen Frau ihr letztes Geld gegeben und danach erst festgestellt, dass sie nun keine Busfahrkarte mehr für den Heimweg kaufen konnte. Lächelnd hatte sie ihren Töchtern erklärt: „Gott wird sich schon darum kümmern."

Celine und ihre Schwester waren müde und hatten Hunger. Ihre Mutter ging mit ihnen zur Bushaltestelle. Sie warteten. Da tauchte plötzlich ihre Nachbarin, Mrs Sanford, auf. Sie kam gerade aus einem Blumenladen. Dabei waren sie sehr weit von ihrem Heimatort entfernt. Alle zwängten sich fröhlich in Mrs Sanfords Wagen, und die Nachbarin freute sich so über die Gesellschaft, dass sie unterwegs noch alle in ein Schnellrestaurant einlud.

Mutter war nicht einmal überrascht, wenn sich solche Dinge ereigneten. Sie sagte mit einem Lächeln nach oben einfach nur: „Danke, Jesus!"

„Entschuldigen Sie bitte?"

Celine fuhr erschrocken zusammen. Die Frauenstimme hatte sie abrupt aus ihren Gedanken gerissen. „Oh, tut mir leid!" Verlegen schob Celine ihren Wagen zur Seite, sodass die Dame ans Wurstregal konnte. „Wie lange stehe ich denn schon hier?"

Die ältere Frau lachte: „Lange genug, um mehrere Fünf-Gänge-Menüs zu planen."

Nun musste Celine auch lachen. „Ich war mit meinen Gedanken ganz woanders. Ein Glück, dass Sie mich angesprochen haben. Sonst wäre ich hier noch festgefroren."

„Celine?"

Ihr Kopf fuhr herum. „Jack!"

„Das Lachen kam mir doch irgendwie bekannt vor", sagte er. Er schob eine Palette mit abgepacktem Rindfleisch vor sich her. Die andere Frau legte ein paar Würstchen in ihren Wagen und ging weiter. Das Erste, was Celine auffiel, war seine gebräunte Haut. Automatisch schaute sie nach einem Ehering, doch die gelben Gummihandschuhe verbargen seine Finger.

„Wie geht es dir? Du siehst super aus, Jack.“ Das stimmte wirklich. Dafür, dass er sich von Rindfleisch, Kartoffelchips und Grillhähnchen ernährte, war er erstaunlich gut in Form. Er war nicht wirklich klein, aber wenn sie hohe Absätze trug, kam sie sich neben ihm manchmal ein bisschen zu groß vor.

Er lächelte ein wenig vorsichtig. „Danke. Du bist auch so schön wie eh und je. Was machst du denn hier in Dunbar? Bist du umgezogen?“

„Ja, ich bin wirklich umgezogen, aber nur innerhalb von Ham Bone. Wir haben jetzt ein Haus gemietet, na ja, eigentlich eher so einen Wohncontainer, um genau zu sein. Wir haben einen riesigen Garten rundherum und hinter dem Grundstück fängt gleich der Wald an. Solange die Kinder noch zur Schule gehen, will ich nicht aus Ham Bone wegziehen. Die Schulen am Ort sind eigentlich ganz gut.“

„Das habe ich auch schon gehört. Wie geht es den Kindern?“

„Gut. Sie wachsen, als würde man sie düngen.“ Es war wohl eher nicht der richtige Moment, um ihm zu sagen, dass Tim gerade im Gefängnis saß. „Und du? Bastelst du noch an deinen Modellflugzeugen?“

Er wischte sich die Nase an seinem aufgekrempelten Ärmel ab – eine der Angewohnheiten, die sie nie hatte leiden können. „Kaum. Ich habe ein neues Modell angefangen, aber es steht schon seit einem Jahr halb fertig herum. Ich habe den ganzen Sommer über Basketball gespielt, in der Supermarkt-Mannschaft. Wir wurden Zweiter in der Regionalliga. Jetzt trainiere ich eine Football-Nachwuchsmannschaft.“

„Das klingt gut. Du konntest schon immer gut mit Kindern umgehen.“

Plötzlich entstand ein beklemmendes Schweigen zwischen ihnen. Celine überlegte krampfhaft, was sie sagen konnte, ehe er seine „Was-machst-du-in-Dunbar"-Frage wiederholen würde. „Ich freue mich richtig, dass ich dich jetzt hier getroffen habe, Jack. Du hast mir gefehlt."

„Wirklich?"

Sie sah ihm fest in die klaren, blauen Augen. „Ja, in letzter Zeit habe ich viel an dich gedacht."

Er starrte sie ausdruckslos an. Mist! Er war wohl doch verheiratet?

„Ich meine, wir hatten doch eine echt schöne Zeit zusammen, oder? Meine Kinder mochten dich sehr. Hast du inzwischen eigene Kinder?"

Er drehte sich um, schob seine Palette weiter und begann, Fleischpackungen ins Kühlregal zu räumen. „Nein." Er drehte sich um, studierte ihr Gesicht und arbeitete dann weiter.

Hieß das, sie war entlassen? Um ihren letzten Rest von Selbstachtung nicht zu riskieren, musste sie das Gespräch jetzt schleunigst beenden und zur Hundefutterabteilung gehen, das war ihr klar. „Na ja, du hast zu tun, und –"

„Warum hast du mit mir Schluss gemacht?"

Die Frage erschreckte sie. Sie hatte eigentlich nur ein bisschen oberflächlich mit ihm plaudern wollen. Sie starrte auf seinen Rücken, während er so eifrig Fleisch in die Fächer stapelte, als würde er Sandsäcke an einem akut von Hochwasser bedrohten Damm auftürmen.

„Ich weiß auch nicht. Ich glaube, ich … ich habe es vergessen."

Er richtete sich auf und starrte sie an. „Du hast es *vergessen*? Ich nicht! Du sagtest etwas von unterschiedlichen Lebensentwürfen und ähnliches Zeug, das überhaupt keinen Sinn machte. So kam es mir jedenfalls vor."

„Jack, ich …"

„Tut mir leid", sagte er und schüttelte den Kopf, „es spielt ja auch keine Rolle mehr."

Ein Mann mit einem kleinen Kind auf dem Arm kam auf Jack zu. „Was kann ich für Sie tun?", sprach Jack ihn an.

„Die Steaks da drüben sehen so winzig aus. Haben Sie auch welche für Männer?"

Jack wühlte ganz unten in seinem Wagen und förderte zwei dicke Fleischstücke mit breitem Fettrand zutage. „Sehen die nicht super aus?"

„Herrlich, vielen Dank!", sagte der Mann, warf die Steaks auf das gefrorene Gemüse in seinem Wagen und zog weiter.

Jack arbeitete fieberhaft weiter.

„Jack, bist du mittlerweile verheiratet?" Oh Schreck! Sie hatte es ausgesprochen.

Er war jetzt dabei, das Suppenfleischregal zu füllen. „Nein."

Mann, er machte es ihr wirklich nicht leicht. „Jack, es könnte sein, dass ich damals einen Fehler gemacht habe", erklärte sie seinem Rücken. „Ich bin mir nicht sicher, versteh mich nicht falsch, aber in letzter Zeit habe ich öfters daran gedacht."

Er wandte sich wieder ihr zu und ein bitteres Lächeln zuckte um seine Mundwinkel: „Das ist ja lustig", sagte er, „genau das Gleiche habe ich auch öfters gedacht. Dass ich damals mit dir einen Fehler gemacht habe."

Kapitel 8

Millard war gerade erst erwacht, als er sich schon erinnerte: Heute war kein gewöhnlicher Tag. Er schlug die Decke zurück, schlüpfte in seine Pantoffeln, warf sich hastig den karierten Bademantel über, ging schnell ins Bad, und schon war er auf dem Weg zur Haustür.

Die Tür ging nicht auf. Ach so, er hatte abgeschlossen. Den kriminellen Nachbarn, vor dem er sich am Vorabend hatte schützen wollen, hatte er schon ganz vergessen. Er hatte sogar alle Fensterläden verriegelt und alle Riegel noch ein zweites Mal nachgeprüft. Der Kerl war jetzt zwar angeblich im Gefängnis, aber wer wusste schon, wann irgend so ein verweichlichter Richter den Jungen wieder mit einer Ermahnung auf freien Fuß setzen würde.

Millard entriegelte die Tür. Die Vorfreude auf das, was jetzt kommen würde, übertraf jede Beklommenheit, die beim Gedanken an den Einbrecher aus der Nachbarschaft in ihm hochsteigen wollte. Er konnte ihn schon förmlich vor sich sehen, den pelzigen kleinen Unhold, wie er mit dem Bauch nach oben im Gras lag. Er würde nie wieder einen Erdhügel aufwerfen.

Durch den Rat seines Frisörs gestern hatte er 39,95 Dollar gespart. So viel hätte die Maulwurfsfalle in Arthurs Haushalts- und Sportwarenladen an der Ecke gekostet. Diese Halsabschneider! Zudem hätte er drei bis sechs Wochen warten müssen, ehe die Falle eingetroffen wäre!

Wie viel Unheil hätte der Maulwurf in dieser Zeit anrichten können! Stattdessen hatte er nun für weniger als einen Dollar genau das gekauft, was laut dem Frisör jeden Maulwurf garantiert erledigen würde: Gummibärchen. Dem Zeug konnte kein Maulwurf widerstehen, doch dann erstickten die Tiere daran.

Aber was er statt einem toten Maulwurf draußen sah, trieb ihm Tränen des Zorns in die Augen. Ein Fluch kam ihm über die Lippen, den er seit seinem Einsatz in Nordkorea nicht mehr benutzt hatte. Millard stürmte die Treppe hinunter in den Garten, trat dabei auf die Zeitung, rutschte weg, verlor das Gleichgewicht und schlug hin.

Einen Augenblick lang lag er benommen mit dem Gesicht nach unten auf dem Rasen. Sein Herz raste und ihm war schwindelig. Schon zum zweiten Mal innerhalb von zwei Tagen lag er flach hingestreckt auf seinem Grund und Boden. Der Gedanke an seine Nachbarin, die jeden Moment wieder auftauchen und ihn im neuerlichen Bodenkontakt entdecken könnte, ließ ihn ächzend und stöhnend, aber auch ziemlich schnell wieder hochkommen. Er raffte seinen Bademantel zusammen und zog den Gürtel fester, holte tief Luft und betrachtete den Schaden.

Was hatte dieses Tier nur aus seinem ehemals perfekten Rasen gemacht! Nun zweigte offensichtlich ein Seitengang vom Hauptgang Richtung Apfelbaum ab. Erdhügel reihte sich an Erdhügel, bis kurz vor dem Baum. Dort war der Maulwurf wohl auf eine dicke Wurzel gestoßen und hatte das Graben vorerst eingestellt. Vorsichtig pirschte Millard sich näher heran und studierte die letzte Aufhäufung. Dann kniete er sich hin, schob die Erde zur Seite und schaute in den Eingang des Tunnels. Nichts Verdächtiges zu sehen. Der Gang, den das Tier gestern gegraben hatte, sah noch unverändert aus, nur die Oberfläche der Hügel war von der Sonne getrocknet. Er streckte seinen Arm in das Loch und musste nicht lange in der Erde suchen, ehe er zwei unversehrte, große, saftige Stücke Weingummi zutage beförderte.

An diesem Nachmittag hätte das Kreuzworträtsel ebenso gut in irgendeiner Fremdsprache sein können. Millard verstand überhaupt nichts. Jedes Mal, wenn er aus dem Fenster sah, fiel sein Blick auf den schwer verwundeten Rasen. Aber er konnte kein Kreuzworträtsel lösen, ohne aus dem Fenster zu schauen. Nur so fielen ihm die gesuchten Wörter ein. Er versuchte, über den Rasen hinwegzuschauen, aber dann war er mit den Augen schon auf der anderen Straßenseite. Dort hing immer noch die Dachrinne herunter wie ein böses Omen. Wenn es erst mal losging, dann erfasste der Verfall meist eine ganze Nachbarschaft. Einem maroden Haus folgten viele andere.

Dann kam Rita. Sie war ganz zufrieden, weil er die meisten ihrer tiefgefrorenen Dosen geleert hatte. Aber um ihn nicht zu viel zu loben, setzte sie gleich noch mit einer Kritik nach: Er sei gestern den ganzen Nachmittag nicht erreichbar gewesen, ohne ihr vorher Bescheid gesagt zu haben! „Ich hatte keine Ahnung, was los war, Vater. Du hättest irgendwo im Graben liegen können oder tot auf dem Küchenboden!"

Er erwähnte lieber nichts von seinem Sturz. Stattdessen berichtete er ausführlich von der Maulwurfsplage, was Rita aber überhaupt nicht zu interessieren schien. Nur einmal sah sie kurz über ihre Schulter aus dem Fenster, streifte mit einem flüchtigen Blick seinen verunstalteten Garten und kommentierte leichthin: „Ja, für Maulwürfe ist das hier ein Paradies."

Was ihr viel wichtiger war als sein Maulwurfsproblem war ihre bevorstehende Begegnung mit Audrey Milhall. Seit ihrem letzten Klassentreffen hatten sie sich nicht mehr gesehen und nun würden sie sich am kommenden Freitagabend treffen. Das war ideal, da Nicole zu einem Auswärtsspiel unterwegs war. Peter würde bei einem Freund übernachten, während Dan ganz gerne mal einen Abend für sich alleine hätte.

„Ich habe die Kinder seit Wochen nicht mehr gesehen", bemerkte Millard.

„Ach, Vater." Sie tätschelte sein Knie. „Weißt du, die sind jetzt Teenager und haben immer schrecklich viel zu tun, mit den ganzen Sportveranstaltungen plus die Schulveranstaltungen und dann noch ihre Freunde. Dan sagte neulich, er würde jetzt eine Drehtür einbauen, weil die Kinder ständig am Kommen und Gehen sind. Weißt du eigentlich, dass Nicole jetzt den Führerschein hat? Ich werde ihr sagen, dass sie dich in nächster Zeit mal besuchen soll."

Er legte die Zeitung zur Seite und erhob sich. „Sag ihr, sie soll ihren Bruder auch mitbringen. Wir könnten einen schönen Ausflug machen, so wie früher."

Ritas Lippen wurden schmal. „Nun, wenn du meinst, aber dann lass lieber Nicole fahren." Sie seufzte und sah ihn so lange an, dass er schon ahnte, es würde wieder ein unangenehmes Thema folgen. „Wegen deinem Auto, Vater … ich meine, wegen dem Fahren, äh … Ich frage mich, ob es in deinem Alter nicht besser wäre, den Führerschein abzugeben."

„Vergiss es, Rita!"

„Lass mich ausreden, Vater. Ich habe neulich eine Sendung über ältere Fahrer gesehen, und die Unfallstatistiken sind absolut erschreckend. Du kannst dir nicht vorstellen, wie viele deiner Altersgenossen Leute anfahren oder gegen Telefonmasten krachen."

„Hältst du mich jetzt für altersschwach oder für blind oder was?"

„Nein! Aber es ist nun einmal so, dass das Reaktionsvermögen im Alter nicht mehr das gleiche ist wie bei jungen Menschen."

Willard nahm eine unruhige Wanderung über den Wohnzimmerteppich auf. „Vor was hast du denn eigentlich Angst? Dass ich sterben könnte? Na, und wenn schon? Was wäre schon dabei, wenn du mich eines Tages tatsächlich auf dem Küchenboden finden würdest, weil ich dein ach so gesundes Essen nicht gegessen habe? Hauptsache, ich sterbe so, dass du hinterher nicht so viel putzen musst, oder? Alles andere ist dir doch völlig egal!"

„Vater, deine Reaktion ist unangemessen! Ich will doch nur, dass du gut auf dich aufpasst, das ist alles."

„Könnte es sein, dass ich andere Dinge wichtiger finde, als auf mich aufzupassen? Hast du daran jemals gedacht?" Er marschierte zur Haustür hinaus und schlug sie hinter sich zu. Das Erste, was ihm draußen ins Auge fiel, war wieder diese herunterhängende Regenrinne bei der Nachbarin. Rita kam hinter ihm hergelaufen, den ganzen Weg bis zur Garage. Er angelte nach seinem Schlüsselbund, den er immer bei sich trug.

„Was hast du vor? Wohin willst du? Vater, bitte steig jetzt nicht in das Auto, nur um mir etwas zu beweisen!"

Er beachtete sie nicht, sondern schloss die Garage auf, ging an seinem Auto vorbei und nahm die Leiter von ihrer Befestigung an der Wand. Die Schublade seiner Werkbank klemmte zunächst, aber dann zog er so heftig daran, dass ihm fast der ganze Schrank entgegenkam. Millard suchte Nägel, Hammer und Schraubenzieher zusammen, alles, was er voraussichtlich benötigen würde, stopfte das Werkzeug in die lederne Bauchtasche, die er einmal von Molly zu Weihnachten bekommen hatte, und schnallte sie sich um die Hüfte. Als er aus der Garage kam, die Leiter waagerecht vor sich hertragend wie einen Rammbock, da wich sie wortlos zurück.

„Ich habe noch zu tun", erklärte er.

Ihre Blicke waren deutlich in seinem Rücken zu spüren, während er die Straße überquerte. Die Leiter war ganz schön schwer, aber er trug sie bewusst lässig, achtete auf einen geraden Rücken und hielt das Kinn hoch. Er war zwar Mitte 70, aber er würde die Radieschen noch lange nicht von unten betrachten. Seinen Führerschein abgeben! Nie im Leben! Ins Seniorenheim ziehen! Im Rollstuhl sitzen und sich ans Fenster schieben lassen – von wegen! Das würde ihnen so passen, Rita und ihrem Mann.

Dan, der Grundstücksmakler war, wartete nur darauf, dass er endlich Millards Haus verkaufen konnte. Hatte er nicht vor längerer Zeit schon darüber gesprochen, dass der Wert für die Grundstücke hier in die Höhe ging, seit an der B 12 ein Einkaufszentrum und ein Sexshop gebaut wurden? Rita hatte jede Achtung vor ihrem Vater verloren. Früher, da hatte sie gebettelt, dass er sie in seinen starken Armen herumwirbelte! Sie war so stolz gewesen, wenn er sie an der Schule abholte. Bei ihrer Hochzeit hatte sie ihn so fest umarmt, dass er körperlich spüren konnte, wie schwer ihr der Abschied vom Elternhaus fiel. Wie war es nur dazu gekommen, dass sie ihn heute bloß noch als eine lästige Aufgabe ansah?

Er stellte die Leiter auf das unkrautüberwucherte Blumenbeet neben Celine Walkers Haus, möglichst nah an die schmutzig graue Wand. Es würde nicht schwer sein, das Ding zu befestigen, das konnte er von unten schon sehen. Er musste lediglich diese Aluminiumklammer, auf der die Regenrinne auflag, am Dach festnageln. Mit jeder Sprosse, die er erklomm, genoss er das Wissen, dass Rita da drüben stand, ihn beobachtete und sich auf die Zunge biss. Er würde ihr schon beweisen, dass er noch nicht völlig nutzlos war.

Erst als er plötzlich durch das Fenster ins Schlafzimmer blickte, wurde ihm bewusst, dass er sich an einem fremden

Haus zu schaffen machte. Ob jemand zu Hause war? Die ganze Idee war ihm sehr spontan gekommen, als Reaktion auf seinen Ärger über Rita. Davor hatte er nicht für eine Sekunde in Erwägung gezogen, diese Regenrinne zu reparieren. Aber nun stand er hier vor dem Fenster und starrte in ein fremdes Zimmer mit zwei rosarot bezogenen, ungemachten Betten. Die beiden Mädchen waren noch nicht von der Schule zurück und ihre Mutter arbeitete um diese Zeit. Verstohlen sah er zu ihrem Autoabstellplatz – und da stand er, der alte rote Wagen. Er hätte wohl lieber zuerst anklopfen sollen.

Na, und wenn schon – er würde einfach sehen, dass er hier schnell fertig würde, und dann wieder verschwinden. Rita beobachtete ihn, da war er sich hundertprozentig sicher, ob sie noch vor dem Haus stand oder nicht. Sie würde erst fahren, wenn er wieder in seinem Sessel saß, wo er hingehörte, sicher und ungefährlich. Millard grunzte, steckte sich einige Nägel zwischen die Zähne, packte die halb abgerissene Halterung und drückte sie gegen den Dachbalken. Es war schwerer, als er dachte. Mit einer Hand hielt er sich an der Leiter fest, die andere versuchte, den Halter samt der Regenrinne in Position zu biegen. Er drückte seine Knie gegen die Leiter und zerrte mit beiden Händen an dem widerspenstigen Ding – da, endlich! Er hatte den Halter an der richtigen Stelle. Mit der linken Hand hielt er ihn fest, mit der rechten angelte er nach dem Hammer. Jetzt hätte er noch eine dritte Hand gebrauchen können, um einen Nagel aus seinem Mund zu ziehen.

Ein schriller Schrei zerriss die Luft. Millard fuhr zusammen, als hätte man ihm ein Messer in die Brust gerammt. Die Regenrinne rutschte ihm aus der Hand und schlug klappernd gegen das Haus. Er krallte sich an der Leiter fest und musste gegen ein plötzliches Gefühl von Schwindel ankämpfen.

Das Schlafzimmerfenster öffnete sich. „Ach, Mr Bradbury! Sie sind das! Was machen Sie denn da oben? Sie haben mich fast zu Tode erschreckt!"

Celine Walker ahnte ja nicht, wer hier wen fast zu Tode erschreckt hatte. Seine Finger hatten sich um die Leiter gekrampft, als hätte die Leichenstarre schon eingesetzt. Mit erheblicher Willensanstrengung zwang er seine Finger, sich wieder zu öffnen. Keuchend presste er die Hand gegen seine Brust. „Ich wollte nicht ... ich meine, ich wollte ... Ihre Regenrinne! Ich versuche, Ihre Regenrinne zu reparieren."

„Ach so." Sie sah nach oben. „Oh, ich danke Ihnen. Das wollte ich schon lange machen, aber ich habe keine Leiter. Warten Sie." Das Fenster wurde geschlossen und Augenblicke später kam sie aus dem Haus und eilte zu ihm: „Ich helfe Ihnen."

Manchmal war es von Vorteil, alt zu sein, dachte er schmunzelnd. Wäre ein jüngerer Mann vor dem Fenster ihrer Töchter herumgeklettert, dann hätte sie sicher die Polizei gerufen. Stattdessen kletterte die Dame des Hauses nun hinter ihm auf die Leiter und hielt die Regenrinne fest, während er die Nägel durch den Halter schlug. Zu zweit ging es viel besser.

„Ich dachte, Sie wären bei der Arbeit", erklärte er verlegen, „Ihr Auto habe ich erst entdeckt, als ich schon auf der Leiter stand."

„Ja, das wäre ich normalerweise auch", sagte sie und atmete tief durch, „aber heute ist alles anders. Ich musste viel telefonieren. Darf ich Sie zu einem Glas Eistee einladen, Mr Bradbury?"

Eigentlich hatte er sich jetzt wieder seinem Maulwurfsproblem zuwenden wollen. Er hatte einen neuen Plan ausgeheckt und war sich sicher, damit mehr Erfolg zu haben als mit den Gummibärchen. Unschlüssig sah er zu seinem hübschen, gepflegten weißen Häuschen hinüber. In der Einfahrt stand immer noch Ritas Auto. Normalerweise blieb sie nie so lange. Worauf wartete sie? Wollte sie ihm eine Standpauke halten? „Ja, ich würde sehr gerne mit Ihnen einen Tee trinken."

Millard folgte der jungen Frau ins Haus. Drinnen sah es überraschend fröhlich aus und viel ordentlicher, als man von außen vermutet hätte; fast sogar edel. Feine Vorhangstoffe waren mit farblich abgestimmten Bändern zusammengefasst und eine elegante Decke zierte den Esstisch, auf dem ein prächtiger Dahlienstrauß stand. Aus ihrem eigenen Garten stammten diese Blumen jedenfalls nicht.

Ein kunstvoll bemaltes kleines Beistelltischchen war mit einem Stapel sorgfältig gefalteter Wäsche beladen. Aufmerksam betrachtete er die gerahmten Fotos an den Wänden, während Celine in der Küche über den schönen Spätsommer sprach und ihrer Hoffnung Ausdruck verlieh, dass das Wetter sich noch eine Weile hielt. Die Fotos an den Wänden zeigten ihre Kinder in den verschiedenen Entwicklungsstadien. Da gab es die Babyfotos, dann die Zahnlückenkinder, Einschulungsfotos und schließlich die mit den viel zu großen Schneidezähnen. Ein Mann mit Schnurrbart war mit auf den Bildern zu sehen, bis der Junge etwa 6 oder 7 Jahre alt war. Die Mädchen waren Babys, als der Mann noch dabei war. Celine als junge Mutter mit den Kleinen auf dem Arm und langen Haaren. Dann folgten nur noch Bilder, auf denen der Vater fehlte. Fast wirkte es so, als hätte man seinen Platz frei gelassen, um ihm die Rückkehr zu ermöglichen. Er hätte sich einfach wieder neben die Mutter stellen und seine Hand auf die Schulter des Sohnes legen können, so wie auf den früheren Bildern. Der Junge sah eigentlich ganz normal aus, ziemlich hübsch sogar, mit großen, dunklen Augen und auffallend langen, dichten Wimpern.

„Das ist Tim", sagte sie, deutete auf das Foto, das er gerade betrachtete, und reichte ihm ein großes, kühles Glas.

„Mein Sohn, der jetzt zum Kleinkriminellen geworden ist." Sie ging zu einem Stuhl und bedeutete ihm, ihr zu folgen. „Bitte, setzen Sie sich doch."

„Ist er noch in Haft?" Celine hatte ihm am vergangenen Samstag, als sie sich an den Briefkästen begegnet waren, kurz erzählt, was sich zugetragen hatte. Langsam ließ er sich auf einen Stuhl nieder.

Sie nickte grimmig. „Morgen ist seine Verhandlung. Deshalb arbeite ich heute nicht. Ich habe mit seiner Anwältin gesprochen. Sie sagte, der Richter würde ihn wie einen Erwachsenen behandeln, weil ihm ein schweres Verbrechen vorgeworfen wird. Er könnte dafür bis zu fünf Jahre bekommen." An dieser Stelle begannen die Tränen zu fließen. „Tim ist wie ein Wildtier. Er liebt die Freiheit und die Natur. Längere Zeit im Haus festzusitzen erträgt er nicht. Wie oft hat er seinen Schlafsack genommen und im Wald geschlafen, einfach so, ganz allein." Sie stöhnte. „Im Gefängnis wird er einfach eingehen oder durchdrehen."

„Konnten Sie schon mit ihm reden?"

„Ja. Er hat wahnsinnige Angst vor dem Gefängnis. Deshalb ist er auch abgehauen, sobald ihm klar wurde, dass die Schulsozialarbeiterin der Polizei von der Schlägerei berichten würde. Die ganze Zeit, in der er weg war, hat er unten am Sparrow Creek kampiert. Er wurde nur verhaftet, weil er sich von hinten zu meiner Firma geschlichen hatte, um mir zu sagen, dass es ihm gut geht. Er sagte, er hätte Sehnsucht nach mir gehabt." Sie lächelte unter Tränen. „Irgendjemand hat ihn beobachtet, für verdächtig befunden und die Polizei gerufen. Zwei Sekunden später hatten sie ihn schon verhaftet."

Sie hatte ihr Glas noch nicht an den Mund geführt, sondern hielt es in Augenhöhe, schwenkte es hin und her und beobachtete, wie die Eiswürfel sich klingend darin bewegten. Lange Zeit sagte keiner etwas. Millard hätte gern einen passenden Kommentar abgegeben, aber ihm fiel einfach nichts ein.

„Er ist so voller Zorn“, fuhr sie fort, „als würde ein Feuer in seiner Seele brennen, das sofort bis in den Himmel lodert, wenn es neue Nahrung erhält.“ Sie schüttelte ratlos den Kopf. „Wenn ich nur wüsste, was ich falsch gemacht habe ... Na ja, ich muss viel arbeiten. Ich wünschte, ich könnte immer da sein, wenn meine Kinder von der Schule nach Hause kommen.“

Sie richtete ihren Blick zu dem Foto an der Wand, das ihren Sohn als kleinen Jungen mit einem braunen Welpen auf dem Schoß zeigte. Der Junge strahlte den Hund an, der Hund sah dem Jungen ins Gesicht, ein Bild der Harmonie und innigen Freundschaft. Celine fröstelte und zog ihre Jacke enger um den Körper, obwohl es ein milder Septembertag war. „Ich weiß auch nicht, wie es weitergehen soll“, murmelte sie. „Wenn die Verhandlung vorüber ist, wissen wir mehr.“

Millards Blick wanderte aus dem Fenster, und er sah gerade noch, wie Ritas Wagen aus der Einfahrt fuhr. Vermutlich reckte seine Tochter jetzt gerade den Hals, während sie langsam an Mrs Walkers Haus entlangrollte, um vielleicht einen Blick davon erhaschen zu können, was hier drinnen vor sich ging. Ihre Stirn lag wahrscheinlich in diesen missbilligenden Falten, die er in letzter Zeit so oft an ihr sah. Dann war sie weg, die Luft war wieder rein.

Er trank sein Glas leer und stellte es neben dem Wäschestapel ab. „Ach, vielleicht wird es gar nicht so schlimm ausgehen“, murmelte er und suchte in seiner Erinnerung vergeblich nach einem klugen Sprichwort, das hier passte. Doch alles, was ihm einfiel, war: „Schlafen Sie sich gut aus heute Nacht, dann sieht die Welt morgen früh gleich wieder besser aus.“ Er erhob sich schwerfällig und bedankte sich für den Tee.

„Tut mir leid, dass ich Ihnen nun schon wieder mein Herz ausgeschüttet habe“, lächelte sie verlegen durch ihre Tränen. „Das kommt wahrscheinlich daher, dass Sie mich an meinen Vater erinnern. Ihm konnte ich immer alles anvertrauen, aber er lebt leider nicht mehr. Egal. Entschuldigen Sie, ich habe Sie noch gar nicht gefragt, ob Sie den Maulwurf inzwischen erwischt haben!“

„Nein, aber genau damit werde ich mich jetzt als Nächstes beschäftigen. Ich werde seine Gänge unter Wasser setzen. Maulwurfsuppe, das ist meine nächste Strategie.“

Sie lachte und begleitete ihn zur Tür. „Klingt ja lecker!“ Sie legte ihre Hand auf seinen Arm. „Es war sehr nett von Ihnen, meine Regenrinne zu reparieren, Mr Bradbury. Dabei haben Sie sicher Wichtigeres zu tun. Bitte lassen Sie mich wissen, wenn ich Ihnen auch einen Gefallen tun kann.“ Sie beugte sich nach vorne und küsste ihn auf die Wange.

Er nickte lächelnd und ging vorsichtig die ausgetretenen hölzernen Stufen hinunter zu ihrem Garten. Jetzt bloß nicht wieder hinfallen … *Wichtigeres zu tun.* Ob sie das wirklich dachte?

Die Worte klangen höhnisch in ihm nach, während er die Straße überquerte und seinem Haus zustrebte.

Kapitel 9

Falls sein Garten bisher ein Maulwurfparadies gewesen war, wie Rita gesagt hatte, dann war in der vergangenen Nacht die Sintflut gekommen. Millard kicherte, während er den Gartenschlauch wieder zusammenrollte und an seiner Halterung an der Hauswand aufhängte. Er hatte den Schlauch in den Haupttunnel gesteckt und das Wasser die ganze Nacht über voll aufgedreht gelassen – die Wasserrechnung interessierte ihn in diesem Fall nicht. Seine Strategie schien Erfolg gehabt zu haben; zumindest gab es an diesem Morgen keinen neuen Erdhügel. Stattdessen lag irgendwo in den unterirdischen Gängen eine kleine pelzige Wasserleiche, die sich leider ihr eigenes Grab geschaufelt hatte.

„Leb wohl", sagte Millard und legte zum Gruß zwei Finger an seine imaginäre Kappe. Er bückte sich nach der Zeitung und stützte sich dabei schwer auf das Geländer. Seinem schmerzenden Rücken nach zu urteilen würde es bald schlechteres Wetter geben – als ob er dazu seinen Rücken gebraucht hätte! Das konnte er auch mit einem Blick an den Himmel erkennen. Im Westen zog eine dicke, dunkle Wolkenfront auf. Vielleicht hätte er sich die Wasseraktion sparen können. Es sah so aus, als würde sich bald eine weitere Sintflut herabstürzen. Ein kalter Wind kam auf. Genau das richtige Wetter für einen gemütlichen Tag im Haus.

Wieder in seinem Sessel schlug er die Zeitung auf, immer noch voller Befriedigung beim Gedanken an den Maulwurf. Er hörte, wie seine Nachbarin versuchte, ihren Wagen zu starten. Das Geräusch kannte er schon. Jeden Morgen das Gleiche – der Anlasser eierte drei oder viel Mal, dann sprang die Rostlaube an.

Er überflog die Todesanzeigen und entdeckte zu seinem Entsetzen einen vertrauten Namen. Er nahm seine Brille und sah genauer hin. Tatsächlich, Arthur Umquist! Irritiert starrte er auf den Nachruf. Doch nicht Arthur! Hatte er nicht neulich erst bei ihm eingekauft? Aufgeregt las er: *Im Schlaf von uns gegangen …* – was sollte das denn bedeuten? Das war doch keine Todesursache! Er las weiter. *Schulabschluss an der Ham Bone Highschool 1948* – er war zwei Klassen unter Millard gewesen und war eine Weile mit seiner Schwester Gloria ausgegangen –, *arbeitete als Schreiner, bis er 1961 seinen Haushalts- und Sportwarenladen eröffnete*. Millard wusste noch genau, wie schön das neue Gebäude damals ausgesehen hatte. Arthur hatte es selbst errichtet, seine Brüder hatte ihm geholfen. Als sie alle noch ledig waren, war Millard oft mit Arthurs Brüdern zum Angeln und auf die Jagd gegangen.

Er schloss die Augen und legte seinen Kopf gegen die Rückenlehne. Arthur Umquist war also nicht mehr da. Einfach so. An einem Tag steht er noch in seinem Laden und erklärt der Kundschaft, welche Angelhaken sie kaufen sollen (möglichst die Sorte, von der er noch so viele auf Lager hatte!), dann erzählt er Millard, dass ihm die Maulwurfsfallen gerade ausgegangen seien, er ihm aber für 39,95 welche bestellen könnte, und am anderen Tag erscheint ein kleiner Zeitungsartikel; ein paar Zeilen fassen sein ganzes Leben zusammen, und noch ein paar Tage später wird man in dem Papier irgendetwas einwickeln oder es zum Feuermachen verwenden.

Im Schlaf gestorben. Könnte ihm so etwas auch passieren? Tagelang würde es niemandem auffallen, bis Rita wieder mit ihrer Wochenration von tiefgefrorenen Essensresten ankam. Rita würde zuerst hysterisch, dann traurig und zuletzt erleichtert sein. Die Enkel würden vielleicht sogar ein bisschen weinen – das hoffte er doch zumindest, aber sicher war er sich nicht. Für die Beerdigung würden sie jedenfalls einen Tag schulfrei bekommen. Peter würde ihm dafür dankbar sein. Dan würde sein Maklerschild in den Garten stellen, noch ehe der Leichenschmaus vorbei war.

Arthur Umquist war jünger gewesen als Millard. Molly auch. Albert Bender, Joe Seaton, Annabelle Watts ... ihm fielen noch viele Namen ein von Leuten, die vor ihm gegangen waren. Nur er war noch da. Wozu eigentlich? Er hatte keine Aufgabe mehr, außer hier in seinem alten blauen Sessel zu sitzen und darauf zu warten, dass er an der Reihe war, irgendwo in den Weiten des Universums zu verschwinden. Es war alles ziemlich sinnlos. Nichts spielte mehr eine Rolle.

Er saß mit geschlossenen Augen in seinem Sessel und stellte sich seinen eigenen Nachruf vor: *Schulabschluss an der Ham Bone Highschool 1946, Studium an der Universität von Washington, Militärdienst im Korea-Krieg, verheiratet mit Molly Elliot aus Seattle, zwei Kinder, eines davon früh verstorben, Lehrer an der Silver Falls Highschool in Dunbar, bis er 1989 in Rente ging.*

Sein gesamtes Leben als kleiner Text, vollkommen uninteressant.

Mollys Trauerrede war schön gewesen. Ihre Schwester Lena war aus Idaho angereist, um sie zu halten. Millard selbst war so von Trauer überwältigt gewesen, dass er bei der Beerdigung keinen Ton herausbringen konnte. Es gab eine Diashow mit passender Musik im Hintergrund, man sah seine Frau als Kind in einem Ferienlager, als junge Frau in einem schicken Kostüm mit Stöckelschuhen und einem Fasanenfedern-Hut, dann als seine wunderschöne Braut. Es folgten Fotos von Molly mit den Kindern; Molly übte mit Rita das Gehen und verkleidete den kleinen Jefferson als Superman. Die meisten Bilder hatte Millard selbst gemacht, deshalb war er selten darauf zu sehen.

Wenn er heute die Inschrift für seinen Grabstein entwerfen müsste, dann würde der so klingen: *Millard hat sich blindwütig durchs Leben gegraben und diesen Maulwurfshügel hinterlassen, um nicht in Vergessenheit zu geraten.*

Er fuhr zusammen, als ein Klopfen an der Tür ihn aus seinen Gedanken riss. Die Zeitung fiel zu Boden; schwerfällig erhob er sich aus dem Sessel. Celine Walker stand auf seiner Schwelle und sah so beunruhigt aus, dass ihr Gesicht harte Züge angenommen hatte und ihre Wangen hohl wirkten.

„Mr Bradbury, bitte entschuldigen Sie die Störung. Ich weiß einfach nicht, was ich tun soll." Sie sah über ihre Schulter zurück in ihre Einfahrt, wo dieser rote Schrotthaufen stand. „Mein Auto hätte sich keinen schlechteren Tag aussuchen können, um kaputtzugehen. Ich muss doch zum Gericht. Tim hat heute seine Verhandlung. Ich MUSS dorthin!"

„Aha." Millard war mit seinen Gedanken noch nicht ganz in der Realität angekommen. „Ach, ich verstehe, Sie brauchen Starthilfe?" Er sah sich um, als könnten über seinem Sessel ein paar Starterkabel liegen.

Sie schüttelte den Kopf, Verzweiflung im Blick, und sah ihn flehend an.

„Nein, dafür reicht die Zeit nicht mehr."

Verwirrt starrte er sie an. Was wollte sie von ihm? Sollte er ihr sein Auto leihen?

„Wäre es möglich – ich meine, hätten Sie vielleicht Zeit … ich … könnten Sie mich nach Dunbar fahren?"

Millard schreckte zurück. Dunbar war 30 Kilometer entfernt. Er war diese Strecke schon lange nicht mehr gefahren; vermutlich waren inzwischen sämtliche Straßen verlegt und alle Kreuzungen umgebaut worden. Dunbar war die Bezirksstadt, dort war das Gericht, zusammen mit dem Gefängnis und der Bibliothek, alles in einem großen Gebäudekomplex. Er bemerkte, wie Celine ihre Hände rang und am ganzen Körper zitterte. Ihm wurde klar, dass er sich schnell entscheiden musste.

„Na ja, ich denke, das geht", sagte er mit der gleichen Begeisterung, die er für einen Einkaufsbummel in der Damen-Wäscheabteilung aufgebracht hätte. Zumindest fand sie nicht, dass er zu alt wäre, um sein Auto zu fahren.

„Oh, ich danke Ihnen!" Celine griff nach seinen Händen. „Mr Bradbury, Sie sind ein wunderbarer Mensch!"

Kapitel 10

Die Verhandlung war im Jugend-Justizgebäude, einem neueren Gebäude direkt neben der Jugendvollzugsanstalt. Mr Bradbury saß neben Celine in einem großen Warteraum. Sie hatte darauf bestanden, dass er nicht draußen in seinem Wagen blieb, wo es doch so heftig regnete und keiner genau sagen konnte, wie lange das Ganze dauern würde.

Der Raum war voller Jugendlicher, und viele sahen so wild aus, dass Mr Bradbury sie unverhohlen anstarrte. Dazwischen saßen die besorgt wirkenden Eltern. Es gab auch welche, die offensichtlich frisch vom Frisör kamen, weiße Hemden und sogar Krawatten trugen; auf Anraten ihrer Anwälte hatten sie offensichtlich sämtliches Metall aus Augenbrauen, Nasen, Lippen und sonst wo entfernt. Von Zeit zu Zeit kam der Gerichtsdiener und rief einen Namen auf. Die Genannten standen auf, die Anwälte sammelten ihre Papiere zusammen, die Mütter strichen sich den Rock glatt oder zupften noch ein letztes Mal an ihren Sprösslingen herum, um ihnen ein möglichst harmloses Aussehen zu verpassen, dann verschwanden sie hinter den schweren Türen.

„Mr Bradbury, ich bin Ihnen so dankbar für Ihre Hilfe", seufzte Celine. „Nicht nur, dass Sie mich hierhergefahren haben, ich bin auch unheimlich froh, jetzt nicht allein hier sitzen zu müssen."

Er nickte. „Freut mich." Er sah alles andere als freudig aus. Seine Blicke wanderten immer noch ungläubig durch den Raum, als wäre er unversehens durch die Seiten eines Science-Fiction-Romans in eine fremde Welt gerutscht. „Sagen Sie doch einfach Millard zu mir“, schlug er dann plötzlich vor.

„Oh ja, danke.“

Celine hielt eine zusammengerollte Broschüre der Arbeitsvermittlungsstelle in der rechten Hand und schlug sich damit unablässig auf die linke Handfläche, während sie nervös die Beine übereinanderschlug, einmal rechts über links, dann wieder links über rechts, im Sekundentakt. „Ach, wenn ich doch Tim sehen könnte“, klagte sie. „Ich würde so gern mit ihm reden. Was ist hier eigentlich los? Wo ist überhaupt unsere Anwältin?“

Millard tätschelte ihren Arm. Gleich würde sie wieder anfangen zu weinen. Das kannte er jetzt schon. Er fühlte sich denkbar unwohl in seiner Rolle. Dann entdeckte er eine Zeitung mit einem Kreuzworträtsel. Er kramte Brille und Stift hervor. Das würde ihm jetzt guttun. „Frag doch einfach die Dame da drüben am Eingang“, schlug er vor, „ich passe so lange auf, ob dein Name aufgerufen wird.“

Celine ging zu dem Schreibtisch am Eingang des Raums, an dem eine dunkelhäutige junge Frau saß. Sie blätterte durch ein paar Listen und sagte dann gelassen: „Ach, Ihre Anwältin ist gerade im Kreißsaal und bekommt ihr Kind. Einen Augenblick mal bitte.“

Celine verlor den letzten Rest von Mut und Zuversicht. Die Dame wählte eine Nummer und lächelte Celine aufmunternd zu. „Leonard, ich rufe dich vom Wartesaal aus an“, erklärte sie. „Soweit ich sehen kann, hast du Tim Walker übernommen.“ Celine hörte ein lautes Fluchen am anderen Ende der Leitung. Die Dame am Telefon lächelte: „Ihr Anwalt ist gleich bei Ihnen.“

Tims neuer Anwalt hatte noch Akne im Gesicht. Den Flaum auf seiner Oberlippe konnte man beim besten Willen nicht als Bart bezeichnen. Er stürmte auf ihre Stuhlreihe zu, als wollte er einen fahrenden Zug einholen. Aus seiner Aktentasche, die er unter den Arm geklemmt hatte, schaute ein wüstes Durcheinander von Ordnern und Papieren heraus, sein Hemdkragen klemmte schief unter dem Jackett, und den Anzug hatte er vermutlich von einem älteren, deutlich kräftigeren Kollegen ausgeliehen.

„Mrs Walker? Bitte entschuldigen Sie, mir läuft heute Morgen die Zeit davon." Er schüttelte ihr und Millard die Hand. „Ich bin der neue Anwalt von Tim, mein Name ist Leonard Eggerich."

„Millard Bradbury", stellte sich der Nachbar vor und wollte aufstehen. „Ich lasse Sie beide jetzt am besten alleine."

Doch Celine drückte ihn auf seinen Stuhl zurück. „Nein, bitte bleib hier." Er sank widerwillig zurück.

„Ich muss den Platz von Sybil übernehmen", sagte der junge Mann, „weil heute Nacht bei ihr die Wehen einsetzten. Hat man Sie nicht angerufen?" Celine schüttelte den Kopf.

Leonard Eggerich holte sich einen Stuhl, setzte sich Celine gegenüber hin und packte die mitgebrachten Papiere auf seinen Knien aus. Seine schwarze Aktentasche war nagelneu, wahrscheinlich ein Geschenk seiner Mutter zum erfolgreichen Jura-Examen. Er angelte nach einem Stapel zusammengeklemmter Papiere, strich die Ecken glatt und begann eilig zu lesen. „Ich muss nur kurz meine Erinnerung auffrischen", erklärte er, doch es sah eher so aus, als würde er die Akte zum ersten Mal lesen.

„Gut", sagte Leonard schließlich, „wie ich sehe, ist Tim seit vergangenem Dienstag in Untersuchungshaft. Ihm wird ein versuchter bewaffneter Raubüberfall zur Last gelegt." Dann schüttelte er besorgt den Kopf. „Oh, oh, das klingt nicht gut. Er war in der Obhut seiner Mutter und hat dann gegen die Auflagen des Gerichts verstoßen."

„Er ist weggelaufen, weil er in der Schule in eine Schlägerei verwickelt wurde", warf Celine ein und beugte sich vor. „Er dachte, er würde sofort ins Gefängnis kommen, und davor hat er entsetzliche Angst, Mr Eggerich. Man kann Tim nicht einsperren, er würde wahnsinnig werden. Bitte, wir müssen ihn da herausbekommen."

„Ihrem Sohn wurde geraten, auf ‚schuldig' zu plädieren. Sind Sie davon in Kenntnis gesetzt worden?"

„Ja, und Sybil sagte, es würde sich zu seinen Gunsten auswirken, dass er sich selbst der Polizei gestellt hatte. Er hat alles zugegeben, außerdem hat er Entschuldigungsbriefe an das Gericht und an den Supermarkt geschrieben."

Leonard fing wieder an, in der Akte zu lesen. „Aha, hier haben wir sie. Das ist gut, in der Tat. Ja, daran werde ich den Richter erinnern. Gut ist auch, dass er bisher nie straffällig geworden ist und dass er familiäre Unterstützung durch seine Mutter und seinen Opa hat." Er nickte Millard zu und ergänzte: „Sie glauben gar nicht, wie viele Kinder hier antreten müssen, ohne dass auch nur ein Elternteil dabei ist."

Millard öffnete den Mund, um etwas zu sagen, aber Celines Augen wurden rund vor Schreck und sie zuckte mit dem Kopf in seine Richtung. Millard schloss den Mund wieder und nickte, als wollte er ihr zeigen, dass er verstanden hatte. Falls es dem Jungen half, wenn er hier für einen Verwandten gehalten wurde, dann war er willens mitzuspielen. Er räusperte sich. „Welche Strategie werden Sie verfolgen, junger Mann?"

„Nun, Mr …"

„Bradbury."

„Entschuldigung, Mr Bradbury. Also, die Anklage ist ziemlich schwer wiegend. Der zuständige Staatsanwalt wird verlangen, dass Ihr Enkelsohn zumindest einen Teil seiner Strafe absitzen muss."

„Was bedeutet das?", fragte Celine.

„Jugendvollzug. Tims Bewährungshelfer wird aufgrund des Eindrucks, den er von Tim gewonnen hat, ebenfalls einen Vorschlag machen. Ich schlage vor, wir plädieren auf Strafaufschub und mildernde Umstände. Das heißt im Klartext, kein Gefängnis. Er wird sechs bis zwölf Monate Bewährung bekommen, muss schätzungsweise vierzig Stunden zum Gemeinwohl arbeiten und darf sich natürlich in näherer Zukunft nichts zuschulden kommen lassen. Im Klartext wird er ständig fragen müssen: ‚Mama, darf ich das?', und kein einziges Mal gegen eine Regel verstoßen dürfen."

„Oh", atmete Celine erleichtert auf, „das wäre wunderbar. Wie hoch ist die Wahrscheinlichkeit, dass der Richter sich darauf einlässt?"

Eggerich zuckte mit den Schultern. „Eher gering."

Die Tür zum Verhandlungssaal öffnete sich wieder. Der Gerichtsdiener trat zur Seite, um eine tränenüberströmte Mutter mit einem finster blickenden Anwalt herauszulassen. Der junge Mann, der mit ihnen hineingegangen war, kam nicht wieder heraus.

„Walker!"

Leonard packte seine Papiere zusammen. „Wir sind dran!"

Celine erhob sich und presste ihre Handtasche an ihre Brust, als wäre sie ein tröstendes Kuscheltier. Hilfe suchend sah sie zu Millard. Er klemmte sich die Zeitung mit dem erst teilweise gelösten Rätsel unter den Arm und folgte ihr. Dankbar spürte sie seine Hand auf ihrem Rücken, als sie dem blutjungen Anwalt durch die schweren Eichentüren folgte.

Auch wenn es hier nur um jugendliche Straftäter ging – der Gerichtssaal sah genauso aus wie im Fernsehen. Auf einer erhöhten Ebene saß der Richter in seiner Robe. Celine und Millard wurden Zuschauerplätze angewiesen. Eggerich wirkte nervös, als er seine Papiere vor sich ausbreitete; neben ihm nahmen eine Dame im grauen Kostüm und der eher locker gekleidete Bewährungshelfer Platz.

Dann wurde eine Tür im hinteren Bereich des Raumes geöffnet und Celine griff unwillkürlich nach Millards Hand, während ein Uniformierter ihren Jungen hereinführte. Sie hielt den Atem an. Tim steckte immer noch in diesem blauen Sträflingsanzug, seine Hände waren in Handschellen an einer Kette befestigt, die ihm wie ein Gürtel um den Körper gelegt war. Mit rot geränderten Augen suchte er den Saal ab, bis er seine Mutter fand. Sie lächelte ihm ermutigend zu, wie damals, als er zum ersten Mal auf dem Klavier vorspielen musste, während ihre Fingernägel sich gleichzeitig tief in Millards Arm gruben. Der alte Mann streckte seine freie Hand aus und strich ihr beruhigend über den Arm, als wäre er ihr Vater. Tim sah zu Boden und der Polizist führte ihn an den Platz neben seinem neu ernannten Anwalt, der immer noch alles andere als souverän wirkte.

Leonard flüsterte Tim etwas zu, während der Richter die Papiere vor sich zurechtrückte.

„Junger Mann, bitte nennen Sie uns Ihren vollständigen Namen."

Tim beugte sich zu dem Mikrofon vor, das an seinem Tisch befestigt war. „Timothy Walker."

Der etwa fünfzigjährige Richter betrachtete ihn aufmerksam über seinen Brillenrand hinweg.

Die Staatsanwältin erhob sich, um die Klage zu verlesen. Sie war Mitte vierzig und sah sehr korrekt aus. „Herr Vorsitzender, dem Angeklagten wird zur Last gelegt, einen bewaffneten Raubüberfall versucht zu haben. Am 10. August betrat Mr Walker den Supermarkt in Ham Bone mit der Absicht, dort etwas zu stehlen. Er steckte die Waren in seine geschlossene Jacke, unter anderem auch eine Flasche mit alkoholischem Inhalt. Der Ladenbesitzer hatte ihn beobachtet und versuchte, ihn am Verlassen des Gebäudes zu hindern.

Da zog Mr Walker eine bis dahin nicht sichtbare Waffe. Dem Ladenbesitzer gelang es, Mr Walker die Waffe aus der Hand zu schlagen. Der Angeklagte konnte entkommen.“ Damit ließ sie die Papiere auf ihren Tisch sinken.

Es war eine Spielzeugpistole, wollte Celine schreien. Jemand musste dem Richter das doch sagen! Das Ding gab kleine gelbe und rosarote Plastikkügelchen von sich! *Oh Gott, bitte lass nicht zu, dass er ins Gefängnis kommt!* Tim war doch so ein sensibler Junge. Was sollte im Gefängnis aus ihm werden?

„Mr Walker“, fragte der Richter, „haben Sie die Anklage verstanden?“

Tim nickte. „Ja, Euer Ehren.“

„Was Ihnen zur Last gelegt wird, ist ein schwerwiegendes Verbrechen, das mit bis zu fünf Jahren Haftstrafe geahndet werden kann. Hat Ihr Anwalt Sie über Ihre Rechte belehrt?“

„Ja.“

„Bekennen Sie sich schuldig?“

„Ja, ich bekenne mich schuldig.“ Tims Stimme zitterte hörbar.

Die Staatsanwältin ergriff wieder das Wort. „Herr Vorsitzender, ich schlage vor, Mr Walker die maximale Jugendstrafe von sechsunddreißig Wochen in der Jugendhaftanstalt aufzuerlegen.“

Die Zahlen wirbelten in Celines Kopf herum wie trockene Blätter im Wind, während sie zu rechnen versuchte, wie viele Monate das waren.

Als Nächstes erhob sich Tims Bewährungshelfer. Er hatte sich einmal mit Celine und Tim getroffen, ehe Tim weggelaufen war. Sie hatte ihn als gerechten, aber strengen Mann in Erinnerung. „Herr Vorsitzender, als ich ihn aufsuchte, war der Angeklagte genau darüber informiert, welche Folgen es für ihn haben würde, wenn er gegen die Auflagen des Gerichtes verstoßen würde. Als im September das neue Schuljahr begann, ging er zunächst zur Schule, aber schon am vierten Tag geriet er in eine gewaltsame Auseinandersetzung mit einem anderen Schüler und schlug auch den Lehrer, der versuchte, den Streit zu schlichten. Er verließ die Schule und war für elf Tage nicht mehr auffindbar, bis er am 20. September aufgegriffen wurde. Ich stimme mit der Staatsanwaltschaft überein, allerdings mit der Einschränkung, dass es sich um einen Ersttäter handelt und man unter diesem Aspekt das Strafmaß auf fünfzehn Wochen heruntersetzen sollte."

Dreieinhalb Monate oder neun Monate? Celine fühlte sich wie gelähmt. Oh Gott, würde er das überleben? Würde *sie* das aushalten können?

Als der Bewährungshelfer fertig war, erhob sich Leonard, blätterte aber immer noch fieberhaft in seiner Akte, als hoffte er, dort noch ein paar Fakten zu entdecken, die ihm bisher nicht aufgefallen waren. Es war nicht fair, dass Tims Fall in letzter Minute einem so unerfahrenen jungen Mann übertragen worden war. Sybil hatte doch wesentlich kompetenter gewirkt.

„Euer Ehren", sagte Leonard endlich, „wir haben es hier mit einem jungen Mann zu tun, der einen bedauerlichen Fehler gemacht hat. Das weiß er selbst am besten. Wenn Sie die Briefe lesen, die er dem Gericht und dem Opfer geschrieben hat, dann erkennen Sie sofort, dass er seine Tat aufrichtig bereut. Mr Walker hatte nicht die Absicht, irgendjemanden mit seiner Spielzeugpistole zu bedrohen. Da man damit lediglich Plastikkügelchen schießen kann, war er sich selbst nicht im Klaren darüber, dass man dieses Spielzeug vor Gericht wie eine echte Waffe betrachten würde. Inzwischen hat er natürlich längst eingesehen, dass diese Unwissenheit keine Entschuldigung für seinen Gesetzesverstoß ist. Nach seinen Angaben hatte er die Pistole noch in der Tasche, weil er zuvor mit seinen Freunden im Wald damit gespielt hatte. Dafür gibt es Zeugen. Euer Ehren, ich bitte Sie, mir nachzusehen, dass ich dafür jedoch noch keine eidesstattlichen Erklärungen vorlegen kann; ich wurde erst heute Morgen mit dem Fall betraut."

Celine und Millard sahen sich hoffnungsvoll an. Der Junge machte seine Sache ganz gut.

Leonard fuhr sich mit der Hand durch das dichte schwarze Haar.

„Tim ist jetzt schon seit acht Tagen in Untersuchungshaft, Euer Ehren. Er sagte mir, er hätte seine Lektion gelernt und sei fest entschlossen, alles in seiner Macht Stehende zu tun, um nie wieder inhaftiert zu werden. Angesichts seiner reuigen Haltung und der Tatsache, dass er zum ersten Mal auffällig geworden ist – wobei er sich freiwillig der Polizei gestellt hatte –, möchte ich folgenden Vorschlag machen: Statt der vorgeschlagenen fünfzehn Wochen gehen wir mit der Strafe auf sechsunddreißig Wochen, die jedoch zur Bewährung ausgesetzt werden, vorausgesetzt, der Angeklagte hält sich in dieser Zeit an alle Vorgaben des Gerichts und leistet eine vierzigstündige gemeinnützige Arbeit. Diese Form der Strafe erscheint mit angesichts der ausgeprägten familiären Unterstützung angemessen, über die der Angeklagte verfügt." Leonard warf einen bedeutungsvollen Blick über seine Schulter. „Die Mutter und der Großvater des Angeklagten sind heute hier vertreten. Ich schlage vor, dass mein Klient im Anschluss an diese Verhandlung in deren Obhut das Gericht verlassen darf."

Tim drehte sich um, neugierig, wer dieser „Großvater" wohl sein könnte. Celine begegnete seinem Blick und zuckte andeutungsweise mit der Schulter.

Der Richter sah Leonard mit erhobenen Brauen an. „Ein Klaps auf den Po für ein schweres Verbrechen, das finden Sie angemessen, Mr Eggerich?"

Celine konnte nur den Rücken des jungen Anwaltes sehen, aber er stand aufrecht und in überzeugter Haltung vor dem Richter. „Ja, Euer Ehren, in Anbetracht der Tatsache, dass ein längerer Aufenthalt in der Jugendvollzugsanstalt dem jungen Mann sehr viel mehr schaden als nützen würde."

An dieser Stelle wäre Celine am liebsten nach vorn gerannt und hätte den hageren jungen Mann umarmt. Der Richter blätterte scheinbar eine Ewigkeit durch Tims Akte und machte sich Notizen.

Endlich sah er wieder auf. „Wir machen daraus eine einjährige Strafe auf Bewährung. Da die Mindeststrafe für Ersttäter bei versuchtem bewaffnetem Raubüberfall fünfzehn Wochen beträgt, verurteile ich den Angeklagten dazu, eine Zeitspanne von fünfzehn Wochen ausschließlich zu Hause und in der Schule zu verbringen. Mr Walker, Ihnen wird es in den nächsten fünfzehn Wochen nicht erlaubt sein, sich auch nur wenige Meter außerhalb Ihrer Wohnung und der Schule aufzuhalten. Verstehen Sie mich?"

Tim nickte. Leonard gab ihm einen leichten Stoß mit dem Ellbogen. „Ja, Euer Ehren."

„Mr Walker, das bedeutet weiterhin, dass Sie die verbleibende Strafe hinter Gittern abbüßen, wenn Sie im Verlauf eines Jahres gegen irgendeine Auflage dieses Gerichtes verstoßen. Sie werden einem Bewährungshelfer zugeordnet, der sich in den nächsten Tagen bei Ihnen melden wird. Darüber hinaus werden Sie vierzig Stunden gemeinnützige Arbeit verrichten und hundert Dollar an die Stiftung zur Unterstützung der Opfer von Gewalttaten bezahlen."

Der Richter rückte seine Brille zurecht und blätterte wieder in seinen Unterlagen. „Das Urteil ist in dieser Form jedoch nur vollstreckbar, wenn der Angeklagte auch zu Hause ständig unter der Aufsicht eines Erwachsenen steht."

In Celines Kopf begann sich alles zu drehen. Das ging nicht. Sie musste doch arbeiten!

Tim flüsterte seinem Anwalt etwas zu. Leonard schaute ihn an und Celine konnte sein Gesicht von der Seite sehen. Seine Augenbrauen zogen sich zusammen und er legte die Hand an die Lippen. „Euer Ehren, kann ich mich kurz mit meinem Klienten und dessen Mutter beraten?"

„Selbstverständlich."

Auf Leonards Zeichen hin stand Celine auf und setzte sich auf den freien Platz links von ihm.

„Mrs Walker", raunte er, „wir haben hier zwei Probleme. Erstens sind Sie voll berufstätig. Der Richter wird sich nicht darauf einlassen, dass Tim nachmittags allein zu Hause ist. Zweitens sagte Tim mir gerade, dass er für das ganze Halbjahr der Schule verwiesen wurde. Das ist ein gravierendes Problem. Dem Gericht ist sehr wichtig, dass die Jugendlichen ihren Schulabschluss machen."

In Celines Magen wurde es flau. „Was können wir tun?", fragte sie schwach.

„Was ist mit dem Großvater? Könnte er nicht die Aufsichtsperson für Tim sein, bis Sie von der Arbeit kommen?"

Sie seufzte und erwiderte Tims fragenden Blick. „Mr Bradbury ist nicht wirklich mit uns verwandt. Er ist nur unser unmittelbarer Nachbar."

Leonard stöhnte auf. „Na super, ich habe soeben den Richter angelogen." Er sah nach hinten, wo Millard saß. „Wäre es möglich, dass er Tim trotzdem beaufsichtigt?"

Celine schüttelte ratlos den Kopf: „Ich weiß es nicht."

Leonard winkte Mr Bradbury herbei. Millard reagierte zunächst nicht, drehte sich dann um in der Hoffnung, der Anwalt könnte eine Person hinter ihm gemeint haben. Aber da war niemand außer ihm. Der Ärmste. Celine hatte ihn nicht nur genötigt, sie hierherzufahren und mit zu dem Termin zu kommen, nun sollte er auch noch einen aktiven Part übernehmen. Mit flehendem Blick sah sie ihn an. Die Falten in seinem Gesicht schienen tiefer zu werden, während er langsam aufstand und sich auf den Weg nach vorne machte. Stehend stützte er sich mit beiden Händen auf den Tisch des Anwalts.

„Mr Bradbury, wir haben hier folgendes Problem“, begann Leonard im Flüsterton, „Tim kann nicht unbeaufsichtigt bleiben, während seine Mutter arbeitet. Sind Sie tagsüber zu Hause?“

Millard zuckte zurück. „Äh, ja, aber …“

„Sie haben selbst gehört, was der Richter sagte. Tim wird diesen Raum in Handschellen verlassen und dreieinhalb Monate im Gefängnis sitzen, wenn wir keinen guten Gegenvorschlag bringen können.“

Millards Mund öffnete sich, dann schloss er ihn wieder, und sein Blick fiel auf Tim, der keine Miene verzog. Er kannte den Jungen doch gar nicht. „Gibt es denn niemanden …“

Celine schüttelte den Kopf. „Nein, ich habe sonst niemanden, Mr Bradbury – ich meine, Millard. Es tut mir schrecklich leid, dich in diese Lage zu bringen.“

Ihre Augen sagten mehr als tausend Worte. Sie hatten den Blick eines in die Enge getriebenen Tieres. Er wollte mit der ganzen Sache nichts zu tun haben, und das wusste sie auch. Noch immer konnte er nichts sagen. Tims Blicke wanderten an ihm entlang; auch er sah jetzt zunehmend besorgt aus.

Endlich schüttelte Millard den Kopf.

„Okay“, sagte Leonard, „hat jemand einen Plan B?“

Celines Gedanken hasteten durch alle erdenklichen Möglichkeiten. Ihre Mutter lebte in Ohio, und selbst wenn sie bereit gewesen wäre, zu ihr zu ziehen – das ging nicht, sie musste die Kinder von Celines Schwester hüten, während diese arbeitete. Wen gab es noch?

Sie sah ihren entsetzten Sohn an. „Tim, es tut mir leid.“

„Mr Eggerich“, sagte der Richter in diesem Moment, „können wir fortfahren?“

Millard schlich zurück an seinen Platz, seine Schultern hingen nach unten. Celine blieb, wo sie war.

Leonard seufzte, sah Tim entschuldigend an und erhob sich. „Ja, Euer Ehren."

„Gibt es ein Problem?"

„Euer Ehren, Mrs Walker arbeitet Vollzeit, ihr Arbeitsplatz ist aber nur wenige Fahrminuten von ihrem Wohnhaus entfernt. Sie könnte mit Tim in Kontakt sein und sofort bei ihm sein, wenn es irgendein Problem gibt."

Der Richter sah Leonard kopfschüttelnd an wie einen ungezogenen Jungen. „Sie wissen es besser, Mr Eggerich, aber man kann es ja versuchen. Sie haben die Schule gar nicht erwähnt; gibt es dafür einen Grund?"

„Tim hat Schulverbot, aber nur für dieses Halbjahr."

„Nun, das war's dann wohl." Der Richter sah Tim offen an. „Junger Mann, aufgrund der Umstände bleibt mir keine andere Wahl, als Sie wieder in die Jugendvollzugsanstalt zurückzuschicken, wo Sie die kommenden fünfzehn Wochen verbringen werden. Dort werden Sie auch Schulunterricht erhalten. Im Gegenzug werde ich aber die einjährige Bewährungsstrafe wieder aufheben, die nur in Verbindung mit Ihrem fünfzehnwöchigen häuslichen Aufenthalt Gültigkeit gehabt hätte."

Bis zu diesem Augenblick hatte Tim das Geschehen weitgehend unbewegt verfolgt. Doch bei den letzten Worten des Richters sank sein Kopf nach vorn und sein Kinn begann zu zittern. Auch Celines Augen waren feucht, als sie sich hinter Leonard zu ihrem Sohn beugte, um seinen Arm zu berühren. Sie hätte ihn jetzt am liebsten wieder wie ein Baby schützend in ihre Arme geschlossen und weggebracht, weit weg von diesem bösen, feindseligen Ort.

Der Wachmann trat auf ihren Jungen zu, der in der Natur zu Hause war. Tim brauchte nichts als den Himmel über sich. Jede Mauer war für ihn eine Qual, aber die Bäume des

Waldes waren für ihn wie Brüder. Und jetzt sollte er in einen Käfig aus Beton eingesperrt werden.

Tim sah mit einem langen, schmerzvollen Blick zu seiner Mutter, seine Lippen pressten sich zitternd zusammen, um nur keinen Laut hinauszulassen. Große Tränen hingen verräterisch an seinen dunklen Wimpern. Seine Hand wollte hochfahren, um sie verschämt wegzuwischen, doch die Kette an seinen Handschellen gab ihm nur wenige Zentimeter Bewegungsfreiheit. Auch Celine kämpfte vergeblich um Fassung. Ihr Schluchzen war nicht mehr zu überhören, ihre Schultern bebten.

„Euer Ehren." Celines Kopf flog herum. Mr Bradbury richtete sich auf, indem er sich an der Bank vor ihm nach oben zog. Er räusperte sich. „Erlauben Sie mir, mich an das hohe Gericht zu wenden?"

Der Richter nickte.

„Mein Name ist Millard Bradbury. Ich wohne genau gegenüber von Familie Walker."

Der Richter schaute irritiert auf seine Notizen. „Sind Sie nicht Tims Großvater?"

Leonard Eggerich sprang so schnell auf, dass sein Stuhl um Haaresbreite rückwärts umgefallen wäre. Geschickt konnte er ihn in letzter Sekunde noch auffangen. „Euer Ehren, ich hatte mich an dieser Stelle getäuscht und bitte um Entschuldigung. Es war nicht meine Absicht, das hohe Gericht irrezuleiten. Mr Bradbury ist lediglich ein nahestehender Freund der Familie."

Der Richter warf dem jungen Anwalt einen vernichtenden Blick zu, dann wandte er sich wieder an Millard. „Fahren Sie fort, Mr Bradbury."

„Ich kann auf den Jungen aufpassen." Sein Blick streifte Celine, dann Tim. „Ich bin ohnehin so gut wie immer zu Hause. Er könnte sich tagsüber in meinem Haus aufhalten. Ich könnte ihn auch unterrichten. Immerhin war das mein

Beruf, bis ich in Rente ging. Ich habe an der Highschool in Dunbar Geschichte unterrichtet und das Ringerteam trainiert."

Dieser wunderbare Mann! Celine wäre am liebsten aufgesprungen und hätte ihn mit Küssen überhäuft.

Der Richter klopfte mit seinem Stift einen langsamen, gleichmäßigen Rhythmus auf den Tisch. Celine vergaß vor Aufregung das Atmen.

„Mr Walker, sind Sie bereit, sich Mr Bradbury in jeder Hinsicht unterzuordnen, solange Ihre Mutter arbeitet?"

Tim nickte. „Ja, Euer Ehren."

„Mr Bradbury, Sie übernehmen eine große Verantwortung. Tim darf für keinen Moment des Tages unbeaufsichtigt sein. Sind Sie sich dessen bewusst?"

Millard zögerte kurz und nickte dann.

„Nun gut. Mr Walker, Sie können unter der Aufsicht von Ihrer Mutter und Mr Bradbury heute nach Hause gehen. Ihr Bewährungshelfer wird sich mit Ihnen in Verbindung setzen, um die Einzelheiten der gerichtlichen Anordnung zu klären. Wenn Sie nicht mitarbeiten, werden Sie in die Vollzugsanstalt zurückkehren, und die Dauer Ihrer Strafe wird dann ein Jahr betragen."

Sein Hammer schlug auf den Tisch und er erhob sich. „Die Verhandlung ist hiermit beendet."

Kapitel 11

Als sie endlich wieder draußen waren, kam Celine alles unglaublich hell und freundlich vor, obwohl der Himmel immer noch voll grauer Wolken hing und die vorbeifahrenden Autos hohe Wasserfontänen hinter sich herzogen. Aber der Regen hatte aufgehört.

Millard war sehr schweigsam. Er schloss seinen Wagen auf und Tim kletterte auf die Rückbank. Celine setzte sich auf den Beifahrersitz und überschüttete ihren Retter mit Dankbarkeitsbezeugungen. Was wäre ohne ihn nur heute aus ihr und Tim geworden? Er wirkte jedoch, als stünde er noch unter Schock angesichts des gewagten Schrittes, den er soeben gegangen war. Auch Tim schwieg. Was blieb Celine anderes übrig, als die ganze Zeit zu plaudern, um diese unangenehme Stille zu überbrücken?

Am liebsten wäre sie auf den Rücksitz geklettert und bei ihrem Sohn gewesen, ganz nah, ihn anschauen und anfassen. Er war so lange weg gewesen und sie hatte solche Ängste um ihn ausgestanden. Doch nun hatte sie ihn wieder. Natürlich, ein fünfzehnjähriger Junge wollte nicht mehr mit seiner Mutter kuscheln, das verstand und respektierte sie. Sie durfte nicht mehr mit seinen Locken spielen und ihm die Sorgenfalten von der Stirn streicheln. Das war tabu. Tim war dabei, ein Mann zu werden. Wenn er nur die Möglichkeit gehabt hätte, einen Mann von Format zu kennen und von ihm zu lernen, wie ein Mann sich verhält, redet, lebt.

Ihre Gedanken wanderten wieder zu der letzten Begegnung mit Jack Mellon im Supermarkt zurück. Das war nun schon eine Woche her, ohne dass er sich bei ihr gemeldet hätte. Sie hatte genau gesehen, wie er den Zettel mit ihrer Telefonnummer in die Tasche seiner weißen Schürze gesteckt hatte, ehe sie ihren nahezu leeren Wagen den Konserven-Gang entlang Richtung Kasse schob. Selbst wenn er ihren Zettel vergessen haben sollte und die Schürze in die Waschmaschine gewandert war, wäre es ihm ein Leichtes gewesen, ihre Nummer über die Auskunft zu erfahren. Er musste nur wollen.

„Oh, seht nur, wie schön diese Ahornbäume leuchten", schwärmte Celine. „Wie reines Gold! Ist das nicht eine wunderschöne Jahreszeit?"

Millard nickte nur.

„Ich kann kaum glauben, dass schon Oktober ist. Mir kommt es vor, als wäre es erst ein paar Tage her, dass wir noch in der Sonne lagen. Tim, wir müssen uns bald mal um ein paar schöne Kürbisse für unseren Hauseingang kümmern."

Das „wir" in ihrem Satz hatte einen unangenehmen Beigeschmack. Fünfzehn Wochen lang würde er nirgendwo allein hingehen können, nicht einmal in den Wald hinter dem Haus. Jeden Morgen würde er den direkten Weg von ihrer Haustür zu Millards Haustür nehmen, und abends dürfte er den gleichen Weg zurückgehen. Der Bewährungshelfer hatte ihn eindringlich gewarnt, nicht mal den kleinsten Umweg zu machen. Tim würde mittels eines Stimmerkennungssystems per Telefon überwacht werden. Ein Computer würde ihn mehrmals am Tag zu unterschiedlichen Zeiten anrufen, werktags tagsüber bei Millard, abends, nachts und am Wochenende zu Hause. Wenn das Telefon klingelte, hatte er maximal zwei Minuten Zeit, um sich zu melden. Als Alternative drohte immer sofort das Gefängnis.

„Tim, wie ist es dir im Gefängnis ergangen?"
Er knurrte von hinten: „Bescheiden."
„Kannst du das noch ein bisschen genauer beschreiben?"
„Es gab kein einziges Fenster."
„Ach. Und was noch?"
„Das Essen war zum Kotzen, es war laut und langweilig."
Millard schnalzte mit der Zunge. „Deshalb wird das Ganze auch Gefängnis genannt und nicht Wellness-Hotel."

Celine klappte den Spiegel in der Sonnenblende gerade noch rechtzeitig hinunter, um Tims Stirnrunzeln zu sehen. Er saß aufrecht hinter ihr, die Arme über der Brust verschränkt, und sah ausgesprochen finster drein. Plötzlich ahnte sie, was in ihm vorging. War er vom Regen in die Traufe gekommen? Vielleicht waren für ihn fünfzehn Wochen mit Mr Bradbury noch schlimmer als fünfzehn Wochen Knast?

Irgendwann wurde es ihr zu blöd, die beiden muffligen Männer zu unterhalten, und sie hing auch ihren Gedanken nach. Während Millard Kilometer um Kilometer zurücklegte, freute sich Celine schon darauf, ihre Mädchen wiederzusehen, die mittlerweile von der Schule zurück sein müssten. Es würde das erste Mal seit Wochen sein, dass Tim mit ihnen am Tisch saß – der richtige Moment für ein Festmahl! Was mochte Tim besonders gern? Spaghetti mit frischen Pilzen in der Soße und knuspriges Knoblauchbrot? Das könnte sie schnell zubereiten und er würde sich bestimmt freuen.

Sie atmete erleichtert auf, als Millard den Hügel hinauffuhr, der zu ihrem Haus führte. Die Wolken rissen auf und ein Strahl der Nachmittagssonne fiel auf die Bäume, die die Straße zu beiden Seiten säumten. Das Licht ließ das Rot und Orange der Blätter neonartig aufleuchten.

Fast zu Hause. Nun würde alles wieder gut werden. Tim würde in dieser Nacht wieder in seinem eigenen Bett schlafen. Vielleicht würde er beim Gute-Nacht-Sagen mit ihr reden. In letzter Zeit war es für ihn noch am ehesten im Dunkeln möglich gewesen, sich zu öffnen, solange es nur Worte und keine Gesichter mehr gab. Aber selbst diese eingeschränkte Art der vertrauten Kommunikation hatte zwischen ihnen schon lange nicht mehr stattgefunden.

Celines Blicke wanderten an den alten Zaunpfählen und dem herunterhängenden Maschendrahtzaun entlang, die an der rechten Straßenseite zu ihrem Briefkasten führten.

Da sah sie den Wagen in ihrer Einfahrt. Dieser Polizist, Estrada, saß am Steuer, neben ihm noch jemand. Ein Adrenalinstoß schoss durch ihren ganzen Körper. Was hatten die denn heute Abend hier zu suchen?

Tim fluchte.

„Was um alles in der Welt wollen die denn hier?", war auch Millard zu hören. Er hielt am Ende ihrer Einfahrt.

„Keine Ahnung, aber ich fürchte, wir werden es gleich erfahren", antwortete Celine und öffnete ihre Tür. „Vielen, vielen Dank, Mr … Millard." Im Augenwinkel sah sie die beiden Polizisten aussteigen. „Ich werde mit Tim gegen acht Uhr morgen früh bei dir sein. Ich hoffe, das ist dir nicht zu früh?"

Er stöhnte.

„Wäre dir halb neun lieber?"

Er nickte grimmig. „Ja, das ist besser."

„Gut, dann bis dann", sagte sie und schloss die Tür.

Auch Tim stieg aus, ehe Millard zu seinem Haus weiterfuhr. Celine ging auf Estrada zu, der lässig an der Kühlerhaube seines Wagens lehnte. Mit jedem Schritt wirbelten ihre Stiefel ein Häufchen trockener Blätter auf, als würde sie durch rotes Wasser waten.

„Hallo, Mrs Walker."

„Kann ich Ihnen helfen?" Sie hielt ihren Kopf erhoben und ihre Stimme war fest. Tim blieb hinter ihr.

Der Polizist sah geradewegs an ihr vorbei, fixierte ihren Sohn und nickte. „Tim, ich bin erstaunt, dich hier anzutreffen."

„Warum?", fragte dieser.

„Ich dachte, sie hätten dich für eine Weile weggesperrt. Wen hattest du als Richter?"

Tim zuckte die Schultern. „Keine Ahnung, irgendeinen alten Typen."

„Mr Estrada", schaltete Celine sich ein, „was wollen Sie von uns?"

Er zog ein zusammengefaltetes Papier aus seiner Tasche. „Ich habe den Durchsuchungsbefehl dabei, den Sie sich letztes Mal gewünscht haben. Als wir sahen, dass Ihre Töchter zu Hause sind, nahmen wir an, Sie würden auch bald kommen, und beschlossen, auf Sie zu warten." Er deutete mit einer Kopfbewegung auf seinen Begleiter. „Das ist mein Kollege Mr English." Dieser sah vergleichsweise zierlich und schüchtern aus, jünger als Estrada, mit großen blauen Augen, die durch dickes Brillenglas schauten.

Tim trat auf die beiden zu, seine Augen wurden zu Schlitzen: „Was suchen Sie?"

„Ich nehme an, diese Frage kannst du selbst am besten beantworten." Der Blick des Polizisten stand dem von Tim an Feindseligkeit in nichts nach. Damit wandte er sich an Celine und deutete auf das Haus: „Können wir anfangen?"

Dieses Mal konnte sie nichts dagegen tun. Schweigend folgten ihr alle zur Tür, wo Celine zögerte. „Lassen Sie mich zuerst mit den Mädchen reden, bevor Sie mit irgendetwas anfangen." Es kam kein Widerspruch, also ging sie hinein. Estrada blieb in der Tür stehen, sein Kollege wartete draußen.

„Hallo, ihr beiden, wir sind da!"

Die Mädchen kamen aus der Küche gerannt, Duke folgte ihnen auf den Fersen. Der Hund bellte einmal kurz, dann schnellte er seinen schweren Körper vorwärts. Estradas rechte Hand zuckte zum Gürtel und umschloss seine Waffe. Duke stürzte sich auf Tim, legte die Vorderpfoten auf dessen Schultern und begann so hektisch sein Gesicht abzulecken, als wäre Tim ein Eis, das in der Sonne zu schmelzen drohte.

„Hallo, alter Junge“, sagte Tim und kraulte das Fell des Hundes.

Celine hatte den Polizisten kopfschüttelnd beobachtet. Das hätte gerade noch gefehlt, dass er den Hund vor den Augen der Kinder erschoss! Estrada bemerkte ihre Blicke und ließ verlegen seine Hand sinken.

„Tim!“ Sissi umarmte ihren Bruder, und er legte einen Arm um ihre Schulter, stand dabei aber immer noch steif zwischen den anderen, während er mit der anderen Hand weiter Duke kraulte.

„Hallo, Tim“, sagte nun auch Rebecca, sah ihren Bruder dabei aber fast schüchtern an.

Sissi hatte nun den Polizisten entdeckt. „Warum warst du so lange draußen im Auto?“

„Wir werden gleich über alle eure Fragen reden“, unterbrach Celine ihre Kinder. „Aber jetzt müsst ihr Mädchen als Erstes mal kurz mit dem Hund rausgehen. Legt ihm die Leine an und du, Rebecca, hältst ihn fest.“

Duke war hin- und hergerissen. Er liebte es, spazieren zu gehen, gleichzeitig warf er sich immer wieder vor Tims Füße, forderte ihn zum Spielen auf und bettelte, dass er doch auch mit nach draußen gehen sollte, während Rebecca versuchte, ihn zur Tür zu ziehen.

Kaum war die Tür hinter dem Schäferhund und den Mädchen ins Schloss gefallen, da begannen die Polizisten mit ihrer Arbeit. Zögernd sahen sie sich im Wohnzimmer um und erweckten dabei den Eindruck, als glaubten sie selbst nicht, dass hier etwas zu finden wäre. Estrada untersuchte das Bücherregal, wo sich einige Klassiker neben Kochbüchern drängten. Doch außer Staub konnte er nichts finden. Zum Glück war das Haus sauber und aufgeräumt – nicht dass Celine den beiden etwas beweisen musste, aber sie hatte ihren Stolz. Auch wenn sie alleinerziehend war und in einem besseren Wohnwagen lebte, ihren Haushalt hatte sie im Griff und Geschmack hatte sie auch.

Estrada ging über den Flur, stieß die erste Tür auf und stand im Badezimmer. Man hörte ihn den Wassertank der Toilette öffnen, Schränke verschieben und Schubladen und Türchen öffnen. Dann ging er weiter zu Tims Zimmer. Celine und Tim folgten ihm und beobachteten vom Flur aus, wie er sich umzusehen begann, hinter und unter den Gegenständen auf den Regalen nachsah und sogar die Golfbälle aus einem Vogelnest hob, um einen Blick darunter werfen zu können. Was auch immer er suchen mochte, es musste ziemlich klein sein. Der zweite Polizist war nun auch in Tims Zimmer, hob die Matratze hoch und tastete alle Ecken ab; auch Kissen und Decke wurden durchsucht.

Celine warf einen verstohlenen Blick auf Tim, dessen Gesicht keine Regung zeigte, während Estrada sich den Kleiderschrank vornahm. Sie konnte nicht glauben, dass der Junge tatsächlich im Haus gewesen war, um etwas zu verstecken und dann wieder zu verschwinden; so abgebrüht war er nicht. Hoffentlich würden die beiden Männer bald wieder verschwinden, dachte Celine nur. Sie wollte endlich mit ihrem Sohn allein sein.

„Mrs Walker", sagte Estrada, nachdem er den gesamten Kleiderschrank durchwühlt hatte, „ich würde mich gerne noch in Ihrem Schlafzimmer umsehen."

Celine errötete unwillkürlich. „Was um alles in der Welt suchen Sie ..."

„Es ist nicht so, dass ich Sie in irgendeiner Weise verdächtige, Mrs Walker. Es gehört einfach dazu, dort auch nachzusehen, das ist alles. Wir erledigen lieber gleich alles auf einmal – das ist Ihnen doch sicher auch lieber, als wenn wir noch einmal kommen müssten."

Sie lachte bitter auf. Irritiert drehte er sich um und sah sie an. „Bitte nehmen Sie mein Lachen nicht persönlich", entschuldigte sie sich und fand es gleichzeitig überaus persönlich, dass er sich anschickte, ihr Schlafzimmer zu inspizieren. Würde er auch die Schublade mit ihrer Unterwäsche durchwühlen? Zum ersten Mal sah sie auf seine Hände – kein Ring. Ihr wäre wohler gewesen, wenn er verheiratet gewesen wäre, auch wenn das heutzutage ja nicht mehr viel bedeutete.

Aufmerksam beobachtete sie sein Gesicht, während er ihr Zimmer untersuchte. Seine dunklen Augen lagen tief unter der markant hervortretenden Stirn. Edel geformte Wangenknochen und eine gerade Nase hätten ihm ein attraktives Aussehen verliehen, wenn da nicht diese Härte im Ausdruck und diese Steifheit im Körper gewesen wären. Wie aus Granit gemeißelt wirkte er. Unvorstellbar, dass eine Frau sich nach seiner Nähe sehnen könnte.

Er musste nicht lange suchen, bis er ihre Schmuckschatulle im Nachtschränkchen gefunden hatte. Sein Partner war unterdessen im zweiten Badezimmer beschäftigt. Eine Intarsienarbeit aus italienischem Holz zierte den Deckel der Dose, und als er sie öffnete, ertönte die fröhlich klimpernde Melodie der Spieluhr. Estrada schob die goldene Kette zur Seite, die sie zum sechzehnten Geburtstag von ihrem Vater bekommen hatte, dann das silberne Medaillon und den mit Diamanten und Saphiren besetzten Ring von Großtante Louise. Zuletzt kam das Knäuel von Modeschmuck.

Schließlich hatte er ihren Ehering gefunden, der ihn zu interessieren schien. Sie wusste selbst nicht genau, warum sie ihn immer noch aufbewahrte. Wahrscheinlich hatte Don ihn damals gestohlen; er hätte ihn sich nicht leisten können.

Der Gedanke war ihr allerdings nicht gekommen. Einerseits war sie schrecklich verliebt gewesen, andererseits war dieser Ring einfach wunderschön, mit einem dreikarätigen Diamanten zwischen zwei zierlicheren Steinen. Der übrige Schmuck, den sie im Laufe der Jahre von Don bekommen hatte, war nach und nach wieder aus ihrer Schatulle verschwunden. Don hatte ihn verkauft, ohne sie auch nur zu fragen. Auch dem Ehering wäre es sicher so ergangen, wenn sie ihn nicht Tag und Nacht getragen hätte.

„Sehr schön", sagte der Polizist und drehte den Ring in seinen Fingern.

„Legen Sie den sofort zurück", befahl Tim von der Tür aus, „das ist der Ehering meiner Mutter."

Prüfend wanderte Estradas Blick von Tim zu Celine, als suche er nach Anzeichen einer Lüge. „Stimmt das?"

„Ja, das stimmt." Celine entdeckte ihr Spiegelbild im Kleiderschrank und strich sich eine Haarsträhne hinters Ohr. „Sie suchen also nach einem Ring?"

Er nickte grimmig. „Sie gestatten, dass ich diesen Ring vorübergehend beschlagnahme, nur um feststellen zu lassen, dass er nicht Teil des gestohlenen Schmucks ist? Das ist nur eine Formalität, verstehen Sie, ich werde Ihnen auch eine Quittung darüber ausstellen."

Tim entfuhr ein Wort, das Celine noch nie von ihm gehört hatte. „Ich habe keinen Ring gestohlen! Hier gibt es für Sie nichts zu finden! Lassen Sie meine Mutter in Ruhe!"

„Nicht *ich* habe deine Mutter in Schwierigkeiten gebracht." Er starrte Tim lange an. „Ich weiß nicht, was du dem Richter heute erzählt hast, aber ich werde mit deinem Bewährungshelfer reden, und eines kann ich dir versprechen – ich werde dich beobachten. Wenn du auch nur den allerkleinsten Fehler machst, dann kommst du nicht noch einmal so billig davon, darauf kannst du Gift nehmen. Dafür werde ich persönlich sorgen."

Kapitel 12

Millard saß in seinem blauen Sessel wie an jedem Morgen, die Zeitung vor sich und den Stift in der Hand, aber er fühlte sich überhaupt nicht wohl in seiner Haut. Auf dem Sofa schräg gegenüber von ihm hockte dieser Teenager, die Arme vor der Brust verschränkt, und starrte finster vor sich hin. Sollte Millard jetzt für das Programm sorgen, vielleicht Hasen aus dem Hut zaubern oder auf dem Tisch tanzen?

Er versuchte, sich auf sein Kreuzworträtsel zu konzentrieren, aber es war unmöglich. Neulich hatte er etwas über die gefährlichen radioaktiven Strahlen gelesen, die von defekten Mikrowellengeräten ausgehen können. Genau so kam er sich jetzt vor. Die Strahlung, die von dem Jungen ausging, war nicht zu sehen, aber er konnte die miesen Stimmungswellen deutlich spüren.

Fünfzehn Wochen – obwohl Millard nichts verbrochen hatte! Tag für Tag sollte er nun hier zusammen mit diesem mageren, kleinen Verbrecher eingesperrt sein! Er ging zwar nur noch selten aus, aber plötzlich fühlte er sich wie ein Gefangener. Hatte er nicht schon lange mal wieder zu Claras Café gehen wollen, wo sich seine Kumpels von früher jeden Mittwoch trafen? Seit Mollys Tod war er nicht mehr dort gewesen, aber jetzt wäre er plötzlich sehr gerne hingegangen.

Was um alles in der Welt hatte ihn nur dazu gebracht, dort in dem Gerichtssaal aufzustehen und sich ohne Not in diese Situation zu bringen? Er hatte es für die Mutter des Jungen getan. Sie hatte besorgniserregend blass ausgesehen, in ihren großen grünen Augen standen Angst und Verzweiflung. Als dann dieser Polizist kam, um das Kind abzuführen, sanken ihre Schultern herab wie ein Fesselballon, der ein Leck hatte. Er wollte sie retten, als wäre sie seine eigene Tochter. Ohne noch weiter zu überlegen war er aufgestanden und hatte die Worte gesagt, die er jetzt bitter bereute.

Millard seufzte und ließ die Zeitung sinken. Hoffentlich würde Celine dem Jungen morgen seine Schulaufgaben bringen. Sie hatte zumindest versprochen, es zu versuchen. „Junger Mann, hast du irgendwelche Pläne, oder willst du den ganzen Tag nur herumsitzen wie ein Sack fauler Kartoffeln?"

Tim starrte aus dem Fenster. Der Regen floss in feinen, silbernen Fäden über die verstopfte Dachrinne. Es sah aus wie ein Gitter vor dem Fenster. Tim zuckte lustlos mit den Schultern. „Ich dachte, Sie hätten einen Computer."

Seine Füße in den Wollsocken spielten mit einem Stapel Schallplatten unter dem Couchtisch. Während seine Mutter ihm heute Morgen noch letzte Anweisungen gegeben und die Nummer von ihrem Büro auf den Notizblock an Millards Telefon gekritzelt hatte, war Tim an seinen Rucksack gegangen und hatte diese Socken herausgeholt. „Jeder hat doch einen Computer."

„Zwei Drittel der Weltbevölkerung haben keinen Computer, viele von denen haben nicht einmal ein eigenes Bett. Wozu brauche ich einen Computer? Wenn ich etwas wissen will, schlage ich es nach. Dazu gibt es Bücher. Dafür braucht man doch kein weltweites Netz zu bemühen."

Millard war richtig froh, dass er zumindest ein paar Fachausdrücke kannte. Er hatte hier und da etwas darüber gelesen, das kam ihm jetzt zugute, aber insgesamt war es ihm doch äußerst suspekt, dass man Wissen aus der ganzen Welt einfangen und dann mit einem Mausklick sauber sortiert am heimischen Bildschirm abrufen konnte. Manchmal fühlte er sich wie ein Dinosaurier in der modernen Welt. Er passte hier nicht mehr hinein.

Trotzig fuhr er fort: „Ich habe die Gelben Seiten, ich habe ein Telefon und am Ende der Straße ist die Bücherei. Wenn ich meine Rechnungen zusammenzählen muss oder wissen will, wie viel Rindenmulch ich brauche, um meinen Garten abzudecken, dann nehme ich einen Stift und ein Stück Papier und rechne es aus. Das funktioniert bestens. Dazu muss ich kein Gerät einschalten."

„Haben Sie Spiele?"

Millard betrachtete sein Kreuzworträtsel, dann musterte er den Jungen über den Brillenrand. „Spiele? Schau mal da drüben, dort in dem Schrank, da sind sie. Ich habe Monopoly, Karten, Backgammon ..."

Der Junge schnaufte.

„Ach, das ist dir wohl nicht spannend genug? Was für Spiele hättest du denn gerne? Vielleicht so ein Autorennen-Videospiel?" Peter, sein Enkel, hatte ihn am letzten Weihnachtsfest fast verrückt gemacht mit den ständigen, lauten Motorengeräuschen, die das Spiel machte.

„Zur Not. Aber ein Kriegsspiel wäre mir lieber."

Millard nickte grimmig. „So, so, Krieg willst du spielen ..."

Tim schwieg.

„Wenn du wirklich mal im Krieg gewesen wärst, dann würdest du lieber ein Würfelspiel machen, das kannst du mir glauben."

Der Junge sah ihn interessiert an. „Wollen Sie damit sagen, Sie waren im Krieg?"

„Ja, allerdings, in Nordkorea." Der *vergessene Krieg*, wie einige ihn nannten. Aber er hatte ihn ganz und gar nicht vergessen. „Habt ihr über den was in der Schule gelernt?"

„Nö."

Millard runzelte die Stirn. Das heutige Schulsystem brachte nur noch ungebildete Schnösel hervor. So etwas hätte es bei ihm nicht gegeben. Als er noch Lehrer gewesen war, hatte er dafür gesorgt, dass jeder, der seine Geschichtsdaten nicht im Kopf hatte, eine Ehrenrunde drehen durfte, um es im zweiten Anlauf zu lernen. „Das war Anfang der Fünfzigerjahre. Ich habe eine F-86 Sabre geflogen, das war ein einsitziger, einmotoriger Kampfbomber."

Der Junge beugte sich nach vorne. „Haben Sie auch geschossen?"

Sieh an, dachte Millard, *da steckt ja doch ein bisschen Leben hinter diesen toten Augen.* Er nickte. „Harry S. Truman war damals unser Präsident. Kennst du die Präsidenten?"

Tim ließ sich wieder ins Sofa zurückfallen, der grimmige Ausdruck kehrte zurück. Er kannte sie also nicht, folgerte Millard.

Genau in dem Moment flog die Tür auf und Rita kam schwer beladen hereingeplatzt. Doch mitten in der Bewegung erstarrte sie und sah Tim an, als würde ein zotteliger Braunbär mit matschigen Pfoten auf dem weißen Sofa ihres Vaters sitzen.

Diesen Augenblick hatte Millard einerseits gefürchtet, andererseits mit hämischer Vorfreude erwartet. „Hallo, Rita! Mach doch bitte die Tür zu, es regnet herein", bat er möglichst beiläufig, erhob sich und nahm ihr die Taschen ab. „Rita, das ist Tim Walker, er wohnt im Haus gegenüber." Mit einer Kopfbewegung deutete er in die entsprechende Richtung. „Tim, das ist meine Tochter Rita."

„Hallo", grüßte Rita nahezu tonlos.

Tim bewegte sich nicht, sondern murmelte ein gelangweiltes „Hey". Er wusste offensichtlich nicht, dass man sich erhebt, wenn man eine Dame begrüßt, aber Millard würde ihm so was schon noch beibringen.

Rita folgte ihm in die Küche, wo er anfing, die Plastikdosen aus der Tasche zu räumen. „Was macht der denn hier?", zischte sie.

„Was? Ach so, der Junge – nun, der wird jetzt erst mal eine Zeit lang bei mir bleiben, und zwar genau fünfzehn Wochen lang, während seine Mutter arbeitet."

„Du bist Babysitter für einen Teenager? Wie alt ist er denn?"

„Fünfzehn."

„Warum ist er nicht in der Schule?"

Millard hob den Deckel von einer Plastikdose, auf der „Eintopf" stand. Wie immer, das Fleisch hatten die anderen schon herausgefischt, ihm blieben die matschigen Kartoffeln, Karotten und gräuliche Brühe. „Er wurde der Schule verwiesen."

„Vater, was läuft hier?"

Er sah seiner Tochter ins Gesicht. „Der Junge hat versucht, im Supermarkt etwas zu klauen. Er hat eine Bewährungsstrafe bekommen und muss von einem Erwachsenen überwacht werden. Seine Mutter kann es aber nicht machen, weil sie arbeitet." Er versuchte, so nebensächlich wie möglich zu klingen: „Deshalb ist er bei mir, bis seine Mutter von der Arbeit zurückkommt."

„Das darf doch nicht wahr sein!" Sie verdrehte die Augen und schüttelte den Kopf. „Auf was hast du dich denn da bloß eingelassen?! Die Geschichte habe ich beim Frisör gehört. Er hätte um Haaresbreite den Ladenbesitzer erschossen! Was hast du dir denn dabei gedacht?"

Sie sah verstohlen ins Wohnzimmer, als rechne sie damit, den Beinahemörder dabei zu erwischen, wie er das Haus ihres Vaters ausräumte. Aber offensichtlich hatte Tim gerade keine räuberischen Absichten, so zog sie den Kopf wieder zurück und schloss die Küchentür.

„Hast du keine Angst, dass er dich auch ausraubt?", zischte sie. „Oder noch schlimmer, dass er dich umbringt?"

Millard schmunzelte.

„Das ist überhaupt nicht lustig, Vater. Du kennst diese Leute doch kaum. Du wirst von ihnen ausgenutzt, weil du ein gutmütiger, alleinstehender alter Mann bist."

Sein Blutdruck stieg fühlbar. „Da haben wir es wieder. Für dich bin ich nichts als ein alter Knacker, der zu nichts mehr zu gebrauchen ist. Du willst mir die Autoschlüssel abnehmen und mich ins Altenheim verfrachten, wo ich dann auf den Tod warten kann. Liebe Rita, könnte es sein, dass dein Vater noch nützliche Aufgaben auf dieser Welt hat?"

Sie wandte sich ab, dann ging sie wieder auf ihn zu und baute sich vor ihm auf. „Vater, das stimmt nicht, was du da sagst. Ich habe nie behauptet, dass du zu nichts mehr nütze bist. Aber alleinstehende alte Menschen werden nun mal häufig Opfer von Betrügern und Verbrechern aller Art. Man hört das doch ständig, dass alte Leute irgendwelche verrückten Verträge an der Haustüre unterschreiben und ihren ganzen Besitz einem Fremden vermachen."

„Ach so, du machst dir Sorgen um dein Erbe?"

Sie schüttelte betroffen den Kopf. Seine Worte taten ihm sofort leid. Sein Sohn Jefferson lebte nicht mehr, Rita und ihre Kinder würden sowieso alles bekommen. Das Ganze heute lief gründlich schief, aber eigentlich hatte er auch nichts anderes erwartet. Nur ein wenig hatte er insgeheim wohl doch gehofft, dass seine Tochter stolz auf ihn sein würde.

Sie hob kämpferisch das Kinn. „Ich denke, du hast dir da etwas zu viel eingebrockt, das ist alles."

Er berührte ihren Ellbogen. „Er ist ein Kind. Ich kenne mich immer noch ganz gut aus mit Jungs in diesem Alter."

„Aber der hier ist nicht so wie unser lieber Jefferson, Vater. Als ich ihn gesehen habe, war mir schon alles klar." Sie fuhr sich mit der Hand durch das kurze rote Haar. „Diesem Jungen darf man nicht vertrauen. Ich weiß, du siehst das anders, und es wäre ja auch wünschenswert, dass es anders wäre. Aber in seinen Augen ist etwas … etwas Finsteres. Du wirst es noch bereuen, dass du dich darauf eingelassen hast." Böse Vorahnungen ließen sie erschauern. „Vielleicht werden wir alle das bereuen."

Kapitel 13

Celine füllte die Frühstücksdosen der Mädchen mit Obst und belegten Broten, dann schlug sie ein frisch gebackenes Nussbrot und Käse für Tim und Millard in Papier ein. Sie erinnerte Tim daran, den Hund noch zu füttern, unterschrieb einen Zettel, mit dem sie ihre Einwilligung zu einem Ausflug für Rebecca gab, und kämmte Sissis Haare. „So, geschafft! Mädels, achtet darauf, dass ihr die Haustür fest hinter euch zumacht, wenn ihr zum Bus geht. Tim und ich sind drüben."

Sie nahm ihren Mantel „Komm, Tim, wir dürfen Willard nicht warten lassen."

Sie eilte über die Straße. Tim folgte ihr widerstrebend. Es war 8:15 Uhr, in spätestens vierzig Minuten musste sie zur Arbeit fahren. Sie durfte auf keinen Fall zu spät kommen; es gab nicht gerade viele Arbeitsstellen in Ham Bone und sie hatte auch so schon genug Probleme.

Der erste Tag gestern war wohl nicht gut gelaufen. Als sie abends kam, um Tim abzuholen, schob Millard ihn förmlich aus der Tür. Eine fast greifbare Spannung lag in der Luft. Danach hatte Tim die angestauten Aggressionen abgelassen, indem er wild mit Duke getobt hatte. Der Hund war begeistert gewesen. Tim versuchte, ihn auf den Boden zu drücken, und er kämpfte sich immer wieder frei, bellte und wedelte mit dem Schwanz.

Der Bewährungshelfer war gerade eingetroffen und Millard machte ihm eine Tasse Kaffee, als Celine und Tim eintraten. Der Fremde erhob sich und gab Celine die Hand. „Mrs Walker, ich bin Mark Dane."

Er war groß, sein braunes Haar lichtete sich bereits ein wenig und er trug einen kurzen, gepflegten Bart. Seine Haltung strahlte Selbstvertrauen aus, sein Blick war offen und sein Handschlag kräftig. „Vielen Dank, Mr Dane, dass Sie uns heute Morgen hier treffen. Das ist sicherlich mehr, als man von Ihnen erwarten kann."

„Ach, wissen Sie, ich bin immer ganz froh, wenn ich einen Grund habe, mein Büro zu verlassen. Glücklicherweise haben wir hier in der ländlichen Gegend viel mehr Gelegenheiten dazu als die Kollegen in der Stadt." Er wandte sich an Tim. „Ich nehmen an, du bist Tim?"

Tim hatte den Kopf gesenkt. Vorsichtig riskierte er einen scheuen Blick und streckte seine Hand so unbeholfen aus, als würde er sie nach langen Wochen im Gipsverband zum ersten Mal wieder bewegen. Kaum war der Handschlag bewältigt, ließ er sich in den Sessel am Fenster fallen. Millard sah ihn missbilligend an. Zu seiner Zeit hätte man von einem jungen Mann etwas mehr Respekt erwartet.

Mr Dane nippte an seiner Tasse, zuckte unmerklich zurück, sah prüfend hinein und setzte sie ab. Offensichtlich war er löslichen Kaffee nicht gewohnt.

„Okay, Tim, dann wollen wir mal anfangen", ergriff Mr Dane das Wort. „Ich werde als Erstes die Anordnung des Gerichts vorlesen. Es ist wichtig, dass wir alle genau wissen, was von dir erwartet wird. Meine Aufgabe ist es, zu überwachen, dass du dich an die Anweisungen hältst, und dem Gericht sofort Bericht zu erstatten, wenn etwas schiefläuft. Du bist im Moment nicht Herr über dein eigenes Leben. Im Prinzip ist es für dich so, als wärst du im Gefängnis" – er sah sich in der Runde um –, „nur mit dem Unterschied, dass du aus dem Fenster gucken kannst und deine Mutter für dich kocht.“ Er beugte sich nach vorn. „Hey, bitte schau mich an.“

Tim löste seinen Blick von der gegenüberliegenden Wand und sah den Mann an.

„Für mich ist es kein Problem, wenn du ins Gefängnis kommst.“ Seine Stimme war fest. „Du selbst entscheidest, wo du deine Zeit verbringen willst. Aber über eines musst du dir im Klaren sein: Du bist nur deshalb hier, weil ich mit Richter Renkin gesprochen habe und er dir die mildeste Strafe aufgebrummt hat, die in so einem Fall überhaupt denkbar ist.“

Tim sah ihn wortlos an.

„Normalerweise muss der Hausarrest im eigenen Haus stattfinden. Aber in deinem Fall liegen die Dinge etwas anders. Von heute an wirst du mehrmals täglich zu unregelmäßigen Zeiten angerufen werden. So wird nachgeprüft, wo du bist. Das Stimmerkennungsgerät wird dich werktags tagsüber hier anrufen, abends, nachts und am Wochenende bei dir zu Hause.“ Mr Dane erklärte die näheren Umstände dieser Anrufe. Millard hatte sich vorgebeugt, um alles genau mitzubekommen, Tim sah demonstrativ gelangweilt aus.

Dann zog der Bewährungshelfer einen Stapel zusammengehefteter Papiere hervor, erklärte alles zu den vierzig Sozialarbeitsstunden, die Tim zu leisten hatte, der Geldstrafe und den Schulaufgaben. Tim würde auch Arbeiten schreiben und diese bestehen müssen, betonte er. Celine freute sich darüber, dass sie eine Weile nicht mit der schweren Aufgabe zu kämpfen hatte, Tim zum Lernen anzuhalten. Nun würde der Druck von anderer Seite kommen.

Tim sank etwas tiefer in seinem Sessel und sein Gesicht verfinsterte sich.

„Wie du sicher in dem Schreiben vom Gericht gelesen hast, ist dir aufgrund der Natur deiner Straftat der Besitz jeglicher Art von Schusswaffen verboten.“

Tim hatte nichts von dem gelesen, was das Gericht ihm geschrieben hatte. Sein Kopf fuhr herum. „Für wie lange?"

„Lebenslänglich."

Empört schüttelte Tim den Kopf und schnaufte zornig: „Scheiße!"

Celine war überrascht, wie entsetzt ihr Sohn auf diese Nachricht reagierte. Wieso machte ihm das so viel aus?

Erdnussbutter, Vollkornmehl, Toilettenpapier – die Einkaufsliste wurde immer länger. Wenn sie in der Mittagspause einkaufen ging, wäre sie abends früher zurück und könnte Millard und Tim schneller erlösen.

Sie griff gerade nach ihrer Tasche und wollte losgehen, als sie Mickis Stimme hörte, die jemanden begrüßte, der offenbar gerade das Büro betreten hatte.

„Ist Celine Walker da?"

Celines Herz begann zu rasen. Sie schob ihren Stuhl an die Tischkante und ging hinaus. „Hallo, Jack!"

Er stand im Foyer und wirkte etwas unsicher, die Hände steckten tief in den Hosentaschen seiner Jeans.

„Hey, Celine", begrüßte er sie knapp, „hast du schon etwas zu Mittag gegessen? Sonst würde ich dich gern einladen."

Sie lächelte und schüttelte den Kopf. Wenn Micki doch endlich aufhören würde, so dämlich zu grinsen. „Nein, aber ich habe einen Bärenhunger. Das ist eine gute Idee!"

Sie nahm ihren Mantel und folgte ihm nach draußen. Weiße Wolken zogen nach Westen, den Bergen entgegen, und ein kalter Windstoß wehte ihr die Haare ins Gesicht. „Schön, dass du mich gefunden hast."

„Ja. Ich hatte dich gar nicht gefragt, ob du noch hier arbeitest, als wir uns neulich in meinem Supermarkt trafen.

Ich musste heute wegen eines geschäftlichen Termins nach Ham Bone, da dachte ich, ich sehe mal nach, ob du noch da bist."

In Celine regte sich eine leichte Enttäuschung. Er war nicht ihretwegen gekommen. Deshalb hatte er sie vorher auch nicht angerufen. Der Wind zerrte an seinem hellgrünen Baumwollhemd. Gut sah er aus, viel besser als in der blutverschmierten Fleischerschürze.

„Hast du Lust, zu Clara zu gehen?" Celine ging in Gedanken die Speisekarte in Claras Café durch. Gab es da überhaupt etwas Vegetarisches? Außer Salat wohl nicht.

„Einverstanden."

Sie fuhren mit seinem glänzenden schwarzen Wagen drei Querstraßen weiter. Im Café gab es nur noch einen freien Tisch an der Wand. Anstatt ihr den Mantel abzunehmen und den Stuhl zurechtzurücken, setzte Jack sich einfach hin und begann, die Speisekarte zu lesen. Sie starrte auf die blau geblümte Tapete, bis er fertig war.

„Gut." Er sah sich nach der Bedienung um. „Weißt du schon, was du willst?"

„Ja." Sie lehnte sich betont lässig zurück. „Was hattest du denn für einen Termin in Ham Bone?"

„Es ging um Football. Ich werde in dieser Saison wieder die Jugendmannschaft trainieren. Der Trainer von Ham Bone heißt Dave Petrie, kennst du ihn?"

„Petrie? Ja, die Familie kenne ich, er fährt den Schulbus. Sie haben einen Sohn in Sissis Alter."

„Stimmt, der ist ein sehr guter Spieler."

„Wie alt sind denn deine Schützlinge?"

„Sieben bis acht. Die wiegen nur vierzig Kilo oder so." Er lächelte bei dem Gedanken an seine Footballzwerge. „Aber keine Sorge, sie tragen die volle Schutzkleidung: Schulterpolster, Helme, alles."

„Du machst das bestimmt super, Jack."

Seine blauen Augen funkelten. „Wieso denkst du das?"

„Weil du schon immer gut mit Kindern umgehen konntest, obwohl du keine eigenen hast."

Sein Lächeln wurde zu einer schmalen Linie. Er zuckte mit den Schultern. Da kam die Bedienung, nahm die Bestellung entgegen und kehrte schon bald mit einer Cola für Jack und einem dampfenden Tee für Celine zurück. Sie spürte seine Blicke, während sie den Teebeutel ausdrückte, doch als sie aufsah, schaute er zur Seite.

Sie folgte seinem Blick aus dem Fenster. Die Hügelkette lag wie eine Reihe von Dinosauriern hinter den Fassaden der Einkaufsmeile von Ham Bone. Bunt gefärbte Bäume waren über die Hänge verstreut, eine malerische, zufällige Anordnung von Gelb, Orange und Rot vor dem grünen Hintergrund.

Der Tee wärmte Celines Hände. „Ich habe den Herbst schon immer geliebt", sagte sie, „besonders hier. Der Geruch des Schnees kommt schon aus den Bergen, lange bevor es bei uns weiß wird."

„Stimmt. Aber wenn die Sportplätze erst einmal verschneit sind, ist für mich alles vorbei. Dann gibt es nur noch Pizzaservice und Sportsendungen im Fernsehen."

Sie schnaufte. „Du und dein Sport. Bist du immer noch so versessen darauf?"

„Ja, nun – was soll ich denn sonst machen? Kleine Vögelchen auf alte Möbel malen? Machst du das noch?"

Sie hob selbstbewusst das Kinn und lächelte. „Wenn du wüsstest! Manchmal gehen mir die Möbel aus, dann bemale ich Zigarrenschachteln, Obstkisten, alles, was ich in die Finger kriegen kann." Sie ließ ihre Gabel sinken und beugte sich über den Tisch. „Die Leute kaufen meine Sachen, Jack! Hannah Mays hat einen meiner Schränke im Eingangsbereich ihres Geschenkeladens stehen, mit einer Lampe darauf. Es sieht so gut aus, dass die Leute andauernd den Schrank kaufen wollen. Hannah sagt, ich solle eine Visitenkarte drucken lassen und einen Laden eröffnen."

„Dann mach das doch!"

„Ich habe kein Startkapital. Im Sommer kaufe ich billige alte Möbel auf Flohmärkten und bei Wohnungsauflösungen, aber wenn das Schuljahr wieder angefangen hat, bekommt man kaum noch etwas." Sie goss heißes Wasser aus dem kleinen Kännchen in ihren Teebecher. Wenn sie nur ein bisschen Geld zusammensparen könnte – oder wenn Don mal ein bisschen Unterhalt für die Kinder zahlen würde –, würde sie sich sofort selbstständig machen. Leon Schumann und die ganze Versicherungsfirma würden sich wundern, wie schnell sie weg wäre.

„Vermisst du Ham Bone?"

„Vermissen? Nein! Dunbar ist ja auch nicht direkt eine Weltstadt, aber wir haben zumindest ein ordentliches Basketballteam, ein Stadion, ein Bowlingcenter mit zehn Bahnen und genügend Restaurants, in denen man auch nach 21 Uhr noch ein ordentliches Steak bekommt."

Sie lächelte sanft. „Die wirklich wichtigen Dinge im Leben."

„Nicht zu vergessen mein Arbeitsplatz. Ich verdiene dort fast das Doppelte von dem, was ich hier hatte. Ich könnte pendeln, aber warum sollte ich? Nein, diese Entscheidung habe ich gefällt, nachdem zwischen uns beiden Schluss war, und es war der richtige Schritt." Sein Blick wanderte wieder aus dem Fenster.

„Vielleicht ist es anders, wenn man sein ganzes Leben hier verbracht hat. Als Don weg war, hatte ich überlegt, ob ich zurück nach Cleveland gehen sollte. Aber es war irgendwie zu spät dafür. Ich war schon zu sehr hier verwurzelt, auch wenn das Bowlingcenter nur drei Bahnen hat und nach 20 Uhr alles dichtmacht. Mir war noch nie langweilig hier. Ich genieße die gute Luft, jedes Mal, wenn ich aus meinem

Haus trete, eine Luft, die von Tausenden von Bäumen dort oben in den Bergen gefiltert wird. Meine Kinder spielen im Wald, statt sich in Häuserschluchten mit lautem, stinkendem Verkehr aufzuhalten. Ich fühle mich hier sicher."

Jack kaute und sah sie an. „Was gibt es bei Tim Neues?", fragte er schließlich. „Kommt er in der Schule gut mit?"

Sie atmete tief ein und ließ die Luft langsam wieder entweichen. *Oh Gott, hilf mir jetzt bitte.* „Jack, Tim ist in Schwierigkeiten."

Seine Augenbrauen hoben sich. „Was für Schwierigkeiten?"

„Na ja, kurz gesagt, er hat im Supermarkt geklaut, der Besitzer hat ihn erwischt und Tim hat seine Spielzeugpistole auf ihn gerichtet. Das zählt als bewaffneter Raubüberfall. Er hat dafür fünfzehn Wochen Hausarrest bekommen."

Jack pfiff durch die Zähne. „Ich kann mir nicht vorstellen, dass Tim so etwas getan haben soll."

„Er hat sich ziemlich verändert, Jack." Sie hatte zu viel in zu kurzer Zeit gesagt. Erschrocken hielt sie inne und war froh, dass die Bedienung mit dem Essen kam. Jacks Hamburger war monströs und der Geruch von Fett und Fleisch strömte aufdringlich über den Tisch.

Mit vollem Mund setzte Jack die Unterhaltung fort. „Inwiefern hat er sich verändert?"

Sie schüttelte den Kopf. „Vielleicht sind alle Teenager in dem Alter so. Er ist ständig schlecht gelaunt." Alle aussagekräftigeren Adjektive wie „finster", „zornig" und „rebellisch" ließ sie an dieser Stelle lieber weg, um Jack keinen noch größeren Schrecken einzujagen. Als Erstes war es wohl wichtig, das wiederzufinden, was einmal zwischen Jack und ihr gewesen war.

„Ich wäre auch schlecht gelaunt, wenn ich fünfzehn Wochen Hausarrest hätte!", sagte er. „Das sind ja ... fast vier Monate." Er schüttelte mitleidig den Kopf. „So, wie ich Tim in Erinnerung habe, kam er doch nur aus dem Wald, wenn er Hunger hatte oder wenn er uns Tiere präsentieren wollte, die er gefangen hatte. Dieser Junge konnte sich an die Ochsenfrösche anpirschen wie ein Reiher. Ich kenne niemanden außer ihm, der die riesengroßen Exemplare mit der Hand fangen kann. Diese Frösche haben einiges an Lebenserfahrung und lassen sich nicht so leicht überlisten. Andere Leute können sie nicht mal *sehen*. Einmal habe ich beobachtet, wie er am Rande eines Sportplatzes in einen See ging", lachte Jack., „Das war in der Zeit, als ich versuchte, ihn für Basketball zu begeistern. Er bewegte sich wie in Zeitlupe. Als er wieder aus dem Seerosenfeld herauskam, hielt er einen dicken alten Frosch unter den Achseln fest. Die Beine des Frosches tanzten in der Luft, als wäre er eine Ballerina."

Celine lachte bei der Vorstellung: „Ein Ochsenfrosch als Ballerina! Ich kann mir bildlich vorstellen, wie Sissi ihm ein rosa Röckchen anzieht und mit ihm herumtanzt." Ein Paar vom Nachbartisch sah zu ihnen herüber und lächelte.

Jack grinste. „Wie auch immer. Tim brauchte beide Hände, um das Vieh festzuhalten. Ruck, zuck war das Spielfeld leer und der Teich voller Jungs, denen Tim erklärte, wie man Frösche fängt." Jack schmunzelte. „An dem Tag war das Training gelaufen."

Sie lächelte. „Er war unheimlich gern mit dir zusammen unterwegs, auch wenn er im Sport nie besonders gut war. Soweit ich mich erinnern kann, hat sein Vater nie irgendwas mit ihm unternommen, von Sport ganz zu schweigen. Zu dem Zeitpunkt, als du anfingst, ihn mitzunehmen, hatten die anderen Jungs schon jahrelang Vorsprung in allen möglichen Sportarten. Tim kannte nicht einmal die Regeln. Das war ihm peinlich. Ich weiß noch, wie er deshalb eines Abends sogar geweint hat. Aber deine Modellflugzeuge … das war toll für ihn, als du ihn da zum Basteln und Fliegen mitgenommen hast."

„Stimmt, das sollte ich vielleicht mal wieder machen. Ich habe schon ewig diesen halb fertigen Doppeldecker herumliegen.“ Eine Gabel voller Pommes verschwand in seinem Mund. „Wie funktioniert das mit diesem Hausarrest? Ist er jetzt gerade allein zu Hause?“

Sie erzählte ihm die ganze Geschichte, wie es dazu gekommen war, dass der arme, nette Mr Bradbury nun fünfzehn Wochen hinter seinem eigenen Gartenzaun verbringen musste.

„Das heißt, Tim kannte den alten Herrn vorher gar nicht?“

„Genau.“

„Wie geht es ihm damit?“

„Er hasst es. Aber es soll ja auch eine Strafe sein. Er hätte eigentlich noch weitaus Schlimmeres verdient. Nur Millard tut mir leid. Es ist zurzeit nicht gerade angenehm, mit Tim zusammen zu sein.“ Sie schüttelte den Kopf. „Heute Morgen war der Bewährungshelfer da. Er war sehr direkt. Das hat mir gefallen. Mein Problem ist, dass ich zu Tim immer viel zu nett bin. Ich kann einfach nicht so hart sein, wie es wohl nötig wäre. Dieser Mann wird nun Tims gemeinnützige Arbeit und seine Schulaufgaben überwachen. Ich habe es nie geschafft, diesen Jungen dazu zu bringen, seine Hausaufgaben rechtzeitig und ganz zu machen – nie! Aber wenn er sie jetzt nicht macht, dann kommt er dafür direkt ins Gefängnis – das wird dann wohl ziehen, denke ich.“

Jack wurde nachdenklich. „Glaubst du immer noch, dass er ADS hat?“

Sie zuckte die Achseln. „Es spricht schon einiges dafür.“

„Bekommt er Medikamente dagegen?“

„Nein. Das würde ich niemals tun. Er ist ja nicht krank, er ist einzigartig. Er ist auch sehr intelligent.“ Sie seufzte. „Jack, du weißt ja, dass ich schon seit Jahren mit dieser Sache kämpfe. Weil er nicht lange still sitzen und so brav lernen konnte wie andere Kinder, hat man ihn abgestempelt. Er wurde so lange wie ein böser Bube behandelt, bis er es selbst geglaubt hat."

„Aber könnte es nicht sein, wenn du ihm Ritalin oder so etwas geben würdest ..."

„Nein, das will ich nicht. Ich weiß zwar auch nicht, was ich mit ihm machen soll, aber ich werde ihm keine Medikamente geben. Ich weiß einfach, dass das falsch wäre." Sie schaute auf ihre Uhr. „Ach, du liebe Güte! Meine Mittagspause war vor zehn Minuten zu Ende."

Jack bezahlte die Rechnung. Celine zog vor dem Toilettenspiegel ihren Lippenstift nach und nahm ihren Mantel von der Garderobe. Wenn man gelegentlich einmal 10 Minuten zu spät kam, wurde das nicht so eng gesehen. Aber sie war in den letzten paar Wochen mehrfach zu spät zur Arbeit gekommen und hatte zweimal außerplanmäßig frei gebraucht, alles wegen ihrem Sohn.

Als Tim direkt vor ihrem Büro verhaftet worden war, hatte Mr Schumann ihr freigegeben. Celine war so aufgewühlt gewesen, dass sie sich ohnehin auf nichts mehr hatte konzentrieren können. Der Mann, der schon seit über drei Jahren ihr Chef war, hatte sich weder Ärger noch Mitgefühl anmerken lassen. Man konnte seiner stoischen Miene nie ansehen, was in ihm vorging.

Jack fuhr sie direkt vor den Haupteingang der Versicherung. „Es war schön, dich wiederzusehen, schöne Frau mit den grünen Augen."

Sie lächelte. „Danke gleichfalls. Vielen Dank für die Einladung. Das war eine tolle Idee von dir."

Er zwinkerte ihr zu, sie stieg aus und er fuhr davon. Celine stand am Straßenrand wie unter Schock. Das war's? Kein „Wann sehen wir uns wieder?", kein „Ich rufe dich an", nichts? Sie hatte anscheinend alles falsch gemacht. Obwohl sie sich fest vorgenommen hatte, genau das nicht zu tun, hatte sie ihm ihren ganzen Kummer mit Tim vor die Füße gekippt. Welcher glückliche Single würde sein angenehmes Leben freiwillig gegen so ein Chaos eintauschen?

Sie sah an sich herunter. Heute Morgen hatte sie die ausgetretenen, bequemen Schuhe mit den flachen Absätzen angezogen, weil die gerade vor der Tür standen und sie es eilig hatte, Tim zu dem Bewährungshelfer zu bringen. Sie sah so richtig nach „Mutti" aus. Ein kleiner Anfall von Selbstmitleid bemächtigte sich ihrer. Sie war eine alleinerziehende kleine Sachbearbeiterin in einem kleinen Versicherungsbüro in einem hinterwäldlerischen Dorf namens Ham Bone. So sah sie aus, das war sie. Mehr war da nicht, und sie hatte weder die Zeit noch die Kraft, um mehr aus sich zu machen. Vorsichtig tupfte sie sich die Tränen aus ihren Augenwinkeln. Sie wusste ja nicht einmal mehr, wie man das Interesse eines Mannes weckt.

Niedergeschlagen drehte sie sich um und ging in das Gebäude. Leon Schumann stand am Fenster und beobachtete sie, die Arme über der Brust verschränkt.

Kapitel 14

Die gelben Blätter konnten sich kaum noch an Mollys Apfelbaum halten, aber die roten Früchte hingen immer noch wie Weihnachtsschmuck an den kahlen Ästen. Millard aß den letzten Rest eines eiskalten Apfels und genoss das herrliche Aroma. Die Erde über dem frischesten Maulwurfshügel trat er kurz entschlossen nieder. Wie lange schien das schon her zu sein, als ein Maulwurf im Garten die größte Sorge seines Lebens gewesen war!

Er warf das Kerngehäuse des Apfels weg und fuhr fort, das Laub zusammenzurechen. Welch ein schöner Tag, um an der frischen Luft zu sein. Selbst ein Platzregen wäre ihm noch lieber gewesen als die Atmosphäre, die in seinem Haus herrschte. Dieser Junge verpestete mit seiner miesen Stimmung die Luft, dass es kaum auszuhalten war. Es lag eine greifbare Spannung im Raum, als würde im nächsten Moment ein Wirbelsturm sie erfassen, durch die Luft schleudern und weit entfernt wieder fallen lassen. Vielleicht hatte Rita doch recht gehabt … vielleicht würde sein Entgegenkommen ihm mehr Probleme bereiten, als er zunächst angenommen hatte.

Aber er war ein Mann, der zu seinem Wort stand. Was er versprochen hatte, das hielt er auch.

Ein Windstoß wirbelte seinen Laubhaufen wieder durcheinander. Da hörte er es wieder – das unschuldige Lachen von Jefferson. Es drang oft gerade dann in sein Gedächtnis, wenn er am wenigsten damit rechnete. Unwillkürlich sah er sich um. Die Erinnerung holte ihn ein, als wäre es gestern gewesen: Es war an einem Tag wie heute gewesen, ein strahlender Oktobertag. Er stützte sich auf seinen Rechen und stöhnte leise; die Erinnerung tat weh und trieb ihm immer noch die Tränen in die Augen.

Er hatte an diesem Nachmittag Stunden damit zugebracht, den ganzen Hof zu rechen und die Blätter zu einem einzigen, großen Berg zusammenzuschieben. Nur kurz war er in die Garage gegangen, um Streichhölzer zu holen. Die Jubelrufe seines Sohnes waren deutlich zu hören, doch er kümmerte sich zunächst nicht darum. Jefferson hatte immer einen Grund, sich zu freuen. Ob er eine Raupe entdeckte oder eine Kiste voller Gold, das machte in Jeffersons Welt keinen Unterschied. Er freute sich über alles. Diesmal war es der Laubhaufen.

Als Millard aus der Garage kam, war der Himmel voller roter und goldener Blätter. Jeff nahm eine Armladung nach der anderen, um sie unter lautem Jubel in die Luft zu werfen. Sein vor Freude glühendes Gesicht war nach oben gewandt, er hatte die Arme ausgebreitet und wartete auf die bunten Blätter, die gleich wieder auf ihn herunterschweben würden.

Gedankenverloren sah Millard an der Birke hoch, die in der Ecke seines Grundstücks am Zaun stand. Ihre Äste hingen noch voll goldener Blätter, von denen der Wind immer wieder welche abstreifte und sie wie Schmetterlinge vor dem blauen Himmel tanzen ließ. Mit dem nächsten Windstoß flog eine Handvoll der zusammengerechten Blätter auf und verteilte sich über den Rasen.

Jefferson war nur vierzehn Jahre alt geworden. Millard fröstelte bei der Erinnerung. Vierzehn Jahre alt, aber immer noch wie ein kleines Kind. Frustriert hieb Millard mit seinem Rechen auf das Laub ein, das einfach nicht liegen bleiben wollte. Statt einen ordentlichen Hügel zu bilden, verteilten sich die Blätter immer weiter über den Garten.

Millard war damals so zornig geworden wegen dem Chaos, in das Jefferson seinen ordentlichen Laubhaufen verwandelt hatte. Er hatte ihn angebrüllt; schreckliche Dinge hatte er ihm an den Kopf geworfen. Tränenüberströmt war das Kind ins Haus geflohen. Wenn er doch die Zeit zurückdrehen könnte ... er würde alles anders machen. Aber es war zu spät. Es gab keine zweite Chance.

Millard stieß den Rechen ins Laub und warf eine große Ladung in die Luft, um sie auf sich herabrieseln zu lassen.

Da erst erinnerte er sich wieder an den Jungen, der jetzt gerade in seinem Wohnzimmer saß. Plötzlich kam er sich wie ein Idiot vor. Zuerst hatte er das Laub sorgfältig zu kleinen Häufchen zusammengerecht, und jetzt verteilte er es wieder über den Rasen – das Schreckgespenst war wieder da, dass man ihn für senil halten könnte. Diese Angst verfolgte ihn in letzter Zeit ständig. Er versuchte verstohlen, durchs Fenster zu erkennen, wo Tim war. Am Esstisch saß er nicht mehr, wo er zuletzt bei einem Spiel versucht hatte, Millard zu betrügen. Was machte der Junge?

Beunruhigt trat Millard einen Schritt näher, um besser sehen zu können. Er lag nicht auf dem Sofa. Ach, da stand er ja, am westlichen Fenster. Millard folgte seinem Blick und sah, was Tim beobachtete: Ein Hirsch war aus dem Wald getreten, mit einem Geweih, an dem man sämtliche Hüte hätte aufhängen können, die jemals beim Frisör liegen geblieben waren. Der Hirsch hob seine Nase in den Wind, ehe er das gewaltige Geweih senkte und zu grasen begann.

Ein herrliches Tier, dachte Millard und unterdrückte den Wunsch, sein Jagdgewehr zu holen. Die Tage, in denen er solche Tiere kopfüber am Ahornbaum hinter der Garage aufhängte, waren vorbei. Es war keine schöne Sache und gab zu viel Hirschbraten. Würde der Hirsch es jedoch wagen, seinen Kopf über den Zaun zu strecken und an den Äpfeln zu naschen, dann konnte er für nichts garantieren.

Millard stapfte zur Garage, quer durch das verstreute Laub. Mit einem tiefen Seufzen hängte er den Rechen an seinen Platz an der Wand und legte die Arbeitshandschuhe auf die Werkbank. Gott hatte dem Menschen aufgetragen, über die Erde zu herrschen, aber warum hatte er dann zugelassen, dass es Dinge gab, die sich einfach nicht beherrschen ließen, wie Maulwürfe, Windstöße und zornige junge Männer? Millards Leben, das noch vor Kurzem so fein säuberlich sortiert war, war durcheinandergeraten wie ein Haufen trockenes Laub im Wind.

Bei den Stufen, die zur Eingangstür führten, hielt er inne. Tim stand immer noch am Fenster, mit dem Rücken zu Millard. Die Schultern des Jungen zeigten nach unten, die Arme hingen kraftlos herab; alles an ihm erinnerte an den jungen, gefangenen Gorilla im Zoo, den Millard einmal beobachtet hatte. Reglos hatte er die Glaswand angestarrt, die ihm den Weg in die Freiheit versperrte. Tim wirkte genauso leblos wie dieses Tier; als hätte man einen Stöpsel aus seiner Seele gezogen und alle Hoffnung, jemals wieder in seiner natürlichen Umgebung leben zu dürfen, sei herausgelaufen. Millard räusperte sich und trat sich kräftig die Füße ab, um den Jungen vorzuwarnen.

Tim saß wieder am Tisch, als Millard hereinkam, und mischte Karten.

„Da draußen steht ein riesiger Hirsch", sagte Millard. „Ich glaube nicht, dass ich den schon jemals gesehen habe."

„Ich schon."

„Bist du sicher? Er ist sicher nicht der einzige hier im Wald."

„Ich kenne ihn." Tim verteilte die Karten mit hektischen Bewegungen. „Er kennt mich auch."

Nach allem, was Millard wusste, waren wilde Hirsche

nicht unbedingt gesellige Typen; trotzdem konnte er die Frage nicht unterdrücken: „Würde er stehen bleiben, wenn du auf ihn zugehen würdest?“

„Früher schon. Aber jetzt haut er ab, wenn ich ihm zu nahe komme. Jemand hat ihn angeschossen, von seinem Ohr fehlt ein Stück.“

Nicht einmal ein Adler hätte von hier aus sehen können, ob von dem Ohr ein Stück fehlte. Millard nahm sein Fernglas aus der Schublade neben seinem Sessel, als das Telefon klingelte. „Geh du ran“, sagte Millard, „es ist sowieso für dich.“

Tim stand auf und nahm den Hörer ab. Natürlich, es war der Überwachungscomputer vom Gericht, der wieder einmal nachprüfte, ob Tim da war, wo er zu sein hatte. Ein Zufallsgenerator legte die Zahl der Anrufe fest; an manchen Tagen waren es nur zwei, manchmal auch fünf. Eine Computerstimme verlangte nach Tim, und er hatte genau zwei Minuten Zeit, um ans Telefon zu gehen. Millard hörte, wie der Junge einige Zahlen wiederholte, die der Computer ihm vorsprach. Es waren bei jedem Anruf andere Zahlen. Dann legte er wieder auf.

Der Hirsch hob seinen Kopf und nahm Witterung auf. „Ich bin sprachlos“, staunte Millard und ließ das Fernglas sinken. „Er hat tatsächlich ein Einschussloch am Ohr.“

„Er lebt unten am Fluss, nicht weit vom Sparrow Creek entfernt.“

Millard sah ihn an. „Weißt du über andere Tiere auch so viel?“ Tim nickte.

Millard setzte sich an den Tisch. „Über welche zum Beispiel?“

Der Junge zuckte die Schultern. „Ich kenne zum Beispiel eine ganze Menge Stinktiere und Kojoten sozusagen persönlich. Auf der anderen Seite vom See ist ein großer alter Zedernstamm.“ Er deutete in den Wald auf der anderen Seite der Straße. „Da wohnen einige Stinktiere. Meistens sehe ich sie nachts. Die Kojoten habe ich auch schon bei Tageslicht beobachtet. Sie sind jetzt eine ganze Familie und leben in der kleinen Höhle dort drüben hinter der Wiese."

So viel hatte Tim noch nie am Stück gesprochen. Millard sah aus dem Fenster. Der Hirsch war verschwunden. „Ich höre die Kojoten manchmal in der Nacht. Sie klingen wie ein Knabenchor, den man auf Laut gestellt hat."

„Es sind jetzt insgesamt sieben. Im letzten Frühjahr wurden die Jungen geboren, direkt vor den Ferien."

„Kojoten sind sehr scheue Tiere mit einem sehr guten Geruchssinn. Ich wundere mich, dass sie sich überhaupt zeigen, wenn du in der Nähe bist."

Tim zuckte mit den Schultern. „Den Vater kenne ich schon lange, noch aus der Zeit, als er keine Familie hatte. Ich denke, er hat sich daran gewöhnt, dass ich in seiner Nähe war. Oft lag ich stundenlang auf dem kleinen Hügel am Waldrand und habe den Wildwechsel zum See beobachtet. Indem ich mir gemerkt habe, wo er pinkelt, habe ich herausgefunden, wie groß sein Territorium ist."

Millard nickte. „Deine Mutter hat mir erzählt, dass du gern viel Zeit im Wald verbringst."

Das Kartenspiel lag unberührt auf dem Tisch. Tim stöhnte: „Es ist so ätzend, in Häusern zu wohnen und in die Schule zu gehen. Ich verstehe nicht, warum die anderen Leute es normal finden, hinter Mauern zu leben."

„Lass es Winter werden, dann wirst du anders denken. Sogar die Tiere suchen sich im Winter einen Unterschlupf." Millard knöpfte unwillkürlich seine Jacke zu, der bloße Gedanke an den Winter ließ ihn schon frieren. „Und die Schule, nun ja, die gehört einfach zum Leben dazu. Ein junger Mensch braucht eine Ausbildung. Du wirst bald ein Mann sein, schneller, als du denkst. Was hast du dann vor?"

Der Junge verdrehte die Augen und ließ die Karten auf

den Tisch fallen. „Ich muss mal." Er schob seinen Stuhl zurück und ging zur Toilette.

Millard kochte innerlich. Wie respektlos dieser Kerl war! Wozu machte er sich überhaupt die Mühe? Angeblich hatte der Junge einen scharfen Verstand, das behauptete die Mutter jedenfalls. Wenn ja, verschwendete er seine Fähigkeiten. Die Kinder heutzutage nahmen alles für selbstverständlich. Es ging ihnen einfach zu gut. Zu seiner Zeit wären viele junge Männer liebend gern zur Schule gegangen, mussten aber stattdessen den elterlichen Hof bewirtschaften, während der Vater auf der Suche nach Arbeit von Stadt zu Stadt zog. Doch trotz aller Armut und Not waren die Kinder damals viel positiver und glücklicher gewesen als heute.

Das Telefon klingelte. Schon wieder? Millard nahm ab. Doch es war nicht der Computer. „Hallo?"

„Mr Bradbury? Hier ist Mark Dane, Tims Bewährungshelfer."

„Er ist gerade auf der Toilette. Kann er Sie gleich zurückrufen?"

„Natürlich. Aber wo ich Sie gerade am Apparat habe – wie lief es denn so, seit wir uns zuletzt gesehen haben?"

„Ach, ich denke, es ist alles in Ordnung. Er kommt und geht genau wie vereinbart."

„Ist er mit seinen Schularbeiten auf dem Laufenden?"

Millard schaute zu dem Rucksack, der neben dem Sofa auf dem Boden stand. Tim hatte ihn heute Morgen aufgemacht, um das Kartenspiel herauszuholen, seither hatte er ihn nicht mehr berührt. „Ach, ich denke, er schafft das schon." Millard war über sich selbst überrascht – er hatte glatt gelogen. Was doppelt dumm war, denn wenn der Junge seine Schulaufgaben nicht machte, würde er zurück in den Knast wandern, und Millard hätte seine Freiheit wieder.

„Bitte erinnern Sie seine Mutter daran, dass sie am Freitag alle Arbeiten in der Schule abgeben muss", fuhr Dane fort. „Der Schulleiter und ich sind in Kontakt. Jetzt aber noch eine andere Sache: Tims gemeinnützige Arbeit steht an. Mr Estrada von der Polizei hat sich mit mir in Verbindung gesetzt und ein Arbeitsprojekt vorbereitet. Da Tim unter Hausarrest steht, muss er auch während der Arbeit ständig unter Aufsicht stehen. Würden Sie ihm bitte ausrichten, dass Mr Estrada ihn am Samstagmorgen um neun Uhr zu Hause abholen wird?"

Millard hörte die Toilettenspülung, dann ging die Badezimmertür auf.

„Da kommt er. Sie können es ihm selbst sagen."

Er reichte den Hörer weiter an Tim und beobachtete ihn, wie er seine einsilbigen Antworten gab. Sein Kopf und seine Schultern waren wieder in der üblichen Hängehaltung, wie eine Topfpflanze, die man zu gießen vergessen hatte. Der Junge streifte seinen Rucksack mit einem Blick und stammelte eine Antwort: „Hm, ja, in Ordnung." Dann hörte er wieder zu, was ihm gesagt wurde. „Ich weiß." Er legte auf, ohne sich zu verabschieden, und starrte aus dem Fenster, über die Straße, zu seinem Haus.

„Vierzig Stunden Arbeit – was musst du machen?"

„Ein Vordach reparieren und eine Rampe für einen Rollstuhl bauen."

Millard nickte zufrieden. „Gutes Projekt. Sollst du dafür die ganzen vierzig Stunden verwenden?"

„Ich werde dafür vermutlich vierzig Jahre brauchen, weil ich keine Ahnung habe, wie man so etwas macht."

Millard fragte sich, ob der Vater des Jungen ihm jemals gezeigt hatte, wie man einen Nagel einschlägt, bevor er aus seinem Leben verschwand. „Da würde ich mir keine Sorgen machen; es wird bestimmt jemand dabei sein, der dir sagen wird, was du zu tun hast. Du wirst das schon hinkriegen."

Millard ging zum Sofa und holte die Schulsachen. „Die Geschichte Amerikas, Geometrie, Englisch …" Er legte ein

Buch nach dem anderen auf den Tisch. Dann kam ein Stapel Blätter zum Vorschein. „Das sind wohl die Arbeitsblätter, die du durchackern musst. Hast du sie überhaupt schon angeschaut?“

„Ja.“

„Wie viel hast du schon gemacht?“

„Nichts.“ Der Junge ließ sich in Millards blauen Sessel fallen, während dieser stirnrunzelnd die Blätter ansah.

„Was haben wir denn da? Lies Kapitel 8 in deinem Mathebuch und bearbeite die Aufgaben auf Seite 52 und 57.“ Er blätterte weiter. „Für Englisch sollst du einen eine Seite langen Text über ein Gedicht deiner Wahl schreiben.“

Tim fluchte: „Ich hasse Gedichte.“

Millard fühlte sich plötzlich an einen aufsässigen Schüler erinnert, den er damals in der Highschool unterrichten sollte. Wie war noch mal sein Name gewesen? Donald? Oder Dennis? Der Junge hatte auf seine Jeans gemalt und geschrieben, auf seine Hände, auf alles Mögliche, nur nicht auf Papier. Bezüglich der Schule hatte er die gleichen Gefühle gehegt wie Tim, was Millard damals sehr wütend gemacht hatte. So viele gesunde Jugendliche verschwendeten ihre Intelligenz, während Millards geistig behinderter Sohn sich nicht mal merken konnte, welche Hand rechts und welche links war.

„Dann hast du jetzt ein Problem.“ Millard legte auch die Blätter zu den Büchern auf den Tisch. „Entweder du stellst dich jetzt dieser Herausforderung wie ein Mann, auch wenn es dir schwerfällt, oder du landest wieder hinter Schloss und Riegel. Vielleicht wäre das auch das Beste. Du hast ja die erste Woche im Knast schon hinter dir. Nun wären es nur noch vierzehn. Das sind etwa hundert Tage. Dort ist es vermutlich auch nicht langweiliger als hier. Vielleicht ist es wirklich das Beste, du lässt dich hängen, dann haben wir beide unsere Ruhe.“

Tim starrte finster vor sich hin. „Mal sehen … vielleicht."

„Du gehst also lieber in eine fensterlose Knastzelle, wo du nicht einmal einen Vogel vorbeifliegen sehen kannst, als dich ein bisschen anzustrengen?"

„Niemand wird mich einsperren. Dafür müssten sie mich zuerst kriegen, und das schafft keiner."

„Was ist nur mit dir los? Du denkst, es geht dir so schlecht, alle sind gegen dich. Du armer, ungerecht behandelter Junge! Alle anderen sind im Unrecht – die Lehrer, die Gesetzeshüter, ich, alle haben keine Ahnung, während du allein Bescheid weißt? Du bist ein Träumer!" Millard schnappte sich seine Zeitung und wedelte damit vor Tims Gesicht herum. „Außerdem sitzt du in meinem Sessel."

Kapitel 15

Mr Bradburys Tür flog auf, ehe Celine klingeln konnte. Tim erschien, der Rucksack hing von seiner Schulter, sein Gesicht trug den nun schon vertrauten, wütenden Ausdruck. Ihr Vater hatte sie als Kind manchmal gewarnt: *Sei vorsichtig, wenn du so ein Gesicht ziehst, am Ende bleibt es noch so.* Das schien ihrem Sohn passiert zu sein.

Sie steckte den Kopf durch die Tür. „Hallo, Millard! Wie ist es euch heute ergangen?"

Der alte Mann umklammerte die Armlehnen seines Sessels mit beiden Händen. Sein Blick sagte mehr als tausend Worte. „Super."

„Mama, ich geh schon rüber", sagte Tim und stürmte nach draußen. Sie sah, wie er das Gartentor mit einem Fußtritt aufstieß.

„Also nicht so toll." Sie ging ins Haus und schloss die Tür; es war kalt draußen. „Was hat er gemacht?"

„Nichts, den ganzen Tag überhaupt nichts, keinen Strich. Ich habe versucht, ihn zu seinen Hausaufgaben zu bewegen, aber er hat innerlich zugemacht. Er liegt hier herum wie der König von Ham Bone, isst und sieht fern."

Sie ließ den Kopf hängen und atmete tief durch. „Das tut mir leid."

„Nein, du brauchst dich nicht zu entschuldigen. Ich lasse nur gerade meinen Frust heraus, das ist alles." Er stand auf. „Ich hole mal deine Sachen."

Sie folgte ihm in die Küche, wo alles sauber und gespült im Geschirrkorb stand. „Habt ihr das Brot schon aufgegessen?"

„Das war das allerbeste Brot, das ich je gegessen habe. Ich habe schon zum Frühstück davon gegessen, solange es noch warm war, und zum Mittagessen habe ich mir auch ein Brot gemacht. Tim hat den Rest verputzt. Auch die Suppe war sehr lecker. Meine Tochter Rita wird eifersüchtig werden; du kannst viel besser kochen als sie."

Celine lachte. „Oh, jetzt hast du mich aber richtig ermutigt. Sag mir, wann sie wieder kommt, dann werde ich ein Festmahl kochen."

„Einverstanden. Aber du kannst ruhig auch mal ab und zu ein Stückchen Fleisch ins Essen tun."

Sie hob ihr Kinn. „Millard, dafür mag ich dich viel zu sehr."

Er schüttelte lachend den Kopf. „Wie geht es deinem Auto?"

„Unverändert. Es ist jeden Morgen eine Zitterpartie, aber irgendwann springt es dann doch an. Das einzige Mal, als es gar nicht mehr ging, war an dem Tag, als Tim seine Verhandlung hatte. Dafür bin ich im Nachhinein richtig dankbar; du wahrscheinlich eher weniger. Wenn du damals nicht dabei gewesen wärst, säße Tim jetzt im Gefängnis."

Millard wurde ernst. „Vielleicht wäre das für ihn sogar besser." Er räusperte sich. „Der Bewährungshelfer hat angerufen."

„Mich hat er auch im Büro angerufen, wegen der Arbeit am Samstag." Celine nahm ihre Sachen und ging mit Millard zusammen zur Tür. „Soweit ich verstanden habe, wird Mr Estrada ihn abholen und mit ihm zusammen arbeiten." Sie schüttelte sich und dachte sehnsüchtig an den Tag, von dem an sie nichts mehr mit diesem finster blickenden Mann zu tun haben würde.

„Denken sie immer noch, dass der Junge den Einbruch verübt hat?“

„Keine Ahnung. Ich habe bei der Wache angerufen, aber der Mann dort wollte mir überhaupt nichts sagen. Ich kam mir schon wie ein Verbrecher vor, nur weil ich gefragt hatte.“ An der Tür zögerte sie. „Tim hat nur noch drei Tage für seine Hausaufgaben. Hat er sie heute zumindest mal angeschaut?“

Millard schüttelte grimmig den Kopf. Celine seufzte, und eine bleierne Müdigkeit legte sich auf sie. Selbst das Gewicht ihrer Kleidung schien ihr zu schwer. „Ich werde heute Abend mit ihm darüber reden.“ Sie umarmte Millard mit ihrem freien Arm. „Bis morgen.“

Sie rannte über die Straße zu ihrem Haus, nicht weil sie so viel überschüssige Energie gehabt hätte, sondern weil die Abendluft so kalt war. Sie freute sich auf ihre Kinder, außerdem wartete eine Menge Arbeit auf sie. Heute Morgen hatte sie nichts mehr für das Abendessen vorbereiten können, auch gingen ihre Vorräte langsam zur Neige. Sie würde erst am Freitag wieder einkaufen gehen können, nachdem ihr Gehalt gekommen war.

Rebecca empfing sie an der Tür. „Mama, bitte sag Sissi, dass sie nicht mehr in mein Bett gehen soll, meine Decke ist schon ganz dreckig.“

„Ich hatte einen schönen Tag, danke. Wie war es bei dir?“ Rebecca verdrehte genervt die Augen.

„Mami!“ Sissi stürmte auf sie zu, umarmte ihre Mutter und hätte sie fast umgeworfen.

„So habe ich das gern, mit ein bisschen Begeisterung.“ Sie bückte sich, immer noch mit Taschen und Geschirr beladen, um ihre Jüngste zu küssen. „Oh, Sissi, was ist denn das da in deinen Haaren?“

„Bratäpfel. Willy Goodwin hatte heute Geburtstag. Ich will zu meinem Geburtstag auch Bratäpfel!“

„Mal sehen. Wo ist dein Bruder?"

„In seinem Zimmer am Computer. Er ist so gemein! Ich wollte nur mit ihm reden, da hat er einfach die Tür zugeschlagen."

Celine setzte das Geschirr in der Küche ab, zog die Jacke aus und blätterte flüchtig durch die Post. Keine Einladung, kein gewonnenes Preisausschreiben, nicht einmal ein Gruß von ihrer Mutter. Nur Rechnungen. „Ich werde mit Tim reden; er darf sich nicht so benehmen. Und übrigens, du hast auf dem Bett deiner Schwester nichts verloren", fügte sie der Gerechtigkeit halber noch hinzu. „Sag ihr, dass es dir leidtut, und bring die Decke in die Waschküche."

Das Telefon klingelte. Celine nahm den Apparat von seiner Ladestation in der Küche. „Hallo?", meldete sie sich fröhlich.

„Mrs Walker, Estrada hier." Das Lächeln wich aus ihrem Gesicht. „Wir brauchen Ihren Ring nicht mehr. Die beraubte Person bestätigte, dass er nicht zu ihrem Schmuck gehört. Wenn Sie wollen, bringe ich Ihnen den Ring nachher vorbei."

Auf keinen Fall wollte sie ihn noch einmal vor ihrer Tür sehen. Sein letzter Auftritt hier war so verletzend und demütigend gewesen, das hatte sie noch nicht verschmerzt. „Nicht nötig. Lassen Sie ihn einfach in der Wache, ich hole ihn morgen dort ab." Sie war selbst erstaunt, wie kalt ihre Stimme klingen konnte.

„Wie Sie wünschen. Ich wollte Ihnen bloß den Weg ersparen. Ach ja, ich nehme an, Mr Dane hat Sie heute angerufen wegen Tims Arbeit am Samstag?"

„Ja, das hat er. Ich war überrascht zu hören, dass das über Sie laufen wird. Ich hatte gehofft, Tim könnte sich selbst um eine geeignete Aufgabe kümmern."

Sie ging in ihr Schlafzimmer und schloss die Tür.

„Nun, diese Dinge entscheidet Mark ... Mr Dane. Es war

seine Entscheidung, dass ich Tim beaufsichtigen sollte. Er meinte, das sei für alle Beteiligten die beste Lösung."

Celine fragte sich, was an dieser Lösung für Estrada gut sein konnte und wie eng die beiden wohl befreundet waren.

„So kann Tim seine Stunden schon ableisten, während er noch unter Hausarrest steht."

„Inwiefern hat das Vorteile für Sie, Mr Estrada?"

Ein langes Schweigen am anderen Ende der Leitung folgte. „Es wird mir ein Vergnügen sein, Ihrem Sohn dabei zuzusehen, wie er seine Strafe ableistet."

„Wieso werde ich das Gefühl nicht los, dass da etwas Persönliches mitschwingt?"

„Ich kann nichts über Ihre Gefühle sagen, Mrs Walker."

„Wird Tim immer noch verdächtigt, an diesem Schmuckdiebstahl beteiligt zu sein?"

Zögerndes Schweigen. „Er ist der Hauptverdächtige."

Er klang so überzeugt, dass sie fröstelte. Ob er am Ende noch recht hatte? Das würde eine weitere Klage gegen Tim bedeuten, und diesmal wäre er kein Ersttäter mehr. Sie holte tief Luft. „Sie werden ihn also um neun Uhr am Samstag abholen. Bis dann."

Sie drückte auf den Knopf, um die Verbindung zu unterbrechen. Ihr Herz raste. Heute Abend konnte sie über das alles nicht mehr nachdenken. Um ihrer Kinder willen und um ihres eigenen Seelenfriedens willen würde sie nicht mehr darüber nachdenken!

Sie entschied sich für Ofenkartoffeln mit fleischloser Chilisoße. Während die Kartoffeln garten, schnitt sie Karotten, Sellerie und Paprikas in Streifen und plauderte mit den Mädchen über den bevorstehenden Volkslauf, zu dem sie sich beide angemeldet hatten. Sie liebte diese Zeit am Abend. Die Kinder drehten sich auf ihren Barhockern vor der Küchentheke, während sie das Abendessen zubereitete.

Auch Tim kam in die Küche, holte sich Käsestücke aus dem Kühlschrank und stellte sich hinter seine Mutter, um die Gemüsestreifen schneller zu naschen, als sie sie schneiden konnte.

„Du bist selbst schuld, wenn ich dir in den Finger schneide", witzelte sie. „Am Ende mache ich hier noch echtes Fingerfood."

Er war doch froh, zu Hause zu sein, da war sie sich sicher, auch wenn er es so gut wie gar nicht zum Ausdruck brachte.

„Ihh, Mama!", reagierte Rebecca theatralisch. „Wie eklig!"

Tim sah sie genervt an.

„Wie wäre es mit einem Fingerkuppen-Sandwich?" Es war schön, mit den Kindern zusammen zu lachen, auch wenn das Thema noch so albern war. Das war es, was sie alle heute am meisten brauchten. Die beiden Großen schmunzelten, Sissi lachte sich kaputt.

„Toll, und das Blut ist der Ketchup", kicherte Sissi.

Tim schnappte sich einen Karottenstreifen und warf damit nach Sissi. Sie warf ihn zurück. Er duckte sich und das Gemüse landete auf dem Boden. Rebecca holte es sich und warf nach Tim. „Juhu, Gemüseschlacht!"

„Aufhören!", wollte Celine sagen und ihrem Sohn das Karottenstück aus der Hand nehmen. Aber dann überlegte sie es sich anders, nahm eine Handvoll Gemüse von der Arbeitsplatte, wirbelte blitzschnell herum und bewarf ihre Kinder mit der vollen Ladung. „Angriff der Killersellerie!", rief sie lachend.

Einen Augenblick lang starrten die Kinder sie überrascht an. Dann kreischte Sissi vor Vergnügen los, Rebecca und Tim stürzten sich auf die Karotten und den Sellerie, die auf dem Boden gelandet waren, und das totale Chaos brach aus.

„Sissi, hilf mir!", schrie Celine. „Aua, Tim, nicht so fest!"

Er jagte seine Mutter durch die Küche, sie flüchtete lachend ins Wohnzimmer, die Mädchen folgten und alle bewarfen sich gegenseitig mit Gemüse, lachten, stolperten über die Möbel und fielen übereinander. Duke war laut bellend mittendrin, sprang von einem zum anderen und war überzeugt, dass alle mit ihm spielten. Rebecca versuchte, Karotten unter Tims Klamotten zu stecken, was zu einem Ringkampf zwischen den beiden Großen führte.

Am Ende lag Rebecca hilflos auf dem Rücken, Tim hielt sie kniend fest und Sissi, die Tim zu Hilfe geeilt war, versuchte, Sellerie in die Nase ihrer Schwester zu schieben. Rebecca fand das nun gar nicht mehr lustig und so beendete Celine das wilde Treiben.

„So, jetzt ist es genug. Wer nicht beim Aufräumen hilft, muss den Sellerie essen, der in Rebeccas Nase war."

Celine ging zurück in die Küche und fing noch einmal an, Karotten zu schälen. Der Wind peitschte Regentropfen gegen die Fensterscheibe, aber drinnen war es warm. Sie hörte die fröhlichen Kinderstimmen aus dem Wohnzimmer und der Duft der Kartoffeln und der Chilisoße wärmte ihre Seele. Eigentlich war es ihr zuwider, so wertvolles Bio-Gemüse wegzuwerfen. Aber heute Abend war das keine Verschwendung gewesen. Das gemeinsame Lachen war wertvoller gewesen als alle Vitamine. Es war Wochen her, dass sie zuletzt so zusammen gelacht hatten.

Beim Essen wurde Tim wieder still. Celine und die Mädchen unterhielten sich über die Ereignisse ihres Tages. Beide Mädchen liebten die Schule, doch aus unterschiedlichen Gründen. Rebecca war eine fleißige Schülerin, die immer darauf bedacht war, den Lehrern zu gefallen. Wenn sie einen Text schreiben musste, dann malte sie noch ein Bild dazu. Sissi hingegen war eigentlich nur wegen der Pausen in der Schule. Sie liebte es, einen Ball zu kicken, und sie verteilte auch Tritte an alle Jungs, die ihr in die Quere kamen.

Während sie aßen und plauderten, spürte Celine plötzlich Tims Blick auf sich. Sie lächelte ihn an und fragte sich, wie lange er sie wohl schon so beobachtete. Doch als sie seinen Blick erwiderte, lag die alte Feindseligkeit wieder in seinen Augen. Er reagierte auf ihr Lächeln mit einem Zusammenkneifen der Augen, das man als Lächeln oder auch als Stirnrunzeln deuten konnte, dann konzentrierte er sich wieder auf sein Essen.

Als er satt war, stand er auf.

„Welches Fach nimmst du dir heute Abend vor?", versuchte Celine so freundlich wie möglich zu fragen.

Er zuckte mit den Schultern und sah zur Seite.

„Tim, denk nicht an den ganzen Berg von Arbeit. Nimm dir nur ein Thema vor, eine überschaubare Aufgabe, die du heute noch schaffen kannst. Ich helfe dir auch, wenn du willst."

„Nein, danke, ich brauche keine Hilfe."

„*Ich* brauche Hilfe", fiel Rebecca ein, „ich muss diese Landkarte anmalen und habe keinen gelben Stift."

Celine sah hinter ihrem Sohn her, wie er in seiner bedrückten Haltung davonschlich. „Rebecca, schau mal in der Schublade im Wohnzimmer, ich glaube, dort sind ein paar Buntstifte."

Das Telefon klingelte. Sissi stürzte sich darauf, während Celine begann, den Tisch abzuwischen. „Rebecca, soll ich dir das übrige Gemüse für dein Mittagessen morgen einpacken?"

„Mama! Es ist für dich. Ein Mann!"

Celine seufzte. Was war denn nun schon wieder? Sie nahm ihrer Tochter das Telefon ab und ging ins Wohnzimmer. „Hallo?"

„Hey, Celine, hier ist Jack. Wie geht es dir?"

„Jack! Hallo." Sie hätte vor Freude am liebsten ein Tänzchen aufgeführt. „Lustig ist es bei uns. Was gibt's?"

„Ich habe am Samstag ein Spiel mit meinen Kleinen in Ham Bone. Willst du kommen und zuschauen? Wir könnten hinterher Pizza essen gehen, wenn du willst."

„Kann ich die Mädchen mitbringen?"

„Na klar, je mehr, desto besser. Es werden viele Kinder dort sein."

Celine war aufs Sofa geklettert und sprang darauf herum. Sie war so glücklich! Jack war wieder da und alles würde gut werden!

„Aber Mama!" Sissi sah mit staunenden Augen durch die Tür. Celine kletterte verlegen vom Sofa herunter. Es war absolut verboten, auf dem Sofa zu stehen, zu hüpfen oder zu klettern. Das war eine von Celines eisernen Regeln den Kinder gegenüber.

„Das Spiel fängt um eins an, aber ich muss schon früher dort sein. Wollen wir uns am Sportplatz treffen?"

„Ja, sehr gerne. Wie stehen denn die Chancen für dein Team?"

Er kicherte. „Sie flitzen über den Platz wie Flummis. Ich bin mir nicht sicher, ob sie überhaupt schon die Spielregeln verstanden haben, aber sie haben eine Menge Spaß dabei. Das Gute daran ist, dass das Team, gegen das wir antreten müssen, auch nicht besser ist."

Sie stellte sich lachend vor, wie die kleinen Kerlchen mit ihren melonengroßen Helmen wohl aussehen mochten, wenn sie mit ihren kurzen speckigen Beinchen über den Platz flitzten.

„Mann, dein Lachen habe ich echt vermisst!"

Sie musste schon wieder lachen; es stieg ganz von selbst aus ihrem Bauch auf, weil sie sich so freute. Dieses herzliche, spontane Lachen hatte sie wohl von ihrem Vater geerbt. Es war ein Geschenk, dem sie viel verdankte. In der Schule war sie deshalb immer von Freunden umgeben gewesen. Vermutlich war es auch der Klang ihres Lachens gewesen, der Don damals bei ihrer ersten Begegnung aus dem Tannenbaum-Wald gelockt hatte.

„Ja, auf eine Beerdigung sollte man mich wohl lieber nicht mitnehmen."

„Das könnte sein. Schade, dass Tim am Samstag nicht mitkommen kann. Sag ihm, ich werde das mit ihm nachholen, sobald er diese Zeit hinter sich hat."

„Das sage ich ihm." Celine wurde es ganz warm ums Herz.

Nachdem sie die Mädchen ins Bett gebracht hatte, schaute sie noch in Tims Zimmer. Das Licht war schon aus, obwohl es erst kurz nach neun war. Sie lehnte sich gegen den Türrahmen und konnte kaum seine Umrisse unter der Decke erkennen. Eigentlich war sie gekommen, um zu sehen, ob er mit seinem englischen Text weitergekommen wäre. Als sie vorhin schon einmal bei ihm gewesen war, lag das Buch aufgeschlagen neben einem leeren Blatt Papier. Das hatte sie beunruhigt. Wie sollte sie ihn bloß motivieren? Vielleicht hätte Jack eine Idee?

„Schläfst du schon?", flüsterte sie. Sie bekam keine Antwort. Am liebsten hätte sie ihm einen Gute-Nacht-Kuss gegeben, aber er war fünfzehn, also schlich sie sich hinaus und zog leise die Tür hinter sich zu.

Sie würde sich ein heißes Bad gönnen. Ein schönes Badeöl, einige Kerzen und eine Ray-Charles-CD, und der Abend war perfekt. „Oh, wie wunderbar", freute sie sich, als sie in das heiße Wasser glitt. Sie konnte sich im Spiegel an der gegenüberliegenden Wand sehen. Ihr langes Haar hatte sie lose hochgesteckt, das Flackern der Kerzen tauchte ihr Spiegelbild in ein weiches Licht. Zum ersten Mal seit Langem fühlte sie sich schön. Nicht wie ein Filmstar, aber sie war doch mehr als nur eine Mutter oder eine Versicherungsangestellte. Jacks Anruf hatte das lange Zeit im Tiefschlaf befindliche Dornröschen in ihr wieder aufgeweckt.

Sie hatten mindestens eine halbe Stunde telefoniert, ehe sie abbrechen musste, weil Rebecca nicht mehr allein mit ihren Hausaufgaben weiterkam. Jetzt war sie sich sicher, dass Jack doch noch etwas für sie empfand. Eine Frau spürte so etwas. Natürlich war er jetzt erst mal vorsichtig gewesen. Damals hatte er immerhin so viel für sie übriggehabt, dass er sie heiraten wollte. Aber sie hatte Angst bekommen vor so viel Verbindlichkeit. Nach allem, was Don ihr angetan hatte, wollte sie sich nicht wieder so verletzlich machen. Wie viele Nächte hatte sie wach gelegen, zwischen Hoffen und Bangen, und auf das Geräusch seines Autos gewartet. Die Jahre mit Don hatten ihre Fähigkeit beschädigt, zu lieben und zu vertrauen. Als Jack dann Ernst machen wollte, war sie wie blockiert.

Mit dem Fuß drehte sie das heiße Wasser auf. Wie lange würde es brauchen, bis Jack ihr wieder vertrauen würde? Was sie betraf, hätten sie gleich heute noch die Hochzeit planen können – sie war bereit. Sie kannten sich gut genug, immerhin waren sie fast zwei Jahre lang zusammen gewesen.

Gott hatte ihr Gebet gehört, Jack war wieder da. *Sag ihm, ich werde das mit ihm nachholen, sobald er diese Zeit hinter sich hat,* hatte er gesagt. Lächelnd rutschte sie noch tiefer in das warme Wasser. Die Schwierigkeiten waren für Tim noch nicht vorbei, aber immerhin war er nicht im Gefängnis. Das verdankte sie Mr Bradbury. Bestimmt hatte Gott das an jenem Morgen alles so eingefädelt. Sie stellte sich vor, wie Jesus sich an ihrem Auto zu schaffen gemacht hatte, damit es nicht anspringen konnte. Nur weil ihr Auto schlappgemacht hatte, war Millard bei der Verhandlung dabei gewesen. Sie erinnerte sich an den Schmerz, den sie empfunden hatte, als der Wachmann kam, um ihren Jungen abzuführen, und dann die Freude, als Millard sich zu Wort meldete.

„Danke, Jesus“, flüsterte sie, „danke, danke, danke!“

Sie kletterte aus der Wanne, trocknete sich ab und zog ihren kuscheligen gelben Schlafanzug an. Als sie in das Oberteil schlüpfen wollte, verhakte sich das kleine goldene Kreuz, das sie immer um den Hals trug, mit dem obersten Knopf ihres Schlafanzuges. Sie spürte den Widerstand zu spät, da gab die Kette schon nach und das Kreuz landete auf dem Boden.

„Oh nein!" Sie hob es auf und erinnerte sich plötzlich daran, dass Jack ihr die Kette geschenkt hatte. Er hatte sie ihr zum Geburtstag überreicht, doch sie hatte sich damals kaum gefreut. Sie war nicht fähig gewesen, seine Liebe zu erwidern.

Man konnte das reparieren. In Ham Bone gab es keinen Goldschmied, aber in Dunbar. Sie würde die beschädigte Kette in ihre Schmuckdose legen, um sie dort aufzubewahren, bis sie mal wieder nach Dunbar fahren konnte.

Aber was war denn das? Ihre Schmuckschatulle – da fehlten ja Sachen! Der Ring von Tante Luise mit dem Saphir und den Diamanten fehlte. Vor wenigen Tagen hatte er doch noch in dem Schlitz im roten Samt gesteckt, da war sie sich ganz sicher. Und wo war die goldene Kette von ihrem Vater? Die Strasskette mit den Ohrringen ... sogar das Medaillon war weg.

Celines sank das Herz. Weder Rebecca noch Sissi würden es wagen, sich hier zu bedienen, das wusste sie. Einmal hatten sie mit Celines Schmuck Verkleiden gespielt; dafür waren sie so hart bestraft worden, dass sie es nie wieder versucht hatten. Celine begann zu zittern und schlang die Arme um ihren Körper. Estrada war sich so sicher, dass Tim den Schmuck gestohlen hatte, und nun fehlten ihre eigenen Sachen. Aber was wollte er damit anfangen? Er stand doch unter Hausarrest und hatte gar keine Möglichkeit, die Sachen zu Geld zu machen! Außerdem brauchte er im Moment doch gar kein Geld, er konnte ja gar nichts ausgeben.

Ihre Gedanken drehten sich im Kreis. Tim würde nie von seiner eigenen Mutter etwas stehlen, wo er doch sicher sein musste, erwischt zu werden. Außerdem würde er ihr so etwas nie antun. Tim war nicht so.

Sie ging zuerst ins Zimmer der Mädchen. Sie hatte dabei ein Gefühl, als würde Estrada ihr mit schmalen Augen über die Schulter schauen: *Sehen Sie? Ich habe es doch die ganze Zeit gewusst!* Die Mädchen reagierten nicht, als sie das Licht einschaltete und die Schubladen herauszog. Sie suchte nicht besonders intensiv, weil sie bereits wusste, dass sie hier nichts finden würde.

Vor Tims Tür zögerte sie. Ihre Füße fühlten sich an wie festgewachsen, sie hatte Angst und war entsetzlich müde.

„Tim", flüsterte sie und bekam wieder keine Antwort. „Tim, ich muss mit dir reden."

Das hatte sie laut gesagt. Wieder antwortete er nicht. Da schaltete sie das Licht ein. Die Umrisse unter seiner Decke sahen seltsam aus. Sie zwang sich, zum Bett zu gehen – doch noch ehe sie den Kissenberg unter der Decke berührte, wusste sie es: Ihr Sohn war weg.

KAPITEL 16

Millard lag hellwach in seinem Bett. Seine Gedanken wanderten zwischen dem Maulwurf und dem Jungen hin und her, die fast gleichzeitig in sein Leben eingedrungen waren. Wie konnte man diesen elenden Maulwurf loswerden? Doch schon stand ihm wieder das Bild dieses bedrückten Jungen vor Augen und seine Gedanken wechselten das Thema.

Tim hatte heute tatsächlich angefangen, sich zu öffnen, aber dann war er plötzlich wieder zugeschnappt. Millard hatte noch nie ein Kind erlebt, das in der Natur so sehr zu Hause war wie Tim. Er kannte und verstand die wilden Tiere nicht nur, er pflegte sogar richtiggehende Beziehungen mit ihnen. Auch intelligent war er durchaus, selbst wenn er vielleicht in der Schule keine Leuchte war. Dazu kam diese verborgene Leidenschaft in dem Jungen, die zu erahnen war, als er durchs Fenster in die Natur starrte und den Hirsch beobachtete.

Der Anruf des Verfahrenspflegers hatte alles wieder zunichtegemacht. Als dem Jungen wieder damit gedroht worden war, ihn zu inhaftieren, war er in den alten Zustand der völligen Verschlossenheit zurückgefallen. Aber warum um alles in der Welt konnte er auch nicht einfach diese Hausaufgaben machen? Für solche Kinder hatte er schon kein Verständnis gehabt, als er noch Lehrer war – Kinder, die einen klaren Verstand hatten und ihn nicht benutzen wollten.

Er wollte auch keinen Schüler in seiner Ringer-Mannschaft haben, dessen Notendurchschnitt zu schlecht war. Er hatte sich so sehr bemüht, seinem Sohn etwas beizubringen, und diese Kinder waren kerngesund, alles stand ihnen offen und sie nutzten ihr Potenzial einfach nicht. Darüber konnte er sich endlos aufregen!

Plötzlich riss ihn das Telefon aus seinen Gedanken. Erschrocken tastete er nach seinem Wecker. Es war 23:30 Uhr. Niemand rief ihn um diese Zeit an, es sei denn, es handelte sich um einen Notfall. Angstvoll stolperte er die Treppe hinunter ins Wohnzimmer. Er zitterte am ganzen Körper. Oh mein Gott – war vielleicht etwas mit Rita? Den Kindern? Bitte nicht …

„Hallo?"

„Millard, ich bin es, Celine. Bitte entschuldige, dass ich dich so spät anrufe. Ich habe gesehen, dass bei dir alles dunkel ist, aber … es ist … weißt du … Tim ist weg. Ich habe mich gefragt, ob er vielleicht bei dir ist?"

„Nein." Millard schaltete das Licht an und sah sich im Wohnzimmer um, obwohl es unmöglich war, dass jemand hier drin war; die Türen und Fenster waren alle verriegelt. „Hast du die Polizei verständigt?"

„Nein, ich glaube, das wäre im Moment keine gute Idee."

Er kam sich dumm vor, weil er das gesagt hatte. „Stimmt, das wäre wirklich keine gute Idee, entschuldige bitte. Wahrscheinlich ist er irgendwo im Wald unterwegs."

„Das habe ich auch gehofft." Sie klang ganz atemlos. „Ich dachte zuerst, er hätte sich eine kleine Pause von dem Hausarrest gegönnt. Aber dann fand ich seinen Brief. Er klingt nicht so, als hätte er vor, heute Abend wieder zurückzukommen. Da steht: *Mama, bitte mache dir keine Sorgen wegen mir.*" Sie begann zu weinen.

„Steht da sonst noch etwas?"

Sie schnäuzte sich die Nase und versuchte, sich wieder zu beruhigen. *„Ich liebe dich. Tim."*

Wieder fing sie an zu schluchzen. Hilflos starrte Millard auf seine knochigen Knie. Bevor er ins Bett gegangen war, hatte er die Heizung heruntergeschaltet, und nun bekam er eine Gänsehaut. „Du musst dich nicht so aufregen", hörte er sich sagen und wusste gleichzeitig nicht, warum sie sich nicht aufregen sollte. Der Junge war auf dem direkten Weg ins Gefängnis, falls er aufgegriffen würde. „Hat er etwas mitgenommen?"

„Ich bin mir ziemlich sicher, dass ein Schlafsack fehlt, es könnte aber auch sein, dass er noch bei irgendjemandem ist, bei dem die Kinder übernachtet haben. Das weiß ich nicht so genau." Sie zögerte, ehe sie weitersprach. „Ein Teil meines Schmucks fehlt auch."

Millard überlegte. Was konnte ein Siebzehnjähriger in Ham Bone mit Schmuck anfangen? Konnte man so etwas hier in der Gegend überhaupt zu Geld machen?

„Fehlt auch Bargeld? Hast du mal in deinem Portemonnaie nachgesehen?"

„Nein, daran habe ich noch gar nicht gedacht." Sie legte den Hörer zur Seite und holte ihre Börse. „Die zwanzig Dollar, die ich heute noch drinhatte, sind noch da. Aber ich muss auch mal in meinem Geheimfach schauen. Würdest du bitte eine Minute warten?"

Sie blieb mindestens zwei Minuten weg. „Millard?" Ihre Stimme war kaum noch zu hören. „Mein Erspartes ist weg, über zweihundert Dollar. Das hatte ich für Notfälle hier versteckt."

Er runzelte die Stirn. Dummes, selbstsüchtiges Kind. „Das klingt nicht so, als wäre dein Geheimfach besonders geheim gewesen."

„Stimmt."

„Na ja, aber weit kommen kann er eigentlich nicht. Bis

Dunbar müsste er trampen, erst von dort fahren überhaupt Busse. Das wird ihm aber zu riskant sein; jeder vorbeifahrende Streifenwagen würde auf ihn aufmerksam werden."

Sie atmete tief aus. „Millard, es tut mir schrecklich leid, dass ich dich gestört habe." Sie schnäuzte sich und lachte tapfer. „Du verfluchst bestimmt schon den Tag, an dem du mich kennengelernt hast."

Sie verabschiedeten sich und Millard kroch zitternd vor Kälte in sein Bett zurück. Er legte sich flach auf den Rücken und schloss die Augen. Nein, das war wirklich nicht sein Problem. Er konnte überhaupt nichts machen. Der Junge konnte überall sein. Wo sollte man ihn suchen – im Norden oder Süden, Osten oder Westen? Sicherlich würde er sich im Schutz der Bäume aufhalten, und Bäume gab es wirklich viele hier überall. Nach Osten war er vermutlich eher nicht gegangen; in den Bergen hatte es schon geschneit. *Hör auf zu überlegen*, sagte er sich selbst, *lass ihn doch abhauen, er wird schon durchkommen*. Wenn es überhaupt jemanden gab, der in den Wäldern überleben konnte, dann war das Tim. Vielleicht kroch er mit den Stinktieren zusammen in die Höhle am Baumstamm, wo sie sich doch angeblich so gut kannten.

Schafe zählen hatte noch nie bei ihm funktioniert. Er versuchte, sich an schöne Momente mit seiner geliebten Molly zu erinnern, aber irgendwie erschien sie ihm heute eher grimmig, mit vor der Brust verschränkten Armen und einem ungeduldig tappenden Fuß, als ob er etwas Wichtiges nicht erledigt hätte. Was war nur los? Ärgerlich warf er die Decke zurück und stand auf. Eine dicke Scheibe von Celines Zucchinibrot und ein Glas Milch würden bestimmt Wunder wirken. Er musste seine Gedanken zur Ruhe bringen, um einschlafen zu können. Während er in den Bademantel schlüpfte, blieb er am Fenster stehen und sah nach drüben. Im Walker-Haus brannte noch Licht. Dann sah er einen kleinen Lichtstrahl, der die Bäume am Rand des Grundstücks abtastete. Eine Taschenlampe. Er öffnete sein Fenster einen Spaltbreit und hörte, wie Celine den Namen ihres Sohnes rief. Ihre schwache Stimme wurde fast verschluckt vom Wind.

„Du musst viel lauter rufen“, murmelte er, zog die Arme wieder aus dem Bademantel und warf ihn entschlossen über einen Stuhl. Er griff nach der braunen Hose, die er die letzten paar Tage angehabt hatte, zog sich ein Hemd und die alte graue Strickjacke darüber, die Rita jedes Jahr zu Weihnachten durch einen neuen, modischen Pulli mit V-Ausschnitt und buntem Muster zu ersetzen versuchte.

„Diese Frau macht mich noch verrückt“, murmelte er, warf sich eine Jacke über, nahm den Schlüsselbund und stürmte nach draußen.

Er überquerte die Straße und ging um Celines Haus, aber die Taschenlampe war nicht mehr zu sehen. Also klopfte er an der Hintertür.

„Oh, Millard!“, entfuhr es Celine. Sie war immer noch angezogen, in Jeans und Jacke, ihr blondes Haar war hochgesteckt, und sie sah aus, als wollte sie ausgehen. Hübsch war sie, ihre Wangen glühten rosig, und als sie ihn umarmte, konnte er noch die Kälte von draußen auf ihrer Haut spüren.

„Ich dachte, vielleicht kann ich irgendwie helfen“, erklärte er unbeholfen.

Sie atmete tief durch und ließ die angespannten Schultern sinken: „Danke, Jesus.“

Millard hätte es passender gefunden, wenn sie *ihm* gedankt hätte. Immerhin war er ihretwegen um Mitternacht in der Kälte unterwegs, statt in seinem gemütlichen Bett zu liegen und seinen Schönheitsschlaf zu genießen.

„Bitte, komm rein.“

„Ich habe dich draußen am Waldrand gesehen.“

Sie schüttelte den Kopf. „Es war sinnlos. Er kann sonst wo sein. Wenn ich nur wüsste, wo. Aber ich kenne meinen eigenen Sohn nicht mehr." Sie führte ihn durch die Waschküche in die Küche. „Ich habe gerade überlegt, ob ich die Straßen abfahren soll, nur zur Sicherheit. Es ist ja ziemlich unwahrscheinlich, aber er wird bestimmt von Ham Bone wegwollen. Hier kennt ihn doch jeder. Mein Problem war jetzt, dass ich die Mädchen nicht allein lassen will."

Millard dachte über ihre Worte nach und betrachtete dabei eine mit einer Plastikhaube abgedeckte Platte voller Muffins, die am anderen Ende des Tischs stand. Celine schob die Muffins in die Tischmitte und deckte sie auf. „Bitte, bedien dich."

„Oh, danke." Die Muffins waren saftig, mit Rosinen und geriebenen Karotten. Noch ehe er darum bitten konnte, hatte sie ihm ein Glas Milch eingegossen.

„Du bleibst hier", sagte er und nahm sich den nächsten Muffin. „Ich werde ein bisschen rumfahren. Dein Auto würde Tim sowieso schon von Weitem an seinem Klang erkennen."

„Daran habe ich noch gar nicht gedacht, aber du hast wohl recht." Sie sah nachdenklich vor sich hin.

Er wischte sich den Mund ab. „Dann geh ich jetzt mal."

Sie stimmte eifrig zu und schob ihn fast aus der Tür.

Es war schon eine Weile her, seit sein Wagen zuletzt die Garage verlassen hatte. Zitternd vor Kälte saß Millard hinter dem Steuer und hoffte, dass ihm ein guter Plan einfiel. Vorsichtig setzte er das Auto rückwärts aus der Garage, schaute in beide Richtungen und fuhr dann zunächst in Richtung Ham Bone. Unter dem Sitz angelte er nach seiner Taschenlampe. Sie sandte einen hellen Lichtstrahl aus, die Batterie war noch kräftig, das war schon mal gut. Er legte sie neben sich auf den Beifahrersitz. Mit dem Fernlicht leuchtete er jede Seitenstraße und jeden Feldweg aus. Das einzige Lebewesen, das zu dieser Nachtstunde außer ihm hier draußen unterwegs war, konnte er in Form von zwei roten Augen am Feldrand erkennen, vielleicht ein Opossum oder ein Waschbär.

Als er die Brücke überquerte und stadteinwärts fuhr, war es fünf vor ein Uhr. Die Straßenlampen erleuchteten die Ladentüren: Bank, Frisör, Claras Café, der Laden von Arthur – Gott hab ihn selig! Die kleine Stadt wirkte wie ausgestorben, keine Menschenseele war zu sehen. Wo würde er hingehen, wenn er 15 Jahre alt wäre und von zu Hause abhauen wollte? Bestimmt würde er nicht die Hauptstraße entlanggehen.

Er ließ seine Scheinwerfer in die Seitenstraßen leuchten, an den Häusern entlang, dann fuhr er um den Supermarkt herum. Es war windig und kalt, der Junge würde sich einen warmen Platz zum Schlafen suchen müssen. Millard hatte früher manchmal Kartons und Kisten vom Hof hinter dem Supermarkt geklaut, wenn er mit den Umquist-Brüdern nachts auf den Zug aufgesprungen war, um zum Angeln zum Bergsee zu fahren. Sie hatten sich mit ihren Schlafsäcken auf zerrissene Kartons gelegt, weil es in den Güterwaggons so kalt war. Diese Bahnlinie existierte heute nicht mehr, das Holz wurde längst mit LKWs von den Bergen heruntergeschafft.

Mit seiner Taschenlampe schaute er sich hinter dem Supermarkt um. Zwischen den Müllcontainern scheuchte er eine magere Katze auf. Flach gepresste Kartons ragten aus dem Altpapiercontainer. Er leuchtete in die Ecken und Behälter, aber außer der Katze war da niemand. Kein Junge weit und breit.

Er fühlte sich gar nicht wohl bei dem Gedanken, mitten in der Nacht immer weiter von zu Hause wegzufahren. Der Junge war schon einige Stunden unterwegs, entweder per Anhalter oder durch die Wälder. Na ja, zumindest könnte

Willard Celine später ehrlich berichten, dass er alles versucht habe.

Er wollte gerade in die Bundesstraße nach Dunbar einbiegen, als ihm noch ein anderer Gedanken kam: Die Bahn in die Berge verkehrte zwar nicht mehr, aber es gab ja noch das Sägewerk und Lipmanns Düngerfabrik. Hörte er in den frühen Morgenstunden nicht oft das warnende Pfeifen der Güterzüge, die für die beiden Firmen unterwegs waren? Zum ersten Mal kam ihm die Vermutung, dass er vielleicht deshalb jeden Morgen zwischen 1:00 und 2:00 Uhr wach wurde, weil dieser Zug ihn weckte, wenn er mit quietschenden Rädern am Sparrow Creek entlangrollte.

Wie auch immer. Es war jetzt 1:20 Uhr. Ob der Junge die Abfahrtszeiten des Zuges kannte? Als er das letzte Mal weggelaufen war und sich am Sparrow Creek versteckt hielt, war der Zug Nacht für Nacht laut und deutlich an ihm vorbeigefahren. Natürlich kannte Tim den Zug. Klug wie er war, hatte er sich vielleicht wirklich überlegt, dass er auf dem Schienenweg am unauffälligsten und schnellsten die Gegend verlassen konnte.

Millard wendete und fuhr in nordöstlicher Richtung weiter durch die Stadt. Die Häuser, an denen er vorbeikam, waren schon an die hundert Jahre alt. Viele sahen recht heruntergekommen aus, die Fassaden bröckelten und die Zäune waren defekt, manche waren jedoch auch schön renoviert, hatten bunte Fensterläden und sogar Wintergarten-Anbauten. Doch die meisten Häuser entlang dieser Bahnlinie waren eher Hütten; hier lebten vor allem Mexikaner. Sie waren als Wanderarbeiter hierhergekommen und dann sesshaft geworden. Millard konnte sich lebhaft vorstellen, wie ihre Hütten jedes Mal von den vorbeifahrenden Zügen erschüttert wurden. Ob sich die Leute daran gewöhnt hatten und trotzdem nachts durchschlafen konnten?

Am Ende der Straße bog er in einen namenlosen Schotterweg ein. Sein Auto rumpelte durch tiefe Schlaglöcher und seine Scheinwerfer tauchten auf und ab, während er langsam auf der Rückseite des Güterbahnhofs dem Verlauf der Schienen folgte. Wenn der Zug schon durchgefahren wäre, hätte er das bemerkt. Er fuhr an einigen parkenden LKWs vorbei zu einer Wiese, die von struppigem Gebüsch gesäumt war. Die Straße, soweit man sie überhaupt so bezeichnen konnte, endete hier.

Etwa dreißig Meter entfernt, auf einem Nebengleis, standen einige Güterwaggons. Millard fuhr im Kreis und leuchtete mit seinen Scheinwerfern das Gelände aus. Kein Lebenszeichen. Jeder normale Mensch war um diese Zeit in seinem Bett. Er war sich selbst nicht im Klaren, was er hier mitten in der Nacht an einem so verlassenen und gespenstischen Ort zu suchen hatte. Es war wie ein Traum, ein schlechter Traum. Er hoffte, dass er schnell vorübergehen würde und dass am nächsten Morgen alles vorbei war.

Vorsichtig rollte er über das unebene Gelände zu einer Baumgruppe. An einer Stelle waren die Spurrillen so tief, dass seine verchromte Stoßstange über den Boden kratzte. Das ging jetzt aber wirklich zu weit. So etwas machte man doch nicht mit einem tadellos gepflegten Fahrzeug! Bis heute hatte sein Wagen noch nie einen Kratzer abbekommen.

Plötzlich hörte er das Pfeifen des Zuges. Er drehte das Fenster herunter, um besser hören zu können. Es klang, als wäre er gerade auf Höhe des Aussiedlerhofes am Südrand der Stadt. Die Zeit wurde knapp. Willard schaltete die Scheinwerfer aus, nahm die Taschenlampe und steckte die Autoschlüssel in die Hosentasche. Kalte Nachtluft schlug ihm entgegen. So schön die nahen Berge auch waren, es ging eine eisige Kälte von ihnen aus.

Millard beugte die steifen Knie und zog den Reißverschluss seiner Strickjacke hoch bis zum Kinn. „Tim!“, rief er, so laut er konnte, „Tim Walker, ich will mit dir sprechen!“

Die einzige Antwort war ein erneuter, klagender Pfeifton des Zuges.

Millard suchte mithilfe der Taschenlampe langsam und sorgfältig das Gelände ab. Immer wieder leuchtete er die Baumgruppe aus, die ganz nahe an den Schienen stand. Bestimmt war der Junge dort – es war der perfekte Platz, um seinen Schlafsack auszurollen und trotzdem ganz schnell bei dem Zug zu sein, sobald dieser vorbeirollte.

Er stolperte, und der Lichtkegel tanzte wild umher, bis Millard sein Gleichgewicht wiedergefunden hatte. Nun hielt er die Lampe auf den Weg vor seinen Füßen.

So schnell er konnte näherte er sich den Bäumen. Es waren junge Erlen, unter denen ein Teppich von gelben und braunen Blättern ausgebreitet lag, mit wilden Heidelbeersträuchern und Farnen dazwischen. Der alte Mann versuchte, Tims Versteck zwischen den Bäumen auszumachen. Der herannahende Zug ließ den Boden unter seinen Füßen vibrieren.

„Tim!“ Er hörte das Läuten der Schranke und wusste, jetzt wurde die Kreuzung gesperrt, auch wenn es zu dieser Zeit keinen Verkehr gab. „Komm schon, Junge, lass uns von Mann zu Mann über alles reden!“

Plötzlich wurde ihm bewusst, dass sein Rufen vermutlich ins Leere ging. Der Junge war bestimmt längst in Dunbar; per Anhalter kam man schnell dorthin. Vielleicht hatte ihn sogar ein LKW mitgenommen, der bis nach Kalifornien fuhr, zu Sonne, Palmen und Strand.

Millard machte die Taschenlampe aus und lehnte sich gegen einen Baum, während der Güterzug heranrumpelte. Die starken Scheinwerfer der Lokomotive erhellten die Schienen. Kalifornien war eigentlich eine gute Idee, dachte er plötzlich. Er war zuletzt mit Molly dort gewesen, als ihre beste Freundin sie zu ihrer Silberhochzeit eingeladen hatte. In den letzten Jahren war er überhaupt nirgends mehr gewesen. Hier zu stehen und diesen alten Zug zu beobachten, der durch Ham Bone fuhr, war für ihn das erste Abenteuer seit Langem.

Langsam rollten die Waggons an ihm vorbei. Millards Augen suchten im schwachen Licht der Straßenlaternen nach einem offenen Wagen – vergeblich. In dem Moment dachte er nicht mehr daran, nach Hause zurückzukehren. Er war ins Träumen geraten und erinnerte sich an frühere Zeiten, als auch er mit diesem Zug unterwegs gewesen war. Er gab sich dem Kreischen und Quietschen des Zuges hin, atmete den Geruch von Qualm, Öl und Rauch ein und fühlte sich wieder wie ein Teenager. Ausgestattet mit einer langen Angel und genügend Ausrüstung, um ein paar Tage in der Wildnis zu überleben, waren Arthur, seine Brüder und Millard mehrmals jeden Sommer in die Berge gefahren, zu Seen und Flüssen, die vor ihnen, so stellten sie sich vor, noch nie ein Mensch befischt hatte. So eine wilde Forelle gab sich nicht leicht geschlagen, und es war oft ein hartes Stück Arbeit, ehe man sie an Land ziehen konnte. Allein bei der Erinnerung lief ihm das Wasser im Mund zusammen: Diese Fische, mit Mehl bestäubt und über dem offenen Feuer gebraten, waren einfach köstlich gewesen!

War da nicht ein Rascheln in den Blättern zu hören? Es war nur ein paar Meter von ihm entfernt. Vielleicht ein Tier? Er verharrte reglos an seinem Platz. Da – vorsichtige Schritte waren zu hören, zögernd, schleichend, als wäre der andere unsicher, ob Millard noch da wäre. Dann huschte ein Schatten vorbei in das gedämpfte Licht der Straßenlampen. Das war kein Tier, das war ein Mensch – der Junge, mit einem großen Rucksack auf dem Rücken!

Tim sah in beide Richtungen und wartete. Millards Auto konnte er nicht sehen, der Zug war im Weg. Gleich würde er vorbei sein und immer noch war kein offener Güterwaggon dabei gewesen. Der Junge musste jetzt etwas tun, das wusste Millard, es war Zeit, auf einen Wagen zu klettern und sich zu verstecken, ehe der Zug in den Teil des Geländes einfuhr, der hell erleuchtet und beaufsichtigt war. Ein Bahnhofsangestellter würde einen blinden Passagier nicht bloß davonjagen. Das Aufspringen auf Güterzüge galt als Straftat.

Tim setzte sich in Bewegung. Blitzschnell rannte er über das unebene Gelände zu den Schienen. Millard folgte ihm, ohne auf die Schmerzen in seinen steifen Knien zu achten, über Wurzeln und Steine stolpernd und laut rufend: „Halt, warte!"

Tims Kopf fuhr herum, als er erneut Millards Stimme vernahm, dann hechtete er zu dem Zug. Ein beladener Waggon kam heran, Tim zögerte, ließ ihn vorbeirollen, rannte neben ihm her und suchte nach etwas, woran er sich festhalten konnte. Noch ein paar Klimmzüge, dann war er oben. Seine Füße suchten nach Halt und fanden einen eisernen Riegel.

Millard hatte ihn eingeholt. Ein Glück, dass der Zug so langsam war, dachte er nach Atem ringend. „Du wirst dir ganz schön einen abfrieren da oben", keuchte er, „bei dem eisigen Wind! Bis es Morgen ist und die Hunde dich aufgespürt haben, werden sie dich mit dem Brecheisen da abmachen müssen, weil du festgefroren bist!"

„Von wegen, es wird mir super gehen!" Der Zug war so laut, sie mussten sich anbrüllen.

„Hast du dir das gut überlegt, was du da machst?"

„Lass mich in Ruhe, du nutzloser alter Mann!"

Das saß. Millard streckte seinen langen Arm aus und packte den Jungen am Hosenbein. Tim versuchte, ihn abzuschütteln, aber Millard hielt ihn fest. Er rannte so nah neben dem Zug her, dass er einen besorgten Blick auf die eisernen Räder warf, die sich wie die Klingen eines Dosenöffners direkt neben seinen Schuhen drehten. Wenn er den Jungen da herunterholen wollte, musste er es geschickt anstellen. Tim wehrte sich heftig und trat immer wieder nach Millard.

Dann entdeckte er die Leiter, die an der Seite des Wagens nach oben führte. Er hätte fast das Gleichgewicht verloren, mit seinem schweren Rucksack, dem Schlafsack, den er zuoberst noch festgeschnallt hatte, und Millard am Bein. Plötzlich verlor er tatsächlich den Halt und rutschte nach unten.

Ohne zu überlegen griff Millard im gleichen Moment nach einem metallenen Riegel und zog sich auf den Zug. Er war selbst erstaunt über seine Kraft. Seine Füße fanden einen Vorsprung, auf dem er stehen konnte, und er warf sich mit seinem ganzen Gewicht gegen die Beine des Jungen. Mit den Schultern stützte er den schweren Rucksack, bis Tim sich wieder gefangen hatte. Millard umfasste ihn mit einem Arm, mit dem anderen hielt er sich ebenfalls an der Leiter fest, suchte mit den Füßen nach den Sprossen und stand schließlich auf gleicher Höhe mit dem Jungen.

„Du kannst die Stadt verlassen“, schrie er dem Jungen ins Ohr, „aber damit bist du deine Probleme nicht los. Im Gegenteil, wenn du zurückkommst, warten noch größere auf dich.“ Tim wollte sich losmachen, aber Millard hielt ihn fest umklammert. „Glaubst du, dieser Estrada wird dich jemals vergessen? Was denkst du, was der Richter entscheiden wird, wenn du ihm das nächste Mal vorgeführt wirst? Für eine Tracht Prügel bist du zu alt. Er war schon zweimal nachsichtig mit dir, aber das hat ja wohl nichts gebracht. Wenn du jetzt mit diesem Zug davonfährst, dann musst du dir im Klaren sein, dass du nie wieder hierher zurückkommen kannst.“

Die eine Hälfte von Tims Gesicht war gegen den eisernen Wagen gepresst. „Was geht es Sie an, was ich tue?“, schrie er.

„Ich mache mir Sorgen um deine Mutter, du egoistischer kleiner Rebell. Denk mal an sie! Sie hat dir jahrelang den

Hintern abgeputzt und deinen Kopf gehalten, wenn du kotzen musstest. Mir geht es um die arme Frau, die ich heute Nacht mit einer Taschenlampe weinend im Wald herumrennen sah und die deinen Namen rief!"

„Halt's Maul!"

Der Waggon näherte sich unaufhaltsam dem hell erleuchteten Bezirk auf dem Betriebsgelände. „Komm schon, lass uns hier abspringen, dieser Zug fährt dich ins Abseits." Millard ließ den Jungen los und suchte nach einem tieferen Standort für seinen Fuß. Der Junge sah sich unschlüssig um, während er sich immer noch an der eisernen Leiter festhielt.

„Fahr doch zur Hölle!", fluchte er schließlich und schickte sich an, nach oben zu klettern. Er wollte es durchziehen. Aus Dummheit und Stolz war der Junge im Begriff, eine Entscheidung zu treffen, die ihn für sein ganzes restliches Leben aus der Bahn werfen würde.

Millard sah sich den Boden an. Ehe Tims Hand die nächste Sprosse fassen konnte, zog er ihn zurück. „Lass dich fallen oder wir sterben beide!"

Der Junge geriet ins Wanken. Millard drückte sich mit den Füßen am Waggon ab, schnappte den Jungen und schnellte sich und ihn vom Zug weg. Seine Schulter prallte auf den Boden, und er rollte sich so ab, wie er es im Militärdienst damals gelernt hatte. Da hörte er den Schrei des Jungen. Entsetzen packte ihn. Wenn Tim schwer verletzt war, hatte er das zu verantworten. Wie konnte er nur so etwas riskieren? Er sprang auf die Füße, Adrenalin schoss durch seine Adern.

Der Junge lag zusammengekrümmt unter seinem Rucksack neben den Schienen. „Oh Gott!", schrie Millard und rannte stolpernd zu ihm. Seine Beine sahen unverletzt aus, aber er lag reglos da. „Tim", er kniete sich neben ihn, „Junge, bist du verletzt?"

„Du verrückter alter Idiot! Willst du mich umbringen? Lass mich endlich in Ruhe!" Tim sprang auf und stieß Millard weg.

Millard konnte gerade noch einen Riemen von Tims Rucksack packen und hielt sich daran fest, um nicht das Gleichgewicht zu verlieren. Der Rucksack rutschte dem Jungen von den Schultern und Millard warf ihn hinter sich. Tim fuhr herum, da packte Millard ihn an der Jacke. „Ich werde dich nicht in Ruhe lassen!"

Tim versuchte, sich loszuwinden, fluchte, trat um sich und schlug auf Millard ein, aber Millard war der Größere von ihnen beiden. Er rang den schmalen Jungen nieder, und trotz aller Gegenwehr dauerte es kaum fünfzig Sekunden, bis er sich nicht mehr rühren konnte. Millard war darüber nicht weniger erstaunt als der Junge. Es war doch nicht übel, was ein alter Ringer noch zustande brachte, wenn er sich erst mal aus seinem gemütlichen Sessel erhoben hatte.

Mehr noch als über sich selbst war er über Tim erstaunt, der jetzt weinte. Er hatte sein Gesicht zur Seite gedreht und ein zorniges Schluchzen drang aus seiner Kehle. Unmerklich lockerte Millard seinen Griff und dieses Mal versuchte der Junge nicht mehr zu fliehen. Da lag das Kind, mit dem Gesicht in der Erde, und weinte, als gäbe es für ihn im ganzen Leben keine Hoffnung mehr.

Am liebsten hätte Millard ihm über den Kopf gestrichen und das Gras von seiner tränennassen Wange gewischt. Doch er hielt sich zurück.

Auch wenn Jefferson geweint hatte, hatte Millard oft wie gelähmt danebengestanden. Seine Ringer, mit denen konnte er umgehen – das waren zielstrebige junge Männer, hart im Nehmen und unerschütterlich im Bewusstsein ihrer eigenen Kraft. Wer anders war, passte nicht in sein Team. Mit Muttersöhnchen und Weicheiern hatte er noch nie etwas anfangen können. Die sechs Meistertitel in zehn Jahren hatte seine Mannschaft nicht deshalb bekommen, weil er so nett zu den Jungs war.

Er wartete, dass Tims Schultern aufhörten zu beben, und fragte sich, was er als Nächstes tun sollte. Endlich hörte das Schluchzen auf, und der Junge lag still da, obwohl Millard ihn überhaupt nicht mehr festhielt.

„Komm schon, Junge", sagte er schließlich. Er streckte seine Hand aus, um dem Jungen kameradschaftlich auf die Schulter zu klopfen. „Komm, wir gehen nach Hause. Als ich vorhin bei deiner Mutter war, hatte sie eine Platte mit Muffins und kalte Milch."

Tim drehte sich wortlos auf den Rücken. Millard stand langsam auf, jeder einzelne Muskel und jedes Gelenk schienen sich zu beschweren über das, was sie in dieser Nacht zu leisten gehabt hatten. Er streckte dem Jungen die Hand entgegen. Tim zögerte, stützte sich auf einen Ellbogen, und dann legte er seine glatte, schmale Hand in die Pranke des Alten.

Millard zog den Ausreißer hoch, warf sich den Rucksack über die eigene Schulter, legte seinen Arm schützend um Tim und führte ihn durch die mondlose Finsternis zu seinem Wagen.

Kapitel 17

Am Samstagmorgen spannte sich ein grauer Himmel über die Landschaft. Celine stand an ihrem Schlafzimmerfenster, einen Becher heißen Himbeertee in den Händen, und fragte sich, ob das Footballspiel auch bei Regen stattfinden würde. Wenn nicht, würde dann auch ihr Treffen mit Jack ausfallen?

Es war ja nicht wirklich eine Verabredung, erinnerte sie sich selbst. Jack war einfach nur in Ham Bone und hatte sie und ihre Kinder eingeladen, bei dem Spiel zuzuschauen. Früher hätte sie ihn in so einer Situation einfach angerufen und gefragt. Aber jetzt war das anders. Jack war distanziert, teilweise fast unnahbar, dann aber auch wieder voller Zuneigung ihr gegenüber. Vielleicht hatte er noch andere Optionen außer ihr, die er sich offenhalten wollte?

Immer noch im Bademantel trat sie auf den Flur. Die Mädchen sollten ruhig ausschlafen, aber Tim musste aufstehen. Leise betrat sie sein Zimmer und setzte sich auf seine Bettkante.

„Hallo, Tim“, flüsterte sie. Er sollte mal wieder zum Frisör gehen. Seine dunklen Haare breiteten sich über das ganze Kissen aus. „Einen schönen Samstagmorgen“, sagte sie und wusste doch, dass es für ihn kein schöner Morgen sein würde. Seine Lippen schoben sich unwillig vor, er blinzelte, schloss die Augen und rollte sich weg von ihr. „In fünfundvierzig Minuten holt dich dieser Estrada ab.“

Er knurrte.

„Eier und Toast?“

„Mmh“, brummte er.

Sie ging in die Küche, machte sich eine zweite Tasse Tee und schlug die Eier in die Pfanne. Seit Millard mit Tim in den frühen Morgenstunden am Donnerstag nach Hause gekommen war, war kein Gespräch zwischen ihr und Tim zustande gekommen. Mit gesenktem Kopf hatte er das Haus betreten, seine Wangen waren rot vor Kälte gewesen, und die roten Augen verrieten ihr, dass er geweint hatte. Wortlos war er in sein Zimmer gestapft. Es kam keine Entschuldigung, keine Erklärung, kein Kommentar zu dem geklauten Geld und seinem Versuch, von zu Hause abzuhauen. Natürlich wurde auch nicht über die juristischen Folgen gesprochen, die das alles haben könnte.

Dieser ganze Plan, oder vielmehr diese völlig planlose Tat, erschreckte Celine. Konnte es sein, dass ihr Sohn die Veranlagung seines Vaters geerbt hatte und zwangsläufig zu einem Dieb und Lügner werden würde? Nein, das mochte sie nicht glauben, auch wenn die Anzeichen in diese Richtung wiesen.

Erst am Donnerstagabend, als er von Millard zurückkam, sprach sie ihn auf den fehlenden Schmuck und das Geld an, das aus ihrem Schlafzimmer verschwunden war. Schon vor diesem Gespräch war die Stimmung schlecht gewesen. Millard hatte berichtet, dass Tim den ganzen Tag auf dem Sofa verbracht und den Schlaf nachgeholt hätte, der ihm in der Nacht zuvor entgangen war. Er hatte nicht einmal ein Buch aufgeschlagen.

Nach dem Abendessen ging sie zu ihm ins Zimmer, um mit ihm zu sprechen.

„Tim, warum hast du mich bestohlen?“

Seine Augen verengten sich zu Schlitzen. „Ich habe nichts gestohlen.“

„Das verstehe ich nicht. Zu Beginn der Woche hatte ich noch meinen ganzen Schmuck in der Schatulle, wo er hingehört, und seit der Nacht, in der du dein Bett mit Kissen ausgestopft hast, durchs Fenster geklettert und abgehauen bist, fehlen plötzlich die wertvollsten Sachen. Das Geld, das jetzt weg ist, war unsere Reserve für Notfälle. Ich habe lange gebraucht, um das zusammenzusparen."

Er schleuderte seine Computermaus heftig auf den Tisch, sprang auf und sah zornig auf sie herab, während sie auf seiner Bettkante saß. „Was ist mit Sissi und Rebecca? Hast du auch schon einmal daran gedacht, dass sie es gewesen sein könnten? Oder sind sie so süß und perfekt, dass du sie erst gar nicht verdächtigst?"

„Ich glaube nicht, dass sie es waren, Tim. Ich habe sie gefragt, aber sie haben mir beide versichert, dass sie von nichts wüssten. Im Übrigen kann ich mir nicht vorstellen, dass sie die Dose aufkriegen würden, in der das Geld war."

Wütend schrie er: „Ich will deinen bescheuerten Schmuck oder irgendetwas anderes von dir überhaupt nicht haben! Jemand lügt hier, aber ich bin es nicht. Du musst selbst entscheiden, wem du glauben willst."

Celine schnitt das Vollkornbrot in Scheiben und steckte zwei davon in den Toaster. Er war so außer sich gewesen, dass sie ihm fast geglaubt hätte. Aber als sie sich die Mädchen am nächsten Tag noch einmal vorknöpfte, war sie mehr denn je überzeugt, dass die beiden nichts damit zu tun hatten. Gut, dass wenigstens die Kleinen ihr noch nichts vormachen konnten. Die wenigen Male, die eines der Mädchen versucht hatte, sie anzulügen, hatte sie es schon von Weitem in ihren betretenen Gesichtern gesehen.

„Tim! Das Frühstück ist fertig!"

Als er nicht reagierte, ging sie erneut in sein Zimmer. Er schlief tief und fest. „Los, komm schon, in zwanzig Minuten kommt Estrada."

Er setzte sich auf und rieb sich die Augen. „Warum kann ich nicht einfach Müll vom Straßenrand aufsammeln?“, knurrte er. „Da wüsste ich wenigstens, wie das geht.“

„Du wirst schon lernen, was du wissen musst. Ist doch eigentlich eine gute Gelegenheit für dich, etwas Neues zu lernen. Du weißt doch – was dich nicht umbringt, macht dich stärker.“

Finster sah er sie an. Sie zuckte die Achseln und forderte ihn auf: „Zieh dich an, das Frühstück wird kalt.“

Sie ging in ihr Zimmer und überlegte, was sie anziehen sollte. Sie würde Jack sehen. Also nahm sie die enge Jeans und ein weiches Sweatshirt mit V-Ausschnitt aus dem Schrank, aber noch ehe sie sich anziehen konnte, klopfte es an der Tür. „Tim, kannst du mal eben nachsehen, wer da ist?“

„Ich bin im Bad“, war die Antwort.

„Oh Mann!“ Ärgerlich streifte sie ihren gelben Bademantel über, zog den Gürtel zu und ging zur Tür. Ein Blick durch den Spion zeigte Estrada. Mit gerunzelter Stirn öffnete sie die Tür. „Sie sind zu früh.“

Er sah auf seine Uhr. „Ist Tim fertig?“

„Nein, noch nicht ganz. Er muss noch etwas essen.“ Nur widerwillig öffnete sie die Tür. „Dann kommen Sie eben herein. Er ist gleich so weit.“

Der Polizist nickte, trat ein und stand mit sichtlichem Unbehagen im Flur. In seinen verwaschenen Jeans wirkte er ganz anders als in der Uniform. Wie ein ganz normaler Mensch sah er aus, vielleicht mal abgesehen von den ausgeprägten Oberarmmuskeln, die sich unter seinem T-Shirt abzeichneten. Er bemerkte Celines Blick und sie sah schnell weg.

„Möchten Sie eine Tasse Tee?“, fragte sie und wusste sofort, dass er wohl eher nicht der Typ für Kräutertee war. „Oder lieber Kaffee?“ Sie war sich ziemlich sicher, dass sie irgendwo im Kühlschrank noch eine angebrochene Kaffeepackung vom letzten Sommer hatte, als ihre Freundin Micki und einige andere Kolleginnen sie besucht hatten.

„Ein Kaffee wäre toll." Er steckte sich die Hände in die Gesäßtaschen und sah sich um.

„Setzen Sie sich doch, ich mache den Kaffee und schaue mal nach, ob Tim so weit ist."

Tim saß auf seinem Bett und zog sich die Schuhe an. „Mach, dass du rauskommst und etwas isst", sagte sie. „Du kannst den Mann doch nicht so lange warten lassen!"

Dann eilte sie ins Schlafzimmer, zog sich schnell an, fuhr sich kurz durch die Haare und schenkte ihrem Spiegelbild einen anerkennenden Blick dafür, dass sie den Polizisten hereingebeten hatte, statt ihn in seinem Auto warten zu lassen. Sie hatte sich vorgenommen, nett zu sein. Als sie wieder in der Küche ankam, war der Kaffee durchgelaufen. Tim stand an der Spüle und stopfte sich ein Brot in den Mund. Sie brachte dem Sheriff den Kaffee und entschuldigte sich für Tims Verspätung.

„Kein Problem. Wir sind nicht in Eile, außer dass es nach Regen aussieht und wir draußen arbeiten werden."

„Werden Sie auch mit anpacken?"

„Ja."

Sein Akzent klang, als wäre er ein Südstaatler, doch sein Familienname und seine Gesichtszüge sahen mehr nach lateinamerikanischer Herkunft aus. Ohne Uniform wirkte auch sein Blick anders, irgendwie weicher.

„Müssen Sie das machen?"

Er schüttelte den Kopf und sah über die Schulter aus dem Fenster. „Nein, eigentlich habe ich heute frei."

Celine wusste nicht, wie sie darauf reagieren sollte. „Sie haben frei? Sollten Sie dann den Tag nicht mit Ihrer Familie verbringen, das Laub zusammenrechen oder einen Drachen steigen lassen?"

Seine Mundwinkel zuckten. „Meinen Vater werde ich heute noch sehen.“ Er nahm einen Schluck Kaffee. „Aber das mit den Drachen habe ich aufgegeben, es gibt zu viele Bäume hier.“

Sie musste lächeln. „Stimmt. Ich habe gehört, dass Tim eine Rampe für einen Rollstuhl bauen soll?“, fragte sie vorsichtig. Sie war sich bewusst, dass Tim von der Küche aus jedes Wort mithören konnte, da wollte sie ihre Bedenken lieber nicht laut aussprechen. Bisher hatte der Junge nicht einmal gelernt, wie man einen Nagel einschlägt. Nun war er schon fünfzehn, beinahe ein Mann. Was hatte sie noch alles versäumt?

Celine sah, wie das Gesicht des Polizisten sich verfinsterte, als Tim, ein Glas Orangensaft in der Hand, den Raum betrat. „Ja, wir machen das für eine behinderte Frau. Es ist die Dame, die vor Kurzem bestohlen wurde.“

Tim starrte ihn an.

Estrada erhob sich, gab Celine die halb volle Tasse zurück und bedankte sich. „Wir machen uns dann besser auf den Weg.“

Celines Herz klopfte aufgeregt. Eine behinderte Frau, die bestohlen wurde ... Estrada hielt Tim immer noch für den Täter, und sie war sich inzwischen auch nicht mehr so sicher, was sie denken sollte. Was sollte aus Tim werden, wenn er auch noch dieses Verbrechens angeklagt würde?

Sie ging hinter den beiden her zur Tür. „Wo ist das genau? Ich würde Tim gerne sein Mittagessen bringen.“

Der Polizist sah sie von der Seite an. Hätte sie doch nichts gesagt! Sie fühlte sich wie eine dumme Gluckenmutter, die immer noch von der Unschuld ihres Sohnes überzeugt ist, obwohl bereits alle Fakten gegen ihn auf dem Tisch liegen. Wenn er etwas zu Mittag essen wollte, dann sollte er früher aufstehen und es sich selbst machen. „Wenn Sie möchten, bringe ich Ihnen auch etwas“, fügte sie lahm hinzu.

Er schüttelte den Kopf. „Danke, das ist nicht nötig. Es ist ein rosarotes Haus, 2128 Digby Street, im Garten vor dem Haus steht eine kleine Windmühle."

„Wie lange wird das dauern?", fragte Tim, während sie nach draußen gingen.

„Das werde ich dir dann sagen."

Tim trottete hinter dem Mann her, blieb aber auf halbem Weg zum Polizeiwagen plötzlich stehen. „Ich habe meine Mütze vergessen."

„Dann los, hol sie", knurrte der Polizist und ging weiter zu seinem Wagen.

„Steig ein", war kurz darauf die knappe Anweisung zu hören. Tim gehorchte mit finsterem Blick. Estrada sah kurz zu Celine, die in der Haustür stand, grinste sie an, schlüpfte auf seinen Sitz und schlug die Tür zu.

Rebecca und Celine hatten sich selbst zu den Cheerleadern des Kinder-Footballspiels ernannt. Rebecca hatte sogar Pompons mitgebracht; Sissi konnte sich nicht erinnern, ob sie welche hatte und wo die sein könnten. Nun übte sie auf dem Rücksitz lauthals ihren rhythmischen Anfeuerungsruf, wobei sie in jeder Hand einen bunten Staubwedel hielt. Nachdem Celine heftig niesen musste, verbot sie Sissi, die Staubwedel zusammenzuschlagen, bis sie auf dem Spielfeld waren.

„Warum müssen wir Tim eigentlich sein Mittagessen bringen, Mama? Hätte er es sich nicht mitnehmen können?"

Sissi hatte recht. Tim war alt genug, um für sich selbst Verantwortung zu übernehmen. Sie musste ihn loslassen, um seinetwillen und um ihretwillen.

„Mama", Rebecca zögerte, „ich weiß, das klingt nicht

sehr nett, aber manchmal wäre ich froh, wenn Tim gar nicht mehr bei uns wohnen würde. Es war viel lustiger zu Hause, solange er weg war. Könnte er nicht bei Mr Bradbury wohnen?"

„Ja", pflichtete Sissi bei, „wir könnten ihm dann ja vom Fenster aus winken."

Celine lachte über den Kommentar ihrer Jüngsten, auch wenn er mehr als nur ein bisschen Wahrheit über das Verhältnis der Geschwister enthielt. „Ich weiß, er war in letzter Zeit oft nicht nett zu euch – zu mir übrigens auch nicht. Aber wir sind eine Familie. Wir gehören zusammen und werden auch in dieser schwierigen Zeit zu Tim halten. Tim geht es zurzeit überhaupt nicht gut. Er hat viel Kummer. Gerade jetzt ist es besonders wichtig, dass wir ihn lieb haben. Bitte versucht das."

„Na gut", zwitscherte Sissi.

Rebecca blieb still. Dann kam ihre Frage: „Aber Mama, was ist, wenn er nie mehr anders wird – wenn er so bleibt, wie er jetzt ist, oder wenn er vielleicht sogar noch schlimmer wird?"

Celine seufzte. „Weißt du, in der Bibel heißt es: *Die Liebe hört niemals auf, sie glaubt alles, sie hofft alles, sie erduldet alles.* Das heißt, wirkliche Liebe bleibt auch bestehen, wenn der andere es einem ganz schön schwer macht."

So oder so ähnlich hatten die Worte ihrer Mutter geklungen, dieser ungewöhnlichen Glaubensheldin. Im Vergleich zu dem, was sie von ihrer Mutter an Wahrheiten und Vertrauen, an Sätzen aus der Bibel und angewandtem Glauben gelernt hatte, hatte sie ihren eigenen Kindern gegenüber komplett versagt. Es war nicht gut, Kinder in die Welt zu entlassen, ohne ein festes Fundament gelegt zu haben. Tims Kindheitsjahre waren vorbeigerast wie ein Film im Schnellvorlauf und die Mädchen waren ihm dicht auf den Fersen. Celines Zeit wurde knapp.

Sie fuhr die Digby-Street entlang. Das Haus war schon von Weitem zu erkennen, das einzige rosarote Gebäude weit und breit, vor dem ein Polizeiauto stand. Sie fuhr in die Einfahrt des gepflegten kleinen Anwesens. Tim und der Polizist sahen von ihrer Arbeit auf.

„Ich bin gleich wieder da", sagte sie zu den Mädchen und stieg aus.

Die beiden arbeiteten im Eingangsbereich des Hauses.

„Und, wie läuft es?"

„Gut", kam die zweistimmige Antwort, die alles andere als begeistert klang.

„Hier ist dein Mittagessen, Tim." Sie wandte sich an Estrada. „Wann wird Tim ungefähr wieder zu Hause sein?"

„Gegen drei, vielleicht auch eine halbe Stunde später." Er wischte sich mit dem nackten Unterarm über die Stirn. Wie bedauerlich, dass er den Charme eines Kühlschranks hatte; rein äußerlich war er wirklich ziemlich attraktiv.

Da ging die Haustür auf. „Guten Tag!"

Celine drehte sich um. In der Tür stand eine freundlich aussehende, grauhaarige Dame. „Guten Tag", erwiderte Celine und wollte der Frau die Hand geben, „ich bin Tims Mutter."

„Bitte entschuldigen Sie, aber ich kann die Türklinke nicht loslassen, sonst falle ich hin. Ich bin Emilia, Emilia Vargas. Bitte kommen Sie doch herein."

Estrada ließ mit einem ärgerlichen Grunzen den Hammer fallen.

„Oh, danke, aber meine Töchter warten im Auto. Ich habe nur kurz das Essen für Tim vorbeigebracht."

Doch Emilia hatte sich schon umgedreht und war im Begriff, mithilfe eines Gehwagens in die Wohnung zurückzuhinken. Celine sah unsicher zu ihrem Auto. Es wackelte leicht hin und her, und im Inneren sah man Pompons und Staubwedel wild durcheinanderwirbeln. Tim reichte dem

Polizisten, der eine Reihe von Nägeln zwischen den Lippen hatte, eine Latte für die Verschalung der Rampe. Celine folgte der alten Dame ins Haus.

„Setzen Sie sich doch bitte!“ Emilia trug Jeans, Wildlederpantoffeln und ein Herrenhemd, das lang und weit über ihre Hose hing. Ihr graues Haar trug sie hochgesteckt, eine Strähne hing in elegantem Schwung seitlich heraus. Emilia ließ sich in einen Liegesessel fallen, um den herum sich Bücher, Wollknäuel, Post und Zeitschriften stapelten. „Sie haben wohl keine Zeit, um mit mir einen Tee zu trinken?“

Celine lächelte die Dame an. „Nein, das tut mir wirklich leid. Aber ich bin mit meinen Töchtern gerade auf dem Weg zu einem Nachwuchs-Footballspiel.“

„Ach, Ihre Kinder spielen Football?“

„Nein, heute werden wir nur zum Anfeuern dabei sein. Wir sind mit dem Trainer befreundet.“ Celine sah sich unauffällig in dem Raum um, der sehr bescheiden eingerichtet war. Welcher Einbrecher würde ausgerechnet dieses Haus auswählen? Sie schaute auf Emilias Hand – keine Ringe waren zu sehen. Der einzige Schmuck, den sie trug, waren ein paar bunte Ohrringe – preiswerter Modeschmuck.

Sie beugte sich vor: „Emilia, ich habe gehört, dass bei Ihnen eingebrochen wurde.“

Sie nickte. „Ja, das ist aber schon ein paar Wochen her.“

„Mr Estrada denkt, dass mein Sohn es war. Deshalb will er wohl, dass er hier für Sie arbeitet.“

„Ja, das hat er mir auch gesagt. Alex will, dass es dem Jungen richtig leidtut.“ Sie lachte. „Der arme Kerl soll sich richtig schlecht fühlen, obwohl man bis jetzt ja noch gar keine Beweise hat. Alex ist sehr besorgt um mich. Ich soll eigentlich gar nicht zuschauen, während sie arbeiten. Wahrscheinlich wäre ihm am liebsten, ich würde, solange der Junge da ist, schrecklich traurig und verzweifelt aussehen und ständig davon reden, dass ich seit dem Einbruch nachts nicht mehr schlafen kann." Sie kicherte. „Tatsache ist aber, dass ich schlafe wie ein Murmeltier, kaum dass ich mich hingelegt habe."

„Sind Sie verwandt mit ihm?" Von draußen hörte man Gehämmer.

„Ich habe ihm als kleinem Jungen schon die Windeln gewechselt und die Nase geputzt, aber, nein, verwandt im eigentlichen Sinn sind wir nicht. Sein Vater wohnt nebenan. Seine Mutter ist an Krebs gestorben, als er acht Jahre alt war. Sie war meine beste Freundin. Es war fast so, als ob wir in einem Haus wohnen würden." Sie legte ihren Kopf gegen die Rückenlehne und schloss die Augen. „Dafür, dass wir nur Erntehelfer waren, ging es uns wirklich gut."

Celine war überrascht. „Sie haben als Erntehelferin gearbeitet?" Ihre Blicke überflogen die langen Bücherregale, auf denen sich Meisterwerke der amerikanischen Literatur, aber auch theologische und politische Bücher und Reiseführer aneinanderreihten. Obwohl Emilia ebenfalls lateinamerikanische Gesichtszüge hatte, sprach sie akzentfreies Englisch. „Ich hätte Sie eher für eine Lehrerin gehalten."

„Das war ich wirklich, aber das ist lange her. Als wir aus Mexiko hierherkamen, sprachen wir kein Englisch. Aber Gott sei Dank, wir wurden zu nichts gezwungen, wir waren keine Sklaven, sondern konnten tun, was wir wollten."

Zwei kleine Papageienvögel flatterten und zwitscherten in einem Käfig herum, der hinter Emilia an einem Ständer hing. Celine beobachtete, wie die kleinen Papageien ihre Futterkörnchen zwischen den Stangen hindurch auf den großen, abgewetzten Teppich warfen. „Hübsche Vögel", sagte sie höflich. Sie waren etwa fünfzehn Zentimeter lang und hatten eine schöne, gelbgrüne Färbung mit orangen Köpfchen.

„Ja. Man nennt die Gattung ‚Unzertrennliche', weil sie sich ein Leben lang treu sind. Schön, nicht?"

Celine war neugierig gewesen auf die Frau, die möglicherweise von Tim bestohlen worden war. Doch nun sollte sie wohl lieber wieder gehen. Estrada hatte keinen Hehl daraus gemacht, dass er sie nicht hier im Haus sehen wollte, ihre Mädchen tobten im Auto herum und sie war mit Jack verabredet. Trotzdem wäre sie am liebsten noch länger bei Emilia geblieben. Die alte Dame hatte eine ungewöhnlich warmherzige Ausstrahlung, die es sehr angenehm machte, in ihrer Nähe zu sein.

Celine stand auf und sah aus dem Fenster. Sissi hatte das Autofenster geöffnet und schleifte ihren bunten, selbst gestrickten Wollschal über den staubigen Gehsteig.

Alex Estrada sah von seiner Arbeit auf und ihre Blicke begegneten sich. Sofort schaute er wieder weg, doch genau in dem Moment schlug er sich auf den Daumen. Er fluchte laut. Celine konnte ein Lachen nicht unterdrücken, hielt sich dann erschrocken den Mund zu und kehrte schnell wieder zu ihrer Gastgeberin zurück.

Emilia sah sie fragend an.

Nun musste Celine schallend lachen. „Bitte entschuldigen Sie. Aber Mr Estrada hat sich gerade mit dem Hammer auf den Daumen gehauen."

Die ältere Frau sah sie amüsiert an. „Wirklich? Dann muss ich ihm jetzt schnell Schokolade bringen, die hat ihn immer getröstet, egal welchen Kummer er hatte. Am besten halfen ihm immer Rosinen mit Schoko-Überzug." Sie durchsuchte einen Korb unter ihrem Tisch neben ihrem Sessel und fand eine angebrochene Packung Pralinen. „Das ist das Beste, was ich zu bieten habe. Reste von Ostern." Sie machte keine Anstalten, aufzustehen, sondern streckte Celine die Hand mit den Süßigkeiten entgegen. „Sagen Sie den Jungs, dass es Zeit ist für eine Mittagspause."

„Emilia, dürfte ich Sie vielleicht irgendwann einmal besuchen?"

Emilia lächelte. „Ich würde mich freuen. Nächstes Mal sagen Sie mir vorher Bescheid, wann Sie Zeit haben, dann mache ich Tamales."

Sie tauschten ihre Telefonnummern aus, und Celine bot Emilia an, ihr bei Besorgungen zu helfen. Dann verabschiedeten sich die beiden Frauen.

Als Celine aus dem Haus trat, bemerkte sie erstaunt, dass es jetzt Tim war, der die hämmernden Geräusche verursachte. Alex maß die Verschalungsbretter ab und hielt einen Bleistift zwischen den Lippen.

„Super, wie viel ihr beiden schon geschafft habt", lobte sie den sichtbaren Fortschritt. Tim sah nur kurz auf und hämmerte dann angestrengt weiter. Er versuchte offensichtlich, doppelt so schnell zu arbeiten wie der Polizist. Seit zehn Minuten hörten sie dieses Geräusch mindestens schon. Noch zwei schwere Schläge und auch der letzte Nagel saß fest, ohne dass er krumm geworden wäre. Tims angespannte Kaumuskeln lockerten sich, und er sah auf, als wollte er sichergehen, dass seine Mutter ihn beobachtete.

Stolz lächelte sie ihn an, dann ging sie auf Alex zu und streckte ihre Hand aus, in der die Schokolade lag. „Zum Trost für den Daumen", versuchte sie, ganz ernst zu sagen. „Außerdem meint Emilia, es sei Zeit fürs Mittagessen."

Alex Estrada richtete sich zu seiner vollen Größe auf und atmete tief durch, während er sie aufmerksam betrachtete. Bestimmt hatte er ihr Lachen vorhin bemerkt. „Ich möchte nicht wissen, was Emilia sonst noch gesagt hat", knurrte er.

Celine legte die Süßigkeiten in seine Hand und grinste: „Ich werde schweigen wie ein Grab."

Kapitel 18

Mitten im Footballspiel begann der Regen. Aber es war kein harmloses Tröpfeln, das man vielleicht hätte ignorieren können, sondern es begann unvermittelt wie aus Kübeln zu gießen. Jack pfiff das Spiel ab und mit einer großen, energischen Armbewegung schickte er die kleinen Spieler zum Parkplatz.

Auch Celine und die Mädchen kletterten hastig von der Tribüne herunter und rannten mit den anderen zusammen lachend und so schnell sie konnten zu ihrem Wagen. Die dunklen Wolken, die den gesamten grauen Himmel bedeckten, sprachen eine deutliche Sprache: Das Spiel war zu Ende.

Die Mädchen kletterten auf die Rückbank, Celine saß am Steuer, trocknete ihr Gesicht mit einem Taschentuch ab und versuchte, Jack irgendwo da draußen auszumachen.

„Mama, meine Pompons! Der Regen hat sie kaputt gemacht!" Mit einem theatralischen Seufzen lehnte Rebecca ihren nassen Kopf gegen die beschlagene Scheibe.

Sissi schwenkte ihre Staubwedel. „Pech für dich, dass du nicht so was hast wie ich!" Mit gespieltem Mitleid sah sie auf die aufgeweichten Krepppapierstreifen auf Rebeccas Schoß und strich sich dann mit ihren noch recht gut erhaltenen Kunststoff-Wedeln über die Beine. „Meine färben auch nicht so ab wie deine!"

Alarmiert drehte Celine sich nach hinten um.

„Oh nein!“, schrie Rebecca laut auf. Die rote Farbe der nassen Pompons war jetzt auf Rebeccas heller Jacke und auf ihrer Jeans zu sehen. „Mama, geht das wieder raus?“

„Hoffentlich!“

Der Regen hämmerte so laut und heftig auf das Autodach wie Hagelkörner. Celine versuchte, draußen etwas zu erkennen. Wo steckte Jack bloß? Dauerte es so lange, einen Ball zum Auto zu bringen? Bestimmt stand er doch jetzt nicht da draußen in dem Unwetter, um den Spielverlauf mit dem anderen Trainer zu diskutieren.

„Sissi, du nimmst jetzt deine Sachen aus dieser Plastiktüte und steckst die Pompons rein, bevor sie noch alles andere hier rot färben. Becca, hör auf zu jammern. Du magst die Jacke doch sowieso nicht, stimmt's?“

Beide Mädchen sahen wie nasse Kätzchen aus. Celine klappte die Sonnenblende herunter, um einen Blick auf ihr eigenes Gesicht zu werfen. Ihre Wimperntusche war verschmiert, ihre Haare klebten ihr am Kopf und das Wasser rann ihr in den Kragen.

Da klopfte es an ihrem Fenster. Celine fuhr zusammen. Sie drehte das Fenster einen Spaltbreit herunter und musste lachen, als sie Jack sah, dem wahre Wasserströme über das Gesicht liefen.

„Hallo!“, sagte er. „Ein paar von uns fahren zur Pizzeria. Wollt ihr bei mir mitfahren?“

Sie dachte daran, dass Tim um 15:00 Uhr zurück sein sollte und sie dann zu Hause sein musste. Hoffentlich hatten er und Estrada bis dahin unter dem schützenden Vordach von Emilia genügend zu tun, sodass er nicht früher kam.

„Wir treffen uns dort.“

Er winkte den Mädchen zu und richtete sich auf: „Alles klar, bis gleich.“

Sie fuhr die kurze Strecke hinter ihm her. Die Pizzeria gehörte zu der Bowlingbahn am Westrand der Stadt. Sie parkten hinter dem Lokal, rannten hinein und versammelten sich um das offene Feuer, das mitten im Restaurant seine wohlige Wärme verbreitete. Gerade wurde ein Tisch direkt am Feuer frei. Celine zog sich die nasse Jacke aus und fuhr sich durch die verklebten Haare.

„Mädchen, ihr hängt eure Jacken dort an der Garderobe auf die Bügel, damit sie trocknen können." Sie lächelte Jack an. „Ich bin gleich wieder da."

Auf der Toilette wischte sie sich die verschmierte Wimperntusche ab, kämmte ihre Haare und zog sich die Lippen nach. Eine andere junge Frau am Waschbecken nebenan tat das Gleiche.

„Ich habe Sie bei dem Spiel gesehen", begann die andere, während sie ihre neu geschminkten Lippen mit einem Papiertuch abtupfte. „Sind Sie nicht die Mutter von Tim Walker?"

Celine lächelte: „Ja, das stimmt."

Die Augenbrauen der Frau zogen sich sorgenvoll zusammen: „Ich habe alles gehört, was passiert ist. Sie tun mir ja so leid! Ich weiß nicht, wie ich es verkraften würde, wenn eines meiner Kinder so etwas tun würde. Zum Glück sind meine Söhne ganz anders. Ich habe gehört, dass Sie sich jetzt wieder etwas sicherer fühlen können, seit er im Gefängnis ist."

„Ach ja? Wer hat Ihnen denn das erzählt?", gab Celine zurück.

Sie schnaufte. „Ach, keine Ahnung, wer es zuerst gesagt hat. Sie wissen ja selbst, wie das ist. Hier kennt doch jeder jeden." Mitleidig sah sie Celine an. „Wie lange hat er denn gekriegt?"

„Mein Name ist Celine Walker." Sie bot der anderen aber keine Hand an. „Und wer sind Sie?"

„Oh." Die junge Frau sah plötzlich irritiert aus. „Patty Polanski."

„Also dann, Mrs Polanski“, sagte Celine, verschloss ihre Tasche und wandte sich der Tür zu, „einen schönen Tag noch.“

Jack hatte den Stuhl neben sich für sie reserviert. Lachen erfüllte den Raum. Die Stimmung der Kinder hatte unter dem Regen nicht gelitten, sie holten sich von ihren Eltern Kleingeld und spielten im hinteren Teil des Raumes an den Videospielautomaten. Dazwischen mischten sich die Geräusche der Kegelbahn im Nebenraum.

„Stimmt was nicht?“, fragte Jack.

Sie versuchte es abzuschütteln. Sollten die Leute doch denken und reden, was sie wollten. Mit einem tiefen Atemzug versuchte sie, ihrem Gesicht wieder einen weicheren Ausdruck zu verleihen. „Es duftet herrlich, wir haben die besten Plätze direkt am Feuer und können uns wärmen – alles ist perfekt.“

Jack lächelte. Seine blonden Haare waren etwas länger als früher. Gut sah er aus. „Du bist immer so schön optimistisch. Ich habe vegetarische Pizza für dich und die Mädchen bestellt.“

Sissi und Rebecca hockten mit einigen Schulkameraden, die sie hier entdeckt hatten, rund ums Feuer und erinnerten Celine irgendwie an Brathähnchen auf dem Grill im Imbisswagen.

„Es ist unglaublich, wie groß die beiden geworden sind. Als ich Sissi zuletzt gesehen habe, hatte sie gerade ihre Schneidezähne verloren.“

„Ja, sie wird bald acht, und Becca ist zehn.“

„Sind sie gut im Sport?“

„Sissi ist ziemlich gut. Sie hat vor nichts Angst und geht so entschlossen hinter dem Ball her wie ein Kampfhund. Becca wäre besser, wenn sie nicht so viel Angst davor hätte, sich schmutzig zu machen.“

Stirnrunzelnd schüttelte er den Kopf. „Das ist nicht gut.“

Sie gluckste und tätschelte sein Bein. „Sei unbesorgt. Es gibt im Leben ja noch mehr als Sport."

„Was zum Beispiel?"

„Schauspielerei zum Beispiel. Ich kann mir gut vorstellen, dass wir Rebecca eines Tages in unserem Fernseher bewundern können." *Unser* Fernseher. So hatte sie das eigentlich nicht sagen wollen. Das war erst ihre zweite Verabredung, falls man das überhaupt so bezeichnen konnte, mit den Kindern, im eigenen Auto und mit einer ganzen Footballmannschaft rundherum.

Er zuckte die Achseln und grinste. „Und was wäre, wenn sie eine Rolle in einem Film über Footballspieler bekäme? Dann muss sie wissen, wie man Football spielt, sonst wirkt sie nicht authentisch."

Celine beugte sich zu ihm. Das wärmende Feuer hatte seine Wangen gerötet. Im Kontrast dazu wirkten seine blauen Augen sehr hell. Auch ihr eigenes Gesicht glühte. „Gut, dass es Doubles und Stuntleute gibt. Im Ernst, mir ist es nicht wichtig, ob meine Kinder irgendwelche Auszeichnungen gewinnen. Nur glücklich sollen sie sein."

Er schüttelte den Kopf. „Du hast immer noch keinen Hauch von Ehrgeiz", sagte er tadelnd. Da rief jemand aus der Küche eine Nummer und Jack stand auf. „Das sind wir." Er bückte sich zu ihr hinunter und stützte seine Hände auf den Tisch. „Gewinnen ist nicht alles im Leben, da hast du recht, aber wer nicht gewinnt, ist der Verlierer." Er kam mit seinem Mund sehr nah an ihr Ohr und flüsterte: „Verlierer."

Sie versetzte ihm lachend einen Fausthieb. Sein Arm war so massiv wie ein Stück Feuerholz. „Hol lieber die Pizza, bevor sie kalt wird!"

Konnte man einen verregneten Samstagnachmittag besser verbringen? Sie streifte ihre Schuhe ab und stellte ihre Füße auf die warmen Steine um die Feuerstelle. Wo blieb Jack denn so lange?

Sie reckte sich, um über eine Reihe künstlicher Pflanzen hinter ihr zur Theke sehen zu können. Jack stand immer noch am Tresen, hatte zwei Pizza-Kartons in der Hand und sprach … ausgerechnet mit Patty Polanski. Ein ungutes Gefühl beschlich Celine. Patty lachte und strahlte und sprach so lebhaft mit Jack, als würden sie sich schon lange und sehr gut kennen. Dabei berührte sie ihn immer wieder am Arm. Celine betrachtete prüfend Jacks Gesicht. Er schien ganz glücklich über diese Unterhaltung und wirkte gar nicht wie jemand, der auf dem Weg zu seinem Tisch aufgehalten wurde. Er warf keinen einzigen ungeduldigen Blick zum Feuer, wo Celine auf ihn wartete. Offensichtlich wickelte Patty ihn mit ihrem Tratsch so gekonnt um den Finger, dass ihn nicht einmal der Duft der Pizza, der direkt unter seiner Nase aufstieg, ablenken konnte.

Celine konnte den Anblick nicht länger ertragen. Sie setzte sich und erwiderte Rebeccas Winken, die jetzt mit Freunden an einem anderen Tisch saß. War sie nun mit Jack hier oder nicht? Sie wusste es nicht so recht. Jack hatte sie nur gefragt, ob sie bei dem Spiel zuschauen wollte. Möglicherweise sah er es gar nicht so, dass sie zusammen hier waren. Sollte sie für ihre Pizza selbst bezahlen?

Da kam ihr ein Gedanke, und sie stand erneut auf, um noch einmal über die Pflanzen zu schauen. Die wunderbaren Söhne von Patty standen jetzt rechts und links von ihr und sahen zu Jack auf, als wäre er der größte Footballstar aller Zeiten. Und siehe da, die junge Mutter der perfekten Söhne trug keinen Ehering. Nun wurde Celine so einiges klar. Sie sank auf ihren Stuhl zurück und ein jämmerliches Gefühl übermannte sie. Natürlich, Jack war der fleischgewordene Traum jeder alleinerziehenden Mutter! Ihre Blicke wanderten durch das gut besuchte Restaurant. Wie viele Mütter waren noch hier, die nur darauf warteten, eine Pizza mit ihm zu teilen?

In dem Augenblick erinnerte sie sich an seine Worte: *Du hast immer noch keinen Hauch von Ehrgeiz ... Verlierer!*

Sie sprang auf. Oh nein, sie war kein Verlierertyp! Entschlossen ging sie auf Jack zu. „Hey, wo bleibst du denn?"

„Oh, tut mir leid. Celine, das ist Patty Polanski!" Er deutete auf die Söhne. „Und das sind Jacob und Jason. Ich war letztes Jahr ihr Trainer."

Patty versuchte, ihren Blick einzufangen, doch Celine lächelte die Jungs an: „War er ein guter Trainer?"

„Ja", kam es zweistimmig und voller Überzeugung zurück. „Aber jetzt ist er ja leider in Dunbar", ergänzte einer.

Patty strich ihren modischen Kurzhaarschnitt nach oben, als wollte sie an Größe gewinnen. „Und woher kennt ihr beide euch?"

„Oh, wir sind schon ewig befreundet", antwortete Jack und sah Celine an. „Noch aus der Zeit, als ich hier wohnte. Wahrscheinlich haben wir uns im Supermarkt kennengelernt, oder?"

„Genau. Du hast die Obst- und Gemüseabteilung betreut."

„Stimmt, und du warst eine dieser Kundinnen, die an allen Früchten riechen, klopfen und herumdrücken." Er wandte sich wieder zu Patty um. „Ich musste sie immer im Auge behalten, sonst hätte sie unsere ganzen Avocados beschädigt."

Celine lachte, fühlte sich aber auch etwas verlegen, denn sie wusste, dass er recht hatte. „Ich beschädige keine Früchte, dafür mag ich sie viel zu sehr." Sie hob den Deckel eines Pizzakartons in Jacks Hand. „Wo wir gerade vom Essen sprechen ..."

„Ja, genau, wir müssen jetzt essen, sonst wird noch alles kalt." Jack sah die Jungs grinsend an: „Bis bald, ihr beiden. Euer Trainer wird euch rechtzeitig sagen, wenn wir wieder gegeneinander spielen."

Celine wandte sich um und wollte zu ihrem Tisch gehen. Doch als sie noch einmal zurücksah, folgte Jack ihr nicht, sondern stand immer noch bei Patty. Sie streckte gerade die Hand aus und strich ihm über den Arm. Celine konnte an ihrer Mundbewegung ablesen, was sie sagte: *Ruf mich an!* Jacks Kopf neigte sich zu einem zustimmenden Nicken. Er lächelte Patty an und folgte dann Celine ans Feuer.

Kapitel 19

Am Montagmorgen kam Tim schwer bepackt mit seinem Rucksack und einem großen Topf Chili zu Millard. Er ließ den Rucksack im Flur fallen und brachte das Essen in die Küche. „Heute muss ich ungefähr bis acht hierbleiben, weil Mama nach der Arbeit noch in die Schule muss", erklärte er im Vorbeigehen.

Millard nickte. „Ja, stimmt. Das hat sie mir letzte Woche schon gesagt, ich hatte es nur wieder vergessen."

Millard saß in seinem Sessel und hatte die Zeitung und seine zweite Tasse Instant-Kaffee vor sich. „Ich habe gesehen, dass deine Schwestern am Samstagabend von einem Mann heimgebracht wurden."

Eigentlich hatte er sich fest vorgenommen, nicht gleich als Erstes danach zu fragen, sondern sich erst im Verlauf des Tages ganz unauffällig nach diesem Fremden zu erkundigen. Aber die Neugier quälte ihn so, dass er es nicht mehr länger hinauszögern konnte. „War das dein Vater?"

Der Junge warf ihm einen eigenartigen Blick zu und antwortete mit bitterer Stimme: „Nein."

Millard wartete.

„Das war Jack, der Ex meiner Mutter. Sie haben sich in der Pizzeria getroffen, weil sein Spiel ins Wasser gefallen war. Er ist Footballtrainer für die Kleinen. Mama musste dann früher heimkommen, wegen mir, Jack war mit den Mädchen aber noch bowlen."

Millards Beine waren übereinandergeschlagen, der obere Fuß wippte und spielte mit dem Pantoffel. „Ach so. Ist er nett?"

Tim zuckte die Schultern. „Er ist ganz okay." Er kickte seine Schuhe von den Füßen, ohne sie zu öffnen, ließ sich aufs Sofa fallen, zog seinen Rucksack zu sich heran, besann sich dann aber besser und ließ ihn wieder auf den Boden gleiten. „Er ist Sportfanatiker. Für ihn gibt es nur den Sport."

„Er war noch lange bei euch."

„Stimmt."

Millard hoffte, dass er noch mehr in Erfahrung bringen könnte, aber er wollte den Jungen auch nicht zu auffällig ausquetschen. Mit einem Zipfel seines Baumwollhemdes begann er, seine Brille zu putzen. „Ich dachte, das wäre dein Vater gewesen."

Tim starrte ihn bloß an und schwieg. Millard bewegte sich wohl auf verbotenem Terrain. Also setzte er sich die Brille wieder auf und wechselte das Thema. „Wie war dein erster Arbeitstag?"

„Der blöde Bulle hat mich im Regen schuften lassen." Tim legte sich aufs Sofa, verschränkte die Hände im Nacken und sah zur Decke.

„In dem Regen?" Millard fröstelte, als er daran dachte, was für ein heftiger Guss am Samstag niedergegangen war. Einen Augenblick lang dachte er, die Strafe sei wirklich ungewöhnlich hart dem Jungen gegenüber gewesen, aber dann durchzuckte eine Erinnerung seine Gedanken.

„Mein Vater hat mich auch einmal bei so einem Wetter hinausgeschickt. Ich sollte die Pferde in den Stall bringen. Da war ich ungefähr zwölf." Er hatte sich draußen auf den Weiden verlaufen, der Regen peitschte gegen sein Gesicht, und er hatte geweint. „Wir hatten eine Farm am Skagit River. Der Schnee aus den Bergen war geschmolzen und der Fluss war kurz davor, über die Ufer zu treten. Dann kam noch dieser Wahnsinnsregen dazu. Das werde ich nie vergessen." Er nahm einen Schluck Kaffee, der inzwischen nur noch lauwarm war, und legte den Kopf gegen die Rückenlehne. „Der Regen war so heftig, dass ich die Pferde nicht sehen konnte."

„Und dann?"

Millard öffnete die Augen. Tim hatte sich auf einen Ellbogen gestützt und sah ihn gespannt an. „Mein Vater und ein Nachbar von uns waren fast einen Kilometer weit entfernt und füllten Sandsäcke, um das Flussufer zu befestigen. Noch nie hatten wir den Fluss so hoch gesehen und alle hatten Angst. Wenn die Dämme das Wasser nicht hätten halten können, dann wäre unser Haus samt Stall und Scheune weggespült worden. Daher hatte mein Vater keine Zeit, sich um die Pferde zu kümmern, und ich musste das tun. Der Wind stieß mich hin und her. Endlich fand ich die kleine Herde, dicht zusammengedrängt in einem kleinen Wäldchen. Ich fühlte mich halb tot, als ich endlich einer der Stuten ein Halfter angelegt hatte. Ohne Sattel saß ich auf und konnte die Pferde endlich nach Hause führen."

„Und der Fluss?"

Millard ließ die Zeitung auf den Boden sinken. Es war lange her, dass sich jemand für die Geschichten aus seiner Jugend interessiert hatte. „An einigen Stellen kam der Fluss über den Damm, die Weide sah aus wie ein See, und im Stall stand das Wasser einen halben Meter hoch. Aber das Gute war, dass der Regen in letzter Sekunde aufhörte, ehe das Wasser in unser Haus drang. Noch ein paar Zentimeter, und es wäre über die oberste Treppenstufe am Hauseingang gekommen." Er lachte bei der Erinnerung. „Am nächsten Tag habe ich im Hühnerstall eine vier Kilo schwere Forelle mit bloßen Händen gefangen."

„Wow! Ich wünschte, so etwas würde hier auch mal passieren."

„Hast du vorhin nicht gesagt, dass du den Regen nicht mochtest?“

Tim verdrehte die Augen. „Dieser Regen war langweilig. Estrada ist ein richtiger Fiesling. Ich hätte genauso gut unter dem Vordach bleiben können, um ihm die Bretter anzureichen. Aber er hasst mich und hat mich mit Absicht gequält.“

Millard schürzte die Lippen und dachte nach. „Was denkst du, wie das kommt?“

Tim schnaubte und schüttelte den Kopf. „Er meint, ich hätte dieser alten Dame den Ehering gestohlen. Sie ist so etwas wie eine Verwandte von ihm und kann kaum laufen.“

„Und, hast du ihren Ring?“

„NEIN!“ Tim schnellte hoch, beugte sich vor und sein Blick heftete sich direkt auf Millard. „Keiner glaubt mir, aber ich habe weder ihren Ring noch den Schmuck meiner Mutter geklaut.“ Sein Gesicht verfinsterte sich. „Deshalb muss ich auch weg von hier. Alle werden mich immer für alles verantwortlich machen, was hier passiert – ich komme aus dieser Schublade nicht mehr heraus.“ Er trat gegen seinen Rucksack. „Ich hasse das.“

Millard war erstaunt. Etwas in dem Gesicht des Jungen und in seiner Stimme überzeugte ihn. Auch wenn alle Fakten dagegen sprachen – er glaubte Tim. Auf jeden Fall *wollte* er ihm glauben. Auch wenn er sich selbst nicht ganz verstand.

„Was ist mit dem Geld deiner Mutter?“

Tim starrte auf den Boden und schüttelte langsam den Kopf. „Wenn ich es auf ihr Geld abgesehen hätte, hätte ich mir das schon viel früher nehmen können. Diese Dose konnte ich schon mit acht öffnen.“

Er klang ehrlich. Wenn er seine Tat hätte vertuschen wollen, hätte er anders reagiert, überlegte Millard. Da fiel sein Blick auf die alte Uhr von Mollys Großvater. Fünf vor neun!

Oh nein! „Mist!“ Millard sprang auf. „Kannst du mir helfen, Junge? Rita ist in fünf Minuten hier.“

„Was?“

„Es muss so aussehen, als hätte ich die ganze Woche lang ihr blödes tiefgefrorenes Essen gegessen!“

Tim folgte ihm in die Küche. „Was soll ich machen?“

Millard war schon dabei, in höchster Eile Plastikbehälter aus dem Kühlschrank und dem Tiefkühlfach zu räumen. „Steck alles in den Müll. Ich spüle die Dosen ab.“ Tim zog den Mülleimer zu sich heran und begann, die eisigen Klumpen aus den Behältern zu lösen. Eine der Dosen nahm Millard ihm wieder aus der Hand und schob sie zurück in das Eisfach. „Die Kürbissuppe nicht, sonst schöpft sie Verdacht.“

Als Rita in die Einfahrt rollte, sank Millard gerade wieder in seinen Sessel und griff nach der Zeitung. „Nimm ein paar Bücher aus deiner Tasche, und tu so, als ob du lernen würdest.“

Schon stürmte Rita herein, eine Strähne ihres roten Haares hing über einem Auge. Mit dem Fuß schob sie die Tür zu, während Millard sich erhob, um ihr zu helfen. „Soll ich dir die Taschen abnehmen?“, fragte er höflich.

Sie warf einen Blick auf Tim, der am Esstisch saß und in ein Buch vertieft schien. Mit gerunzelter Stirn begrüßte sie ihren Vater: „Hallo, Papa.“ Tim sah auf, doch sie beachtete ihn nicht. „Was riecht denn hier so gut?“

Sie folgte dem Duft in die Küche, sah den Topf auf dem Herd und hob den Deckel. Zuerst schnupperte sie, dann nahm sie einen Löffel aus dem Schrank und probierte. Entrüstet machte sie den Topf wieder zu. „Will diese Frau dich umbringen? Für einen Mann in deinem Alter ist das doch viel zu scharf! Du wirst so schreckliches Sodbrennen bekommen, dass du eine Woche lang nur noch Babynahrung vertragen kannst.“ Sie schloss die Küchentür. „Wie läuft es?“, flüsterte sie und deutete mit einer Kopfbewegung Richtung Wohnzimmer.

Millard nickte, nahm die neuen gefrorenen Speisereste aus ihrer Tasche und das abgepackte, in Scheiben geschnittene Brot, das sie für ihn im Supermarkt gekauft hatte. „Gut, gut.“

„Gab es Probleme mit ihm?“

Die Szene vom letzten Mittwoch am Güterbahnhof stand Millard vor Augen, wie der Junge schrie: „Fahr doch zur Hölle!“ Millard konnte sich genau an das rasende Herzklopfen und die entsetzliche Angst erinnern, die er empfunden hatte, als er sich und den Jungen vom rollenden Zug abstieß. Unwillkürlich fasste er sich an die linke Schulter, die ihm immer noch wehtat. „Nein, ich kann mich an keine Probleme erinnern, außer dass ich ihn immer wieder motivieren muss, seine Schulaufgaben zu machen.“

Ritas Lippen verzogen sich zu einer unzufriedenen Linie. „Vater, sei vorsichtig. Du bist viel zu vertrauensselig. Aber glaub mir, es sind eine Menge Leute unterwegs, die nur ihren eigenen Vorteil suchen. Ich sage das nicht gern, aber ich fürchte, dass hier genau das läuft. Diese Frau – du kennst sie doch kaum. Sie lebt in einem Wohnwagen, ihr Auto ist ein Schrotthaufen, ihre Kinder sind kriminell. Aber sie ist ja nicht dumm. Sie schaut aus ihrem Fenster und sieht dein schönes, gepflegtes Häuschen und dein Auto, und sie kann sich vorstellen, dass du auch ein Sparbuch hast. Hat sie dich schon um Geld gebeten?“

Millard starrte seine Tochter an, dann ließ er den Kopf sinken. Hatte er sie zu dieser Einstellung erzogen? Er setzte sich an den schmalen Esstisch, der gerade genug Platz für zwei Personen bot und an der Wand unter dem Fenster stand, von dem aus man über die Wiesen auf den angrenzenden Wald sehen konnte. Von ihrer Mutter hatte sie diese negative, kritische Haltung jedenfalls nicht, das stand außer

Frage. Molly sah in jedem Menschen etwas Gutes, sie hätte auch an einem Mörder noch etwas Lobenswertes gefunden. Ob Rita ihr Misstrauen tatsächlich von ihm gelernt hatte? Er hatte immer frei heraus gesagt, was er dachte. Vielleicht vertrat er eine zu negative Weltsicht, die er zu offen zum Ausdruck gebracht hatte? Im Nachhinein hätte er das jetzt gerne geändert.

Rita zog die falschen Schlüsse aus seinem Schweigen. „Oh, Vater, also hast du ihr tatsächlich Geld gegeben!“ Das war keine Frage, sondern eine Feststellung. Sie seufzte, drehte ihm den Rücken zu, stützte sich mit beiden Händen auf die Arbeitsplatte und atmete tief durch. „Dan und ich finden, es wäre vielleicht eine gute Idee, wenn wir uns einmal zusammensetzen würden, um über finanzielle Dinge zu reden. Ich weiß, dass du genug Geld zum Leben hast, aber wir wissen gar nicht, wie hoch deine Ersparnisse sind und was sonst noch zu regeln wäre, wenn dir etwas zustoßen würde oder wenn sich deine körperliche oder geistige Verfassung verschlechtern würde …“

Sagte sie damit, dass sie seine geistige Verfassung jetzt schon für schlecht hielt? All die bissigen Kommentare, mit denen er sie sonst bei solchen Gesprächen bedachte, blieben heute aus. Er fühlte sich wie ausgehöhlt. Stattdessen wartete er einfach, ob noch mehr von dem aus ihr herauskam, was sie wirklich dachte.

Sie wandte sich ihm zu. „Ich denke, es wäre gut, wenn du mir eine Generalvollmacht für die Bank und alle finanziellen Dinge erteilen würdest.“

Er sah auf seine Hände herab. Die Venen traten blau hervor. Seine langen, faltigen Finger lagen auf der Tischplatte. Es ging um sein Geld. Sie hatte Angst, dass sie es nicht bekommen würde. Ihrer Meinung nach waren seine Tage gezählt; sein Leben war inhaltslos geworden und nun musste man sich entsprechend auf die Regelung des Endes einstellen. Sie war so voll eigener Ideen, so überzeugt von ihren Gedanken, dass sie ihn gar nicht mehr richtig wahrnahm.

Er stand auf. „Die leeren Dosen kannst du mitnehmen. Am Samstag gehe ich zum Markt; du brauchst mir nächste Woche nichts zu bringen."

Als Rita gegangen war, kehrte Millard in seinen Sessel zurück, das Kreuzworträtsel auf dem Schoß. Heute Morgen hatte er sich gut gefühlt, aber jetzt hatten ihn alle Kraft und jede Lebensfreude verlassen. Seine Tochter und ihre Kinder waren die einzigen Verwandten, die ihm geblieben waren, aber sie schienen nichts mehr mit ihm anfangen zu können. Er war für sie nutzlos geworden, eine bloße Belastung. Reines Pflichtbewusstsein ließ Rita jede Woche herkommen, und mit den Essensresten beruhigte sie ihr schlechtes Gewissen. Wenn er ihre gefrorenen Gaben nicht mehr annahm, womit würde sie dann ihre Seele beruhigen?

Sie hatte immer weitergeredet, während er sie zur Tür gebracht und verabschiedet hatte. Sein düsteres Schweigen schien sie nervös zu machen. Auch er war verwirrt. Hatte sie recht? Waren sein Bankkonto und das Grundstück, auf dem er lebte, das einzig Wertvolle an seinem Leben?

„Was hat sie gesagt?"

Tims Frage überraschte ihn. Der Junge saß nicht mehr am Tisch, sondern lag bäuchlings auf dem Sofa und blätterte in einem Buch, das vor ihm auf dem Boden lag.

„Warum fragst du?"

„Weil Sie einfach nur so dasitzen. Ich weiß, dass Sie gar nicht Ihre Zeitung lesen, denn Sie haben Ihre Brille nicht auf."

Millard antwortete nicht. Da drehte sich der Junge um, setzte sich hin und zog seine Knie ans Kinn. „Ging es um mich? Ich weiß, dass Ihre Tochter mich nicht leiden kann."

Millard schüttelte langsam den Kopf. „Nein, es ist wegen mir."

Tim sah ihn aufmerksam an. „Sind Sie traurig oder wütend?"

Ein hohles Lachen stieg in Millard auf. „Von beidem etwas. Aber ich glaube, ich bin vor allem traurig."

Der Junge nickte, als würde er ihn verstehen. Lange Zeit sagte keiner von ihnen ein Wort. In diesem Moment waren sie zu Leidensgenossen geworden, das spürten sie beide. Millard hätte gerne nach dem Schmerz gefragt, der sich in Tims Augen spiegelte, aber er schwieg genau wie Tim. Beide spürten, dass der andere noch nicht bereit war, sein Innerstes zu offenbaren.

„Was liest du denn da?"

Voller Abscheu sah Tim auf das aufgeschlagene Buch. „Gedichte. Schleimige Sprachscheiße."

Millard kicherte. „Das war nun auch schon fast poetisch. Vielleicht bist du in Wahrheit ein Dichter und weißt es nur noch nicht."

Tims Mundwinkel verzogen sich zu einem verächtlichen Ausdruck. „Es ist unglaublich bescheuert. Ich soll ein Gedicht suchen, das mir gefällt, und dann selbst ein ähnliches schreiben. Aber mir gefällt überhaupt nichts in dem ganzen Buch. Es geht immer nur um *Liebe*." Er legte den Kopf zur Seite und imitierte eine Mädchenstimme: *„… und zarte Blätter und Osterglocken …"*

Millard schloss die Augen. Ob er es noch zusammenkriegen würde? Die erste Zeile fiel ihm wieder ein, dann die nächste …

Sie arbeiten hart und ohne Sold,
die Männer auf der Suche nach Gold.
Die einsamen Straßen schweigen von dem,
was an Hoffnung und Unglück sie haben gesehn.
Nur das Nordlicht weiß von Schmerz und Not
der Männer, die hoffen bis zum Tod.

Doch keine Nacht war schwerer als die,
als ich das Grab grub für Sam McGee
am Ufer des Lake Lebarge.

Millard stockte, sah unsicher zu dem Jungen und stellte fest, dass dessen Augen gebannt an seinen Lippen hingen. „Das ist der Anfang eines Gedichtes von einem Mann namens Robert Service. Er hat eine ganze Menge davon geschrieben und sie in einem Buch veröffentlicht, das *The Spell of the Yukon* heißt."

„Können Sie es noch weiter aufsagen?"

Millard rieb nachdenklich sein Kinn. „Ich will es versuchen, mal sehen, wie viel mir noch einfällt:

Mister Sam McGee
kam aus Tennessee,
wo die Pappel duftend sprießt.
Doch er gab sie auf, die Heimat so schön,
um das ewige Eis der Arktis zu sehn.
Es war tödlich kalt,
doch das Land barg Gold,
dieses Wissen hielt ihn fest.
Wiewohl oft er sprach von der Sehnsucht tief
und der Hölle, die er in der Fremde durchlief ..."

Millard seufzte und suchte in seiner Erinnerung vergeblich nach dem nächsten Stück. „Aber etwas weiter am Ende des Gedichtes, da kann ich mich wieder an ein paar Zeilen erinnern:

Das Holz zerbarst, die Flamme schlug hoch,
eh ich grub in der Asche das tiefe Loch.
In der Erde heiß,
im arktischen Eis

begrub ich den Körper von Sam McGee,
dem tapferen Mann aus Tennessee."

Tim war völlig in den Bann des Gedichtes gezogen, er kauerte auf dem Sofa, mit vorgerecktem Hals wie ein Kojote, der vor dem Loch einer Ratte lauert.

Millard schüttelte bedauernd den Kopf. „Mehr kriege ich leider nicht mehr zusammen. Irgendwo muss ich das Buch aber haben." Dann fiel sein Blick auf die Uhr. „Na, so was, es ist ja schon fast Mittag und ich habe noch nicht einmal mein Kreuzworträtsel gemacht." Er schlug die Zeitung auf. „Du kannst dir ja schon mal was zu essen holen."

Tim stand auf und reckte und streckte sich, ehe er zur Küche ging. „Soll ich Ihnen auch was mitbringen?"

Millard sah überrascht auf. Kündigte sich hier Tauwetter an? Seit der Nacht, als er den Jungen am Güterbahnhof niedergerungen hatte, war etwas aufgebrochen. Damals waren Tims Tränen zwischen ihnen auf die kalte Erde gefallen und seither hatte sich ihre Beziehung zwar fast unmerklich, aber doch unaufhaltsam entspannt.

„Ja, das wäre nett von dir", sagte Millard. „Im Gefrierfach ist noch etwas von dem Brot von deiner Mutter. Vielleicht kannst du ein paar Scheiben in den Toaster stecken und ich suche so lange das Buch von Service."

Abends nach dem Essen brachte Millard seinen Müll nach draußen. Es war merklich kühler geworden. Tief sog er die würzige Nachtluft ein, die nach Bergen und Bäumen duftete. Beim Ausatmen bildete sich eine Nebelwolke vor seinem Mund. Der klare, dunkle Himmel war sternenübersät. Aus dem Wald war der Ruf einer Eule zu hören. Millard legte die Hände trichterförmig zusammen und imitierte das

Geräusch. Er wartete. Nur wenige Sekunden später war der Vogel erneut zu hören.

Millard stieß die Hintertür auf und rief nach drinnen: „Tim, komm mal."

Der Junge stellte sich neben ihn auf die Terrasse, zitternd vor Kälte. „Was ist denn los?"

„Hör mal." Millard hob die Hände, legte die Finger aneinander und ahmte wieder den Ruf der Eule nach. Sofort erklang die Antwort des Tieres aus der Dunkelheit. War der Vogel näher gekommen? Millard stieß wieder einen Ton aus. Beide warteten gespannt auf das Tier. Ob es sich wirklich anlocken ließe?

Da war es wieder! Es war eindeutig näher gekommen. „Sie kommt in unsere Richtung", sagte Millard und blies erneut durch seine Finger. Die Eule antwortete ihm. „Jetzt ist sie mitten auf der Wiese. Vielleicht dort in dem allein stehenden Ahornbaum?"

„Noch mal!", hauchte Tim fasziniert.

Millard brachte erneut den Schrei einer Eule hervor. Im nächsten Moment hörten sie das Schlagen großer Schwingen und sahen den riesigen weißen Vogel im blassen Mondlicht über ihre Köpfe gleiten. Die Eule ließ sich auf den weit ausladenden Ästen einer großen Tanne in der äußersten Ecke des Gartens nieder. Der Ast gab unter dem schweren Gewicht nach und der Vogel wippte wie auf einem Boot bei Seegang.

„Ist das cool!", flüsterte Tim hingerissen, „können Sie mir das auch beibringen?"

Millard nahm die Hände des Jungen in seine und legte sie zu einer Art Muschel zusammen. „Die Lippen musst du so spitz machen", erklärte er leise, „und pusten ganz weich aus den Wangen heraus."

Minutenlang probierten sie es, aber die unklaren, schwachen Geräusche, die Tim hervorbrachte, sprachen die Eule nicht an. Offensichtlich war sie enttäuscht, hier nun doch keinen Gefährten zu finden, und ließ sich auf einen Zaunpfahl gleiten, ehe sie wieder im Wald verschwand.

„Morgen kannst du weiterüben“, sagte Millard.

Es war eiskalt hier draußen, aber Tim hatte keine Eile, wieder ins Haus zu kommen. Mit zurückgelegtem Kopf sah er in den Himmel und hatte angesichts der Sterne alles um sich her vergessen. Seine Arme umschlangen seinen Körper und im Licht der Außenbeleuchtung stiegen große Wolken von Atemluft über seinem Gesicht auf.

„Du warst gut heute“, lobte Millard ihn, „zwei Seiten Mathe und dann noch der Einstieg in die Aufgabe mit dem Gedicht. Echt gut. Ich habe doch gewusst, dass du das schaffen würdest.“

Tim warf ihm einen unsicheren Blick zu. „Danke, dass Sie mir geholfen haben.“

„Gern.“ Der glitzernde Sternenhimmel hatte auch Millard in seinen Bann gezogen. „Junge, ich bin stolz auf dich.“

Kaum waren die Worte über seine Lippen gekommen, schreckte er innerlich zurück, als hätte er einen bitteren Geschmack im Mund. Hatte er diesen Satz jemals zu Jefferson gesagt?

Tim sah ihn an. Die Überraschung stand ihm ins Gesicht geschrieben, seine Gesichtszüge wurden weich, wenn auch immer noch ein gewisses Maß an Misstrauen übrig blieb. Sein Blick erinnerte Millard an den Ausdruck eines Hundes, den es nach längerem Zögern doch zur ausgestreckten Hand des freundlichen Fremden hinzieht, während seine schlechten Erfahrungen ihn angstvoll zurückhalten.

Millard musste sich räuspern. „Ich will dir noch etwas sagen. Mag sein, dass ich mich irre. Vielleicht bin ich wirklich nur ein dummer alter Mann, aber das glaube ich eigentlich nicht. Ich kann es zwar nicht beweisen, aber von meinem Gefühl her bin ich mir sicher, dass du weder den Schmuck deiner Mutter noch die Sachen von dieser alten Dame im Ort gestohlen hast."

Das blasse Mondlicht spiegelte sich in den Tränen des Jungen.

„Tim, ich glaube dir. Gott steh mir bei, wenn ich mich irre."

Kapitel 20

Celine rang sich ein Lächeln ab und winkte ihrem Sohn zu, der gerade im Wagen des Polizisten Platz genommen hatte. Heute Morgen war Tim rechtzeitig aufgestanden und startklar, als Estrada erschien. Celine brachte Tim zur Tür, bevor der Mann zum Haus kommen konnte. Dieser Kerl sollte seinen Fuß nicht noch einmal über ihre Schwelle setzen.

Der Polizist wollte gerade wieder einsteigen, als Mickis Wagen in die Einfahrt bog. „Moment!", rief sie und streckte ihren Blondschopf aus dem Wagenfenster. „Ich brauche mal kurz ein paar starke Männer!"

Celine stöhnte. *Oh, Micki!* Widerwillig ging sie die Stufen hinunter in den Hof.

„Celine, hey!" Micki rannte um ihr Auto herum und öffnete die Heckklappe, während der Polizist zögernd zu ihrem Wagen ging und Tim wieder ausstieg. „Mein Mann hat mir geholfen, das hier ins Auto zu heben", erklärte sie, „es ist viel schwerer, als ich dachte." Sie drehte sich um und sah Estrada an. „Tut mir leid, Sie damit zu belästigen." Errötend streckte sie ihm ihre Hand entgegen. „Ich bin Micki, eine Freundin von Celine."

Er nickte ergeben, während sie sich die Hand gaben. „Alex Estrada." Sein kurzer Blick zurück zu seinem Wagen verriet Celine, dass er sich nur ungern Zeit für diese Aufgabe nahm. „Was haben Sie denn da?"

„Das ist das Wohnzimmerbüfett meiner Großmutter." Sie streichelte Tim flüchtig über den Kopf. „Celine will ihn heute bemalen und lackieren, Sie wissen schon, mit Vögeln, Weinranken und so was. Vielleicht würde sich auch ein Hahn als Motiv eignen. Sie hat noch nie einen Hahn gemalt, aber für so eine begabte Künstlerin ist das sicher kein Problem. Haben Sie schon mal Celines Möbel gesehen?"

Celine versuchte, ihrer Freundin mit Blicken zu bedeuten, endlich den Mund zu halten, aber Micki beachtete sie gar nicht.

Estrada sah Celine an. „Die Möbel in Ihrem Haus, haben Sie die selbst bemalt?"

„Natürlich hat sie das alles selbst gemacht", antwortete Micki für sie. „Ich finde es so schön, wie sie diese antike Wirkung erzielt, indem sie etwas Schwarz über das Rot lasiert."

„Das ist mir auch aufgefallen", sagte er, ohne zu lächeln. „Gute Arbeit." Er schob die Ärmel seines grauen Sweatshirts nach oben, sodass seine muskelbepackten Arme sichtbar wurden, dann umfasste er den Schrank, kippte ihn an seinen Körper und wies Tim an, wie er mit anpacken sollte. „Ich ziehe ihn heraus, du nimmst dann das andere Ende."

Celine sah sofort, dass Tim das nicht schaffen würde, kam näher und packte mit ihm zusammen an.

„Er braucht Ihre Hilfe nicht", fuhr der Polizist sie an und Celine wich erschrocken zurück. Tim zischte etwas Unverständliches in Estradas Richtung und versuchte, den schweren Schrank alleine zu halten. Mit schier übermenschlicher Kraft, die nur aus seinem Hass auf Estrada rühren konnte, spannte Tim alle Muskeln. Selbst im Gesicht traten die Muskeln hervor. Celine wäre ihm so gern zu Hilfe geeilt, allein schon, um dem Polizisten Widerstand zu leisten, doch etwas hielt sie zurück.

„Wo soll er hin?" Estrada hielt den Schrank, als wäre er

aus Styropor, drehte sich um und ging rückwärts auf das Haus zu.

Eigentlich hätte Celine gern auf der Veranda hinter dem Haus gearbeitet, aber diesen weiten Weg wollte sie Tim nicht zumuten. „Heute wird es nicht regnen, also können Sie ihn gleich hier vorne abstellen." Tim stöhnte, als sie das schwere Möbelstück absenkten und auf den spärlichen Rasen neben dem Weg zur Haustür absetzten.

„Vielen Dank!", sagte Celine trocken.

„Sie waren unsere Rettung", kam Mickis überschwänglicher Dank. Sie wollte Tim umarmen, doch der machte sich steif wie ein Brett. „Was ist los mit dir, du starker Typ? Bin ich dir nicht mehr cool genug?"

Er bemühte sich um ein Lächeln und sah verlegen in die Richtung des Polizisten.

Estrada nickte ihm zu. „Los, lass uns gehen." Damit wandte er sich erneut seinem Wagen zu und Tim folgte ihm.

„Ich werde ihn abholen. Wann soll ich da sein?", rief Celine hinter den beiden her.

„Um drei." Ein angedeutetes Winken, dann fuhr der Wagen endgültig davon. Der Anblick ihres Sohnes im Polizeiauto versetzte Celine wieder einen Stich.

„Du liebe Güte", keuchte Micki, als der Wagen außer Sichtweite war, „was für ein Traum von Mann!" Gedankenverloren streichelte sie über die glänzende Oberfläche der Anrichte. „Damals, als Tim verhaftet wurde, ist mir das gar nicht aufgefallen. Ich hatte gar keine Zeit, auf ihn zu achten, weil ich so damit beschäftigt war, dir beizustehen. Und er trägt keinen Ring!"

„Micki, wie kannst du nur so etwas denken! Das ist ein total fieser Typ! Völlig gleichgültig, wie er aussieht, es kommt doch darauf an, was er für ein Mensch ist. Dieser Mann hat ein schwarzes Herz. Das sieht man doch auf den ersten Blick. Keine Ahnung, was mit ihm los ist, aber er hat nicht nur auf Tim einen Hass. Bei dem ist noch mehr nicht in Ordnung. Von ihm geht eine negative Wolke aus, als ob er zu viel Knoblauch gegessen hätte. Jeder, der ihm zu nahe kommt, riecht und spürt das."

Sie schüttelte sich. „Ich finde es jedes Mal furchtbar, wenn er hierherkommt. Tim muss mit ihm klarkommen, daran lässt sich nun nichts ändern. Diese Wochen sollen ja für Tim auch unangenehm sein. Aber ich will nicht, dass die Mädchen in den Dunstkreis dieses Mannes kommen. Sobald die Arbeitsstunden von Tim abgeleistet sind, hoffe ich, dass ich nie wieder etwas mit ihm zu tun haben muss. Zwölf Stunden hat Tim jetzt mit heute schon geschafft."

Micki zuckte mit den Schultern. „Gibt's was Neues von Jack?"

Celine hob eine Augenbraue und setzte sich neben den Schrank ins Gras. „Gestern Abend hat er angerufen, und ich habe ihn eingeladen, am Sonntag bei uns das Spiel anzuschauen. Wir haben lange geredet und er war wirklich nett. Ich habe den Eindruck, dass er sich immer mehr öffnet und allmählich wieder Vertrauen zu mir fasst. Bisher hat er sich eher wie so ein alter Fisch verhalten, der schon einmal gefangen und wieder ins Wasser zurückgeworfen wurde. Er ist vorsichtig. Dieses Mal will er sich innerlich nicht zu weit vorwagen." Sie lächelte vielsagend. „Du ahnst ja nicht, wie viele alleinerziehende Mütter vor nichts zurückscheuen, um ihn zu erobern. Welche Frau hätte nicht gern so einen sympathischen Mann, der ihr den Rasen mäht, das Geld verdient und sich hingebungsvoll um die Kinder kümmert?"

Micki kicherte. „Du hast die älteren Rechte."

„Ich habe überhaupt keine Rechte. Alles, was ich sagen kann, ist, dass er zu meinen Mädchen am letzten Samstag sehr nett war. Nachdem sein Footballspiel ins Wasser gefallen war, wollte er unbedingt noch mit ihnen bowlen. Dann brachte er sie heim, und während er hier die Sportschau sah, hat er noch mit ihnen Uno gespielt. Sogar Tim saß bei uns im Wohnzimmer, solange Jack da war. Er hatte es gar nicht eilig, nach Hause zu kommen." Sie sah Micki bedeutungsvoll an. „Und weißt du, wie er mich angeschaut hat?"

Micki wartete gespannt.

„Du weißt schon … der Blick von Richard Gere, als Julia Roberts in ‚Pretty Woman' mit diesem getüpfelten Kleid, den weißen Handschuhen und dem breitkrempigen Hut erscheint."

„Verstehe. Was hattest du an?"

„Jeans und ein T-Shirt. Aber darum geht es nicht. Ich meine diesen Blick der Bewunderung und der Begierde. Weißt du, wovon ich spreche?"

„Ich ahne, was du meinst. Aber geküsst hat er dich noch nicht?"

„Bisher hat er noch nicht mal mit mir Händchen gehalten. Ich habe schon überlegt, mir eine Scheibe Salami auf die Stirn zu kleben, um ihn etwas anzufeuern."

Micki schmunzelte. „Lass ihm Zeit. Wenn es so sein soll, dann wird es auch passieren. Wo sind denn die Mädchen?"

„Heute Morgen sind sie beim Fußball, nachmittags gehen sie in Dunbar Schlittschuh laufen. Gina Denton hat sie abgeholt. Ihre Tochter hat Geburtstag."

Celines Blicke schweiften über das herbstliche Panorama der blaugrünen Berge und der bunt gefärbten Blätter vor dem tiefblauen Himmel. Der Herbst war schon immer ihre liebste Jahreszeit gewesen. Sie nahm sich vor, ein paar frische rote Ahornzweige zu schneiden, um den herbstlichen Strauß auf ihrem Esstisch zu erneuern, der zu welken begonnen hatte. Tief sog sie die frische Bergluft ein und die pure Lebenslust rann durch ihren Körper. Mit ausgebreiteten Armen drehte sie sich in der Morgensonne. „Jippieh! Es ist Samstag! Keine Arbeit, keine Kinder, kein blöder

Bulle, nur meine Freundin und ich! Magst du heißen Apfelpunsch?“

Wenig später brachten die beiden Frauen ein Tablett mit einer Kanne würzigem Punsch und Kürbisbrotscheiben mit hinaus und stellten es auf der Treppe vor dem Haus ab. Micki trug die grüne Grundierung auf den abgenutzten Eichenschrank auf, während Celine auf einem alten Brett mit ihren Acrylfarben übte, Hähne zu malen.

„Mein Vermieter hat eingewilligt, einige Sträucher für das Grundstück zu kaufen, wenn ich sie einpflanze. Ich habe gefragt, ob wir nicht Rollrasen haben könnten, aber er meinte, das sei nicht nötig, die kahlen Stellen würden mit der Zeit auch von alleine zuwachsen.“ Celine malte rostrote Federn an den ausladenden Schwanz eines Hahnes. „Im nächsten Frühjahr will ich mir alte Ziegelsteine besorgen und eine richtige Terrasse anlegen. Dann werde ich ausgediente Eichenfässer suchen und sie als Pflanzkübel aufstellen.“

Micki trat von ihrer Arbeit zurück. „Muss ich das zweimal lackieren?“

„Nein, lass es erst mal trocknen. Nachdem ich das Muster aufgemalt habe, kommt der Schutzlack darüber, das reicht.“

„Gut. Und was willst du in deine Fässer pflanzen?“

„Geranien, Steinkraut, Kirschtomaten und Basilikum. Ringelblumen würde ich auch schön finden, aber die locken die Schnecken an. Die sind sogar schon bis in die Hängeschalen gekrochen.“

Sie war mit ihren Hähnen fertig und betrachtete das Brett mit etwas Abstand. „Vielleicht haben wir hier ja springende Schnecken.“ Bei der Vorstellung, wie die schleimigen Tiere in einer Vollmondnacht mit Anlauf aus der Wiese in die Hängepflanzenschalen hüpften, musste sie lachen. „Ich sollte sie einfangen, dann könnte ich mit ihnen mein Geld verdienen. *Kommen Sie nach Ham Bone zur Vorführung der springenden*

Schnecken und ihrer wagemutigen Dompteurin, der wunderbaren Celine Walker."

Micki lachte lauthals. Es war leicht, sie zum Lachen zu bringen, selbst wenn ein Witz nur mittelmäßig war. Celine hob ihr Übungsbrett hoch und präsentierte der Freundin ihre Hähne.

„Super!" Micki zeigte auf das Exemplar in der Mitte. „Den mag ich am liebsten. Die Schattierungen sind toll."

„Gut, so mache ich dann den großen Hahn in der Mitte." Sie wischte sich die Hände an einem feuchten Lappen ab und warf ihn Micki zu. „Kleine Pause?"

Sie setzten sich auf die Treppe, nippten an dem Apfelpunsch und aßen das leckere Brot. „Ich habe noch eine Idee, was ich mit meinen dressierten Springschnecken machen werde: Ich packe sie in ihren extra angefertigten Reisekäfig und bringe sie zu Estradas Haus. Dann lasse ich sie an die Fenster springen und alles einschleimen."

Micki prustete los und verschluckte sich.

„Doch", Celine klopfte ihrer Freundin auf den Rücken, „als hochintelligente Tiere würden sie nach entsprechender Ausbildung sicher in der Lage sein, auf jedes Fenster ‚blöder Bulle' zu schreiben, auch auf die Autofenster." Nun lachten und husteten beide.

„Was hast du eigentlich gegen ihn?", fragte Micki, als sie wieder zu Atem gekommen war, und wischte sich die Tränen aus den Augen. „Er tut doch nur, was zu seiner normalen Arbeit als Polizist gehört."

Celines Lachen verebbte und sie überlegte. „Ich weiß auch nicht, wie ich dir das erklären soll. Vielleicht ist es gar nicht so sehr das, was er tut, als vielmehr, welche Gefühle er in mir auslöst."

„Welche denn?"

„Keine Ahnung. Ich fühle mich schlecht. Wütend. Traurig."

„Denkst du, dass er Tim wehtut?"

Celine dachte kurz nach. „Er ist sehr kurz angebunden und herrisch Tim gegenüber, aber nicht persönlich verletzend. Tim sagte, er hasse ihn."

„Aber warum sollte ein erwachsener Ordnungshüter einen fünfzehnjährigen Jungen hassen, nur weil er etwas geklaut und eine Spielzeugpistole gezückt hat? Ich würde doch annehmen, dass er im Laufe seiner Berufsjahre schon mit weitaus schlimmeren Verbrechern zu tun hatte."

„Na ja, er denkt immer noch, dass Tim der Einbrecher war, der Emilias Schmuck gestohlen hat. Diese Emilia ist so etwas wie seine Pflegemutter. Sie wohnt neben dem Haus, in dem er aufgewachsen ist, und sie hat geholfen, ihn großzuziehen, nachdem seine Mutter gestorben war. Die beiden stehen sich sehr nahe."

„Du hast mir gesagt, du könntest dir vorstellen, dass Tim es getan hat, nachdem er sogar dein Geld und deinen Schmuck gestohlen hat. Vielleicht liegt Estrada also gar nicht so daneben?"

„Auf welcher Seite stehst du eigentlich?"

„Auf deiner. Ich bin deine Therapeutin und stelle dir jetzt so lange Fragen, bis wir der Sache auf den Grund gegangen sind. Warum fühlst du dich in der Nähe dieses Polizisten schlecht, wütend und traurig?"

Celine seufzte und sah zu den Bergen, ohne sie wahrzunehmen. „Wenn er auftaucht, habe ich immer das Gefühl, ich müsste mich schämen."

Woher kam das bloß?

„Aha, nun kommen wir der Sache schon näher."

Warum schämte sie sich? Sie war kein schlechter Mensch. Das stand für sie eigentlich außer Frage. Sie war ehrlich, arbeitete fleißig und war ihren Mitmenschen gegenüber hilfsbereit und meistens freundlich. Trotzdem – sobald Estrada auftauchte, war ihr, als müsste sie ihm etwas beweisen. War es seine Art, sie anzuschauen, die ihr immer das Gefühl gab, sie müsse sich verteidigen?

„Vielleicht hat es irgendwas mit Don zu tun. Während ich mit ihm zusammen war, hatte ich ständig dieses Gefühl. Ich war in seiner halblegalen Lebensweise gefangen, obwohl ich selbst ehrlich und anständig leben wollte. Du kannst dir nicht vorstellen, wie oft damals die Polizei vor unserer Tür stand. Don war meist unterwegs, manchmal tagelang, ohne dass ich wusste, wo er war. Ich stand barfuß in der Tür, ein Baby auf dem Arm, in einer abgewrackten Wohnung mit kaputten Autos vor dem Eingang. Ich habe immer versucht, ihn zu decken."

Die Unbeschwertheit des Morgens war verschwunden. Mickis Fragen rührten an einer tiefen Wunde. Alter Schmerz und Scham überrollten Celine. „Ich war so dumm damals! Und jetzt habe ich einen Sohn herangezogen, der auf dem besten Weg ist, so zu werden wie sein Vater." Sie schüttelte den Kopf. „Ich hätte mich früher von ihm trennen sollen, bevor Tim zu viel Schaden genommen hat. Ich hätte weit wegziehen sollen, irgendwohin, wo Don uns nie hätte finden können."

Micki nahm Celines Hand. „Du bist auf der richtigen Fährte. Mach weiter."

„Außerdem hätte ich weiter in die Kirche gehen sollen; das hätte mir geholfen und den Kindern auch. Früher waren wir regelmäßig im Gottesdienst. In der Zeit war alles noch besser."

„Was war besser?"

Celine seufzte. „Nachdem Don uns zum ersten Mal verlassen hatte, fing ich an, mit den Kindern in einen Gottesdienst zu gehen. Damals war ich schwanger mit Sissi, Tim war ungefähr sieben. Er und Rebecca gingen total gerne hin, und ich war froh, dass sie etwas über Gott lernten. Für mich selbst waren die Freundlichkeit der Leute, die ich dort kennenlernte, und die Wahrheit der Worte, die ich hörte, wie eine Oase mitten in der Wüste meines Lebens. Ich bekam wieder Hoffnung."

Sie zwirbelte an einem Faden, der sich am Knie ihrer Lieblingsjeans aus dem Stoff gelöst hatte. Die Hose war wie ein guter alter Freund; sie hatten zu viele gemeinsame Erinnerungen, als dass sie sich hätten trennen können. „Ich hätte Tim beibringen sollen, dass es Hoffnung gibt, auch wenn die Welt manchmal sehr dunkel aussieht. Er weiß nicht, dass es einen Gott im Himmel gibt, der auch dann für ihn sorgt, wenn alle Menschen ihn verlassen haben."

Duke war frei im Garten und auf dem Nachbargrundstück herumgerannt. Nun kam er hechelnd zu Celine, legte seinen Kopf auf ihr Bein und ließ sich kraulen. „Don kam und ging, und in all dem Chaos schafften wir es immer seltener in die Gemeinde. Als ich irgendwann wieder auf die Idee kam, abends mit den Kindern zu beten, verweigerte sich Tim. Er war vom Verhalten seines Vaters tief verletzt und konnte nicht glauben, dass es einen Gott im Himmel gibt. Auch mein Glaube war nur noch ein sehr schwaches Pflänzchen. Ich vergaß das Beten immer wieder, außer wenn die Situation zu verzweifelt wurde; dann erinnerte ich mich wieder daran. Von meiner Mutter kannte ich ein ganz anderes, konstantes Glaubensleben." Sie sah ihre Freundin von der Seite an. „Habe ich dir schon einmal erzählt, dass meine Eltern jeden Abend zusammen gebetet haben?"

Mickis Augen leuchteten. „Wirklich? Wie schön. Kein Wunder, dass sie so lange eine glückliche Ehe führten. Nein, davon hast du mir noch nie erzählt."

„Manchmal habe ich zugehört. Im Flur vor ihrer Schlafzimmertür war ein Heizkörper, darauf konnte man schön warm sitzen. Das war mein Lieblingsplätzchen. An ein Gebet kann ich mich noch besonders gut erinnern. An dem Nachmittag war ich bei einem Fußballspiel unserer Schule gewesen und ein Junge, den ich mochte, hatte sich mit mir verabredet. Ich war glücklich. Eigentlich freute ich mich darauf, Mama alles zu erzählen. Ich wollte meine Eltern aber auch nicht in ihrem Gespräch mit Gott unterbrechen."

Sie warf Micki einen schelmischen Blick zu. „Zu Gott sollte man nicht unhöflich sein. Wie auch immer, ich wartete also geduldig vor der Tür, da hörte ich Papa sagen: ‚Herr, ich bitte dich, dass Celine immer in deiner Nähe bleibt und nie von dir wegtreibt.'" Celine legte den Kopf in den Nacken und sah in den wolkenlosen, tiefblauen Himmel. „Von den vielen, vielen Gebeten, die ich im Laufe der Jahre mit anhörte, ist mir das am besten in Erinnerung geblieben."

Micki schwieg eine Weile. „Warum gehst du nicht einfach wieder in eine Gemeinde?"

Es war sinnlos, einer Frage auszuweichen, wenn Micki entschlossen war, auf den Punkt zu kommen. „Ich bin es nicht mehr gewohnt und mir fehlt die Disziplin."

Micki wirkte zufrieden. „Gut. Was haben wir also heute gelernt?"

Celine lächelte mit geschlossenen Lippen. „Geh wieder zur Kirche!"

„Was noch?"

„Alex Estrada ist nur ein Spiegel, in dem ich meine eigene beschämende Vergangenheit erkenne."

„Was werden die abgerichteten Schnecken also an die Fenster des Polizisten schreiben?"

„Alles Gute?"

Micki nickte zufrieden, tätschelte Celines Knie, erhob sich und streckte sich. „Gut gemacht. Unsere Therapiesitzung ist vorbei, Mrs Walker. Das macht dann zweihundert Dollar."

„Ihre Hilfe ist mir jeden Dollar wert. Setzen Sie es auf meine Rechnung", grinste Celine.

Millard Bradbury war aus der Tür gekommen. Er winkte zu ihnen herüber, während er sein Gartentürchen öffnete und zum Briefkasten am Straßenrand kam.

„Die Post ist noch nicht da, Millard!“, rief Celine, stand auf und ging ebenfalls zur Straße hin. „Samstags ist die Briefträgerin in letzter Zeit oft später.“

„Kein Problem“, antwortete er, „wenn ich zurückkomme, war sie bestimmt da.“

„Freust du dich, dass du heute freihast?“

„Ja, ich will mal ein paar Sachen erledigen. Ihr habt wohl auch allerhand vor heute.“ Er deutete auf den grünen Schrank und Micki winkte ihm. „Ich gehe zum Supermarkt. Soll ich dir etwas mitbringen?“

Ein Auto fuhr rumpelnd auf der Straße zwischen ihnen hindurch, und Celine wartete, bis es zwischen den Bäumen verschwunden war. „Nein, aber danke für das Angebot.“

Er nickte und wandte sich seiner Garage zu. Seine langen Arme schwangen im Rhythmus seiner Schritte. Ob er sich schon daran gewöhnt hatte, allein zu leben? Wenn er von seiner Frau sprach, dann klang das immer so, als sei sie nur mal eben rausgegangen, und er könnte durch die geschlossene Tür mit ihr über alles reden.

„Millard, hättest du Lust, morgen Nachmittag mit uns Football zu schauen?“

Er erstarrte. Celine wusste, dass er jetzt überlegte, wie er dieses völlig überraschende Angebot in sein geordnetes Leben einfügen könnte. Sein gewohnter sonntäglicher Ablauf würde durcheinanderkommen. Langsam drehte er sich um. „Ja, das wäre schön, wirklich schön. Wir werden bestimmt gegen die Cowboys gewinnen!“

Celine wusste gar nicht, wer gegen wen spielen würde, es war ihr auch egal. Wichtig war nur, dass Jack auch da sein würde. „Super. Dann komm einfach um dreizehn Uhr rüber.“

Winkend ging er weiter.

„Die Farbe ist trocken“, stellte Micki fest. „Jetzt sind die Hähne dran!“

Am Nachmittag schmückte ein prächtiger Hahn die ovale, mit einem geschnitzten Rahmen versehene Fläche vorne in der Mitte des alten Erbstücks.

„Weniger ist mehr“, hatte Celine ihrer Freundin klarzumachen versucht und nur einen Hahn gemalt. Die Schwanzfedern des Tieres strahlten in allen Schattierungen von Rostrot über Lila bis Schwarz, Weinranken folgten dem Verlauf der Schnitzereien, und Celine musste selbst zugeben, dass das Stück wirklich meisterhaft gelungen war.

„Jetzt noch der Lack, dann sieht es echt antik aus“, meinte sie und betrachtete ihre Arbeit von der Treppe aus. Sie hatte mit Ei gefüllte Tortillas gemacht und die Apfelpunschkanne wieder aufgefüllt. Mit einem Blick auf ihre Uhr stellte sie fest, dass es bald Zeit war, Tim wieder abzuholen.

„Wir können das gute Stück jetzt einfach abdecken. Dennis wird es morgen abholen; den Lack kann ich auch zu Hause auftragen.“

Sie hörten, wie ein Auto sich den Hügel hinaufquälte. Dann wurde ein heruntergekommener Wagen zwischen den Bäumen sichtbar; vorne war er grau, seitlich und hinten schwarz lackiert. Es war das gleiche Auto, das vorhin schon hier vorbeigekommen war, als sie mit Millard gesprochen hatte. Als das Fahrzeug am Straßenrand unweit ihres Hauses anhielt, wurde Celine neugierig. Vielleicht hatte der Fahrer einen Hirsch oder etwas Ähnliches am Waldrand entdeckt?

Plötzlich fuhr der Wagen weiter und bog direkt in ihre Einfahrt. Celines Tortilla fiel ihr aus der plötzlich kraftlos gewordenen Hand. „Oh Gott, bitte nicht!“

Micki schnappte nach Luft. „Ist das Don?“

Jede einzelne Nervenzelle in Celines Körper schrie Alarm. Reglos beobachtete sie, wie ihr Ex-Mann ausstieg und sich streckte, als hätte er lange am Steuer gesessen. Dann hob er den Kopf und schaute in ihre Richtung. Da war es wieder, dieses ungeheuer selbstbewusste Lächeln, mit dem er ihr zu verstehen gab, dass sie heute die Glückliche war, der er seine Zuwendung schenkte. Sie griff nach Mickis Arm.

„Schon gut", beruhigte Micki sie flüsternd, „ich gehe nicht weg."

Duke verschlang unauffällig die Reste des vergessenen Mittagessens und sah vorsichtig zur Einfahrt. Er bellte nicht, er knurrte auch nicht. Er kannte Don. Wachsam beobachtete der Schäferhund den Besucher.

„Guten Tag, die Damen!" Don kam auf sie zu. Dünner sah er aus. Die schwarze Hose saß eng, silberne Nieten zogen sich in einer Reihe vom Knie bis zu den schwarzen Stiefeln. Das verwaschene schwarze T-Shirt trug einen Aufdruck, der von dem offenen Baumwollhemd teilweise verdeckt war.

Gott sei Dank waren die Kinder nicht da. Seit über einem Jahr hatten sie ihren Vater nicht gesehen, und das war auch gut so.

Celine hob das Kinn: „Was willst du denn hier?"

„Ich komme gerade von einem Auftritt in Seattle." Er betrachtete das Haus und den Garten. „Wo sind meine Mädchen?"

„Da hast du heute Pech, sie sind den ganzen Tag über unterwegs." Alles in ihr zog sich zusammen, als sie die tätowierte blaue dämonische Klaue sah, die vorn am Hals aus seinem T-Shirt lugte und nach seiner Kehle zu greifen schien. Das war neu. Sie wollte sich gar nicht vorstellen, wie die Tätowierung unter dem Hemd wohl weitergehen mochte. „Vielleicht solltest du nächstes Mal lieber vorher anrufen."

„Tja." Er streckte Duke seine Hand entgegen. „Hey, alter Junge." Duke schnupperte sorgfältig und setzte sich auf die

Hinterläufe, während er Don nicht aus den Augen ließ. Celine staunte über seine vorsichtige Zurückhaltung.

„Wie heißt er noch mal?"

„Duke."

„Stimmt ja. Und wer bist du?", fragte er und sah auf Micki herab. Celine hatte es absichtlich unterlassen, die beiden einander vorzustellen. Ihre Freundin hatte ihn offensichtlich von den Familienfotos an Celines Wänden erkannt, auch wenn der ehemals attraktive Mann sehr gealtert war. Sein braunes Haar fiel ihm lang und ungepflegt auf die Schultern, Falten hatten sich um Mund und Nase eingegraben und seine Augen waren rot gerändert, als wäre er erkältet.

„Micki." Sie verschränkte die Arme und lächelte nicht.

Ohne großes Interesse wanderten seine Augen über das frisch bemalte Möbelstück hinauf zu den Bergen mit ihren schneebedeckten Gipfeln. Er atmete tief durch. „Das hab ich echt vermisst. Als ich heute Morgen diesen blauen Himmel sah, war mir klar, dass ich hierherkommen muss." Er drehte sich nach dem schrottreifen Auto um. „Der Wagen gehört mir nicht. Ich habe ihn mir nur von einem Freund ausgeliehen. Mein eigener Wagen ist vollkommen restauriert, ein Traum von einem 69er Camaro. Selbst ältere Damen drehen sich um, wenn ich damit vorbeifahre."

Wahrscheinlich vor allem ältere Damen, dachte Celine. „Na, dann scheint es dir ja gut zu gehen." Ihr kam der Gedanke, die Polizei zu rufen, solange Don noch hier in ihrem Hof stand. Er schuldete ihr so viel Kindesunterhalt, dass sie dieses Auto sofort bekommen müsste und noch ein paar weitere Oldtimer dazu. Allerdings bezweifelte sie, dass es diesen Camaro wirklich gab. Aber das war alles viel zu kompliziert. Ihre größte Sorge war im Moment, dass Don verschwinden musste, ehe er Tim wieder verletzen konnte.

„Du musst bestimmt gleich wieder weiter. Wo ist denn dein nächster Auftritt?" Sie hoffte, dass er mindestens in

Russland war, wenn möglich noch weiter weg. Ob man in Moskau gerne Rockabilly hörte?

„Na ja, die Band gibt es sozusagen zurzeit nicht." Er versuchte, seine Brust vorzuwölben, hatte aber so viel an Gewicht verloren, dass es nicht sehr überzeugend aussah. Von dem stolzen Hahn war nicht mehr viel übrig geblieben. „Du kennst mich doch. Wenn es um Musik geht, bin ich Perfektionist. Wer es nicht wirklich kann, soll es bleiben lassen. Ich habe die ganze Zeit versucht, Sammy und Rondo anzustacheln, sich mehr Mühe zu geben und sich richtig reinzuknien, verstehst du? Aber sie haben mein Niveau einfach nicht erreicht. Ich musste sie feuern ...", seine Augen wurden zu Schlitzen, „... jeden Einzelnen von ihnen."

Klar. Genau. Celine wusste, dass sie ihm nicht glauben konnte; sie sah zwei Wörter geradezu auf seiner Stirn geschrieben: *Verlierer* und *Lügner*. Falls überhaupt irgendeiner aus der Band geschmissen worden war, dann war das Don. Er war ein Wrack und vermutlich wieder auf Drogen, daran gab es keinen Zweifel. Seine Augen logen noch nicht so gut wie sein Mund.

„Aber das ganze Rockerleben ist auch gar nicht so toll, wie man immer denkt. Die Fans, der Jubel, die ewige Fahrerei, stundenlang mit denselben Typen in einem Bus eingesperrt ..." Er schüttelte den Kopf. „Mit der Zeit ödet es einen an. Ich denke, ich werde mich wieder häuslich niederlassen, an einem ruhigen Plätzchen fernab vom Trubel." Er verschränkte die Arme vor der Brust; dabei zog sich sein T-Shirt nach unten und entblößte ein weiteres Stück des blauen Armes mit der dämonischen Kralle. Er grinste auf Celine herab. „Im tiefsten Innern bin ich einfach ein Familienvater."

Celine gefror das Blut in den Adern.

„Ich habe mir überlegt", verkündete er, „wieder nach Ham Bone zu ziehen."

Kapitel 21

Dabei hatte dieser Tag so schön angefangen. Aber als Celine nun unterwegs war, um Tim zu holen, echote Dons Satz in ihren Gedanken wie eine teuflische Drohung, immer und immer wieder: *Wieder nach Ham Bone ziehen. Wieder nach Ham Bone ziehen. Wieder nach Ham Bone …*

„Oh Gott, bitte nicht!“ Laut schrie sie ihre Angst hinaus; sie war im Auto, niemand konnte sie hören. War das nun die Antwort auf ihre Gebete? Hatte Gott sie überhaupt gehört? Sie hämmerte auf das Lenkrad ein. „Wie kannst du das zulassen?“

Als sie in Emilias Straße einbog, begann der Wagen zu stottern, und seltsame Geräusche kamen aus dem Motorraum. Erschrocken beobachtete sie, wie ihr Auto langsamer wurde, ruckelte und sich schließlich nur noch in kleinen Sätzen vorwärtsquälte. Dabei hatte sie auch so schon Verspätung. Alex Estrada hatte ihr gesagt, sie solle Tim um 15:00 Uhr abholen, nun war es schon fünfundzwanzig Minuten später. Es war gar nicht so einfach gewesen, Don wieder loszuwerden. Auf keinen Fall wollte sie, dass er noch da war, wenn die Kinder heimkamen.

„Nun komm schon, bitte!“, versuchte sie, ihrem Auto gut zuzureden. Der Polizist würde nicht erfreut sein, dass sie ihn warten ließ. Zum Glück war sie jetzt nur noch wenige Querstraßen von Emilias Haus entfernt. Das Auto kämpfte sich voran. Als sie noch ein paar Meter vom Ziel entfernt war, gab der Motor ein letztes Husten von sich, dann war er endgültig aus. Da es bergab ging, rollte sie noch das letzte Stück und konnte schließlich am Straßenrand vor dem rosaroten Haus parken. Alex, Emilia und ein älterer Mann mit Cowboyhut saßen auf der Veranda vor dem Haus. Tim hatte den Kopf in die Hände gestützt und hockte auf der Treppe.

Sie zog die Handbremse an und stieg aus. „Tut mir leid, dass ich zu spät bin!“

Emilia winkte und lächelte. „Ich habe mich schon auf Sie gefreut!“ Sie trug einen langen, bunten Rock mit einer lose darüberhängenden, hauchdünnen Bluse und sah aus wie eine alte Hippiebraut, abgesehen vielleicht von den weißen Tennissocken und den Turnschuhen. „Kommen Sie und trinken Sie einen Tee mit uns. Ich habe Tamales gemacht.“

Estrada sah nicht gerade begeistert aus über diese Einladung. Celine vermied es, ihn anzusehen, während sie näher trat. „Oh, Emilia, vielen Dank für die Einladung, aber –“

Emilia stämmte sich mühsam aus dem Stuhl hoch und griff nach ihrem Rollwagen. „Ich will gar nichts hören. Letztes Mal hatten wir nur so wenig Zeit zusammen.“ Sie sah Alex und den anderen Mann an. „Dieses Mädchen hat etwas Besonderes an sich, und ich werde herausfinden, was es ist. Alex, wo bleibt deine gute Erziehung? Du hast die beiden noch gar nicht miteinander bekannt gemacht.“

„Na ja, so viel Gelegenheit hatte ich ja auch noch nicht“, gab er zurück und sagte dann folgsam: „Celine Walker, das ist mein Vater Enrique Estrada.“

Das Gesicht des alten Mannes legte sich in unzählige Lachfalten. Er legte das Schnitzmesser und das Stück Holz, das er zwischen den Knien gehalten hatte, zur Seite, hob seinen Cowboyhut und enthüllte eine braun gebrannte, hohe Stirn und ein schön geschnittenes Gesicht mit einem gepflegten grauen Schnurrbart. Abgesehen davon, dass seine Augen warm leuchteten, konnte man sich vorstellen, dass

Alex in dreißig oder vierzig Jahren auch so aussehen würde. An seinem Stuhl lehnte eine Gitarre. Er streckte seine von Wind und Wetter gegerbte Hand aus. *„Mucho gusto“*, sagte er. „Ich freue mich, Sie kennenzulernen.“

„El gusto es mio“, erwiderte Celine und freute sich, dass die zwei Jahre Spanischunterricht an der Highschool doch nicht ganz umsonst gewesen waren. Bisher hatte sie ihre Spanischkenntnisse eigentlich nur in mexikanischen Restaurants einsetzen können. Dabei konnte sie ihre Freunde mit ihrem Spanisch aber immer nur so lange beeindrucken, bis der Kellner anfing, sich mit ihr auf Spanisch zu unterhalten. Dann kam sie ganz schnell nicht mehr mit.

„Ah, hablas español“, freute er sich und sah zu seinem Sohn, als wäre es eine gute Nachricht für Alex, dass sie Spanisch konnte. *„¡Y que bonita!“*

Nun wurde Celine verlegen.

„Ja, sie ist wirklich sehr hübsch“, pflichtete Emilia ihm bei. „Celine, könnten Sie mir bitte helfen?“ Sie schob ihren Gehwagen zur offen stehenden Haustür.

Celine sah sich nach Tim um. Sein dichtes Haar hing ihm in die Stirn. Seine Augen verdunkelten sich, als sie Emilia ins Haus folgte. Er wäre jetzt sehr viel lieber nach Hause gegangen. „Tim, ich werde Emilia ein bisschen helfen.“

Seine Schultern sanken nach unten.

„Wenn du willst, kannst du noch weitermachen“, sagte Estrada, „die Zeit zählt dann weiter.“ Er stand auf, schob seine Ärmel hoch und wandte sich an Celine. „Ich werde mal nachschauen, was mit Ihrem Auto los ist. So, wie das eben klang, als Sie hier vorfuhren, kommen Sie überhaupt nicht mehr weg.“

„Das stimmt, es klang überhaupt nicht gut! Das ist sehr nett von Ihnen.“

„Komm, Vater.“ Er half seinem Vater aus dem Sessel. „Hilf mir mal.“

Celine folgte Emilia ins Haus. „Hier riecht es aber lecker."

„Das ist der Apfelkuchen. Immer um diese Zeit im Jahr halten mich Enriques Äpfel auf Trab." Emilia stützte sich auf den Herd und schaltete den Ofen ein. „Ich wollte die Tamales erst warm machen, wenn Sie da sind, sonst werden sie nachher zu trocken und schmecken nicht mehr gut."

Celine fragte sich, wie lange das Warmmachen wohl dauern würde, doch im nächsten Augenblick erinnerte sie sich wieder daran, dass sie ohnehin nicht nach Hause fahren konnte. Hoffentlich bekam Alex ihr Auto flott. „Was kann ich tun?"

„Bitte geben Sie mir die Teekanne, die auf dem Kühlschrank steht." Emilia holte zwei große Gläser aus dem Schrank. „Schon die ganze Woche freue ich mich auf diesen Besuch", sagte sie, während Celine eingoss. „Ich habe hier so selten Frauen um mich." Damit schob sie ihren Gehwagen wieder ins Wohnzimmer und steuerte auf ihren Sessel zu.

Tim schaute herein und seufzte, als er sah, wie Celine und Emilia sich mit ihren Teegläsern hinsetzten. „Na, dann werde ich wohl noch ein bisschen arbeiten", meinte er.

Celine lächelte ihn an: „Ist doch gut für dich."

„Wir rufen dich, wenn die Tamales fertig sind", sagte Emilia. „Du magst doch meine Tamales, stimmt's, Tim?"

Tim begann zu nicken und erstarrte plötzlich mitten in der Bewegung. Er blinzelte erschrocken und starrte Emilia an.

„Komm her", sagte sie. Er zögerte, dann näherte er sich vorsichtig. Sie strich ihm über die Wange und gurrte: „Niemand kann meinen Tamales widerstehen, ob jung oder alt, der Duft zieht sie alle an, von der Straße oder aus dem Wald. Es war mein Fehler, dass ich sie zum Abkühlen auf die Veranda hinter dem Haus gestellt hatte." Ihr Daumen streichelte immer noch seine Wange.

Er richtete sich auf und wich zurück. Celine verstand nicht, um was es ging, aber den Ausdruck in Tims Gesicht kannte sie. Am liebsten wäre er jetzt davongerannt. Er drehte sich um, als wollte er gehen, doch kurz vor der Tür blieb er stehen. Sein Kopf sank auf die Brust. „Ich habe das Seil genommen, das an der Hintertür hing“, murmelte er, „die Plane und die Machete. Außerdem ein scharfes Messer aus Ihrer Küchenschublade.“ Celine sah, wie sich die Schultern ihres Sohnes plötzlich strafften, als wären sie von einer schweren Last befreit. Er drehte sich um, seine Augen wanderten zwischen Emilia und seiner Mutter hin und her. „Ich kann alles wieder zurückbringen, nur die Tamales nicht. Alles andere habe ich im Wald versteckt.“

Celines Augen wurden feucht. *Los, Tim, komm schon, sag alles.* Sie wartete und hielt gespannt den Atem an. Emilia lächelte geduldig.

„Ich weiß nicht, wer Ihren Schmuck gestohlen hat, aber ich war es nicht.“

Emilia atmete tief durch. Sie sah Tim an. „Na schön“, seufzte sie. „Dann hatte ich wohl in einer einzigen Nacht gleich zwei Einbrecher.“

Tims Gesichtsausdruck wurde wieder hart: „Wahrscheinlich.“ Die Dielenbretter knarrten, als er nach draußen stürmte.

Celine zitterte. Er hätte sich entschuldigen müssen. Sie sollte ihn zurückholen und dafür sorgen, dass er es tat. Aber welchen Nutzen hatte eine erzwungene Entschuldigung? Wie gerne hätte sie geglaubt, dass ihr Sohn wirklich nur die genannten Dinge gestohlen hatte, aber es war nicht logisch. Er hatte nicht alles gesagt. Natürlich – wenn er zugegeben hätte, den Diamantring gestohlen zu haben, wäre er in ernsthaften Schwierigkeiten. Was er soeben zugegeben hatte, war eine belanglose Sache, gemessen an dem Schmuckdiebstahl.

„Emilia“, ihre Stimme bebte, „bitte entschuldigen Sie.“ Sie konnte die Tränen nicht mehr zurückhalten und verbarg ihr Gesicht in den Händen.

Der Sessel der alten Dame quietschte und Celine fühlte eine Hand auf ihrem Kopf: „Weinen Sie nur, das tut Ihnen gut.“

„Es tut mir so leid“, schluchzte Celine, als sie wieder sprechen konnte, „das ist heute einfach ein furchtbarer Tag.“ Emilia gab ihr ein Taschentuch und sie putzte sich die Nase. „Tim ist eigentlich gar nicht so.“ Emilia schaute sie verständnisvoll an. „Der Junge hat wirklich ein gutes Herz“, beteuerte Celine, „aber er braucht dringend etwas, was ich ihm nicht geben kann. Es ist, als würde er innerlich zerfressen, schon seit langer Zeit. Bitte, Emilia, setzen Sie sich wieder, mir geht es wieder besser.“

Emilia kehrte zu ihrem Platz zurück, indem sie sich schwer auf einen kleinen Beistelltisch stützte, ehe sie sich wieder in den Sessel fallen ließ. „Vielleicht fühle ich mich deshalb so zu ihm hingezogen“, überlegte sie. „Er hat diesen verwundeten Blick, so ähnlich wie Alex damals, als seine Mutter starb. Damals habe ich mich oft gefragt, ob das Herz dieses Jungen jemals wieder heil werden kann.“

Das klang für Celine nicht gerade ermutigend. Nach allem, was sie wusste, war Alex über den Schmerz nie hinweggekommen.

„Es ist geheilt“, fuhr Emilia fort, „aber es hat viel Zeit und viel Liebe gebraucht.“

Celine beugte sich vor, um aus dem Fenster sehen zu können. Alex und sein Vater beugten sich in den Motorraum ihres Autos, ein roter Werkzeugkasten stand neben ihnen. Tim hatte gerade damit begonnen, Nägel in ein Holzgerüst zu schlagen, das zur Verschalung für die Rampe gehörte. Die Teile lagen noch unverbunden im Gras, doch Tim schien genau zu wissen, was er zu tun hatte. Alex sah über die Schulter zu ihm hin und wandte sich dann wieder seiner eigenen Arbeit zu. Anscheinend vertraute er Tims Fähigkeit, diese Arbeit alleine durchzuführen.

„Emilia, ist sein Herz wirklich geheilt? Es fällt mir nicht leicht, das zu sagen, aber manchmal wirkt er so, so …“, sie suchte nach einem Wort, das nicht zu negativ klang. „… so kalt. Ich weiß auch nicht, vielleicht ist er nur mir gegenüber so.“

„Er hat Angst vor Ihnen“, erklärte Emilia und klang dabei leicht ungeduldig, als wäre dieser Zusammenhang selbstverständlich.

Celine lachte auf. „*Angst* vor mir?“

„Weil Sie so schön sind. Schon allein deshalb wirken Sie verdächtig.“

„Moment, das habe ich jetzt nicht verstanden.“

Emilia holte tief Luft und sah zur Seite. „Ich sollte nicht darüber sprechen.“ Sie schloss den Mund, doch Celine hatte das Gefühl, dass sie schrecklich gern weitergesprochen hätte. „Vielleicht wird er es Ihnen eines Tages selbst erklären.“

Celine winkte ab. „Das glaube ich kaum. Das Einzige, was ihn und mich verbindet, ist unsere Sympathie für Sie.“

Emilia grinste. „Na, das ist doch ein guter Anfang. Ich mag Sie auch. Das weiß ich seit dem Augenblick, als Sie versuchten, Ihr Lachen zu unterdrücken, als Alex sich auf den Daumen gehauen hatte.“

Beide lachten. „Dabei ist es wirklich nicht schön, sich am Schmerz eines anderen zu erfreuen!“ Celines Blick fiel auf den Staub, der auf dem Fernseher lag. Ob es unhöflich wäre, Emilia ihre Hilfe anzubieten? Sie kannten sich noch nicht lange, aber sie hätte der kranken Frau gern das Haus geputzt.

„Der alte Fernseher geht schon seit Jahren nicht mehr. Aber ich stelle gern meine Pflanzen drauf.“ Es gab viele

Pflanzen in Emilias Haus: Veilchen, eine Lilie und eine Menge Farne. Emilia nahm einen Schluck Eistee. Mehrere Perlenketten hingen über ihrer orangefarbenen Bluse, und im Türkis der Ohrringe spiegelte sich die Farbe des Rocks wieder. „Celine, was hat Ihren Tag so furchtbar gemacht?"

Celine schaute nachdenklich in ihr Teeglas. „Mein Ex-Mann ist aufgetaucht. Er war schon sehr lange nicht mehr hier." Wie sollte sie die vielen hässlichen Details ihrer letzten Jahre in einer kurzen Geschichte zusammenfassen? „Er ist ein schlechter Mensch. Tim und die Mädchen hat er immer nur angelogen. Wenn er kam, war er überschwänglich nett zu ihnen und sprach mit ihnen über all die tollen Dinge, die er mit ihnen unternehmen wollte. Und dann war er wieder weg. Er hat sie nie angerufen und ihnen nie geschrieben." Sie drehte den Kopf zur Seite. Die Tränen kamen schon wieder. Was war nur heute los mit ihr? „Er will wieder nach Ham Bone ziehen und ein Familienvater werden, hat er mir vorhin erklärt."

„Sind Sie sicher, dass er sich nicht verändert hat?"

„Er hat sich verändert, aber zum Schlechteren." Celine hob den Blick und betrachtete ein altmodisches, gerahmtes Bild auf Emilias Bücherregal. Es zeigte Jesus, den guten Hirten. Sie wandte den Blick wieder Emilia zu und fuhr traurig fort: „Am meisten Sorgen mache ich mir wegen Tim. Er ist seinem Vater gegenüber so extrem verletzlich. Dieser Mann hat ihn schon so oft enttäuscht. Doch obwohl er wütend ist, geht er jedes Mal wieder auf ihn zu, wenn er auftaucht. Er möchte seinem Vater einfach glauben. Sein Vater ist für ihn vertrauenswürdig, immer und immer wieder. Dabei bricht es ihm das Herz. Was Tim mehr als alles andere auf der Welt bräuchte, wäre ein Vater, dem er wirklich vertrauen kann." Sie seufzte. „Dafür bete ich."

Emilia beugte sich vor. „Nun, wenn Sie beten, dann wird sich bestimmt alles zum Guten wenden."

Celine lachte bitter. „Ich weiß nicht, Emilia, ob das so einfach geht. Zurzeit habe ich eher das Gefühl, ich weiß gar nichts mehr. Mein Leben gerät immer mehr aus den Fugen."

Emilia setzte ihr Glas mit einem lauten Klirren auf den kleinen Tisch neben ihrem Sessel und sah die jüngere Frau eindringlich an. „Sie müssen sich entscheiden. Wollen Sie sich von Ihren Gefühlen leiten lassen? Oder von Gott? Ihr Leben haben Sie sowieso nicht im Griff."

Celine starrte sie an. Auf was wollte die Dame hinaus?

„Sie sagten, Sie würden beten. Wollen Sie Gott aber wirklich vertrauen, dass er Sie führt?"

Motorengeräusche drangen vom Straßenrand an ihr Ohr. Das Auto sprang kurz an, dann war es schon wieder aus. Celine sah, wie Enrique seinen Kopf aus der Fahrertür lehnte und etwas zu seinem Sohn sagte. Alex antwortete auf Spanisch, nahm ein anderes Werkzeug aus dem Kasten und verschwand wieder unter der Motorhaube. Nur seine Jeans war noch zu sehen. Tim arbeitete ebenso eifrig. Er war so schnell und konzentriert bei der Sache, dass es fast den Anschein hatte, als würde ihm die Aufgabe Freude machen. Er sah jedenfalls nicht aus wie jemand, der nur widerwillig seine Pflichtstunden ableistete. Celine freute sich darüber.

Gott, es tut mir leid, ich habe dir nicht vertraut, betete sie leise. *Bitte beschütze meinen Sohn. Es ist mir egal, wie, aber bewahre ihn vor Don und heile sein Herz.*

„Ich glaube, so langsam müssten die Tamales fertig sein", erklärte Emilia und erhob sich langsam. Genau in dem Moment sprang der Wagen an. Er klang immer noch nicht wirklich rund, aber schon viel besser als noch vor einer halben Stunde.

„*¡Ya está lista la comida!*", rief Emilia von der Haustür aus in den Garten.

Die Männer gingen zum Waschbecken auf der hinteren

Veranda und versuchten, das schwarze Öl von ihren Fingern zu schrubben, während Celine half, die fertigen Teigrollen in einen mit Stoff ausgeschlagenen Korb zu legen und diesen beladen mit Papptellern, Tortillachips, grünen Chilischoten und roter Salsa vors Haus zu tragen.

Celine überlegte, ob sie noch verheult aussah, aber es spielte keine Rolle. Gut, dass Sissi und Rebecca erst später am Abend heimkommen würden. So konnten sie und Tim sich hier bei Emilia noch ein wenig ausruhen. Dieser Oktobernachmittag war so schön, es duftete nach Mais und Holz und die Sonne hatte sogar noch ein wenig wärmende Kraft.

Alle versammelten sich um den Tisch auf der Veranda, nur Tim zog den Platz auf der Treppe vor. Niemand störte sich daran. Celine kratzte schnell das Rindfleisch von ihrem Tamale und gab es Tim, bevor Emilia es bemerkte. Diese teilte gerade Chilischoten und Salsa aus und hatte offensichtlich Freude an ihrer Rolle als Gastgeberin. Zwischen Alex und seinem Vater war ein Gespräch auf Spanisch in Gang und Emilia fragte Celine über ihre Töchter aus. Wenn die Sprache auf Enriques Enkelkinder kam, klang Emilia so, als wären es ihre eigenen. Celine staunte über die innige Beziehung, die hier zwischen Nachbarn entstanden war, die überhaupt nicht miteinander verwandt waren. Sie klangen, als wären sie eine einzige große, glückliche Familie mit Emilia als Mutter der vier Kinder von Enrique, für den sie anscheinend so regelmäßig kochte, als wäre sie mit ihm verheiratet.

„Deine Schwester hat mich heute angerufen, Alex“, erzählte Emilia, „und mich gebeten, dich an Manuels Vorführung in der Schule zu erinnern.“

„Stimmt, die hatte ich ganz vergessen“, gab er zu. „Wann ist sie noch mal?“

Emilia schnaubte unwillig. „Keine Ahnung, in zwei Wochen ungefähr. Sie sagte, sie hätte es dir schon gesagt.“

„Sprechen Sie von dem Herbstfest in der Grundschule?“, mischte Celine sich ein. Emilia nickte. „Es ist nicht diesen, sondern nächsten Donnerstag, am siebenundzwanzigsten. Rebecca und Sissi werden auch mitmachen.“

„Ach, wie schön“, lächelte Emilia und freute sich anscheinend, dass es noch eine Gemeinsamkeit zwischen ihnen gab.

„Tim“, sagte Alex und beugte sich so nach vorn, dass er dem Jungen ins Gesicht sehen konnte, „du hast heute viel geschafft hier draußen. Hast du schon mal mit Beton gearbeitet?“

Tim schüttelte den Kopf. „Nö.“ Er war gerade dabei, sein drittes Tamale aus dem Maisblatt zu schälen.

„Das wird dir Spaß machen. Wir werden einen ganz glatten Weg zwischen Vaters Haus und der Rampe hier gießen. Falls ich es die Woche über schaffe, werde ich die Verschalung für die Rampe fertigstellen, dann können wir nächsten Samstag den Beton gießen. Wir werden abschnittsweise vorgehen.“ Celine betrachtete den ausgetretenen Schotterweg, der die zwei Häuser verband. Er war weder für einen Rollstuhl noch für den Gehwagen geeignet, das war offensichtlich.

Tim nahm sich eine Handvoll Chips. „Müssen wir nicht zuerst die Pfosten einlassen?“

„Doch, das stimmt, aber wenn die Verschalung fertig ist, können wir die Pfosten und den Weg in einem Arbeitsgang betonieren.“

Tim nickte. „Wir müssen die Pfosten noch zuschneiden. Wenn Sie wollen, kann ich das machen.“

Alex nickte. „Super.“

Für einen Außenstehenden wäre diese kleine Unterhaltung wohl nichts Besonderes gewesen, aber Celine war überwältigt. Tim *interessierte* sich für dieses Projekt. Es war in letzter Zeit selten vorgekommen, dass er sich in irgendeiner Form einbrachte und Dinge wissen und lernen wollte. Emilia war das Besondere dieses kleinen Gesprächs auch aufgefallen und die beiden Frauen lächelten sich unauffällig zu.

Alex ging ins Haus und kam mit einer Flasche Bier für seinen Vater und einer frischen Kanne Eistee für die Übrigen zurück. Er goss allen etwas ein. Als er zu Tims Glas kam, sah Celine, wie die beiden leise miteinander redeten. Dann stand Tim auf und ging mit Alex die Stufen hinunter.

„Hey“, rief Emilia, „wohin geht ihr beiden denn?“

„Er zeigt mir, was ich machen muss, falls Mamas Auto wieder schlappmacht“, antwortete Tim.

„Könnt ihr das nicht später machen?“, bat Emilia und griff nach der Gitarre, die immer noch an Enriques Stuhl lehnte.

Alex schüttelte den Kopf. Er wich immer noch Celines Blicken aus. „Heute nicht, Milia.“

„Doch, gerade heute. Du hast mir versprochen, wenn ich Tamales mache …“

Alex sah Tim an und hob die Schultern. „Frauen regieren die Welt, das ist wohl klar.“ Gehorsam trottete er zurück und kam die Treppe wieder hoch. „Papa, wo ist deine Geige?“

„Sie steht bei Emilia drinnen am Bücherregal. Du bist heute schon zehn Mal daran vorbeigegangen.“

Die Männer stimmten ihre Instrumente, und Tim, neugierig geworden, holte sich auch einen Klappstuhl, um mit am Tisch zu sitzen. Alex begann, ein Lied auf den Saiten seiner Gitarre zu zupfen. Es war eine schöne Melodie, die Celine unheimlich guttat. Dankbar lehnte sie sich gegen die Rückenpolster ihres Stuhles und machte es sich gemütlich. Enrique hob den Hut an, um sich an der Stirn zu kratzen. Da sah Celine erst, was für dichtes, silbergraues Haar er noch hatte. Schon drückte er sich den Hut wieder auf und begann, seinen Bogen über die Saiten tanzen zu lassen. Schon nach wenigen Tönen verschmolz sein Spiel mit der Melodie, die sein Sohn vorgegeben hatte. Celine schloss die Augen und gab sich dem Gefühl hin, in das Becken einer warmen Heilquelle zu gleiten.

Auch Emilias Augen waren halb geschlossen, ein zufriedenes Lächeln lag auf ihrem Gesicht und ihre Züge wurden ganz weich. Der Abendhimmel färbte sich violett und allmählich verschwand die Sonne hinter den Bergen. Langsam wurde es kühler. Als Celine zu frösteln begann, ging sie leise ins Haus, fand auf dem Sofa eine Wolldecke und an der Garderobe einen Vliesumhang.

Ehe Celine sich selbst in die Decke wickelte, legte sie den Umhang um Emilias Schultern. Diese drückte ihr dankbar die Hand, während die Musik sich wie ein dicht gewobener Teppich feinster Klänge wärmend um Celines Seele legte. Konzentriert folgten Alex' dunkle Augen den Bewegungen des Vaters, der ebenfalls aufmerksam seinen Sohn betrachtete. Ihre Musik floss so harmonisch ineinander, dass Celine klar wurde, dass die beiden schon oft so zusammen musiziert hatten.

Es folgte eine Ballade in einer Moll-Tonart, und Alex begann mit einer so tiefen und weichen Stimme zu singen, dass es Celine den Atem verschlug und sie den Blick abwenden musste. Unendlich traurig und sehnsüchtig klang das Lied. Beim Refrain stimmte Enrique mit einer unerwartet hellen Tenorstimme ein. Celine verstand nur Bruchstücke des spanischen Liedes, aber sie ahnte, dass es sich um ein Liebeslied handeln musste. Alex sang, als drückte er die Sehnsucht und Einsamkeit seines eigenen Herzens aus. Er hatte die Augen geschlossen, seine weißen Zähne blitzten zwischen den vollen, geschwungenen Lippen. Plötzlich konnte sie es sehen – Micki hatte es heute Morgen schon entdeckt, als sie Alex im Hof begegnet war: Alex Estrada war ein Traum von einem Mann.

Der Bogen der Violine schnitt ihr ins Herz, als wäre er eine scharfe Klinge. Sie konnte es kaum ertragen.

Wie lange hatte sie nicht mehr geliebt! Wann hatte sie zuletzt so etwas wie Leidenschaft gespürt? Sie versuchte, an Jack zu denken. Morgen würde er bei ihnen sein. Aber alles, was jetzt vor ihren geschlossenen Augen stand, war das dunkle, gut aussehende Gesicht von Alex Estrada. Musik konnte alles verändern. Welche Frau wäre in dieser Situation nicht schwach geworden, die so vollkommen und romantisch war? Doch Celine hatte gelernt, spontanen, flüchtigen Gefühlen nicht zu trauen. Was sie gerade empfand, war eine rein körperliche Anziehung, genau wie damals bei Don. Und dann diese wunderbare Musik ... auch Don war ein begnadeter Musiker gewesen, der mit seiner Stimme und seinem Auftreten Scharen von Frauen in seinen Bann zog. Schon wieder traten ihr Tränen in die Augen.

Als das Lied endete, war Celine einem seelischen Zusammenbruch nahe. Es war Zeit, nach Hause zu gehen, das spürte sie überdeutlich. Verstohlen griff sie nach einer Serviette und tupfte sich die Augen ab, bevor die anderen ihre Tränen sehen konnten.

Plötzlich entlockte Alex seiner Gitarre neue, leichtere Klänge und überrascht sah Celine in seine Richtung. Da begegneten sich ihre Blicke. Zum ersten Mal an diesem Tag sah Alex sie richtig an und Celine hielt seinen Augen stand. Für einige wenige endlos lange Sekunden vergruben sich ihre Blicke ineinander.

Kapitel 22

Es war exakt 13:00 Uhr, als Millard auf Celines Türschwelle stand. Der Sender mit der Übertragung des Spiels der *Seattle Seahawks* gegen die *Dallas Cowboys* war schon eingestellt, Rebecca und Sissi hatten bereits das Sofa belegt und zwischen sich einen Platz für Jack freigehalten, der noch nicht gekommen war.

Celine umarmte Millard, nahm ihm die Jacke ab und führte ihn zu ihrem gemütlichsten Sessel.

„Hallo, ihr beiden", grüßte Millard die Mädchen und setzte sich hin.

„Guten Abend, Mr Bradbury", kam es zweistimmig vom Sofa. Sie schauten den alten Mann neugierig an, während dieser sich im Zimmer umsah und von Zeit zu Zeit nickte.

Celine überlegte, dass es bestimmt zur allgemeinen Auflockerung beitragen würde, etwas Essbares anzubieten. So kam sie mit einem Tablett aus der Küche, auf dem eine in Scheiben geschnittene Erdbeersahnerolle lag.

„Millard, willst du als Erster probieren, ob es was geworden ist?"

„Oh ja, gerne." Celine stellte den Kuchen auf den Tisch und Millard nahm sich eine Scheibe. Dabei brach eine Ecke ab und fiel zu Boden. „Oh!"

„Mein Fehler, Millard." Sie bückte sich, um das Stückchen vom Teppich aufzuheben. Als auch Millard im selben Augenblick danach greifen wollte, stießen ihre Köpfe heftig zusammen, Celine verlor das Gleichgewicht und landete rücklings auf dem Boden.

Die Mädchen waren entzückt, und auch Celine lachte, während sie und Millard sich die schmerzenden Köpfe rieben. „Tut mir leid!", kicherte sie und erhob sich. Millard lachte mit, aber es wirkte etwas gezwungen.

„Ich habe die kleinen Tellerchen vergessen", entschuldigte sich Celine und eilte erneut in die Küche.

„Mama, wo bleibt eigentlich Jack?", riefen die Mädchen hinter ihr her.

Celine reichte Millard einen Teller, eine Serviette und ein Glas Apfelsaft. Sie hätte auch gern gewusst, was Jacks Verspätung zu bedeuten hatte. Er war nicht der Typ, der den Anpfiff eines Spiels verpasste „Keine Ahnung. Vielleicht steckt er in einem Stau."

Das allerdings war am Sonntagnachmittag äußerst unwahrscheinlich, solange nicht gerade eine entlaufene Kuhherde auf der Straße unterwegs war.

„Wir warten noch auf unseren Freund Jack", erklärte Celine zu Millard gewandt. „Du wirst ihn bestimmt mögen. Er ist ein großer Footballfan. Ach, eigentlich liebt er jede Art von Sport, bei der ein Ball oder ein Puck vorkommt."

„Er war mit uns Kegeln", erzählte Sissi. „Meine Kugel rollte immer rückwärts", erinnerte sie sich kichernd, „deshalb musste ich Liegestütze machen, um mehr Kraft in den Armen zu kriegen."

„Wenn die Kugel in der Rinne an den Kegeln vorbeirollt, dann muss man dem anderen die Füße küssen", erklärte Rebecca Jacks besondere Spielregeln.

„Ach", staunte Millard, „dann werde ich wohl lieber nicht mit Jack kegeln gehen." Er beugte sich vor, um in den Flur zu sehen. „Wo ist denn Tim heute?"

„Er kommt bestimmt gleich", hoffte Celine, „er hatte sein Computerspiel noch nicht zu Ende geschafft."

Die Footballspieler waren nun auf dem Spielfeld eingelaufen und begannen mit dem üblichen Aufwärm-Gerangel. Celine interessierte das nicht wirklich, obwohl ihr bewusst war, dass sie vermutlich ein verstärktes Interesse am Sport entwickeln sollte, wenn sie mit Jack zusammen sein wollte. Sissi fragte, zu welcher Mannschaft sie halten würden, und Millard zeigte ihr die *Seahawks* in den dunkelblauen Trikots. Rebecca war das Spiel ebenso gleichgültig wie ihrer Mutter. Sie begann, ihr neuestes Detektivbuch zu lesen, und sah alle Augenblicke zum Fenster, ob Jack kam.

Als Jack endlich vorfuhr, waren die ersten fünfzehn Minuten des Spiels schon um. Celine ließ sich nichts anmerken und nahm freudig die Tüte in Empfang, in der er Chips und Getränke mitgebracht hatte. Das hatte sie schon in der Zeit mit Don gelernt: Wenn sie keine Fragen stellte, gab es auch keinen Streit und keine Lügen. Davon abgesehen hatte sie ihm nichts vorzuschreiben. Er machte sich mit Millard bekannt, während die Mädchen an ihm zerrten und ihn drängten, endlich auf dem Sofa Platz zu nehmen. Er plumpste aufs Sofa, strich den Mädchen über die Köpfe und zwinkerte Celine zu.

Sissi streichelte seinen Arm: „Kommst du zu unserer Aufführung in der Schule? Ich spiele einen Kürbis. Rebecca ist nur der Busfahrer. Sie muss reden und so was, aber die Kürbisse tanzen. Willst du mal sehen?"

Sissi sprang auf und führte ihren Tanz vor. Sie wirbelte herum und schoss die Arme energisch nach vorn und hinten, während Celine in die Küche ging, um sich mit dem Inhalt von Jacks Tüte zu beschäftigen. Die fettigen Chips schüttete sie in eine Schüssel. Widerwillig zog sie die riesige Wurst aus der Tüte, die unter den Chips aufgetaucht war, und beäugte sie so misstrauisch, als hätte sie eine Handgranate entdeckt. Seufzend schnitt sie dann das fetthaltige, hormonverseuchte und mit Chemikalien versetzte Ding in Scheiben, die sie mit der Chipsschüssel und etwas Senf auf einer Platte anordnete.

Als aus dem Wohnzimmer Jubelschreie zu hören waren, lächelte sie wieder. Ein Footballspiel am Sonntagnachmittag – das brachte schöne Erinnerungen an ihre Kindheit und ihren Vater hoch, an ihr Leben mit Familie, Freunden und einem Grundgefühl von Geborgenheit, Annahme und Freude.

Tim war immer noch in seinem Zimmer. Sie ging zu ihm und schaute durch den Türspalt der angelehnten Tür. „Sag mal, willst du nicht auch zu uns kommen?"

Er schwang sich auf seinem Drehstuhl herum. „Mama, ich mag Football nicht."

„Ich weiß, ich auch nicht. Noch nicht. Aber ich werde versuchen, es lieben zu lernen."

„Ich mag *dieses* Spiel hier", erklärte er und sah auf seinen Monitor, wo stilisierte Männchen emsig damit beschäftigt waren, eine eigene Zivilisation aufzubauen, Vorräte anzuhäufen, Häuser und Burgen zu bauen und sich auf den großen Krieg vorzubereiten.

„Millard hat nach dir gefragt und Jack ist jetzt auch da. Er würde gern mal wieder was mit dir unternehmen."

Er drehte ihr den Rücken zu. „Und was soll das bringen? Wann wird er dieses Mal wieder verschwinden?" Seine Stimme klang bitter.

Sie wusste nicht, was sie antworten sollte. „Ich weiß es nicht, Tim. Er und ich … wir müssen einfach mal abwarten, wie sich die Dinge entwickeln."

„Darauf habe ich keinen Bock."

„Timothy Walker! Hör jetzt auf damit! Ich verlange nichts Schlimmes von dir. Ich will bloß, dass du aus deinem Zimmer kommst und den Sonntag mit deiner Familie verbringst!" Sie war selbst überrascht von ihrem Ausbruch. Wütend drehte sie sich um und wollte ins Wohnzimmer zurückgehen, da blieb sie noch einmal stehen. „Vielleicht hilft es dir, wenn ich dir sage, dass es auch was zu essen gibt."

Etwa fünf Minuten später kam er. Jack erhob sich und streckte ihm die Hand entgegen. „Hallo, Kumpel, wie geht's? Mann, bist du groß geworden!" Tim gab ihm die Hand und Jack schlug ihm spielerisch auf die Schulter. „Du siehst so aus, als könntest du es jetzt langsam mit mir aufnehmen."

Tim blickte zu Millard, als wäre ihm diese Bemerkung peinlich, und antwortete lustlos: „Ja, vielleicht."

Rebecca und Sissi fanden das Footballspiel inzwischen langweilig, also ging Tim zum Sofa und setzte sich an das Ende neben Millard, seine Füße in Socken legte er auf den handbemalten roten Tisch. Celine saß am anderen Ende des Sofas neben Jack, hatte die Beine angezogen und das Kinn auf die Knie gelegt. Als sie Tims Blick bemerkte, schenkte sie ihm ihr schönstes Lächeln. Er reagierte mit einem angedeuteten Grinsen, das so typisch für ihn war. Celine wusste, dass das ein Zeichen dafür war, dass die kleine Auseinandersetzung von vorhin wieder vergessen war.

Millard war ganz in das Spiel vertieft, schlug auf die Armlehne seines Sessels und schrie die Spieler an.

„Los, nun mach schon!", stimmte Jack mit ein. Eine Minute später lachten und jubelten die beiden, als ein *Seahawk*-Spieler einen *Cowboy* zu Fall brachte.

Celine versuchte, sich zu konzentrieren. Es konnte doch gar nicht so schwer sein, das zu kapieren. Wenn sie es nur wollte …

Normalerweise nutzte sie die Zeit am Sonntagnachmittag, um zu kochen und zu backen und für die bevorstehende Woche genügend gesundes Essen vorzubereiten. Aber jetzt war Jack da. Gott hatte ihre Gebete erhört, er saß auf ihrem Sofa. Wie wäre das, wenn er jetzt jeden Sonntag hier verbringen würde? Sissi und Rebecca waren ganz vernarrt in ihn. Tim, na ja, der würde schon auch wieder auftauen. Wäre es nicht schön, abends nach der Arbeit zu einem Mann nach Hause zu kommen? Ein netter, anständiger Mann, der mit ihnen am Abendbrottisch sitzen würde? Ein Mann in ihrem Bett? All das lag so lange zurück.

Sie betrachtete Jack von der Seite. Seine Augen waren tiefblau, er hatte ebenmäßige Gesichtszüge und meistens umspielte ein Lächeln seine Mundwinkel. Er war kein Mann, nach dem sich Frauen auf der Straße umdrehten, aber er sah durchaus gut aus. Kein Wunder, dass sie nicht die einzige Frau war, die Interesse an ihm hatte. Es war schon erstaunlich, wie er es geschafft hatte, zweiunddreißig Jahre alt zu werden, ohne weggeheiratet worden zu sein. Vielleicht hatte das ja etwas mit ihr zu tun? Verträumt stellte sie sich vor, wie er alle anderen Frauen mit ihr verglich und keine mithalten konnte. Oder konnte es sein, dass Gott einen unsichtbaren Zaun um ihn gebaut hat, bis Celine zur Vernunft kam? War er der von Anfang an für sie bestimmte Mann?

Ein beunruhigendes Geräusch drang an ihr Ohr. Ein altes Auto kämpfte sich lärmend den Hügel hinauf. Eine eisige Kälte griff nach ihr. Don? Oh bitte, bitte nicht heute! Sie hoffte inständig, dass sein Vorsatz, nach Ham Bone zurückzukommen, sich als ebenso kurzlebig erweisen würde wie alle seine anderen Pläne. Aber seine Stimme hatte anders geklungen als früher, entschlossener. Wie schrecklich, wenn er diesen Plan tatsächlich ausführen würde! Er war in ihrem Haus nicht willkommen.

Sie sah zu Jack und fragte sich, ob er mit Don fertig werden würde. Er war kräftig, leicht untersetzt, ein bäriger Typ. Wahrscheinlich würde er Don jedoch hereinbitten, sich mit ihm zusammensetzen und ihm alles von dem Spiel erzählen, was er bisher verpasst hatte.

Celine atmete erleichtert auf, als der Lärm des röhrenden Fahrzeugs wieder in der Ferne verschwand.

Jack legte seine Hand auf ihr Knie und lehnte sich zu ihr. „In der Halbzeitpause zeig ich dir was."

Neugierig sah sie ihn an: „Was denn?"

Doch er war schon wieder in das Spiel vertieft und beugte sich gebannt nach vorn, als ein Spieler in blauem Trikot an allen Gegnern vorbeistürmte. Doch gleich darauf sank er aufstöhnend zurück; die gegnerische Mannschaft hatte den Spieler unter einem Berg von Körpern begraben. „Das wirst du dann schon sehen", murmelte er und hatte offensichtlich keine Aufmerksamkeit mehr für sie übrig.

„Wie viele Seiten von deinen Mathe-Hausaufgaben hast du gestern noch geschafft, Tim?", fragte Millard.

Tim schüttelte den Kopf und schluckte den Kuchen hinunter, den er gerade aß. „Gar keine. Ich musste den ganzen Tag arbeiten. Fast acht Stunden habe ich geschafft." Er griff nach den Karottenstiften. „Die Rampe ist fast fertig. Nächste Woche werden wir den Beton gießen." Celine freute sich über den Stolz, der in Tims Stimme zu hören war.

„Ich habe einiges an Werkzeug, das du dafür bestimmt gebrauchen könntest. Ich habe es vor Jahren gekauft, als ich meinen Fußweg neu gemacht habe. Seither habe ich die Sachen nicht mehr gebraucht." Nachdenklich schoben sich Millards Augenbrauen zusammen. „Meinen alten Werkzeuggürtel könntest du eigentlich auch haben", überlegte er, „der liegt auch noch in der Garage."

Tim freute sich. „Super, das wäre echt gut. Wenn ich mein eigenes Werkzeug habe, muss ich nicht mehr so viel herumstehen und warten." Er ließ einen Glasuntersetzer auf einem Kugelschreiber kreisen. Tims Hände ruhten niemals, immer spielte er mit irgendetwas. „Meine Hausaufgaben in Geschichte sind so langweilig! Ich hasse Geschichte."

Millard verzog empört das Gesicht. „Was redest du denn da? Du weißt ja nicht einmal, was Geschichte *ist*."

Tim griff unter den Wohnzimmertisch, wo sein Geschichtsbuch auf der zweiten, tieferen Platte lag. Er schlug es wahllos auf und begann zu lesen. „Am 12. Juli 1812 betraten die Truppen von General Hull das kanadische Gebiet bei Sandwich. Der Einmarsch wurde schon bald gestoppt, und die Amerikaner waren gezwungen, das Land wieder zu verlassen. Am 16. August kapitulierte Hull bei Detroit." Er ließ das Buch wieder zuklappen, als hätte er damit seine These endgültig bewiesen. „Langweilig. Das einzig interessante Wort darin war *Sandwich.*"

„Genauso habe ich Geschichte auch in Erinnerung", bestärkte Jack ihn, „extrem langweilig." Celine versetzte ihm einen Rippenstoß und er grinste schuldbewusst.

„Ja, der Krieg von 1812", sagte Millard nachdenklich. „Damals kämpften die Amerikaner gegen die Engländer. Es gab keinen Sieger." Nachdenklich klopfte er mit seinem Schuh einen langsamen Rhythmus auf den Boden. Celine bemerkte, dass er Schuhe mit Klettverschluss trug. Das kannte sie sonst nur von ihren Kindern. „Weiß einer von euch, wie Ham Bone zu seinem Namen kam?", fragte Millard in die Runde.

„Nein", antwortete Celine, „aber ich wollte schon immer mal wissen, wie eine Stadt zu so einem Namen kommt – *Schinkenknochen*!"

Jack riss seinen Blick von der Mattscheibe los, schaufelte Senf auf einen Chip und stapelte zwei Scheiben Wurst darauf, dann wandte er sich Millard zu.

Dieser erzählte: „1879 gab es hier nichts als Bäume. Vom Winger-Tal an zog sich dieser unbewohnte Landstrich viele Kilometer bis jenseits der Berge hin. Ein Mann namens Bill Dangle hatte aber gehört, dass es hier oben Gold geben sollte. Sein Spitzname war *Silver*, weil seine Haare schon in jungen Jahren grau geworden waren. Mit einem Kanu kam er flussaufwärts angepaddelt. Gold fand er nicht, aber er entdeckte den Wert der Bäume. Er kaufte eine Menge Land und die Holzrechte und begann einen florierenden Holzhandel. Damals gab es hier Zedern, die so dick waren wie unsere Schulbusse. Stellt euch vor, wenn so ein Baum zu Boden stürzt – da bebt die Erde, wie wenn ein Schulbus vom Himmel fallen würde." Millard schaute mit seinen blassblauen Augen in die Runde. Alle hingen gebannt an seinen Lippen.

„Silver baute eine Sägemühle und ein Wohnhaus. Direkt am Sägewerk wurden Schienen verlegt, die ihn an die nächste Bahnlinie anschlossen. Immer mehr Leute kamen, um für ihn zu arbeiten. Silver, ein tüchtiger Geschäftsmann, baute das *Silver Dangle Hotel* und einen Saloon. Außerdem zog er noch einen kleinen Laden auf, in dem man alles Nötige kaufen konnte. Die Arbeiter bauten sich Häuschen, und eine kleine Ansiedlung entstand."

Sissi und Rebecca hatten bäuchlings auf dem Teppich gelegen und ein Würfelspiel gespielt. Doch nun hatte Rebecca sich auf einen Ellbogen gestützt und hörte Millard interessiert zu. Das zweite Viertel des Spiels war vorüber, aber niemand achtete noch darauf.

„Nun ja", fuhr Millard fort, „der alte Silver Dangle hatte nun also eigentlich alles, was er brauchte. Aber er war einsam. Seine Kumpel ermutigten ihn immer wieder, sich eine Frau zu suchen, aber zu der Zeit gab es hier in der Gegend weit und breit keine unverheiratete Frau." Er hob die Augenbrauen. „Jedenfalls keine anständige Frau, falls ihr versteht, was ich meine. Also legte er sich einen Hund zu, eine zottige Promenadenmischung, die zum Jagen zu faul war und am liebsten den ganzen Tag auf der hölzernen Veranda vor dem Laden oder dem Saloon lag. Nach allem, was ich gehört habe, war dieser Hund auch nicht das, was Silver brauchte. Er war so faul, dass er nur mit dem Schwanz wedelte, wenn die Köchin des Saloons, Sara Jenkins, ihm Fleischreste brachte."

„Hast du ihn gesehen?“, fragte Sissi.

Tim kicherte. „Dann wäre Millard ja hundertfünfzig Jahre alt.“

„Nein, ich habe das alles nicht gesehen, aber ich habe es gelesen.“

„War Silver Dangle dann immer noch einsam?“, fragte Rebecca.

Millard nickte. „Schrecklich einsam. Wisst ihr, was er dann schließlich gemacht hat? Er suchte sich eine Frau nach einer Zeitungsannonce aus. Das war damals gar nicht so unüblich, weil es eben in den Siedlungsgebieten so wenige Frauen gab. Dummerweise hatte man dann diese Dame nie gesehen. Silvers Braut kam aus West Virginia und entpuppte sich als eine alte Jungfer namens Victoria, die sich mit Rüschen, Schleifen und Locken herausgeputzt hatte. Silver war hingerissen und verliebte sich sofort in sie, aber sie machte keinen Hehl aus ihrer Verachtung für ihn. Offensichtlich hatte sie sich einen Mann, der so viel Land und eine so große Firma besaß, anders vorgestellt, mit einem eleganten Anzug und feinen Manieren. Stattdessen empfing er sie in einem Holzfällerhemd und roten Hosenträgern.“

Millard beugte sich zu den Mädchen herunter, die ihn mit großen Augen ansahen. „Stellt euch vor, das waren sogar seine besten Sonntagskleider!“ Er schüttelte den Kopf und in Sissis Gesicht spiegelte sich der gleiche besorgte Ausdruck, den sie bei Millard sah. „Victoria war schockiert, als sie seine langen, weißen Haare und den weißen Schnurrbart sah. Sie warf ihm vor, in der Zeitung ein falsches Alter angegeben zu haben; er könne niemals erst sechsunddreißig Jahre alt sein. Er beteuerte, dass es die Wahrheit sei, aber sie glaubte ihm nie wirklich. So nannte sie ihn auch nicht Silver, wie alle anderen Leute, sondern sie sagte Mr Dangle zu ihm, sogar noch, als sie schon jahrelang verheiratet waren.“

„Aber was hat das alles mit Ham Bone zu tun?“, fragte

Tim, der mit abwartend vor der Brust verschränkten Armen auf dem Sofa saß.

„Kommt gleich. Die beiden heirateten also, und es kamen immer mehr Menschen, die im Sägewerk arbeiteten und sich dort niederließen. Irgendwann war es an der Zeit, dass ein Postamt eingerichtet werden sollte. Dazu war es notwendig, dass man dem Ort einen Namen gab. Silver fand, dass ‚Dangle' genau der richtige Name wäre, denn schließlich war er der Gründer des Städtchens. Aber Victoria wollte auch verewigt werden. *Dangle* fand sie als Name für den Ort ganz unmöglich. Sie sagte, es sei ein blöder Name ohne Schönheit oder Niveau, ganz im Gegensatz zu ihrem Vornamen, Victoria. Sie wollte unbedingt, dass man den Ort nach ihr benannte. Als Silver sich nicht darauf einlassen wollte, schlich sie heimlich in sein Büro, wo der bereits fertige Brief mit dem Namensantrag lag. Sie löschte ‚Dangle' vom Papier und schrieb ‚Victoria' hin. Dann klebte sie den Umschlag zu."

Rebecca schnappte entsetzt nach Luft. Celine und Jack warfen sich amüsierte Blicke zu.

„Aber als der Brief von der Regierung kam, in dem der Neueröffnung eines Postamtes zugestimmt wurde, waren doch alle sehr überrascht, dass ihr neuer Ort in Zukunft ‚Ham Bone' heißen würde – also Schinkenknochen. Ham Bone im Staat Washington."

„Aber wie kam denn das?"

„Anscheinend hatte Silver den Brief noch einmal geöffnet, ehe er ihn zur Post gebracht hatte. Als er dort den Namen ‚Victoria' sah, hat er stattdessen den Namen seines zottigen Hundes eingetragen. Und der hieß eben *Ham Bone*."

Alle prusteten los. Auch Tim grinste.

„Anscheinend war ihm der Hund lieber als seine Frau", lachte Jack.

Millard lehnte sich wieder zurück und legte die Arme auf

die Lehnen. „Seht ihr, und genau das ist Geschichte.“ Damit sah er Tim an.

„Kennst du noch mehr Geschichten?“, fragte Sissi, die inzwischen direkt vor Millards Sessel saß.

Er lachte. „Ach, weißt du, ich bin ein wandelndes und sprechendes Geschichtsbuch. Ich kann mich noch an die Weltwirtschaftskrise erinnern; mein Vater war dabei, als während des großen Streiks der Holzindustrie in den Dreißigerjahren drei Männer ermordet wurden; ich könnte euch Geschichten erzählen von Präsidenten, von Politik und von Kriegen. Ich war selbst im Korea-Krieg. Hattet ihr das Thema schon in der Schule?“

„Er ist eine F-86 Sabre geflogen“, ergänzte Tim fast ein wenig ehrfürchtig. „Wie ist es, eine Bombe abzuwerfen?“

Jack zog Celine hoch. „Komm doch mal eben kurz mit raus!“

Celine folgte ihm nach draußen, die Treppe hinunter und zu seinem Wagen. Als er die Heckklappe öffnete, sah sie eine herrliche antike Kommode. „Mein Geschenk für dich.“

„Oh Jack, ist die schön! Wo hast du die denn her?“

Er schnalzte mit der Zunge. „Die stand am Straßenrand mit einem Schild ‚Zu verschenken‘ darauf. Sie ist leicht beschädigt, aber mit ein bisschen Schmirgelpapier und Holzleim und deiner Malerei kannst du vermutlich wahre Wunder bewirken.“

Daran gab es keinen Zweifel. Sie wusste auch schon ganz genau, wem sie damit eine Freude machen würde. „Bist du deshalb so spät gekommen?“

„Genau. Ich konnte das schwere Ding nicht allein in den Wagen heben und musste erst einen Freund anrufen, damit er kommt und mir hilft.“

Ein frischer Wind kam von Norden und schüttelte Millards Birke auf der anderen Straßenseite. Ein Wirbel goldener Blätter löste sich und tanzte durch die Luft. Für Celine war es das Konfetti zu ihrer spontanen Party mit Jack. Der Wind zerzauste ihre Haare und wehte sie ihr ins Gesicht, bis sie Jacks Lächeln kaum noch sehen konnte. Alles war gut. Das war ihr Leben.

Sie strahlte ihn an. „Du bist echt nett."

„Stimmt, das sagen alle, ich bin ein *echt netter* Typ."

Sie lachte über seinen Sarkasmus. „Würdest du lieber als *cool* bezeichnet werden? Oder *toll*? Welches Wort passt am besten zu dir?"

„Sexy natürlich." Er stellte sich in Pose, streckte die Brust vor und legte die Hände auf die Hüfte.

Sie setzte ein nachdenkliches Gesicht auf und legte die Hand unter ihr Kinn. „Hmmm."

Betont lange ließ sie ihre Blicke an ihm auf- und abwandern und gestand sich insgeheim ein, dass er wirklich ziemlich anziehend war. Er war nicht groß, seine Hände waren dicke Pranken, die Schultern breit, sein kantiger Kopf erinnerte an einen Briefkasten, aber alle Teile passten irgendwie gut zusammen und ergaben ein ansprechendes Gesamtbild. „Ja, ich sehe, was du meinst."

Er zwinkerte ihr zu, strich ihr eine Haarsträhne aus dem Gesicht und meinte: „Komm, gehen wir wieder rein, bevor das nächste Viertel angepfiffen wird."

Doch in dem Moment kam Mickis Wagen in Sicht, Dennis saß am Steuer. Auch ihr Sohn Andy sprang heraus. „Hey, ihr! Wir sind gekommen, um uns das wunderschöne neue Möbelstück abzuholen!", freute sich Micki. „Nach dem Spiel schläft Dennis immer sofort ein, deshalb haben wir beschlossen, in der Halbzeit zu euch zu fahren."

Dennis knurrte: „*Du* hast das beschlossen." Doch dabei grinste er und stellte sich Jack vor. Sie hatten sich früher schon einmal bei Celine getroffen, doch das lag Jahre zurück.

Jack schüttelte ihm die Hand. „Ich mache dir einen Vorschlag: Wenn ich dir helfe, deinen Schrank einzuladen, dann hilfst du mir, die Kommode auszuladen, okay?"

Sie fingen mit Jacks Schrank an. „Sollen die beiden Kleidersäcke hier auch raus?", fragte Dennis.

„Nein, das ist meine schmutzige Wäsche."

Celine sah in den Kofferraum. Beide Säcke quollen schier über. Sie fragte sich, wie lange es wohl gedauert hatte, bis ein einzelner Mann so viel Wäsche zusammenhatte. „Jack, brauchst du Hilfe bei deiner Wäsche?"

Er zog die Augenbrauen hoch: „Ist das ein Angebot?"

„Nun ja. Ich wusste nicht, dass du in deiner Wohnung keine Waschmaschine hast. Ich könnte das schon machen; wäre ja keine große Sache."

Sie hatte ganz tief unten ein Gefühl, für das sie so schnell keine Worte fand. Irgendwie fühlte es sich richtig an, dass seine Socken und seine Unterwäsche sich in ihrer Waschmaschine drehen würden. Heute würde sie das nicht mehr schaffen, aber er könnte ja noch mal kommen, um die Sachen abzuholen.

„Bitte stellt die Kommode hinter dem Haus unter das Verandadach. Dann macht es nichts aus, wenn es regnet. Die Wäsche könnt ihr einfach durch die Hintertür ins Haus bringen, da ist gleich die Waschküche."

Die Männer schleppten ihre schwere Last ums Haus. Micki lehnte sich gegen das Auto, die Arme über der Brust gekreuzt, und betrachtete Celine, die gerade die Heckklappe wieder schloss.

„Warum schaust du mich so an?"

Micki schüttelte den Kopf. „Celine, was machst du da?"

„Was denn?"

„Du bietest ihm an, seine Wäsche zu waschen?"

„Ist das etwas Schlimmes?"

„Ich weiß auch nicht. Irgendwie erscheint mir das zu … früh. Ich seid doch noch nicht einmal wieder liiert. Willst du seine Unterhosen auf der Leine im Garten aufhängen, sodass Jack sich dann an dem Duft der frischen Bergluft erfreuen kann?"

Mit diesem Kommentar hatte Celine nicht gerechnet. Sie versuchte, das Thema zu verharmlosen: „Das würde ich schon machen, wenn der Wind nicht so eisig wäre. Aber so ist es zu gefährlich; die bretthart gefrorenen T-Shirts könnten mich totschlagen."

Micki lächelte nicht einmal über Celines Witz. „Es fühlt sich für mich irgendwie falsch an. Du machst doch schon die Wäsche für vier Personen. Er ist allein und hat viel mehr Zeit als du." Sie seufzte. „Nein, ich glaube, du bemühst dich zu sehr um ihn."

„Ich dachte immer, es wäre etwas Gutes, wenn man freundlich und hilfsbereit ist. Seit wann ist das ein Verbrechen?"

Micki schnappte Celine am Ärmel und zog sie näher zu sich heran. Dann drückte sie den Kopf der Freundin nach unten, bis diese sich im Außenspiegel sehen konnte. „Schau dir das mal genau an. Was siehst du?"

„Äh ... Falten um die Augen?"

„Gut, dann geh etwas weiter weg vom Spiegel." Celine gehorchte. „Das ist Celine Walker – die hübsche, intelligente, nette Celine Walker", erklärte Micki. „Ihre Lage ist weder verzweifelt noch hoffnungslos. Sie hat es nicht nötig, einem Mann die Wäsche zu waschen oder ihm die Füße zu küssen. Sie braucht sich bei niemandem anzubiedern."

Celine starrte in ihre eigenen grünen Augen. Sie wusste ja, dass Micki recht hatte. Sie sah gut aus, war gebildet und konnte eine niveauvolle Unterhaltung führen. Das alles war ihr durchaus bewusst. Sie hatte es nicht nötig, sich einem Mann an den Hals zu werfen, genauso wenig, wie sie jemals einem Mann zuliebe einen Hamburger essen würde. Das musste ihr niemand sagen.

Sie blinzelte. *Zu bemüht, verzweifelt, hoffnungslos, sich anbiedern …?* Nein, das passte nicht. Heute lag Micki ungewöhnlich weit daneben. Es ging schließlich nur um zwei Beutel Wäsche.

Kapitel 23

Die Luft in der Aula der Grundschule vibrierte förmlich. Unzählige aufgeregte Stimmen schwirrten durcheinander. Stühle schabten über den abgewetzten Holzboden und Mrs Beatty spielte sich am Klavier auf der rechten Seite der Bühne warm. Rebecca und Sissi waren hinter dem Vorhang und zogen ihre Kostüme für das Herbstfest-Theaterstück an. Vorne in der Mitte entdeckte Celine zwei leere Plätze.

„Entschuldigen Sie bitte“, sagte sie, zwängte sich an vier Paar Knien vorbei, legte ihren Mantel über den freien Platz und setzte sich. Jack würde später kommen. Er hatte erst spät Feierabend und musste noch von Dunbar hierherfahren.

Sie sah sich nach Micki und Dennis um, die sie schließlich in der ersten Reihe entdeckte. Micki drehte sich um, erblickte Celine und entschuldigte sich mit hilflos erhobenen Händen – sie hatte versucht, zwei Plätze für Celine freizuhalten, aber es hatte nicht geklappt. Celine nickte ihr beruhigend zu. Die Eltern von Kindern, die auf der Bühne einen Auftritt hatten, konnten manchmal sehr erbittert um die Plätze in der ersten Reihe kämpfen. Celine holte ihre Fotokamera aus der Handtasche und hielt sie hoch, bis Micki ihr Anliegen verstand und ihr winkte, die Kamera zu ihr zu bringen. Celine kämpfte sich wieder an den Leuten vorbei in den Seitengang: „Entschuldigen Sie bitte.“

Vorne nahm ihr Dennis die billige kleine Kamera aus der Hand. „Ich mache das für dich, Micki filmt das Ganze."

„Bitte mach alle Bilder mit der Teleobjektiv-Einstellung. Ich will jedes Grübchen sehen und das Funkeln in ihren Augen. Sissi ist ein Kürbis und Rebecca ist der Busfahrer." Sie wusste, dass der Sohn von Micki und Dennis eine der tanzenden Vogelscheuchen sein würde. „Und mach ruhig auch Bilder von Andy."

Als sie zu ihrem Platz zurückgehen wollte, betrat Alex Estrada in seiner Uniform den Raum. Mehr noch als die Tatsache, ihn hier zu sehen, überraschte sie der Adrenalinstoß, den sein Anblick in ihrem Körper auslöste.

Was machte er hier? Dann erinnerte sie sich, dass Emilia ihn neulich auf der Veranda daran erinnert hatte, dass sein Neffe einen Auftritt hätte. Sie gingen aufeinander zu und standen sich schließlich im Gang gegenüber.

„Hallo", sagte sie vorsichtig lächelnd. Er war der Polizist, der ihren Sohn verhaftet und sein Gesicht in die Steine gedrückt hatte und der seither nur darauf wartete, dass Tim einen weiteren Fehler machte und erneut dem Haftrichter vorgeführt werden musste. Andererseits hatten sie neulich einen irgendwie zauberhaften Herbstnachmittag gemeinsam auf Emilias Veranda verbracht. Er hatte gesungen …

„Hallo, Celine." Er nickte. Sein ernster, durchdringender Blick erinnerte sie an einen Adler. Seine Augen bohrten sich förmlich in sie hinein und ließen sie zu einer wehrlosen Maus auf freiem Feld schrumpfen. Vor was hatte sie eigentlich solche Angst? Ein unangenehmer Moment des Schweigens entstand zwischen ihnen.

Schließlich ergriff Alex das Wort. „Wo ist Tim heute Abend?"

Machte dieser Mann denn nie Feierabend? „Er ist bei Millard … bei Mr Bradbury. Ich nehme an, er macht Schulaufgaben."

„Gut."

Wieder eine verlegene Pause. Celine holte Luft. „Gut, dann wünsche ich Ihnen viel Spaß."

Er nickte. „Ebenso."

Kaum war sie an ihren Platz zurückgekehrt, da begann das Programm mit lautem Klavierspiel. Ein Mann betrat die Bühne, stellte sich vor und sagte etwas über das Stück. Celine konnte sich nicht konzentrieren. Das Blut pochte laut in ihren Ohren. Aus den Augenwinkeln sah sie, wie Alex zwei Reihen vor ihr einen Platz fand. Was löste dieser Mann bloß in ihr aus? Hatte sie Angst vor ihm? Nein. Warum auch? Er konnte Tim nichts Schlimmeres antun, als er schon getan hatte. Solange Tim sauber blieb, würde kein Polizist ihm schaden können. Andererseits waren die Schmuckdiebstähle noch nicht aufgeklärt, weder der bei ihr noch der bei Emilia. Allerdings würde Celine ihren eigenen Sohn nicht anzeigen und von Emilia konnte sie sich das genauso wenig vorstellen. Immerhin erinnerte Tim sie an ihren geliebten Alex, als dieser noch ein Junge war. *„Vielleicht fühle ich mich deshalb so zu ihm hingezogen"*, hatte Emilia gesagt, *„er hat diesen verwundeten Blick, so ähnlich wie Alex damals, als seine Mutter starb. Damals habe ich mich oft gefragt, ob das Herz dieses Jungen jemals wieder heil werden würde."*

Konnte es sein, dass Alex immer noch unter dem Verlust seiner Mutter litt? Das wäre ja tragisch. Aber sollte ein Mann von dreißig oder vierzig Jahren nicht doch auch irgendwann über diesen Kummer hinweggekommen sein? Celines Vater war erst vor ein paar Jahren gestorben, aber abgesehen von gelegentlichen Phasen der Traurigkeit konnte sie schon längst wieder normal und fröhlich weiterleben. Nun, vielleicht war das anders, wenn man schon als kleines Kind ein Elternteil verlor.

Der verblichene Vorhang öffnete sich und das Licht der Scheinwerfer fiel auf eine bunte Kulisse, die eine landwirtschaftliche Szene mit einer roten Scheune und unzähligen Reihen von Kürbissen zeigte, die sich in der Ferne verloren. „Das Kürbisfeld" stand in großen Buchstaben über der Scheunentür. Auf der linken Bühnenseite saßen zwei große Krähen auf einem Stromkabel und ließen ihre orangen Beine mit den dreizehigen Füßen baumeln.

„Vielleicht kommen sie heute gar nicht", überlegte eine Krähe. Der Größe und Stimme nach zu urteilen, musste es sich um einen Fünftklässler handeln.

„Du musst dir nicht gleich die Schwanzfedern raufen, Melvin", beruhigte ihn der andere, „sie werden schon noch kommen. Sie müssen sich doch ihre Kürbisse holen, stimmt's?"

„Bist du dir auch ganz sicher, dass die Geschichte mit den Picknickkörben stimmt?"

„Ja, das ist jedes Jahr so."

Celines ließ ihre Blicke nach vorn wandern, wo Alex saß. Eine attraktive Frau saß neben ihm, die ebenfalls mexikanisch aussah. Sein Kopf drehte sich in ihre Richtung und sie sah schnell wieder geradeaus.

„Hoffentlich ist auch ein Thunfischbrötchen dabei", war Melvin zu hören.

„Ein Wurstbrot wäre mir lieber."

„Die kleinen Schokoladenkuchen sind auch lecker, aber nur, wenn es auch Milch dazu gibt." Die Krähe schüttelte den Kopf. „Ich hatte mal so eine Packung mit Strohhalm. Da kriegt man fast nichts in den Schnabel."

Man hörte vereinzeltes Kichern aus dem Zuschauerraum.

„Ich kannte mal einen Typen, der konnte Tupperware-Dosen mit einem Flügel aufmachen."

Das Lachen schwoll an. Celine riskierte einen weiteren Blick in Alex' Richtung. Er lachte nicht. Plötzlich drehte er sich um und ihre Augen trafen sich. Beide sahen schnell wieder weg. Celines Gesicht begann zu glühen. Ach du liebe Güte, das war doch Teenager-Niveau! Ihr Herz hatte wieder zu rasen begonnen. Warum hatte er sich nach ihr umgedreht?

Sie beschloss, sich auf die Krähen zu konzentrieren und den gleichen Fehler nicht noch einmal zu machen. Wieder lachten alle über die großen, schwarzen Vögel, doch sie hatte die Pointe verpasst. Wer war diese Frau? Seine Schwester?

Der Platz neben ihr war immer noch frei. Sie sah auf die Uhr. Eigentlich sollte Jack inzwischen da sein. Dieses dumme Spiel mit dem Polizisten war einfach nur blöd, ganz besonders jetzt, wo sie an der Schwelle zu einer neuen Beziehung mit Jack stand. Jack war nett, angenehm, unkompliziert – er war der Mann, den sie sich für ihre Kinder gewünscht hatte. Alex Estrada hingegen war verschlossen und undurchsichtig. Sie hatte noch nie erlebt, dass er mit jemandem ein lockeres Gespräch geführt hätte, zumindest nicht auf Englisch. Nur mit seinem Vater hatte er sich an jenem Samstag auf Emilias Veranda entspannt unterhalten. Aber Celine hatte er kaum wahrgenommen und die Sätze, die er mit Tim gewechselt hatte, waren knapp und ausschließlich auf das Bauprojekt bezogen. Sie freute sich, dass Tim Alex anscheinend allmählich besser ertragen konnte, was aber wohl vor allem daran lag, dass Tim das handwerkliche Arbeiten für sich entdeckt hatte. Mit dem Verhalten des Polizisten hatte dieser Sinneswandel wohl kaum etwas zu tun.

Fazit: Alex Estrada war weder eine angenehme Gesellschaft noch eine Vaterfigur. Celine machte sich klar, dass die Aufregung, die sie bei seinem Anblick empfand, nichts weiter war als eine rein körperliche Reaktion auf sein maskulines Erscheinungsbild und die geheimnisvolle Ausstrahlung, die von ihm ausging. Das war alles; mehr war da nicht.

Von beiden Seiten hopsten jetzt Kürbisse auf die Bühne. Sissi war in der ersten Reihe. Ihre Beinchen waren etwas kürzer als die der anderen Zweitklässler. Die Kinder steckten in kugelförmig ausgestopften orangefarbenen Flanellstoffen mit Öffnungen für die grün verkleideten Arme und Beine. Ihre Köpfe ragten aus dem Halsausschnitt, der mit grober Kordel zusammengefasst war, darauf trugen sie Hüte, die an Kürbisstängel erinnerten. Die Kostüme waren so einfach in der Herstellung gewesen, dass Celine freiwillig sechs davon genäht hatte. Sissi strahlte ins Publikum und fühlte sich anscheinend genauso wohl, als wenn sie zu Hause im Wohnzimmer ihre Rolle vorführen würde.

Celine beugte sich vor und hoffte, ihre Kleine würde sie im Publikum sehen. Das Klavier begann, die Melodie zu spielen, die Sissi schon seit drei Wochen nahezu ununterbrochen zu Hause gesummt und gepfiffen hatte, und die Kürbisse begannen ihren Tanz. Sissi hatte viele Begabungen, aber Anmut zählte nicht dazu. Ihre Beinchen kamen kaum hinter der einstudierten Schrittfolge her und ihre Arme zappelten wild, während einige der anderen Kinder sich fließend und elegant zur Musik bewegten. Aber dafür war Sissi der niedlichste und engagierteste Kürbis auf dem ganzen Feld.

Die Leute in Celines Reihe zogen die Beine an und hoben ihre Taschen hoch, damit Jack an ihnen vorbeikonnte. Celine lächelte zu ihm auf und nahm ihren Mantel von seinem Sitz.

„Tut mir leid“, flüsterte er, „der Verkehr.“

„Sissi ist gerade dran“, flüsterte Celine zurück.

„Pflück mich!“, rief ein Kürbis.

„Nein, mich! Mich!“, riefen alle durcheinander und sprangen wie Popcorn in der Pfanne auf und nieder.

Jack lachte und griff nach Celines Hand. Seine Berührung wirkte unheimlich beruhigend auf sie. Sie warf den Kopf zurück und stimmte in das Lachen der anderen mit ein.

Als die Kürbisse die Bühne verließen, winkte Sissi zum Abschied in die Menge. Nun kam von rechts der Schulbus auf die Bühne. Seine Vorderseite bestand aus einer riesigen, gelb bemalten Pappfläche; statt Rädern hatte er Beine, sehr viele Kinderbeine, sodass das Gefährt an einen riesigen Tausendfüßler erinnerte. In die Pappe waren Fenster hineingeschnitten, aus denen die Kindergesichter schauten, und an der Innenseite der Pappe waren offensichtlich Griffe angebracht, an denen die Kinder den Papp-Bus trugen.

Rebecca als Busfahrer sah konzentriert auf die Straße, ihr dunkelblondes Haar war sorgfältig unter einer Kappe verborgen. Sie nahm ihre Rolle offensichtlich sehr ernst. Hätte der Bus einen Rückspiegel gehabt, hätte sie ihn bestimmt gewissenhaft benutzt, dachte Celine schmunzelnd. Vielleicht ging sie eines Tages wirklich nach Hollywood.

Plötzlich geriet ein Beinpaar ins Stocken, als ein Mädchen etwa in der Mitte des Busses einem Elternteil in der ersten Reihe winkte. Die anderen liefen auf sie auf und wurden zusammengepresst, als wäre der Bus ein großes Akkordeon. Ein Junge ging zu Boden, die anderen stolperten über ihn und einige traten sogar auf ihn. Das Publikum erstarrte vor Schreck. Das hintere Ende des Busses schwankte und verlor das Gleichgewicht. Der kleine Junge am Boden hielt sich jammernd den Bauch.

Mehrere Erwachsene rannten auf die Bühne, während der Junge immer lauter weinte. Alex drängte sich an den anderen vorbei, kniete neben dem Jungen nieder und betastete seine Rippen. Er sagte etwas zu dem Kind, dann nahm er es auf seine starken Arme. Die anderen Erwachsenen machten Platz und der Polizist trug das Kind von der Bühne. Celine seufzte beruhigt. Sicher war er in Erster Hilfe bestens geschult.

Schließlich war der Bus wieder auf den Beinen und das Spiel wurde fortgesetzt. Celine beobachtete überrascht, dass Alex mit der dunkelhaarigen Frau, neben der er gesessen hatte, zu seinem Platz zurückkehrte. Den Jungen trug er immer noch auf den Armen. Sie setzten sich; die Frau wollte den Kleinen nehmen, doch er schüttelte den Kopf, kuschelte sich eng an Alex und schmiegte sein dunkles Lockenköpfchen an seine Brust. *Bestimmt ist das sein Neffe*, dachte Celine. Wenn Alex selbst ein Kind gehabt hätte, hätte Emilia ihr bestimmt davon erzählt. Alex legte sein Kinn auf den Kopf des Kleinen und streichelte ihm liebevoll über den Rücken. Sie sahen sich so ähnlich …

„Sie macht das super", flüsterte Jack ihr zu.

Da erst bemerkte Celine, dass Rebecca schon fast ihren ganzen Text aufgesagt hatte. Vielleicht hatte sie ihrer Tochter zu oft beim Üben zugehört, sodass sie automatisch abgeschaltet hatte, als sie die bekannten Zeilen hörte?

„Vergesst eure Picknickkörbe nicht", ermahnte Rebecca, der Busfahrer, die Kinder. Nachdem die Kinderschar ausgestiegen war, „fuhr" sie den Bus rückwärts von der Bühne, ein Beinpaar am hinteren Ende half ihr dabei. Kaum saßen die Kinder auf dem Boden, um ihr Picknick zu vertilgen, da erschienen die Krähen.

„Was für eine Auswahl!", freute sich Melvin. „Ich weiß ja gar nicht, wo ich anfangen soll."

„Ich nehme den Schokoriegel da", erklärte sein Freund.

Melvin schüttelte entrüstet den Kopf und verschränkte die Flügel vor der Brust. „Nein, das ist doch der Nachtisch. Das essen wir erst als Letztes."

Schwarze Feder-Finger kratzten sich nachdenklich am orangen Schnabel, der irgendwie an der Nase des Schülers befestigt war. „Es gibt mehrere Thunfischbrote. Soll ich Vollkornbrot oder Weißbrot nehmen?"

Als sich die großen Vögel plötzlich auf das Essen stürzten, kreischten nicht nur die Kinder auf der Bühne, sondern auch das Publikum schrie mit. Auf der Bühne herrschte das totale Chaos, bis eine Gruppe von Vogelscheuchen den Kindern zu Hilfe eilte. Sie wedelten mit ihren Stroharmen und jagten Melvin und seinen Räuberfreund davon, die erst noch in mehreren Kreisen aufgeregt um die Kinder herumrannten, ehe sie von der Bühne verschwanden.

Die Zuschauer grölten, Jack pfiff ohrenbetäubend. Auch Celine hielt sich den Bauch und lachte Tränen.

Unaufhaltsam wanderten ihre Blicke wieder zu Alex, der ebenfalls herzlich lachte. Der Junge hatte sich auf seinem Schoß umgedreht, um zur Bühne sehen zu können, aber er lächelte nicht. Alex flüsterte ihm etwas ins Ohr und kitzelte ihn, bis der kleine Kerl schließlich auch lachen musste. Celine war fasziniert von dem, was sie da beobachtete. War das derselbe Mann, der Tim und ihr gegenüber so kalt und abweisend auftreten konnte? Sein Gesicht schien von innen her zu leuchten. Weiß hoben sich die Zähne von seinem dunklen Teint ab. Die körperliche Anziehungskraft des Mannes war ihr ja nun schon bekannt. Aber dieser Anblick voller Liebe und Zärtlichkeit war neu und kaum zu ertragen.

„Stimmt was nicht?", fragte Jack.

Sie riss ihren Kopf herum, weg von Alex, hin zu dem Mann an ihrer Seite. „N-nein." Ihre Antwort kam zu schnell, ihr Ton klang, als fühle sie sich ertappt. Es war ihr gar nicht aufgefallen, dass ihr Lachen erstorben war, seit sie zu Alex geschaut hatte. „Mein Chef ist hier", entgegnete sie lahm und hatte damit nicht einmal gelogen. Sie wusste, dass Leon Schumann da war, auch wenn sie ihn noch nicht entdeckt hatte.

Jack drückte ihre Hand. „Heute brauchst du nicht an die Arbeit zu denken."

Sie lächelte. „Du hast recht."

Während der restlichen Vorführung versuchte Celine, sich selbst wieder zur Vernunft zu bringen. Sie wollte alle Gedanken an Alex aus ihrem Kopf verbannen. Dieser Mann war nicht die Lösung ihrer Probleme, er war nur eine Ablenkung, ein Umweg, den sie sich nicht erlauben konnte.

Jack war das Ziel, er war der Richtige für sie, mehr noch, er war der Richtige für ihre Kinder. Darauf kam es am allermeisten an. Sie würde sich alle Regungen verbieten, die ihre Gedanken durcheinanderbringen konnten. Schließlich träumte sie von einer glücklichen, stabilen Familie mit einem engagierten, verlässlichen Vater. Jack war der Mann ihrer Träume. Punkt.

Als die Vorführung zu Ende war, begleitete Jack sie zu ihrem Auto, das auf der Südseite der Schule stand. Als die Mädchen eingestiegen waren, umfasste Jack Celines Schultern und zog sie noch einmal in den Schatten des Backsteingebäudes. „Ich muss dich etwas fragen."

Die Lampe, die am Dach der Schule befestigt war, warf tiefe Schatten auf sein Gesicht. Sie berührte seinen Arm. „Frag mich, was du willst."

„Ist es dieses Mal anders?"

„Was meinst du?"

Er zuckte die Schultern, sah zur Seite und vergrub die Hände in den Hosentaschen. „Bin ich bloß ein guter Kumpel für dich – jemand, mit dem du gerne mal etwas unternimmst, oder was?"

Ihr wurde warm ums Herz, während ein Lächeln ihr Gesicht zum Leuchten brachte. „Es ist ‚oder was'. Ich unternehme gerne Dinge mit dir, aber du bedeutest mir mehr als das. Viel mehr."

Er sah immer noch unsicher aus und eine verlegene Pause entstand. Wie viel sollte sie preisgeben? Ihr Stolz hielt sie zurück, sonst hätte sie sich ihm jetzt zu Füßen geworfen und ihn angefleht, ihr einen Verlobungsring zu schenken.

„Ich will dieses ‚Lass-uns-Freunde-sein'-Ding kein zweites Mal erleben", erklärte er. „Jedenfalls nicht, wenn ich wieder angefangen habe, mir Hoffnungen auf mehr zu machen. Wenn wir nur Freunde sind, dann möchte ich das gleich von Anfang an wissen."

Sie trat näher und schob ihre schmale Hand in seine kräftige. „Ich will dich nicht nur als Freund haben."

Seine Stirn berührte ihre. Sie waren fast gleich groß. Ein ideales Paar. Er seufzte. „Habe ich mich irgendwie verändert? Warum habe ich dir beim ersten Versuch nicht gepasst?"

„Es lag nicht an dir. Es lag an mir. Es tut mir leid, dass ich so lange gebraucht habe, um zur Vernunft zu kommen."

Er lachte. „Na dann." Mit beiden Händen hob er ihr Gesicht ein wenig an und küsste sie.

Kapitel 24

Zum ersten Mal beschwerte sich Tim nicht, weil er an Emilias Rampe arbeiten musste. Ganz im Gegenteil, er schien sich direkt darauf zu freuen und lud schon das Werkzeug von Millard in den Kofferraum, während Celine und die Mädchen noch beim Frühstück saßen. Es war kaum noch Platz im Kofferraum; darüber hatte Tim sich schon gestern Abend beschwert, als er seiner Mutter helfen musste, die frisch bemalte Eichenkommode hineinzuwuchten.

„Nun kommt doch endlich“, rief er ungeduldig, „ihr wisst doch, wie sauer Estrada wird, wenn ich zu spät bin.“

Celine steckte sich eine Scheibe Toast zwischen die Zähne, schnappte sich den Mantel und eine Tasche, schloss die Haustür zu und rannte zum Auto. Der Himmel breitete sich wie eine undurchdringliche, graue Decke über das Land.

Tim saß auf dem Beifahrersitz, Rebecca und Sissi hinten. Celine lenkte den Wagen aus der Einfahrt. „Wofür ist das denn?“, fragte Sissi, beugte sich nach vorne und fuchtelte mit einer großen, metallenen Kelle, die sie an einem kräftigen schwarzen Griff hielt, gefährlich nah vor Tims Gesicht herum.

„Gib das sofort her“, fuhr er sie an und riss ihr das Werkzeug aus der Hand. „Willst du mir das Ohr absäbeln oder was?“ Bewundernd fuhr er mit der Hand über das glänzende Kellenblatt. „Das ist eine Maurerkelle. Ich brauche sie zum

Betonieren." Mit eleganten Bewegungen schwang er sie vor der Windschutzscheibe hin und her. Das hatte Alex ihm am vergangenen Wochenende beigebracht, als sie die ersten beiden Abschnitte der Rampe gegossen hatten.

Während die Kinder sich mit Millards Werkzeug beschäftigten und die Mädchen sich über die unsichtbare Grenze zwischen ihren Plätzen stritten, wanderten Celines Gedanken zurück zu dem Abend, an dem Jack sie im Schatten der alten Backsteinmauern geküsst hatte. Damit war genau das passiert, was sie sich gewünscht und von Gott erbeten hatte. Am nächsten Tag hatte er sie zweimal angerufen und heute Abend wollte er zum Essen kommen. Was sollte sie kochen? Er würde natürlich Fleisch wollen. Hühnchen? Aber sie wollte ihre Kinder nicht auf den Geschmack bringen. Sollte sie zwei verschiedene Gerichte kochen?

„Mama, du musst doch hier abbiegen!", rief Rebecca.

Celine sah in den Rückspiegel, dann wendete sie schnell. Gedanklich war sie schon auf dem Weg zu Emilia gewesen, dabei musste sie die Mädchen zuerst noch zum Fußballplatz bringen.

Auf dem Parkplatz trafen sie Dennis, der gerade mit Andy zum Spielfeld ging und mit Jacken und einer Kühltasche bepackt war. Die Mädchen stürmten aus dem Auto, riefen nur noch ein eiliges „Tschüs, Mama!", und schon rannten sie zu ihren Freunden auf den Fußballplatz.

Dennis schlug im Vorbeigehen auf die Heckklappe, die mit Schnüren über dem Schränkchen festgebunden war, und beugte sich zu Tims Fenster herunter: „Hey, Tim, sag mal, hast du schon mal überlegt, ob du Möbelpacker werden willst?"

Tim schnaufte. „Bin ich schon. Ich kriege nur nichts dafür."

„Meine Bezahlung besteht in Muffins und Küssen", warf Celine ein und versuchte, ihm über die Haare zu streichen, doch er wich ihr aus. „Dennis, ich komme später nach. Könntest du so lange auf meine Mädchen aufpassen?"

Er schwang sich die Tasche über die Schulter und nickte: „Klar, mach ich!" Damit legte er den Arm um seinen Sohn und ging los.

Celine fuhr auf die Hauptstraße zurück, vorbei am Frisör, der Post und der Versicherung. Sie warf einen kurzen Blick hinauf zu ihrem Bürofenster und war froh, dass sie wenigstens am Wochenende nicht unter der Aufsicht von Mr Schumann stand. Auch Tim sah zu dem Gebäude hinüber. Bestimmt würde er nie vergessen, wie er auf dem Parkplatz von Alex Estrada verhaftet und mit dem Gesicht in den Schotter gedrückt worden war. Er hatte sich gewehrt wie ein wildes Tier, das in die Falle gegangen war und hinter die Gitterstäbe eines Käfigs gezwungen wurde.

„Wie kommt ihr beide inzwischen klar, Estrada und du?"

Tim zuckte mit den Achseln. „Geht so."

Sie wartete, wie so oft, in der Hoffnung, dass dies nur der Anfang einer längeren Erklärung sein würde, aber mehr kam nicht. „Was heißt das?", fragte sie schließlich.

„Nichts. Nächste Woche sind wir voraussichtlich fertig. So lange muss ich ihn halt noch ertragen. Danach kann ich die restlichen Stunden absolvieren, wo ich will – in einer Kirche oder einem Altenheim oder so."

„Ach, das wusste ich gar nicht. Wir könnten ja mal mit dem Pfarrer in der Kirche hier am Ort reden, in die wir früher manchmal gegangen sind. Vielleicht hat er eine sinnvolle Aufgabe für dich."

Wieder reagierte Tim mit einem desinteressierten Schulterzucken. „Estrada sagt, wenn ich nur in den Gottesdienst gehe, zählt das auch. Verrückt, oder?"

„Das hat er gesagt? Ja, das ist erstaunlich." Aber sinnvoll war es schon und passte in das Gesamtkonzept des Jugendbezirksgerichts, das viel mehr Wert auf Korrektur und Wiedereingliederung legte als auf Strafe. „Das passt ja gut. Ich habe in letzter Zeit öfters gedacht, wir sollten uns alle wieder angewöhnen, regelmäßig in die Kirche zu gehen. Mir fehlt etwas, seit wir das nicht mehr machen."

Tim antwortete nicht. Inzwischen waren sie in der Digby Street angekommen und Celine bog in Emilias Einfahrt ein. Niemand war zu sehen. Tim sprang aus dem Auto und holte seine Ausrüstung aus dem Kofferraum.

„Warte", rief Celine hinter ihm her, „wir müssen noch die Kommode ins Haus tragen."

„Ich hoffe, das ist dann das letzte Mal, dass wir dieses Teil irgendwohin schleppen müssen", stöhnte Tim.

„Mal sehen, ob Emilia den Schrank mag, sonst nehmen wir ihn wieder mit. Nicht allen Leuten gefallen bemalte Möbel. Hilf mir doch erst mal, ihn aus dem Auto zu heben."

Sie fingen an zu ziehen. Die schwere Kommode bewegte sich nicht. Einer der geschwungenen Füße blieb immer wieder am Rahmen der Heckklappe hängen. „Versuch mal, ein bisschen hin und her zu ruckeln", schlug Celine vor. Tim schob die schwere, massive Kommode von einer Seite zur andern und drückte seine Schulter darunter, um sie besser anheben zu können. An seinem Hals traten Adern und Sehnen hervor und sein Gesicht wurde rot. Celine half mit und versuchte, ihm einen Teil des Gewichtes abzunehmen, wobei sie aus Versehen gegen seinen Arm stieß.

Da brach ein Strom von Flüchen aus ihm heraus; Worte, die sie noch nie von ihm gehört hatte, plötzlich und unvermittelt, als feuerte er eine Salve von Kugeln gegen Celines Brust. Sie fuhr zusammen.

„Tim, ich wollte dir nur helfen!"

„Lass das! Ohne dich geht es echt besser!"

Da schob sich eine große Hand zwischen sie, packte Tim an der Schulter und wirbelte ihn herum. „Du redest nie wieder so mit deiner Mutter, ist das klar?!" Die Stimme von

Alex Estrada klang beherrscht, trotzdem brachen die Worte wie Donnerschläge über den Jungen her. „Nie wieder!“

Tim versuchte, sich loszumachen, aber der Polizist hatte ihn fest im Griff. „Das geht Sie überhaupt nichts an! Ich habe gegen kein Gesetz verstoßen, falls Sie mich wieder verhaften wollen!“

„Hier geht es nicht um Gesetze, es geht um Respekt. Ein Mann, der seine eigene Mutter nicht achtet, ist nur eine Karikatur.“

Tim verdrehte die Augen und sah zur Seite.

„Stell dir vor, das wären die letzten Worte gewesen, die du je zu deiner Mutter gesagt hättest!“ Estradas Stimme bebte, als hielte er einen Sturm von Gefühlen zurück. Sowohl Celine als auch Tim drehten sich überrascht zu ihm um. Celine erstarrte bei den nächsten Worten, die er mit erschreckendem Ernst sagte: „Ich garantiere dir, du würdest das dein restliches Leben lang bereuen.“

Damit wandte Alex sich ab und stampfte davon. Nach ein paar Schritten erinnerte er sich aber offenbar wieder, warum er überhaupt zu Celines Wagen gegangen war, und kam zurück. Wortlos betrachtete er die Kommode, hob sie zuerst an der einen, danach an der anderen Seite an, befreite das Bein und zog dann das schwere Möbelstück ein Stück weit heraus. „So, Tim, los. Komm, pack mit an, damit wir das Ding aus dem Auto heben können.“

Tim ging wortlos nach hinten. Gemeinsam hoben sie die Kommode aus dem Auto und stellten sie auf den Boden der Einfahrt. Alex sah Celine an, während er bewundernd durch die Zähne pfiff. „Sie haben es schon wieder getan!“

Celine war irritiert: „Was?“

Er deutete mit einer Kopfbewegung auf die Kommode: „Na, das hier.“ Ungläubig staunend schüttelte er den Kopf. „Ich verstehe nicht, warum Sie noch bei dieser Versicherung arbeiten, wenn Sie doch so etwas können!“

Celine lachte verhalten. Sie stand immer noch unter dem Eindruck der massiven Unterstützung, die sie gerade von Alex erfahren hatte. Tim suchte unsicher ihren Blick, und sie vermutete, dass ihm seine Worte leidtaten. Sie hatte den Kindern von klein auf jede Form des Fluchens verboten – zumindest seit Don nicht mehr bei ihnen wohnte. Umso entsetzter war sie über das, was ihr Sohn soeben zu ihr gesagt hatte. So viel Hass und Wut brodelten bei ihm so dicht unter der Oberfläche, und zwar ihr gegenüber – damit hatte sie nicht gerechnet. Tim nahm sein Werkzeug und ging mit gesenktem Kopf zu dem Weg, an dem sie heute weiterarbeiten wollten.

„Ich würde zu gern meinen Lebensunterhalt damit verdienen", antwortete sie endlich auf die Bemerkung von Alex, dessen Blicke immer noch fasziniert zwischen ihr und dem Schränkchen hin- und herwanderten., „Das wäre wirklich ein Traum." Sie lächelte, sah gleichzeitig aber immer noch traurig aus. „Ich weiß sogar schon, wo mein Laden sein könnte, und zwar denke ich an das kleine Bilderrahmen-Geschäft zwischen dem Frisör und dem Haushalts- und Sportwarenladen. Ich habe gehört, es macht bald zu."

„Gute Idee!"

Sie lachte und stülpte ihre leeren Jackentaschen nach außen. „Tja, aber ich habe keine Ersparnisse, drei hungrige Kinder und ein Auto, das demnächst endgültig schlappmachen wird." Sie lächelte ihn verlegen an. „Und das ist noch nicht alles."

Alex fuhr sich mit der einen Hand durch das dichte, schwarze Haar, die andere strich über das feine Eichenholz. Er hatte sich heute Morgen offensichtlich nicht rasiert. „Na ja, es ist egal, ob Sie einen Laden haben oder nicht – dieses Stück würde ich Ihnen gern abkaufen."

Sie legte den Kopf zur Seite und lächelte bedauernd: „Vielen Dank, ich weiß das sehr zu schätzen, aber das ist ein Geschenk für Emilia." Er blieb einfach stehen und strich weiter über das aufwändig bemalte Holz. „Im Moment habe ich keine weiteren Möbel zum Bemalen, aber wenn ich wieder etwas auftreiben kann ..."

„Was haben Sie denn da?", fragte Emilia, die auf der Veranda erschienen war und sich schwer auf ihren Rollwagen stützte. Heute war sie wie eine Jägerin gekleidet, mit einer rot-schwarzen Wolljacke und Jeans, die sie in ihre Schnürstiefel gestopft hatte.

„Hallo, Emilia!", winkte Celine und drehte sich wieder zu Alex um. „Ich weiß überhaupt nicht, ob sie den haben will, es war nur so eine Idee von mir."

„Ich bin sicher, sie wird begeistert sein", sagte er, packte die Kommode links und rechts, kippte sie gegen seine Brust und trug sie zum Haus, wo Emilia in wortreiches, staunendes Entzücken ausbrach. Nachdem sie sich ein wenig beruhigt hatte, begann sie, mit zärtlicher Freude über die gelbgrünen Vögel mit ihren orangefarbenen Köpfchen zu streicheln, die Celine für sie gemalt hatte.

„Unzertrennliche! Sie sehen genauso aus wie meine beiden! Wie haben Sie das bloß gemacht?"

Celine lächelte: „Ich habe sie mir einfach eingeprägt. Vögel male ich am liebsten. Ich sehe sie mir immer ganz genau an."

Emilia umarmte sie. „Ich kann es fast nicht glauben, dass Sie das für mich gemacht haben!"

„Wissen Sie, als ich letztes Mal bei Ihnen war, da sagten Sie, den Fernseher bräuchten Sie nur als Blumenständer. Da dachte ich mir, für Ihre Pflanzen könnten Sie doch auch dieses Schränkchen nehmen, das würde bestimmt hübscher aussehen."

„Wie aufmerksam von Ihnen! Alex, bitte trag den Schrank noch nicht rein, ich muss da drin erst sauber machen." Emilia nahm Celine am Arm. „Bitte kommen Sie doch herein."

„Danke, Emilia, aber heute kann ich nicht bleiben. Meine Mädchen spielen gerade Fußball und ich habe ihnen versprochen, zuzuschauen."

„Nur eine Tasse Tee?"

Alex ging schon wieder und Celine rief ihm noch ein „Danke!" hinterher. In den letzten fünf Minuten hatte er ihr gleich zwei Lasten abgenommen.

Er winkte lässig: „Schon gut!", ging zu Tim und begann, mit ihm den Ablauf der nächsten Arbeitsgänge durchzusprechen, damit sie den Weg zwischen den beiden Häusern heute fertigstellen konnten.

Als Celine sich wenig später mit einer dampfenden Tasse Tee ans Wohnzimmerfenster stellte, beobachtete sie den Mann und ihren Sohn, wie sie gemeinsam im Hof arbeiteten. Tim musste den Blick heben, um Alex anschauen zu können. Der Polizist war gut eineinhalb Köpfe größer als er und hatte doppelt so breite Schultern. Obwohl Alex' harte Worte erst wenige Minuten zurücklagen, arbeiteten sie harmonisch Seite an Seite, schütteten die Betonmischung in eine Schubkarre und ließen mit dem Gartenschlauch Wasser dazulaufen, das sie unterrührten. Ein Außenstehender hätte sie für Vater und Sohn halten können.

Enrique kam über den Rasen geschlendert, die breite Krempe seines Strohhuts verbarg seine Augen. „Jetzt kommt der Chef", grinste Celine.

„Enrique?"

Celine nickte.

Emilia beugte sich besorgt in ihrem Sessel nach vorn. „Heute Morgen ging es ihm überhaupt nicht gut. Er hat das Frühstück, das ich ihm gemacht habe, überhaupt nicht angerührt, obwohl ich ihm Chorizo-Wurst und Rührei gemacht hatte. Und jetzt läuft er in der Kälte herum?"

Celine lachte. „Man muss nur eine Motorhaube aufmachen oder Beton mischen, schon kommen die Männer von überall her angelaufen. Wenn einer arbeitet, braucht es immer noch ein halbes Dutzend anderer, die mit den Händen in den Hosentaschen danebenstehen und ihre Kommentare dazu abgeben."

Emilia lachte ebenfalls. „Hat er wenigstens eine Jacke an?"

Celine schüttelte den Kopf: „Baumwollhemd mit hochgekrempelten Ärmeln."

Enrique hatte anscheinend gerade etwas Lustiges gesagt, denn draußen lachten alle, sogar Tim. Alex gab ihm einen kameradschaftlichen Klaps auf den Arm, Tim antwortete und beide grinsten. Dieser Polizist war ihr so zuwider gewesen in seiner strengen Uniform, als er ihr Haus durchsucht, ihre Redlichkeit infrage gestellt und ihren Sohn gedemütigt hatte. Diesen Typen konnte sie irgendwie kaum mit dem lächelnden Mann da draußen in der verwaschenen Jeans in Verbindung bringen – es war ein ganz anderer Mensch.

„Ich habe Alex vorgestern beim Herbstfest in der Schule gesehen", sagte Celine beiläufig.

„Ja, er war dort, um unseren kleinen Manuel zu sehen. Der arme kleine Kerl wurde von einem Bus überfahren, haben sie mir erzählt."

„Ja, zum Glück war es nur ein Papp-Bus! Geht es ihm wieder besser?"

„Natürlich, schon lange. Für seine Mutter war es schlimmer als für ihn selbst. Sie fürchtete, dass er wegen der Blamage in der Öffentlichkeit seelischen Schaden nehmen könnte. Aber Alex hat sie wieder beruhigt."

Celine war sich nicht sicher, ob sie es fragen sollte, aber sie wollte es unbedingt wissen: „Ist Manuel sein Sohn?"

„Du liebe Güte, nein! Manuel ist der Sohn von Alex' Schwester Carmen. Carmens Mann ist bei der Handelsmarine und ist oft monatelang unterwegs, deshalb nimmt Alex allerdings oft die Vaterstelle ein."

Erleichterung machte sich in Celine breit, als sie das hörte.

„Sie waren in Herrenbegleitung dort?"

Fast wäre Celine die Tasse aus der Hand gefallen. Sie wandte sich vom Fenster ab und setzte sich gegenüber von Emilia aufs Sofa, obwohl sie sich doch eigentlich fest vorgenommen hatte, gleich wieder zu ihren Mädchen zurückzukehren. „Hat Alex Ihnen das erzählt?"

Emilia zuckte unschuldig mit den Achseln. „Wir sprachen über dies und das, da sind wir auch darauf gekommen. Möchten Sie mir etwas über diesen Mann erzählen?"

Es war das erste Mal, dass Celine sich in Emilias Gesellschaft nicht so ganz wohl fühlte. „Er heißt Jack. Wir waren einmal zusammen und in letzter Zeit haben wir uns wieder angenähert."

„Ist er die Antwort auf Ihre Gebete?"

„Nun ... ja, ich meine ... ich denke ... wohl schon. Meine Kinder brauchen einen Vater wie ihn. Er mag sie, hat eine fröhliche Grundstimmung, und es macht ihm Spaß, mit ihnen etwas zu unternehmen. Irgendwie ist er selbst noch wie ein Kind. Vor allem was Sport angeht, da wird es ihm nie langweilig."

„Ist er auch nett zu Ihnen?"

„Ja, natürlich. Er ist einfach ein sehr netter Mensch."

Emilia schaukelte hin und her, ohne weiter zu fragen.

Celines Blicke wanderten zu dem kaputten Fernseher unter dem Fenster. Abgefallene braune Farnblätter lagen um die Blumentöpfe herum. Auch auf dem Teppich lagen verwelkte Blätter, manche waren schon von Staubflocken eingehüllt. Sie hätte liebend gerne sauber gemacht, ehe der neue Schrank dann an dieser Stelle seinen Platz einnahm, aber die Jungs würden jetzt gerade keine Möbel rücken wollen, sie sahen sehr beschäftigt aus mit ihrem Beton. Außerdem warteten die Mädchen auf sie.

„Sind Sie in ihn verliebt?“

Celine wandte sich abrupt herum. Diese direkt gestellte Frage traf sie in der Magengrube, als wäre sie ein Sandsack, den Emilia mit Boxhandschuhen bearbeitete. Wie konnte Emilia so direkt sein? Sie kannten sich doch erst so kurz!

Celines Gesicht wurde heiß. „Ich denke ...“ Sie starrte auf einen Punkt über Emilias Kopf. „Ich denke, es ist noch zu früh, um das sagen zu können.“

Warum sagte sie das? Wartete sie nicht die ganze Zeit nur darauf, dass Jack endlich die große Frage stellte? Je schneller er ein fester Bestandteil ihres Lebens wurde, desto besser – möglichst noch ehe Don zurück nach Ham Bone zog. Auch wenn sie bezweifelte, dass ihr Ex-Mann diesen Gedanken wirklich in die Tat umsetzen würde ... mit Jack an ihrer Seite wäre Don für sie und die Kinder keine Bedrohung mehr.

„Gute Antwort“, nickte Emilia. „Es ist wichtig, sich selbst zu hinterfragen. Manchmal bitten wir Gott um Hilfe, und im nächsten Augenblick versuchen wir doch wieder, alles selbst in die Hand zu nehmen. Wenn die Umstände schwierig werden, ist es schwer, am Glauben festzuhalten, den Blick fest auf Jesus zu richten und übers Wasser zu gehen. Je schlimmer der Sturm ist, je größer ist die Gefahr, auf die bedrohlichen Wellen zu schauen und sich selbst um Rettung zu kümmern.“

Tränen traten in Celines Augen. Sie musst blinzeln und starrte auf den letzten Schluck Tee in ihrer Tasse. Sie wusste, wovon Emilia sprach. Seit Wochen kämpfte sie gegen die Wellen an, während sie sich gleichzeitig einzureden versuchte, dass sie auf dem Wasser ging. Doch sie hatte ihr Vertrauen nicht wirklich auf Gott gesetzt. Stattdessen schien Jack ihr Rettungsanker zu sein. Nun hatte er sie endlich geküsst – aber sie hatte überhaupt nichts dabei empfunden!

Ehrlich gesagt dachte sie seitdem an kaum etwas anderes.

Ihr war, als hätte sie eine vegetarische Lasagne bestellt und einen fetttriefenden Hamburger vorgesetzt bekommen.

Sie hob den Kopf. „Emilia, ich weiß selbst nicht, was ich gerade tue."

Die weise Frau in der Jägerkluft lächelte sanft. „Es ist eine Frage der Übung: Zuhören und Gehorchen. Sie werden das schon noch herausfinden. Jedes Mal, wenn Sie erleben, wie Gott Sie erhört, wird Ihr Glaube stärker werden."

Celine lächelte und erinnerte sich an den Glauben ihrer Mutter. „Emilia, ich glaube, ich sollte öfter mit Ihnen reden." Damit erhob sie sich und brachte die leeren Teetassen in die Küche. „Aber jetzt muss ich zu dem Fußballspiel."

Als Celine aus der Küche zurückkam, hörte sie im Garten einen lauten Schrei. Das war kein kurzer Schmerzensruf, weil sich jemand mit dem Hammer auf den Daumen gehauen hatte, sondern ein Schrei, der sofort in ihrem ganzen Körper Adrenalin freisetzte. Celine rannte zum Eingang und stieß die Tür auf; Emilia erhob sich überraschend schnell aus ihrem Sessel.

Draußen lag Enrique auf der kalten Wiese; sein Hut war in einen Strauch geflogen.

Tim kam atemlos die Treppe hochgerannt. „Ruft den Notarzt!"

Celine wollte zum Telefon stürzen, doch Emilia tippte schon die Nummer ein.

„Was ist passiert?" Emilias Hände zitterten und sie vertippte sich.

„Enrique hat einen Herzinfarkt oder so etwas. Er krümmt sich am Boden und presst die Hände an die Brust."

Celine sah sich hilflos um. Alex kniete neben seinem Vater. Sie schnappte sich eine Decke vom Sofa und rannte zu den beiden. Als sie dort war, hielt Alex den alten Mann in seinen Armen. „Keine Angst, Papa, ich bring dich rein ins Warme!" Celine breitete die Decke aus und schob sie zwischen Enrique und Alex. „Wir brauchen Aspirin!“, wandte er sich an Celine.

Celine rannte zu Emilias Arzneimittelschränkchen, suchte und fand eine Packung Aspirin und eilte in die Küche, um ein Glas Wasser zu holen. Inzwischen hatte Alex seinen Vater schon hineingetragen und aufs Sofa gebettet. Emilia stand daneben und stützte sich mit schneeweißen Fingerknöcheln schwer auf ihren Gehwagen.

Celines Augen begegneten Tims unsicherem Blick, und sie bedeutete ihm, Emilia einen Stuhl zu holen. Ihr Sohn reagierte sofort und half der alten Dame unbeholfen, sich daraufzusetzen. Celine nahm Emilias Hand, als das Martinshorn zu hören war. Krankenwagen und Notarzt waren fast da.

„So, Papa, das wird dir helfen. Die Tablette macht dein Blut dünnflüssiger. Ich hebe deinen Kopf etwas an, damit du schlucken kannst.“ Alex schob seinem Vater die Tablette zwischen die Lippen und nahm Celine das Wasserglas ab, doch Enrique rang nach Luft und drehte den Kopf zur Wand. „Papa, du musst die Tablette runterspülen.“

„Mijo“, die Stimme des Alten war rau. *„Juramelo antes que me muera.“*

„Nein, Papa, nein!“ Alex drückte ihm das Glas gegen die trockenen Lippen, doch das Wasser lief ihm das Kinn hinunter. „Du musst das schlucken.“

Celine konnte nicht erkennen, was mit der Tablette passiert war. Enrique presste seine Hand gegen die Brust, die Venen auf seinem Handrücken traten erschreckend dick hervor. Schmerz verzerrte sein Gesicht.

„Perdona a Esteban“, röchelte er.

Wer war Esteban? Vergeben? Was? Celine verstand nicht, um was es ging.

„Jetzt nicht, Papa! Morgen können wir in Ruhe über alles reden. Hast du die Tablette geschluckt?“

Plötzlich entspannte sich Enriques Gesicht. „Papa!?!", schrie Alex und schüttelte ihn leicht.

Enriques Augen öffneten sich noch einmal. „Versprich es mir, *mijo*." Seine Stimme war kaum noch hörbar.

„Ich mache alles, was du willst, Papa, ich verspreche es dir. Aber bitte geh nicht. Bleib bei mir, Papa!"

Die Muskeln in dem faltigen Gesicht entspannten sich zusehends. Enriques Hand wurde schlaff und glitt von seiner Brust. Emilia schnappte nach Luft, sank vornüber und drückte ihr Gesicht gegen die Schulter des alten Freundes, aus dessen Körper das Leben wich.

Das Martinshorn wurde lauter. Tim, der neben Emilia gestanden hatte, wich zurück. Celine wandte ihm ihr tränennasses Gesicht zu. Seine Augen waren geweitet und das nackte Entsetzen stand ihm ins Gesicht geschrieben. Es war das erste Mal, dass er das Sterben eines Menschen miterleben musste. Celine nickte ihm zu, Tim atmete tief durch und ging dann nach draußen, um den Sanitätern den Weg zu weisen.

Alex hatte Enrique auf den Boden gelegt und mit verzweifelten Wiederbelebungsmaßnahmen begonnen. Er kniete mit dem Rücken zu Celine und machte Mund-zu-Mund-Beatmung. Dann richtete er sich kurz auf und murmelte flehentliche Bitten in Spanisch, während er durch rhythmische Stöße das Herz massierte. Das Einzige, was Celine immer wieder verstand, war „Papa". Emilia streichelte eine von Enriques Händen wie eine schlafende Katze, während lautlose Tränen über ihre Wangen rannen.

Notarzt und Rettungssanitäter stürmten in den Raum, Alex machte Platz und Emilia wurde auf einen anderen Stuhl gesetzt. Die Männer bauten mit fliegenden, geübten Griffen ihre Ausrüstung auf. Celine stand neben Emilia, ihre Hand lag auf der Schulter der älteren Frau, während sie betete und zusah, wie der Herzmonitor und andere Geräte angeschlossen wurden. Als die Elektroschocks Enriques Körper erschütterten, sahen die Frauen zur Seite. Doch alle Wiederbelebungsmaßnahmen blieben ohne Erfolg. Enrique war tot.

Als es vorbei war, wurde Enrique auf die Trage gebettet und hinausgebracht. Alex ging hinter dem Toten her, ruhig und aufrecht. An der Tür drehte er sich noch einmal um und wechselte einen langen Blick mit Emilia, die wie betäubt in ihrem Sessel saß.

„Ich bleibe hier", sagte Celine schnell. Alex' Gesichtszüge waren wie versteinert. Er sah Celine an, schien sie aber nicht zu erkennen. Da war es wieder, das Gesicht des harten Bullen, der sich damals so bedrohlich vor ihrer Tür aufgebaut hatte. Ein Frösteln rann ihr über den Rücken. In diesem Augenblick verstand sie es: Es war eine Maske. Hinter dieser Maske der Härte verbarg er seinen Schmerz. Als ihr das klar wurde, hätte sie ihn am liebsten berührt und die Betonspritzer aus seinem Gesicht gewischt. „Oh Alex, es tut mir so leid."

Er nickte mechanisch, drehte sich dann mit unbewegter Miene um und ging über die Straße, wo er seinen Streifenwagen geparkt hatte. Sein Blaulicht setzte ein, während er aus der Parklücke fuhr, doch dann besann er sich und schaltete die Lampen wieder aus. Leise folgte er dem Krankenwagen, der den Leichnam seines Vaters barg, die Straße hinunter.

Kapitel 25

Es war richtig unheimlich", sagte Tim und wischte mit einem feuchten Handtuch über den noch weichen Beton. „In einem Moment regt er sich noch auf, weil sein Weg nicht hundertprozentig glatt ist, und im nächsten Moment ist er hinüber."

Millard runzelte die Stirn. Er kniete auf allen Vieren und versuchte, den halb ausgehärteten Beton zu glätten, so gut es jetzt noch ging. Sonderlich sinnvoll war das nun ohnehin nicht mehr, denn der Nachbar würde nie mehr über diesen Weg zu Emilias rosarotem Haus gehen. Aber Tim war die ordentliche Fertigstellung des Weges so wichtig gewesen, dass er Millard sofort angerufen hatte, kaum dass der Krankenwagen mit dem Verstorbenen das Gelände verlassen hatte.

Nun kämpften die beiden darum, das Stück des Weges, das schon gegossen war, zu begradigen. „Genau so war es mit Arthur Umquist vom Haushalts- und Sportwarenladen auch. Am einen Tag habe ich noch mit ihm geplaudert, am nächsten Tag war er tot."

Ehrlich gesagt hatte es Millard seitdem ganz schön zu schaffen gemacht, dass er sich bei dieser letzten Begegnung ziemlich verärgert über die Preise für Maulwurfsfallen ausgelassen, sich aber nicht nach Arthurs Frau und Kindern erkundigt hatte.

„Arthur und ich waren früher oft zusammen zum Fischen und Jagen in den Bergen." Er ging in die Hocke, ließ seine

Blicke zu den Bergen schweifen und dehnte den schmerzenden Rücken. „Der Tod gehört zum Leben dazu, sagt man. Das Leben ist nie selbstverständlich. Kann sein, du drehst dich nur um, und schon ist wieder jemand gegangen." Bei Molly war es anders gewesen; ihre Krankheit hatte ihm Zeit gegeben, sich auf den bevorstehenden Abschied einzustellen. Trotzdem hatte ihn ihr Tod erschüttert, als wäre ein LKW bei Rot über die Ampel gedonnert und hätte alles verwüstet.

Tim schwieg. Die Glättbalken kratzten über den groben Beton und knirschten wie lange, langsame Schmirgelpapier-Striche auf einer rauen Oberfläche. Sissi und Rebecca spielten im Garten unter den Bäumen. Millard hatte sie auf dem Weg hierher am Fußballplatz abgeholt. Er hatte Freude an den lebhaften Mädchen, die ihm auf dem Weg vom Sportplatz die Ohren vollgeschwatzt hatten.

„Wenn jemand in der Familie stirbt, ist das echt beschissen."

Millard sah Tim an und nickte. Als er Tim kennenlernte, hatte er den Wortschatz des Jungen furchtbar gefunden und verlangte von ihm, sich in seiner Gegenwart anders auszudrücken. Er konnte diese Misshandlung der Sprache kaum ertragen. Aber jetzt fiel ihm selbst auch kein besserer Ausdruck ein. „Ja, das ist echt beschissen", pflichtete Millard ihm bei.

Tims überraschtes Lachen ließ ihn hochschauen. Der Junge strahlte ihn an, als hätte er soeben zwei Dutzend Sympathiepunkte gewonnen. Wenn das alles war, was es brauchte, um sein Herz zu gewinnen, dann hätte er sich schon früher um etwas mehr Gossensprache bemüht!

Die Mädchen kamen angerannt, bunte Arrangements aus Blättern in ihren Händen. „Schau, was wir uns gemacht haben", sagte Rebecca, „Fächer!"

Sie fächerten sich mit ihren Blättern Luft zu, wobei Rebeccas elegante Bewegungen an eine Königin erinnerten, während Sissi so wild wedelte, als versuchte sie, ein Feuer zu löschen.

„Was für herrliche Farben“, staunte Millard. „Die gelben sind Eichenblätter, rot ist der Ahorn und die grünen Blätter sind vom Rhododendron.“

„Wir haben sie für Emilia gesammelt“, erklärt Rebecca. „Wir wollen ihr eine Freude machen.“

Sissi lehnte sich gegen Millard und schaute sich den Weg an. „Das habt ihr beiden aber toll hingekriegt“, stellte sie anerkennend fest.

Millard sah Tim schmunzelnd an: „Bist du sicher?“

Sissi nickte: „Ja.“

Das Nächste, was er wahrnahm, waren ihre kleinen Finger, die mit seinen Haaren spielten. „Du hast aber wenig Haare auf dem Kopf, da kann man ja überall die Haut sehen.“

Er wollte sie wegschieben oder sich aufrichten. Irgendwie war es ihm unangenehm, so berührt zu werden.

„Mr Bradbury, ich wünschte, du wärst unser Opa!“

Rebecca ließ sich auf der anderen Seite von ihm ins kühle Gras fallen. „Au ja, ich auch. Unser Opa ist schon tot, seit wir klein sind. Tim kann sich noch an ihn erinnern, aber wir nicht. Wir haben nur Fotos von ihm.“

Millards Augen ruhten auf dem „Fächer“ in Rebeccas Hand. Lebende und sterbende Blätter lagen übereinander und bildeten gemeinsam eine wunderbare Farbkomposition. Sein Junge, Jefferson, war an einem kühlen Herbsttag gestorben. Wenn das Laub fiel, erinnerte Millard sich besonders deutlich an ihn. Jetzt sahen die bunten Blätter noch so schön aus, doch bald schon würden sie welk und unansehnlich auf dem Boden kleben und die Feuchtigkeit des Winters würde sie wieder in Erde zurückverwandeln. Tod im Herbst, neues Leben im Frühling. Molly war gegangen, aber er würde sie wiedersehen. Sie hatte Gott gekannt. Jeden Abend hatte sie mit Jefferson zusammen gebetet.

Ob die beiden jetzt irgendwo da oben waren und gemeinsam für ihn beteten? Für Millard fühlte sich das Leben jedenfalls in letzter Zeit alles andere als herbstlich an, ihm war eher nach Frühling zumute.

Tim arbeitete mit vollem Einsatz, während er dem Gespräch zwischen Millard und seinen Schwestern zuhörte. Der Junge hatte ihn angerufen. „Ich brauche Ihre Hilfe", waren seine schlichten Worte am Telefon gewesen. Wann hatte das zuletzt jemand zu ihm gesagt, ehe die Walkers in sein Leben geplatzt waren? Er legte seinen Arm um Sissis schmale Schultern und nickte Rebecca zu. „Ich denke, das geht. Wir können ja einfach so tun, als ob ich euer Opa wäre."

„Und wie sollen wir zu dir sagen?"

Millard richtete sich mühsam auf; seine Knie schmerzten und seine Nackenmuskeln waren ganz verkrampft. „Lass mich mal überlegen." Er drehte kreisend den Kopf, um die Verspannung zu lösen. „Ich bin ja nicht euer richtiger Opa. Vielleicht wäre es am besten – falls eure Mama damit einverstanden ist –, wenn ihr Opa Bradbury zu mir sagt."

„Danke! Darf ich meinen Namen in den Beton schreiben, Opa Bradbury?", fragte Rebecca.

Er lachte. „Nein, ich glaube nicht, dass das eine gute Idee ist, weil dieser Weg ja gar nicht uns gehört."

Die Haustür ging auf und Celine kam mit einem Tablett in der Hand die Treppe herunter. *Was für eine hübsche Frau,* dachte Millard. Seltsam, als er sie das erste Mal gesehen hatte, hatte er sie ganz anders wahrgenommen. Ihre Wangenknochen waren ihm zu markant, ihre Nase zu spitz erschienen. Aber diese grünen Augen – ob sie nun weinten oder lachten, was er beides schon zu Genüge miterlebt hatte – hatten ihn in ihren Bann gezogen. Intelligent war sie auch. Dieser Jack sollte sich lieber richtig ins Zeug legen, wenn er diese Frau erobern wollte. Mit Fußball allein würde er bei ihr wohl nicht landen können. Nach allem, was an diesem gemeinsamen Sonntag an Kommentaren von ihm gekommen war, hatte er außer dem Sportteil der Zeitung noch nicht viel gelesen. Für eine Frau wie Celine würde so ein Mann doch sicher schnell langweilig werden.

„Wie läuft's bei euch?"

Tim setzte sich in die Hocke und sah Millard abwartend an.

„Wir sind fast fertig", antwortete dieser.

„Super. Sieht auch echt gut aus." Celine platzierte das mit Broten und Gebäck beladene Tablett auf Tims Werkzeugkasten. „Hier ist eure Belohnung." Sie wandte sich Rebecca zu. „Schatz, würdest du bitte den Saft und die Gläser aus der Küche holen?"

„Ich komm mit", rief Sissi und wollte hinter ihrer Schwester herrennen, doch Celine versperrte ihr den Weg. „Nein, jetzt nicht. Emilia hat sich gerade ein bisschen hingelegt, da wollen wir lieber leise sein."

„Aber wir haben Fächer für sie gemacht!"

Während sich die Männer die Hände wuschen, bewunderte Celine die Blättersammlung der Mädchen und schlug vor, diese leise auf den Tisch neben Emilias Bett zu legen, sodass sie sich darüber freuen könnte, wenn sie erwachte.

Da kam Rebecca aus dem Haus. „Sissi, wir sollen reinkommen und Emilia besuchten. Mama, ich war ganz leise, aber sie war schon wach."

Celine schüttelte den Kopf, während die Mädchen ins Haus rannten. „Sie ist wirklich stark. Enrique war für sie viel mehr als ein Nachbar. Seine Frau war ihre beste Freundin, und nach deren Tod hat sie die Kinder aufgezogen, als ob es ihre eigenen gewesen wären." Ihre Augen wurden weich. „Sie hat ihn geliebt."

Celines Blick wanderte über den halb fertigen Betonweg

zwischen den Häusern. Der Teil auf Emilias Grundstück war fertig gegossen, doch an der Grenze zwischen den Gärten endete der Weg abrupt. Auf Enriques Seite lag nur der vorbereitete Holzrahmen, der wie Eisenbahnschienen zu dem leeren Haus führte. „Ob Alex den Weg jetzt noch weiterbauen möchte?"

„Er hat mir nichts gesagt", erklärte Tim mit vollem Mund. „Aber so, wie das hier aussah, konnten wir es doch nicht lassen; auf der Buckelpiste hätte man ja nicht gehen können."

„Du hast genau das Richtige getan", lobte ihn Millard. „Im schlimmsten Fall hätte man alles mit einem Presslufthammer wieder abtragen müssen. Ob der Weg dort drüben nun noch gemacht werden wird, hängt wohl davon ab, wer dort einziehen wird." Er aß ein halbes Brot und begann dann, den angetrockneten Beton von seinem Werkzeug abzukratzen und alles unter dem Gartenschlauch zu reinigen. Irgendwie schmeckten ihm simple belegte Brote nicht mehr.

Millard hatte die Kochkünste seiner Nachbarin zu schätzen gelernt. Rita konnte nicht verstehen, dass er Celines scharfe Kartoffel-Lauch-Suppe mit dem ofenwarmen Apfelbrot lieber mochte als die tiefgefrorenen Klumpen, die sie ihm brachte. Vermutlich nahm Rita an, dass Celine ihn langsam vergiften wollte, während sie ihn dazu brachte, ihr das ganze Erbe zu überschreiben. Ritas negatives Denken verriet mehr über ihren Charakter, als er wissen wollte.

Diese Erkenntnis machte ihm sehr zu schaffen. Mochte sein, dass er ein guter Lehrer gewesen war, aber als Vater hatte er versagt. Seine Tochter war intelligent und er hatte ihr so viel Wissen wie nur irgend möglich vermittelt. Vermutlich hatte er ihr auch noch all das beigebracht, was Jefferson nie hatte lernen können. Aber leider war er für die wahren Zusammenhänge damals blind gewesen.

Das liebevolle, fröhliche Wesen seines Sohnes war ein Wert, der weit über dem von Wissen und Verstand lag. Jefferson war eigentlich der Lehrer gewesen und Millard hatte sich wie ein unverständiger Schüler benommen. Heute wusste er, dass sein damaliges Denken falsch war. In der Welt, in der Jefferson jetzt lebte, hing der Wert eines Menschen nicht von seinem Wissen oder seinem Aussehen ab. Wahrscheinlich würde Jefferson dort jetzt eine Krone tragen.

Wäre er ein weiser Vater gewesen, dann hätte er seine Tochter gelehrt, dass unvergängliche Werte höher zu achten sind als alles, was man erwerben kann. Dann würde sie heute vielleicht nicht dieses Misstrauen empfinden, das sich mitunter schon als Gier äußerte. Gerade anhand des durch und durch unschuldigen Wesens ihres Bruders hätte er ihr das alles vorleben und beibringen können …

„Ich werde bei Emilia bleiben, bis ihre Familie kommt", hörte er Celine sagen, während der Gartenschlauch in seiner Hand vor sich hin plätscherte. „Die Schwester von Alex wird bald hier sein. Tim, du kannst mit Millard nach Hause fahren, sobald ihr fertig seid."

Rebecca und Sissi kamen aus dem Haus gestürmt, Sissi stolperte über die Stufen und landete der Länge nach im Gras. Ohne sich auch nur abzuklopfen, rannte sie gleich weiter. „Emilia hat gesagt, wir sollen das in den Beton drücken", riefen die Mädchen und präsentierten eine ovale Gürtelschnalle aus Metall, auf der eine Geige abgebildet war. „Es ist von dem Gürtel des Mannes, der gestorben ist."

„Sie hat uns auch Tiere gezeigt, die er aus Holz geschnitzt hat, aber dann musste sie weinen." Sissi legte ihren Kopf mitleidig zur Seite. „Die Tiere dürfen wir leider nicht in den Beton drücken."

Millard prüfte den Beton. Vielleicht war er schon zu fest? Sie waren sehr schnell fertig geworden. „Versuch es mal dort drüben", wies er Tim an und reichte ihm die Gürtelschnalle. Behutsam drückte Tim das Emblem in den Beton.

Seine Schwestern knieten neben ihm und beobachteten aufmerksam jede seiner Bewegungen.

Millard rieb sich die Augen, während er den Kindern zusah. Es lag nicht an dem kalten Wind, der von den Bergen ins Tal fegte und die bunten Blätter mit sich riss, dass er plötzlich feuchte Augen bekommen hatte. Die Härte war aus Tims Gesicht gewichen, seine braunen Augen schauten offen und klar und voller Interesse auf die Aufgabe, die er bekommen hatte. Er musste nicht mehr cool sein; er war wieder ein Junge.

Der Jugendliche, der vor vier Wochen in Millards Leben geschubst wurde, hatte ein arrogantes, zorniges und faules Wesen gehabt. Noch viele andere negative Eigenschaften waren Millard damals an Tim aufgefallen, und wenn er in diesen Tagen abends schlaflos in seinem Bett lag, hatte er zutiefst bedauert, diese Verpflichtung eingegangen zu sein. Er war sich vorgekommen wie ein Selbstmörder, der schon von der Brücke gesprungen war und sich im Fallen gerne alles noch einmal anders überlegt hätte. Welch eine Vergeudung von Intelligenz hatte sich ihm damals in Form dieses jungen Mannes präsentiert, der sich weigerte, irgendetwas anderes zu tun als Totenköpfe und Graffiti auf seine ausgefransten Jeans zu kritzeln. Es schien ihm damals unmöglich, den Jungen zu mögen, geschweige denn, ihn zu lieben.

Millard sah durch die Wolken nach oben, dorthin, wo er den Himmel vermutete. Ob man ihm eine zweite Chance gegeben hatte, einen Jungen zu lieben, der auf den ersten Blick nicht sehr liebenswert erschien?

Kapitel 26

Enrique Estrada wurde neben seiner Frau beigesetzt. Das Doppelgrab lag auf der Anhöhe eines Hügels, von dem aus man den gewundenen Lauf des Sparrow Creek verfolgen konnte. Zum Süden hin hatte dichter Nebel die Berge eingehüllt. Zitternd vor Kälte zog Celine den schwarzen Mantel enger um ihre Taille.

Die Trauerfeier wurde nicht, wie sie erwartet hatte, von einem katholischen Priester durchgeführt, sondern ein Pastor der reformierten Episkopalkirche, zu dessen Gemeinde Emilia und Carmen mit ihrer Familie gehörten, leitete den Gottesdienst.

Alex hatte noch zwei Schwestern und einen Bruder, die sich mit ihren Angehörigen um das offene Grab versammelt hatten. Dazu waren etwa ein Dutzend Freunde der Familie gekommen, die alle mexikanischen Ursprungs zu sein schienen. Celine fühlte sich fehl am Platz, auch wenn Emilia sie ausdrücklich eingeladen hatte.

Alex hatte Emilia im Rollstuhl über den holprigen Weg zur Anhöhe hinaufgeschoben, die Decke an ihren Beinen festgesteckt und sie auf die Wange geküsst, ehe er zur Seite getreten war, um seinen Geschwistern Platz zu machen. Alle kümmerten sich rührend um die alte Dame, streichelten ihre Schultern, reichten ihr frische Taschentücher oder flüsterten ihr tröstliche Worte ins Ohr. Carmen, die Celine bei der Schulvorführung gesehen hatte, kniete neben dem

Rollstuhl und hielt Emilias Hand. Sie hatten sich kurz unterhalten, als Carmen sich bei Celine bedankt hatte, weil sie nach dem Tod ihres Vaters bei Emilia geblieben war. Die Kinder nannten ihre Ersatz-Großmutter „Mi-Ma“. Es bestand kein Zweifel daran, dass Emilia in dieser Familie den Platz der Mutter und Großmutter innehatte.

Der kurze Gottesdienst wurde vom Weinen der Versammelten untermalt. Aber die stillen Tränen, die Celine vergoss, galten nicht Enrique, den sie kaum gekannt hatte. Vielmehr war es Emilias Anblick, der sie zu Tränen rührte. Der Mann, den sie geliebt hatte, lag nun im Sarg, wenige Schritte von ihr entfernt, und würde in einigen Augenblicken in die kalte, feuchte Erde hinabgelassen werden. Die Zeit der gemeinsamen Mahlzeiten würde nie wiederkehren, das Plaudern auf der sonnigen Veranda war für immer verstummt, und die Geige würde nie mehr unter seinen Händen erklingen. Nie wieder würde sie ihm den Hemdkragen zurechtzupfen. Die Endgültigkeit des Abschieds war schwer zu ertragen. Alt sah sie aus, eingefallen und zerbrechlich. Schweigend umringten die Kinder ihre Mi-Ma und beobachteten sie mit besorgten Blicken, während sie verhalten schluchzte.

Etwas abseits stand Alex, ganz allein, die Augen kalt wie schwarzer Marmor. Reglos blickte er in die Ferne, vorbei an dem Pfarrer, hinauf zu den fernen Hügeln. „Bleib bei mir, Papa!“, hatte er seinen sterbenden Vater angefleht. Die verzweifelten spanischen Gebete, die er gemurmelt hatte, während er versuchte, seinen Vater am Leben zu erhalten, klangen ihr noch im Ohr. Als der Tote aus dem Haus getragen wurde, war sein Gesicht zu Stein erstarrt. Ob er sich selbst auch Tränen zugestanden hatte?

Celine wandte ihre Augen ab; sein Anblick erschütterte sie. Am liebsten wäre sie zu ihm geeilt und hätte ihn in die Arme genommen. Aber das war verrückt! Alex war der Polizist, der ihren Sohn beaufsichtigte, ein fremder Mann; sie hatten lediglich ein paar wenige Berührungspunkte gehabt, die umständehalber zustande gekommen waren. Sie hatte keinen Grund anzunehmen, dass Alex jemals einen weiter gehenden Gedanken an sie verschwendet hatte. Dennoch wäre sie gerade jetzt liebend gerne an seiner Seite gewesen. Niemand sollte so einen Schmerz allein tragen müssen.

Warum stand er abseits von den anderen? Enrique hatte ihn gebeten, jemandem zu vergeben. Einem Esteban. Ob er auch hier war? Es waren die letzten Worte des Sterbenden gewesen; diese Versöhnung war Enrique anscheinend wichtiger als alles andere gewesen. Möglicherweise handelte es sich um einen nahen Verwandten?

Unauffällig ließ Celine ihre Blicke über die anwesenden Männer wandern. Einer fiel ihr besonders ins Auge. Er war etwas kleiner als Alex, sah ihm aber dennoch auffallend ähnlich. Sein schwarzer Wollmantel wirkte ebenso teuer wie die dezente Seidenkrawatte und die glänzenden Schuhe, die vermutlich aus Italien kamen. Ganz eindeutig lebte er nicht in Ham Bone. Die hochgewachsene Frau an seiner Seite hatte schwarzes Haar, sehr modisch geschnitten, dazu ein ausgesprochen schönes Gesicht. Auch sie sah viel vornehmer aus, als die Leute hier in der Gegend üblicherweise herumliefen. Die Blicke der eleganten Dame wanderten, ohne dass sie ihren Kopf bewegte, von dem Priester weg über den aufgebahrten Sarg bis hinüber zu Alex.

Celine wurde neugierig. Alex befand sich links von den trauernden Familienmitgliedern, gegenüber stand der Pfarrer. Celine war rechts von der Familie, zusammen mit ein paar anderen Freunden und Bekannten des Verstorbenen. Verstohlen sah die Schönheit immer wieder zu Alex, während ihr Begleiter kein einziges Mal in diese Richtung sah.

Nach der Zeremonie schob Alex Emilias Rollstuhl zu einem blauen Kleinbus, der ausgerechnet neben Celines Rostlaube parkte. Celine folgte ihnen unsicher und zögernd. Sie wollte gerade in ihr Auto einsteigen, als Carmen sie einholte und zu dem folgenden Imbiss in ihrem Haus einlud.

„Danke“, sagte Celine und sah verlegen auf das Liedblatt in ihrer Hand, „aber ich gehöre doch nicht zur Familie.“

Alex’ Schwester berührte sie leicht am Arm und lächelte: „Wir würden uns freuen, wenn Sie dazukommen könnten.“ Im Weitergehen drehte sie sich noch einmal um und grinste: „Im Normalfall sind wir nicht so ein trübsinniger Haufen.“

„Celine!“ Das war Emilias Stimme, die sie aber nicht sehen konnte. Sie ging um den Kleinbus herum, in den Alex Emilia geholfen hatte, ehe er nun den Rollstuhl verstaute.

Celine lächelte ihn vorsichtig an und er nickte: „Hallo Celine. Danke, dass Sie gekommen sind.“ Ob er das wirklich meinte?

„Celine?“

„Ja, Emilia?“ Celine trat an die offene Beifahrertür und nahm Emilias Hand. Sie sahen sich lange schweigend an.

„Bitte kommen Sie“, flüsterte Emilia.

„Also gut.“ Aufmerksam betrachtete sie das Gesicht der älteren Frau. Sie hatte wunderschöne glatte Haut, runde Wangen und Augen, aus denen selbst in dieser dunklen Stunde tiefe Liebe strahlte. So wollte sie später auch einmal sein, dachte Celine. „Ich werde alles tun, was Sie sich wünschen, Emilia.“

„Celine, Sie können hinter mir herfahren“, schaltete Alex sich ein. „Carmen wohnt draußen am Waldrand, das Haus ist schwer zu finden.“

Carmen und ihr Mann hatten sich auf einem zwei Hektar großen Grundstück an einer Flussbiegung ein prächtiges Holzhaus gebaut. Zwischen zwei Seitenflügeln erstreckte sich der zentrale Wohnbereich mit einer riesigen Fensterfront und einem steil in den Himmel ragenden, spitzen Giebel.

Celine verharrte einen Moment auf der Veranda, die das ganze Haus umgab, und schaute zum Fluss, der zwischen den Bäumen am Rand des gepflegten Rasens hindurchglitzerte.

Dann folgte sie Alex und Emilia ins Haus, das sich langsam mit Trauergästen füllte, die die Zahl der Besucher am Grab bei Weitem übertrafen. Emilia drückte Celines Hand, ehe Alex sie den Flur entlang in einen anderen Flügel des Hauses schob. „Ich muss mich ein wenig hinlegen. Aber bitte, Alejandro, lass mich nicht zu lange schlafen."

Genau wie die anderen Ankömmlinge legte Celine ihren Mantel auf einem Bett in einem Zimmer unweit des Eingangs ab und ging dann mit den anderen ins Wohnzimmer. In einem offenen Kamin, der vom Boden bis zur Decke reichte, prasselte ein wärmendes Feuer, das Celine magisch anzog. Die Innenwände des Hauses bestanden genau wie die Außenwände aus honigfarbenem Zedernholz. Die Sitzmöbel standen auf einem herrlichen, runden Perserteppich – ein absolut traumhaftes Stück. Auch wenn sie in einem heruntergekommenen Wohncontainer lebte – in ihrem tiefsten Inneren war Celine die Herrin eines eleganten, perfekt eingerichteten und konsequent durchgestylten Hauses.

Die Atmosphäre hier im Haus war deutlich weniger bedrückend als draußen in der Kälte am Grab, wo nur die Stimme des Pfarrers und das Schluchzen der Trauernden zu hören gewesen war. Hier mischte sich Kinderlachen mit dem gemütlichen Klappern aus der Küche, aus der auch der deutliche Duft von Zwiebeln und Knoblauch drang. In der Nähe von Celine saßen zwei ältere Damen auf Klappstühlen, die sich auf Spanisch unterhielten. Celine versuchte übungshalber, etwas von dem zu verstehen, was sie aufschnappen konnte. Leider redeten die beiden ziemlich schnell. Obwohl die Verwandten von Alex offensichtlich alle noch fließend Spanisch sprachen, bedienten sich die jüngeren Erwachsenen doch eher der englischen Sprache. Emilia hatte mit ihr über den Spagat zwischen der Pflege ihrer eigenen Kultur und der unerlässlichen Anpassung an die amerikanische Umwelt gesprochen. Die zweite Generation dieser ehemaligen mexikanischen Wanderarbeiter besaß schon längst die amerikanische Staatsbürgerschaft.

Carmen kam auf Celine zu und stieg dabei vorsichtig über einen kleinen Jungen, der auf dem Boden lag und mit Legosteinchen baute. „Heißen Apfelpunsch?"

„Ja, gern, danke." Celine nahm den Becher und ergänzte: „Bitte, Carmen, Sie brauchen mich nicht zu bedienen – im Gegenteil, wenn ich Ihnen etwas helfen kann …"

Carmen schüttelte den Kopf. Ihr dichtes Haar wurde im Nacken von einer breiten Haarspange zusammengehalten. Sie war nicht geschminkt, sah aber auch ohne Makeup toll aus. „Das Essen ist schon fertig. Essen ist bei uns ein Allheilmittel! Wenn die Familie durch schwere Zeiten geht, dann hilft uns das gemeinsame Kochen und Essen. Die letzten beiden Tage haben meine Schwester und unsere Tanten überwiegend in meiner Küche verbracht. Jetzt brauchen wir alles nur noch warm zu machen und aufzutischen. So ist das bei uns."

„Carmen, ich konnte Ihnen noch gar nicht sagen, wie leid es mir tut, dass Sie Ihren Vater verloren haben."

Sie nickte und lächelte traurig. „Vielen Dank." Nach einem Schluck aus ihrem Becher sah sie sich im Raum um. „Die letzten Tage waren schwer. Wir haben viel geweint. Niemand hatte mit so etwas gerechnet. Vater hatte zwar einen hohen Blutdruck und nahm auch Medikamente dagegen, aber der Hausarzt hat nie erwähnt, dass sein Zustand irgendwie besorgniserregend sei. Alex ist darüber ziemlich empört und hat sich alle Krankenakten aushändigen lassen, um selbst nachzulesen, was Vater eigentlich hatte."

Alex saß auf einem gepolsterten Stuhl neben der breiten Fensterfront und war in ein ruhiges Gespräch mit einem älteren Herrn vertieft, den Celine auch bei der Beerdigung gesehen hatte. Ein kleines Mädchen saß zu seinen Füßen, lehnte sich an seine Beine und malte auf einem Blatt Papier. *Alejandro* hatte Emilia ihn genannt. Im Augenblick sah er nicht furchterregend aus. „Es ist bestimmt ziemlich schwer für ihn."

Carmens Augen verdunkelten sich ein wenig. Sie neigte den Kopf und sah ihren Bruder liebevoll an. „Er ist ein sehr empfindsamer Typ, auch wenn er versucht, es zu verbergen. Das war schon immer so."

Vom Büfett her war Gelächter zu hören. Dort standen einige Leute mit Vorspeisentellern in den Händen, die alle auf den Mann blickten, von dem Celine vermutete, dass er Alex' Bruder war. Bis auf seine Gesichtszüge schien er allerdings nicht viel mit Alex gemeinsam zu haben. Selbstbewusst, gestenreich, wortgewandt und charmant genoss er die Aufmerksamkeit der Umstehenden und schien alle gekonnt zu unterhalten. Seine Bewegungen waren fließend und ausdrucksstark; vermutlich war er ein hervorragender Tänzer. Alle schienen ihn zu bewundern. Die elegante Dame an seiner Seite, deren Stiefel Celine sogar während der Begräbnisfeier bewundert hatte, schien sein Auftreten perfekt zu ergänzen. Ihre Absätze waren so pfennigdünn, dass Celine sich besorgt gefragt hatte, wie die Frau damit über die Kieswege vom Parkplatz und zurück gekommen war. Celines Stiefel waren bequeme, flache Treter, die sie schon vor einigen Jahren in einem Billigladen in Dunbar erstanden hatte.

„Das ist unser Bruder Esteban", erklärte Carmen, die ihrem Blick gefolgt war. „Er und seine Frau Isadora sind zur

Beerdigung extra aus San Francisco eingeflogen. Er hat dort ein Architekturbüro." Sie deutete auf die Stelle, an der sie vorhin über den kleinen Jungen gestiegen war. Der Kleine war nicht mehr zu sehen, nur seine Legosteine lagen noch da. „Der Kleine ist ihr Sohn Max."

„Ah." Celine verpackte die Frage, die ihr auf der Zunge lag, in eine beiläufige Feststellung: „Ihr Vater hat Alex noch kurz vor seinem Tod gebeten, Esteban zu vergeben."

Carmens Mund blieb offen stehen. „Wirklich?"

Celine wusste sofort, dass sie einen Fehler gemacht hatte. Bestimmt hätte Alex das seiner Schwester lieber selbst gesagt, falls er überhaupt wollte, dass sie es erfuhr.

Carmen seufzte. „Deshalb ist er so bedrückt." Sie schüttelte langsam den Kopf. „Alex hat sich geschworen, Esteban niemals zu vergeben, was er ihm angetan hat. Es war auch schrecklich, aber es liegt schon sieben Jahre zurück. Einerseits kann ich Alex wirklich verstehen; er hat allen Grund, verbittert zu sein. Aber um seiner selbst willen sollte er die Sache loslassen. Die Bitterkeit zerfrisst ihn sonst innerlich."

„Oh." Celine war klar, dass sie nicht weiter nachfragen sollte, was passiert war, auch wenn sie es schrecklich gerne gewusst hätte.

„Was hat er Papa geantwortet?", fragte Carmen.

Celine kam sich jetzt wie eine Verräterin vor. „Äh, Carmen, eigentlich wäre mir lieber, wenn er Ihnen das selbst erzählt. Ich will mich nicht in Dinge einmischen, die mich nichts angehen."

„Bitte! Alex erzählt mir sowieso immer alles. Wir stehen uns sehr nahe. Aber ich war nicht dabei, als Papa starb, deshalb interessiert es mich natürlich sehr, was in den letzten Minuten seines Lebens geschehen ist und was geredet wurde – das hilft mir und meinen Brüdern."

Celines Augen wurden feucht, als sie sich an den Moment erinnerte. „Alex sagte immer wieder: ‚Bleib bei mir,

Papa!‘ Dann wollte er unbedingt, dass er Aspirin schluckte, weil das manchmal einen Herzinfarkt stoppen kann. Ihr Vater wollte, dass er Esteban vergibt, und Alex sagte: ‚Ich tue alles, was du willst.‘ Er hat es ihm also versprochen.“

Estebans Blick begegnete Celines, und er ließ die Gruppe stehen, um zu ihr zu kommen. „Carmen“, fragte er im Näherkommen laut, „wer ist denn deine Freundin?“

„Das ist Celine ... Bitte entschuldigen Sie, Celine, ich kenne Ihren Familiennamen gar nicht.“

Celine streckte dem Mann ihre Hand entgegen, die er kräftig drückte: „Walker. Celine Walker.“

„Sie ist mit Alex und Emilia befreundet.“

Celine lachte. „Na ja, Tatsache ist: Als ich Alex zum ersten Mal sah, legte er gerade meinem Sohn Handschellen an und schob ihn in den Streifenwagen.“

Esteban schmunzelte: „So einen schlimmen Jungen haben Sie?“

Celine war selbst schuld, dass sie das preisgegeben hatte. „Nein, eigentlich ist er ganz nett, er ist im Moment nur etwas verwirrt.“ Erst jetzt ließ Esteban ihre Hand wieder los.

„Ihr Sohn hat mit Alex zusammen an der Rampe und dem Weg vor Emilias Haus gearbeitet. Alex sagte, er sei ein guter Arbeiter“, fügte Carmen hinzu.

Celine war überrascht. „Hat er das wirklich gesagt?“

„Ja, das hat er. Er sagte, Tim hätte eine ungewöhnlich schnelle Auffassungsgabe. Er müsse ihm etwas nur einmal sagen, schon könnte er alles umsetzen. Als Alex nach Vaters Tod wieder zu Emilia kam und sah, dass Tim allein den Beton geglättet hatte, war er total überrascht. Er hatte sich eigentlich darauf eingestellt, dass er das Ganze wieder würde wegbohren müssen, um dann noch einmal von vorne anzufangen.“

Celine sah quer durch den Raum zu Alex. Er saß jetzt kerzengerade auf seinem Stuhl und seine Adleraugen hatten sie, Carmen und Esteban im Visier. Als er Celines Blick bemerkte, sah er weg. Hatte er gehört, dass sein Name gefallen war?

Esteban lachte ein bisschen zu laut. „Na ja, ein missratener Betonweg in Emilias Vorgarten wäre wohl keine so große Katastrophe, wie wenn beim Fundament eines meiner Gebäude der Beton verpfuscht würde. Das wäre dann ein Problem in Millionenhöhe." Anders als bei allen anderen Familienmitgliedern war ihm kein spanischer Akzent mehr anzumerken. Er musste sich sehr bemüht haben, um so ein perfektes Amerikanisch zu lernen.

„Ich leite die Stephen-Estrada-Architektengruppe." Damit reichte er Celine seine Visitenkarte. Er nannte sich also Stephen – die englische Form von Esteban. Sie starrte auf die glänzende Oberfläche der Karte, allerdings nicht, um sie zu lesen, sondern bloß, um seinem unverfrorenen Blick auszuweichen. Was war das für ein Mann, der bei der Beerdigung des eigenen Vaters Visitenkarten verteilte?

„Diese Frau hat extrem schöne Augen, ist dir das auch schon aufgefallen, Carmen?" Er streckte die Hand aus und strich Celine ein paar Haarsträhnen aus dem Gesicht. Unwillkürlich wich Celine zurück.

Plötzlich sprang Alex auf und setzte sein Glas mit einem heftigen Klirren auf dem kleinen Beistelltisch ab. Celine konnte trotz der Entfernung deutlich erkennen, wie seine Kiefermuskeln arbeiteten. Er drängte sich an Gästen und Möbeln vorbei zum Eingang, riss die Tür auf und stürmte nach draußen, als käme er aus einem brennenden Haus. Ein Wunder, dass er die Tür nicht hinter sich zuknallte.

„Was hat der denn schon wieder?", wunderte sich Esteban.

Seine Schwester sah ihn finster an: „Am besten, du setzt dich mal in eine Ecke und denkst darüber nach."

Esteban hielt beide Hände demonstrativ nach oben. „Ich

habe doch gar nichts gemacht." Er sah Celine an. „Mein Bruder kann mich nicht besonders gut leiden. Es ist wohl die sprichwörtliche Rivalität zwischen Brüdern. Aus seinem Verhalten schließe ich, dass zwischen Ihnen beiden etwas läuft. Glauben Sie mir, ich wollte weder Sie noch Alex irgendwie belästigen. Ich bin ein glücklich verheirateter Mann und wollte Ihnen nur ein Kompliment machen, das ist alles."

„Celine." Carmen hakte sie unter. „Sie haben noch gar nichts gegessen. Nicht, dass Sie uns hier noch verhungern." Damit zog Carmen sie weg, während Esteban sich ein neues Opfer suchte, das er mit seinem Charme beglücken konnte.

Im Vorbeigehen schaute Celine aus dem Fenster. Sie sah Alex, der in Richtung Fluss eilte. Er trug nur ein leichtes Hemd mit einem dünnen Pulli darüber.

Eine Viertelstunde später war er immer noch nicht wieder ins Haus zurückgekommen. Celine hielt es nicht mehr aus. Sie stahl sich aus der Küche davon, wo sie sich mit einigen Frauen unterhalten hatte, packte ein paar Tamales ein und schlüpfte in ihren Wollmantel. Die braune Wildlederjacke von Alex legte sie über den Arm.

Als sie durch eine Seitentür ins Freie trat, war sie überrascht von der feuchten Kälte, die durch ihre Kleidung drang und sie erschauern ließ. Ihre Schultern verkrampften sich, während sie über den Rasen zum Fluss stapfte. Sie war nicht sicher, ob sie ihn überhaupt finden würde. Mittlerweile war er vielleicht schon einen Kilometer weiter flussauf- oder flussabwärts gewandert. Als sie bei den Bäumen am Rand des Grundstücks ankam, boten sich ihr zwei Pfade an. Sie entschied sich für den, der direkt auf den Fluss zuführte. Schon hinter der ersten Biegung des Weges stieg ihr der Rauch eines Holzfeuers in die Nase. Da hockte Alex, mit dem Rücken zu ihr, auf einem schmalen Sandstreifen, der mit glatten Flusskieseln übersät war, und pustete auf einen kleinen Stapel dünner Äste, die gerade Feuer fingen und eine zarte Flamme nährten.

„Da bist du ja“, sagte sie.

Er fuhr überrascht herum.

„Ich dachte, vielleicht könntest du das gebrauchen.“ Sie hielt ihm die Jacke entgegen.

„Danke.“ Er erhob sich, streifte ihr Gesicht mit einem kurzen Blick und schlüpfte in die Jacke. „Es ist wirklich ein bisschen frisch hier draußen.“ Damit wandte er sich wieder dem Feuer zu und bückte sich, um ein paar trockene Äste nachzulegen.

Sie stand verlegen hinter ihm und starrte verunsichert auf seinen Rücken. „Wie … wie geht es dir?“

Er brach einen dicken Ast in zwei Teile, als wäre es nur ein dünner Zweig, und stocherte schweigend im Feuer herum. „Ich bin im Moment nicht sehr gesprächig.“

Sie errötete verlegen. Warum war sie bloß hierhergekommen? „Tut mir leid, ich hätte dich nicht stören sollen.“ Sie legte die eingepackten Tamales neben ihn in den Sand und murmelte: „Mein herzliches Beileid dir und deiner Familie.“ Dann wandte sie sich zum Gehen.

„Ich sagte nur, dass ich im Moment nicht sehr gesprächig bin. Das heißt nicht, dass ich allein sein will.“

Sie fror erbärmlich. Sollte sie nun bleiben oder gehen? „Der Fluss ist lang genug. Ich kann ihn auch an einer anderen Stelle anschauen.“

Seine Züge wurden weicher und die Mundwinkel gingen andeutungsweise nach oben. „Nein, bitte bleib.“

Er ging ein paar Schritte zu den Bäumen und kehrte mit einem glatt abgesägten Holzklotz zurück, den er ihr ans Feuer stellte. Dann holte er für sich selbst eine zweite Sitzgelegenheit. „Ich habe mich wohl ziemlich blöd aufgeführt eben.“

„Meinst du? Ich fand eher, dass dein Bruder sich blöd aufgeführt hat."

Sein Blick schnellte zu ihrem Gesicht. „Was hat er gesagt?"

Sie zuckte mit den Schultern. „Das Problem ist nicht so sehr, was er *sagte*, sondern was dabei von ihm ausging. Als Frau kann man auch zwischen den Zeilen lesen."

Er lachte bitter. „Nicht alle Frauen verfügen über diese Gabe."

„Stimmt, wenn ich es mir recht überlege, habe ich das leider auch erst nach ein paar bitteren Erfahrungen gelernt. Vielleicht verfügen überhaupt nur die Frauen über diese Fähigkeit, die schon einmal auf die Nase gefallen sind."

„Willst du mir davon erzählen?"

Die Flammen loderten jetzt hell dem dunkel werdenden Himmel entgegen. „Das ist schnell erledigt. Junges, naives Dummchen trifft manipulativen Charmebolzen. Sie wird schwanger, bricht das Studium ab und heiratet den Kerl, der von da an kommt und geht, wie es ihm gefällt." Sie trat abwesend nach einem Stein, der über den Sand rollte. „Jedes Mal, wenn er zurückkam, wickelte er mich wieder mit seinem Charme ein und tischte mir seine Lügen auf, die ich ihm immer wieder glaubte – bis er wieder verschwand. Ich will deinem Bruder ja nicht zu nahe treten, aber er scheint mir ein ähnlicher Typ zu sein."

Alex sah sie nachdenklich an. Er wollte anscheinend etwas sagen, aber dann überlegte er es sich anders und wandte sich wieder dem Feuer zu. Celine zog ihre schwarzen Lederhandschuhe aus, verstaute sie in ihrer Manteltasche und beugte sich vor, um sich die Hände am Feuer zu wärmen. Über ihnen ertönte der Schrei eines Adlers. Sie beobachteten, wie er über die Baumwipfel hinwegglitt. Dann gesellte sich sein Partner zu ihm und die beiden verschwanden in der Ferne des Abendhimmels.

„Tim würde es hier auch gefallen“, wechselte Celine das Thema.

Seine Augen folgten den Windungen des Flusses. „Ich komme oft hierher.“ Er zeigte flussabwärts. „Da vorne ist eine tiefe Stelle, die müsste ich Tim einmal zeigen. Er könnte dort bestimmt auf Anhieb eine Regenbogenforelle fangen.“

Celines Herz schlug höher. „Oh, Alex, darüber würde er sich so freuen! Ich habe ihm früher mal eine kleine Angel gekauft. Er hat damit einfach überall Fische gefangen, auch in den unmöglichsten Rinnsalen, wo es niemand für möglich gehalten hätte. Dann zerbrach die Rute, und er fing an, in die Teiche zu waten und mit bloßen Händen Fische zu fangen. Er konnte ewig reglos wie ein Reiher da stehen, die Hände über oder unter dem Wasser, bis er den Fisch hatte. Das glaubt mir keiner, aber es ist die Wahrheit.“

Alex lachte. „Ich war als Kind genauso. Kaum war die Schule aus, schon war ich am Fluss zu finden. Emilia hat mir Bücher von Mark Twain, Jack London, Melville und anderen gegeben, und ich habe alle nachgespielt. Am liebsten war ich Huckleberry Finn.“ Er lächelte. „Der Sparrow Creek war der Mississippi, mein Hund spielte Tom Sawyer, oder auch Moby Dick oder Wolfsblut.“ Sein Blick schweifte über den Fluss. „Manchmal wünsche ich mir die Zeit zurück …“ Er sah sie prüfend an.

Sie erwiderte seinen Blick. „Ich auch. Allerdings träume ich auch jetzt noch ziemlich viel.“

Er hob fragend die Augenbrauen.

„In meinen Träumen bin ich Barbie mit herrlichen Kleidern und einem rosa Cadillac, der immer anspringt, wenn ich den Zündschlüssel drehe. Ich habe eine Arbeit, die mir Spaß macht, und wohne in meinem eigenen, wunderschönen Haus.“

Schmunzelnd fragte er: „Und was ist mit Ken?“

„Natürlich, der kommt in meinen Träumen auch vor … und er ist dann auch nicht aus Plastik.“

Kaum waren ihr die letzten Worte über die Lippen gekommen und sie hatten einen amüsierten Blick gewechselt, da beobachtete sie erstaunt, wie sich der bis dahin immer noch harte Ausdruck von Alex veränderte. Der Abendwind spielte mit seinen Haaren und seine dunklen Augen leuchteten warm. Das war nicht mehr der kühle, emotionslose Polizist von früher. Er war höchst lebendig und alles andere als kühl. Obwohl Celine ihr letzter Satz ein bisschen peinlich war, bedauerte sie nicht, ihn gesagt zu haben. Gedankenverloren sah sie auf die herbstlich gefärbten Bäume zwischen den grünen Nadelhölzern am Fluss.

„Hier kann man wunderbar Fliegenfischen. Kann Tim das?“

Sie schüttelte den Kopf. „Die Ausrüstung dafür ist zu teuer.“

„Ich kann ihm alles ausleihen. Er wird es bestimmt schnell lernen, so geschickt, wie er ist.“

Das Knistern des Feuers untermalte das Schweigen auf angenehme, entspannte Weise. Celine ertappte sich bei dem Wunsch, dieses Feuer würde nie ausgehen.

Alex warf einen kleinen Holzklotz in die Glut, und die Funken stoben in alle Richtungen. „Lebt dein Ex-Mann noch in der Gegend?“

Sie erzählte ihm die Kurzform ihrer Geschichte mit Don bis zu seinem letzten Auftritt, als er sie mit seiner Absichtserklärung erschreckt hatte, wieder nach Ham Bone zurückzukehren. „Seither habe ich ihn allerdings nicht mehr gesehen. Das ist ein gutes Zeichen.“

„Hasst du ihn?“

Sie dachte über die Frage nach. „Ich hasse vor allem das, was er Tim angetan hat. Tim tut inzwischen so, als wäre Don ihm egal, aber im tiefsten Innern hat er sich immer schrecklich danach gesehnt, von seinem Vater geliebt zu werden. Dafür war er jederzeit bereit, alles zu hoffen und zu glauben, was von seinem Vater kam. Er hätte alles für seinen Papa getan. Er braucht so dringend einen Vater."

Alex nickte. „Ich hatte da Glück. An der Liebe meines Vaters zu mir musste ich nie zweifeln." Er wandte sein Gesicht ab, und sie schwieg, bis er wieder das Wort ergriff. „Das ist bestimmt die Ursache für alle Probleme, die Tim hat. Deshalb ist er so wütend auf alles und jeden."

Also war ihm das aufgefallen. Am Anfang hatte er wohl nur Rache und Vergeltung an ihrem Sohn im Sinn gehabt, aber jetzt schien er sich in den Jungen hineinzuversetzen. „Wie ist das mit dir, Alex?"

„Was meinst du? Ob ich zornig bin?"

Sie nickte. „Ja, auf deinen Bruder. Kann es sein, dass du ihn hasst?"

Er starrte vor sich hin und rieb seine Hände aneinander. „Ja." Er schwieg. Sie wartete. „Es ist wegen einer Frau."

Sie hatte es geahnt. Von dem Augenblick an, als Esteban ihr zu nahe gekommen war, war ihr das klar gewesen.

„Ich war verheiratet, aber nur drei Jahre lang. Ich war bei der Polizei in Seattle und hatte oft Nachtschicht. Da war ich so dumm, meinen Bruder zu bitten, dass er ab und zu mal nach meiner Frau sehen sollte." Er lachte höhnisch. „Mir war schon klar, dass er ein Frauenheld ist, aber ich hätte nie gedacht, dass er seinem eigenen Bruder die Frau ausspannen würde. Von einem Verwandten erwartete ich so etwas nicht. Auf die meisten Familienangehörigen kann man sich auch verlassen, nur auf ihn leider nicht."

„Oh nein …"

„Es war wie in einem schlechten Film. Eines Abends kam ich überraschend früher heim und fand die beiden in meinem Bett. Es stellte sich heraus, dass sie schon seit über einem halben Jahr eine Affäre hatten."

Sie schüttelte entsetzt den Kopf. Was konnte man dazu sagen? Es wäre schon schlimm genug gewesen, wenn sein Bruder ihm die Freundin ausgespannt hätte. Aber die Ehefrau ...?

„Wie hat deine Familie reagiert?"

„Zuerst haben sie ihn geächtet. Aber eigentlich halten in meiner Familie alle ganz eng zusammen. Mit der Zeit hat er sich seinen Platz zurückerobert. Sie haben ihm vergeben, und er schien sich auch verändert zu haben, seit er Vater geworden war."

„Vater?"

„Der Junge ist sechseinhalb Jahre alt und heißt Max."

Plötzlich begriff sie die Zusammenhänge. Sie keuchte: „Isadora ist deine Ex-Frau?"

Er nickte und stocherte im Feuer herum, seine Kiefermuskeln arbeiteten heftig. Kein Wunder, dass er voller Hass und Bitterkeit war! Zuerst betrog ihn sein Bruder aufs Hinterhältigste, und nun stellte er Isadora, seine Eroberung, bei jeder Familienzusammenkunft zur Schau. „Und Max?"

„Esteban behauptet, sein Vater zu sein. Ich bin mir aber nicht so sicher."

Sie atmete tief durch, um nicht weinen zu müssen. Der Himmel war novemberlich grau. Mitleid wäre wohl das Letzte, was ein Mann wie Alex von ihr wollte. „Oh Alex, jetzt verstehe ich, warum es dir so schwerfällt, deinem Bruder zu vergeben. Wenn ich das gewusst hätte, dann hätte ich ihm eine Ohrfeige gegeben, als er mir zu nahe kam. Am liebsten würde ich jetzt immer noch dort stehen und ihm Ohrfeigen verpassen."

Er lachte. „Das wäre mir auch das Liebste. Ich würde mich entspannt zurücklehnen und genüsslich zuschauen und abwarten, bis du mit ihm fertig bist."

„Aber wie ist das mit Isadora? Wie geht es dir, wenn du sie siehst?"

Er wiegte nachdenklich den Kopf hin und her. „Es macht mir nicht mehr so viel aus. In erster Linie gebe ich nicht ihr die Schuld. Sie war einsam und hatte Angst so ganz allein in der Wohnung, vor allem nachts. Sie war jung und beeinflussbar und für Esteban eine leichte Beute. Aber er – er wusste ganz genau, was er tat. Mein Bruder ist so ein Typ; wenn er etwas will, dann walzt er alles nieder, was sich ihm in den Weg stellt. Er respektiert die Grenzen anderer nicht. Genauso wie er einfach alles abreißen lässt, was auf den Grundstücken steht, auf denen er den nächsten Wohnblock errichten will."

„Du weißt aber schon, dass du ihm vergeben musst, oder?"

Er sah sie finster an. „Wieso denn das?"

„Weil deine Augen wieder ganz verkniffen sind und du aussiehst wie Clint Eastwood in dem Film, in dem sie ihn an den Galgen bringen. Inzwischen kenne ich dich schon ein bisschen besser und kann dein wahres Ich von deiner Maske unterscheiden. Aber ehrlich gesagt, mit diesem Gesicht kannst du ganz schön erschreckend aussehen."

„Was willst du damit sagen?"

„Jedes Mal, wenn du an das denkst, was Esteban dir angetan hat, steckst du deinen Kopf aufs Neue in die Schlinge und setzt das Clint-Eastwood-Gesicht auf. Damit lässt du zu, dass die Sünde deines Bruders dir den Hals zuschnürt. Du erstickst, während dein Bruder das Leben genießt."

„Ich werde nie vergessen können, was er mir angetan hat."

„Du musst es ja auch nicht vergessen; das geht doch gar nicht. Aber du musst es irgendwie loslassen. Überlass es Gott, wann und wie er Esteban zur Rechenschaft ziehen wird."

Er lachte bitter. „Irgendwo habe ich das alles schon mal gehört. Erst von Papa, dann von meinen Schwestern – und jetzt fängst du auch noch damit an. Glaub mir, das ist leichter gesagt als getan. Ich ertrage es ja kaum, in der gleichen Stadt zu sein wie er, geschweige denn in einem Raum. Wenn ich zu lange mit ihm zusammen bin, kann ich für nichts garantieren. Vielleicht würde ich ihm doch noch etwas antun."

„Aber du hast doch deinem Vater versprochen ..."

Er schoss einen Blick in ihre Richtung, der ihr jedes weitere Wort verbot.

Sie war zu weit gegangen. „Tut mir leid, das steht mir nicht zu."

Er schleuderte einen kleinen Stein, der bis in die Flussmitte sprang. „Hat meine Schwester dich geschickt?"

„Nein, nein." Sie atmete aus, der Dampf bildete eine kleine Wolke vor ihrem Gesicht. „Die Fettnäpfchen finde ich immer ganz von selbst, da muss mich keiner schicken."

Sie hatte einen trockenen Ast in der Hand, mit dem sie Muster in den Sand zeichnete. Wenn der rauschende Fluss doch ihre deplatzierten Worte wegspülen könnte! Die Stille wurde unerträglich. „Ich mag Carmen und Linda. Sie haben sich sehr nett um mich bemüht vorhin, in der Küche." Sie schmunzelte. „Gerade lagen sie sich noch weinend in den Armen, und im nächsten Moment haben sie sich mit hölzernen Kochlöffeln bekämpft. Als ich die beiden sah, musste ich an meine Schwester und mich denken. Wir waren auch so."

„Wo ist sie heute?"

„In Cleveland, meiner Heimatstadt. Als ich wegzog, weil ich aufs College ging, war sie erst in der neunten Klasse. Eigentlich sind wir erst viel später Freunde geworden, weil unser Altersunterschied so groß ist. Auch jetzt sehen wir uns höchstens einmal im Jahr, manchmal noch seltener."

„Warum bist du nicht wieder nach Hause gezogen, nach der Scheidung?"

Sie sah seufzend zu den Bergen. „Ich habe festgestellt,

dass ich mich in einem kleinen Ort wie hier wohler fühle als in der Stadt. Die Berge, die Natur, das gemütliche Lebenstempo, das passt besser zu mir. Auch für die Kinder ist es sicherer hier. Tim liebt die Natur, seit er ein kleiner Pimpf war. In der Stadt hätte ich ihn nie so allein losziehen lassen können wie hier." Ihre Augen ruhten auf dem Wasser. Am anderen Ufer stand ein Ahornbaum, der schon fast alle seine Blätter verloren hatte. „Hier in den Wäldern war er schon oft tagelang mit seinem Rucksack unterwegs, ohne dass ich mir Sorgen um ihn machen musste."

„Du bist eine gute Mutter." Seine braunen Augen waren wieder weich geworden. Ernst sah er sie an.

„Danke."

Alex warf einen weiteren Stein ins Wasser und sah ihm hinterher. „Hast du vor, wieder zu heiraten?"

Die Unverblümtheit seiner Frage irritierte sie. „Hm ... ja."

„Den Mann, mit dem du bei der Schulvorführung warst?" Er betrachtete immer noch die Stelle, an der sein Stein ins Wasser eingetaucht war. „Er sah nett aus."

„Das ist er auch. Er versteht sich auch toll mit den Kindern." Was sollte sie noch sagen? „Ob ich ihn heiraten will, weiß ich nicht. Wir haben bis jetzt nicht darüber gesprochen."

Ihre Worte lagen noch in der Luft, als ihr plötzlich klar war, dass sie es *wusste* – sie wusste, was sie wollte, glasklar, nicht in ihrem Kopf, aber im Herzen. Ihre Gedanken überschlugen sich und schwirrten wild in ihrem Kopf herum wie ein aufgescheuchtes Bienenvolk. Sie konnte darüber nicht nachdenken, zumindest jetzt nicht.

Er warf einen weiteren Stein. „Hoffentlich stört es ihn nicht, wenn wir befreundet sind. Ich rede gern mit dir."

„Ich wünschte, wir wären schon früher Freunde geworden. Aber ich dachte immer, du interessierst dich überhaupt nicht für mich", gab sie mit einem verschämten Lächeln zu. „Wobei ich selbst wohl am Anfang auch ziemlich unfreundlich zu dir war."

„Die Frau mit dem Dolch hinter dem Rücken – ein paar Mal hätte ich fast meine Waffe gezogen, um mich zu schützen."

In gespieltem Schock starrte sie ihn an: „Du! Du hast fast unseren Hund erschossen! Den guten Duke, der noch nie einer Fliege etwas zuleide getan hat, obwohl er so viele Fliegen um sich herum hat."

Beide grinsten. „Du hast mir auf andere Art Angst gemacht", sagte er.

„Wie meinst du das?"

Er schüttelte den Kopf, seine Lippen lächelten noch leicht. „Das erzähle ich dir vielleicht irgendwann mal."

Das Feuer qualmte und füllte den Himmel über ihnen mit Rauch. Wieder lastete eine unangenehme Stille zwischen ihnen. „Alex, warum haben dein Vater und Emilia eigentlich nie geheiratet?"

„Das weiß ich auch nicht genau. Vielleicht, weil sie beide meine Mutter so geliebt haben. Emilia war einmal verlobt, aber der junge Mann starb noch vor der Hochzeit. Ich war damals noch so jung, dass ich mich nicht mehr an ihn erinnern kann; sie hat auch nicht viel von ihm erzählt. Aber der Ring, der ihr gestohlen wurde, der war von ihm." Er schmunzelte. „Dann kam natürlich noch erschwerend hinzu, dass sie einen College-Abschluss hatte. Ich vermute, dass Papa zu sehr Macho war, um damit leben zu können, dass sie die bessere Schulbildung hatte als er."

Er erhob sich langsam, streckte sich und schaute in den Abendhimmel. „Wir sollten wohl lieber zurückgehen."

Sein Gesicht sah atemberaubend schön aus, als er auf sie herabsah und ihr die Hand entgegenstreckte. Der Clint-Eastwood-Blick war aus seinen Zügen gewichen. Sie legte ihre Hand in seine und er half ihr auf. Seine Berührung fegte wie ein Stromstoß durch ihren ganzen Körper. Er hielt ihre Hand fest. „Emilia ist nicht mehr die einzige kluge Frau in meinem Leben“, lächelte er. „Es bleibt nur zu hoffen, dass etwas von euch auf mich abfärbt.“

Sie widersprach ihm nicht, obwohl sie sich fragte, wie er eine Frau für klug halten konnte, die ihr eigenes Herz nicht verstand.

Die Abenddämmerung hatte sich über das Land gebreitet. Warm und hell schien das Licht aus den großen Fenstern von Carmens Haus. Alex hatte seinen Arm um ihre Schulter gelegt und führte sie mit festen, sicheren Schritten den Weg hinauf zum Haus. Sie gab sich dem tröstlichen Frieden dieses Augenblicks hin, atmete den Duft der Erlen und des Holzfeuers tief ein und spürte mit unbeschreiblichem Genuss die Nähe des Mannes an ihrer Seite, der ihr Freund sein wollte.

Jetzt war nicht der Moment, um an das zu denken, was ihr bevorstand und wovor sie sich entsetzlich fürchtete.

Kapitel 27

Es war Sonntagnachmittag, die *Seahawks* spielten und es gab wieder Salamipizza. Heute bemühte sich Celine erst gar nicht, die Namen der Spieler zu behalten oder das Spiel zu verfolgen, das nichtssagend und langweilig über ihren Bildschirm flimmerte. Jack hingegen ging voll im Geschehen auf, kommentierte die Leistungen der einzelnen Spieler und schilderte ihre Stärken und Schwächen, als handle es sich um wichtige Fakten der Allgemeinbildung.

Millard hatte die Beine übereinandergeschlagen, seine Klettverschluss-Schuhe bewegten sich auf und ab, bis in dem Spiel etwas Aufregendes vorfiel. Dann setzte er beide Füße auf den Boden, beugte sich vor und schrie dem Fernseher seine Kommentare entgegen. Tim blieb in seinem Zimmer, vertieft in ein Computerspiel, und tauchte nur ab und zu auf, um sich etwas Essbares zu holen, während die Mädchen am Tisch saßen und Perlenketten auffädelten.

Celine spielte mit ihrem Bleistift herum, auf ihren Knien lag ein Skizzenblock. Weinranken und Ahornblätter bedeckten das Papier, die Ranken endeten zu beiden Seiten in geringelten Schnörkeln. Die kleinen Kürbisse hatten nicht wirklich ins Bild gepasst und wurden mit Sissis rosarotem Radiergummi wieder entfernt. Celine hatte im Moment kein Möbelstück, das sie bemalen konnte, und so entwarf sie einfach neue Muster auf Papier.

Als sie aufsah, fiel ihr Blick auf den üppigen Strauß goldener Chrysanthemen, der in der Mitte ihres Tisches prunkte. Was für schöne helle, warme Farbtupfen an diesem grauen Herbsttag – wenn sie doch schon verwelkt wären und entsorgt werden könnten!

Jack war so nett zu ihr! Sie wünschte, er würde einen schlimmen Fehler machen oder etwas Gemeines zu ihr sagen, dann wäre alles einfacher gewesen. Tatsächlich hatte er ihr, gleich nachdem er ihr die Blumen überreicht hatte, auch einen großen Sack mit stinkender Wäsche ausgehändigt, aber das war kein Grund, ihn wieder auf die „Bloß Freunde"-Ebene zurückzusetzen. Immerhin hatte sie ihm ja angeboten, seine Wäsche zu übernehmen.

Jack sah zu ihr herüber, streichelte ihren Arm und stand auf: „Bist du mit deinem Gekritzel fertig?"

„Erst mal ja." Sie sammelte das leere Geschirr ein. „Wie lange wird das Spiel noch gehen?"

„Nicht mehr lange, es ist schon das letzte Viertel. Warum? Hast du noch was vor?"

Sie zog die Schultern hoch. „Nicht direkt. Nur … ich dachte, vielleicht könnten wir beide hinterher noch eine kleine Spritztour machen?"

„Das ist eine gute Idee", schaltete Millard sich ein. „Zieht ihr ruhig los, ich kann hier bei den Kindern bleiben."

Der gute Millard! Celine umarmte ihn und ging ins Schlafzimmer, um sich umzuziehen. Ihr Blick wanderte an ihrem Pullistapel entlang, ohne etwas wahrzunehmen. Wie sollte sie das bloß schaffen? Gestern Abend hatte sie sich noch ein paar ausgefeilte Sätze zurechtgelegt, aber heute war ihr alles entfallen. Sie hätte gestern doch noch einmal das Licht einschalten und alles aufschreiben sollen. Sobald sie jetzt versuchte, sich einen Satz zurechtzulegen, klangen Jacks liebe, ernste Worte wieder in ihren Ohren und machten jeden anderen Gedanken zunichte. *„Ich will dieses ‚Lass-uns-Freunde-*

sein'-Ding kein zweites Mal erleben", hatte er erklärt. Sie hatte ihm versichert, ja, sie war selbst voll davon überzeugt gewesen, dass es dieses Mal anders sein würde. Sie hatte wirklich geglaubt, dass er der Richtige war.

Die *Seahawks* gewannen wieder. Jack freute sich unbändig auf das Meisterschaftsspiel, bei dem hoffentlich seine *Seahawks* dabei sein würden. Er erinnerte Celine an einen Jungen, der sich auf Weihnachten freute, übersprudelnd vor Aufregung und ganz in seiner eigenen Welt lebend. Sie rannten durch den heftig prasselnden Regen zu seinem Auto.

Er drehte den Zündschlüssel, während Celine das Wasser aus ihren Haaren schüttelte. „Vielleicht bekommen wir noch eine freie Bowlingbahn", hoffte Jack und fuhr Richtung Ham Bone.

„Eigentlich möchte ich nur mal in Ruhe mit dir reden. Mit den Kindern im Haus geht das so schlecht."

„Reden? Gut, beim Bowlen können wir prima reden." Er lachte in sich hinein und schüttelte den Kopf: „Ich kann es immer noch nicht glauben, wie Shaun Alexander diese *Touchdowns* hingekriegt hat. Hast du das Spiel gesehen? Das war unglaublich! Er sprang über die herumliegenden Spieler, als wäre er bei einem Hindernislauf."

Sie starrte hinaus in den Regen. „Ich möchte nicht den Lärm von rollenden Bowlingkugeln und kreischenden Kindern übertönen. Außerdem will ich nicht über Football reden." Sie sah ihn nun direkt an. „Ich mag Football nicht. Genau genommen finde ich Football langweilig."

Er zuckte richtig zusammen, sein Kopf fuhr zurück. „Wow!" Die Scheibenwischer quietschten hin und her und das Pfützenwasser spritzte gegen die Karosserie.

„Tut mir leid, das hat dich jetzt bestimmt wie ein Schlag ins Gesicht getroffen. Das wollte ich nicht."

„Schon gut, ich weiß ja selbst, dass ich manchmal ein bisschen fanatisch werden kann." Seine gute Laune war verflogen. Ein ungemütliches Schweigen lag zwischen ihnen, bis er wieder sprach: „Du willst also nur mit mir reden. Worüber wollen wir denn reden?“ Er fuhr an der Bowlingbahn vorbei.

„Über uns.“

Er massierte sich den Nacken und dehnte den Kopf hin und her. Sie näherten sich dem Steakhaus. Er sah sie an. „Wollen wir essen gehen und dabei reden?“ Da bemerkte er seinen Fehler. „Ach, schon gut.“ Immer wieder vergaß er, dass sie Vegetarierin war. „Also, sag du doch, wo du hingehen willst!“, schlug er etwas ungeduldig vor.

„Es ist mir echt egal, ein Parkplatz würde mir reichen.“

Er fuhr immer weiter. Sie wartete auf seine Frage: *„Was gibt es denn über uns zu reden?“* Aber die Frage kam nicht.

„Jack?“

Angespannt wandte er sich ihr zu. „Ja?“

„Ich brauche einen Partner, mit dem ich richtig reden kann, nicht nur über die Tagesereignisse und über Autos und Kinofilme. Ich meine die tiefen Gespräche. Mir kommt es so vor, als würden wir immer nur an der Oberfläche bleiben und gar nie zu den tieferen Themen vordringen. Ich möchte mit meinem Partner auch über Gefühle reden können.“

Er lachte höhnisch: „Gefühle werden von den Frauen im Allgemeinen überbewertet.“ Doch nach einem Blick in ihre Richtung verschwand sein Lachen und er setzte eilig nach: „War nur ein Witz. Du kannst mit mir über deine Gefühle reden, wann immer du willst. Ist das alles? Dann leg los. Ich höre dir zu.“

Sie seufzte und schüttelte den Kopf. Er war so, und sie würde ihn nicht ändern können. Für ihn war alles gut, wenn er sich auf der Oberfläche des Lebens treiben lassen konnte. Warum sollte sie ihn in eine Tiefe herunterziehen, vor deren Entdeckung er sich vermutlich fürchtete? Sie erinnerte sich an das lange Gespräch mit Alex am Lagerfeuer; sie hatten ganz natürlich eine Vielzahl von Themen berührt. Ihr Entschluss stand fest, unabhängig von Alex. Vielleicht würden sie und Alex immer nur gute Freunde bleiben. Trotzdem …

„Jack, mir ist inzwischen klar geworden, was ich vorher nicht verstanden hatte. Ich weiß jetzt, warum ich damals Schluss gemacht habe, obwohl du so ein netter, guter Typ bist."

Seine Augen blickten starr auf die Straße, er fuhr immer weiter.

„Uns fehlt diese gewisse innige Vertrautheit."

„Verdammt, ich hasse solche Ausdrücke."

„Nicht dein Wortschatz?"

Er nickte. „Nein." Er hielt an einem Stoppschild, setzte den Blinker und bog rechts ab. „Gehört habe ich das alles durchaus schon. Ich habe die Dame dir gegenüber sicher mal erwähnt, die Lehrerin aus Dunbar. Soweit ich mich erinnern kann, kam dieser Ausdruck in ihrer Abschiedsrede auch vor."

„Oh, du hast mir nie verraten, dass ihr einmal liiert wart."

Seine Augenbrauen hoben sich: „Nicht?"

„Typisches Beispiel!"

„Ich kann nicht so sein, wie du mich haben willst. Ich verstehe noch nicht einmal ganz genau, was du eigentlich willst. Irgendwie komme ich mir so vor wie ein Affe, der mir nichts, dir nichts in ein Cockpit gesetzt wurde und nun ein Flugzeug landen soll. Ich verstehe die Knöpfe und Schalter nicht, ich kann nicht mal die Landebahn sehen."

Sie lächelte und stellte dankbar fest, dass soeben eine schwere Last von ihren Schultern genommen worden war. Behutsam berührte sie seinen Arm: „Ich hätte dich nicht aus dem Dschungel locken dürfen. Dort warst du so glücklich."

Er legte seine Hand auf ihre und drückte sie fest. Seine Mundwinkel hoben sich zu einem Lächeln. „Tarzan wieder Dschungel gehen, Jane nach Hause."

Kapitel 28

Wozu sollte ich einen Internetanschluss brauchen?", fragte Millard empört. „Mein ganzes Leben lang habe ich mir alles, was ich wissen musste, aus Büchern geholt. Das hat immer ausgereicht." Er zeigte auf die lange Reihe der in weinrotem Leder eingebundenen Nachschlagewerke. „In meiner Enzyklopädie steht einfach alles drin."

Tim schüttelte den Kopf. „Diese Bücher sind doch völlig unaktuell. Ich wollte einmal die amerikanischen Präsidenten nachschlagen, aber der letzte, der da drin erwähnt wurde, war Richard Nixon. Was ist, wenn Sie wissen wollen, was *vergangene Woche* los war? Ich garantiere Ihnen, wenn Sie einmal gesehen haben, wie das geht, werden Sie nicht mehr davon loskommen. Wahrscheinlich werden Sie dann den ganzen Tag online sein."

„Ich bin zu alt für so etwas und es ist mir zu kompliziert. Außerdem ist das gar nicht unser Thema. Wir waren gerade dabei zu überlegen, welches Projekt du für deine Hausarbeit im naturwissenschaftlichen Bereich machen könntest."

Tim runzelte die Stirn und stöhnte theatralisch. „Ich will das nicht machen. Naturwissenschaften finde ich blöd."

„Das stimmt nicht." Millard zeigte zum Fenster. „Alles, was dich dort draußen im Wald so fasziniert, gehört zu den Naturwissenschaften. Wenn du stundenlang auf der Erde liegst und die Tiere beobachtest, dann willst du etwas wissen und suchst nach den Antworten. Oder wenn du den

Nachthimmel anschaust und die Sternbilder betrachtest, dann fragt man sich doch, welche Kraft die Sterne an ihrem Platz hält. Wie kommt es, dass die Atmosphäre auf unserer Erde genau das bietet, was der menschliche Körper zum Leben braucht?"

Der Junge hing gelangweilt in seinem Stuhl und trommelte mit den Fingern auf Millards Mahagoni-Tischplatte. Kam von dem, was Millard sagte, überhaupt etwas bei ihm an? „Alles, was du tun musst, ist, dir eine einzige Frage auszudenken und dann nach Antworten zu suchen. Das wollen sie von dir bei dem Projekt, mehr nicht."

„Mir fällt aber keine Frage ein."

Millard stöhnte frustriert und stieß ärgerlich seinen Stuhl zurück. Am Fenster blieb er stehen. Warum machte der Junge es ihm so schwer? Es war ein trüber Dienstag im November. Die Bäume in seinem Garten waren nun ganz kahl, bis auf ein paar eigensinnige welke Blätter, die nicht abfallen wollten. Sie könnten sich ruhig auch fallen lassen, dachte Millard. Genau wie alle anderen sollten auch sie auf dem Boden verrotten. Er hatte in diesem Herbst kein Laub mehr gerecht; einerseits empfand er es als eine sinnlose Tätigkeit, andererseits verbarg das Laub den deprimierenden Anblick der zahllosen Maulwurfshügel, die seinen einst so schönen Rasen immer mehr verunstalteten.

„Ich weiß auch nicht, ob ich einen einzigen, besonders hartnäckigen Maulwurf im Garten habe oder ob es eine ganze Truppe ist", überlegte er laut. „Ich würde einiges darum geben, wenn ich sehen könnte, was da unter der Erde los ist."

Tim stellte sich neben ihn. „Sind wieder neue Haufen dazugekommen?"

Millard sah viele: „Ja, hier dieser da, und dort drüben und die beiden … Am Ende wird mir nichts anderes übrig bleiben, als doch noch eine dieser sündhaft teuren Fallen zu bestellen. Allerdings weiß ich gar nicht, wo ich die dann aufstellen soll. Woher soll ich denn wissen, in welche Richtung dieses Tier als Nächstes unterwegs sein wird?"

Tim sah ihn selbstzufrieden an und grinste: „Da haben wir's! Wenn Sie einen Internetzugang hätten, dann könnten Sie alles über die Lebensgewohnheiten der Maulwürfe nachlesen und wüssten genau, was die so unter der Erde treiben. Bestimmt könnten Sie dank des Internets auch herausfinden, ob Maulwürfe Einzelgänger sind oder in Gruppen auftreten."

Millard rieb sich das Kinn. „Vielleicht auch, wie man eine Falle richtig platziert?"

„Bestimmt. Ich könnte meinen Computer hier bei Ihnen anschließen. Wir bräuchten nur einen Internetanschluss und die richtige Telefonbuchse."

Natürlich ging es dem Jungen nicht so sehr um den Maulwurf. Vom ersten Tag an hatte er sich darüber beschwert, dass er, solange er den Hausarrest bei Millard absitzen musste, nicht seinen Computer anschließen und sich mit seinen Spielen beschäftigen dürfte.

„Habe ich Ihnen schon erzählt, dass man Glücksrad auch online spielen kann, zu jeder Tageszeit, nicht erst abends um sieben?"

Millard tat so, als interessiere ihn das nicht im Geringsten. Er schwieg nachdenklich. Dann machte er folgenden Vorschlag: „Wie wäre das: Ich lasse mir einen Internetzugang legen und du fängst mir diesen Maulwurf?"

Tim sah ihn verständnislos an. „Was?"

„Du nimmst das Thema ‚Maulwurf' als Projekt für deine Hausarbeit. Was sind ihre Gewohnheiten, was wollen und brauchen sie zum Leben, wann sind sie aktiv – alles, was wir über Maulwürfe wissen wollen. Dabei kannst du dann auch herausfinden, wie man sie zur Strecke bringt. Vielleicht könntest du sogar eine Anleitung finden, wie man selbst eine Falle baut. Ich habe in der Garage sicher alles, was man dafür braucht, sogar einen Lötkolben."

Tim ging nachdenklich von einem Fenster zum nächsten. Plötzlich klingelte das Telefon, und er ging gewohnheitsmäßig an den Apparat, um dem gerichtlich verordneten Überwachungscomputer wieder einmal seine Anwesenheit zu bestätigen. Sie hatten sich längst an diese Anrufe gewöhnt.

Als er den Hörer auf die Gabel zurückgelegt hatte, drehte Tim sich zu Millard um: „Also gut, ich werde mir den pelzigen Kerl schnappen." Er sah sich im Zimmer um. „Wo wollen wir den Computer hinstellen?"

Millard räumte den kleinen Schreibtisch im Esszimmer frei, auf dem er bisher seine Post bearbeitet und die Überweisungen ausgefüllt hatte. Da drang plötzlich ein Schwall von üblen Flüchen aus Tims Mund. Der Junge sprang auf und starrte aus dem Fenster. Millard folgte seinem Blick. Ein Mann stand am Fenster von Sissi und Rebecca und versuchte, es aufzustoßen. Es ging nicht. Der Mann ging zum nächsten Fenster – Tims Zimmer. Auch das blieb zu. Der Fremde verschwand um die Ecke zur anderen Seite des Hauses. Der Junge sprintete zur Tür.

„Halt!", schrie Millard. „Bleib hier!" Doch der Junge war schon auf der anderen Straßenseite. Millard nahm hastig den Telefonhörer von der Gabel und wählte den Polizeinotruf.

„Hier ist ein Einbrecher, genau im Haus gegenüber!" Er gab die Adresse an.

„Ist jemand im Haus?"

„Ich weiß nicht. Aber mein …", er suchte nach dem passenden Begriff, „mein Enkelsohn ist gerade hinübergerannt. Im Moment kann ich niemanden sehen."

Er hatte keine Zeit mehr, die weiteren Fragen abzuwarten, ließ das Telefon einfach fallen und rannte aus dem Haus. Er keuchte, als er auf der Rückseite vom Haus der Walkers ankam. Niemand war zu sehen. Plötzlich vernahm er laute

Schreie und einen dumpfen Aufprall. Das Geländer an der hinteren Treppe wackelte unter seiner Hand, während er nach oben eilte. Die Hintertür stand offen.

„Raus mit dir!" Die Stimme des Jungen überschlug sich fast. Sie kam aus Celines Zimmer. „Hier gibt es nichts mehr zu stehlen, du Mistkerl!"

„Lass mich los! Ich bin nur zu Besuch hier. Ich besuche deine Mutter, das ist alles. Halt du dich da raus!"

Millard hörte einen lauten Schlag. „Verschwinde aus dem Zimmer meiner Mutter! Du hast in unserem Haus nichts zu suchen!"

Millard suchte in der Küche nach einer Waffe und schnappte sich ein Nudelholz. Damit rannte er in die Richtung, aus der die Kämpfenden zu hören waren. Wieder ein Krachen. Der Eindringling rannte auf Millard zu, Tim verfolgte ihn wutschäumend mit einem über den Kopf erhobenen Drehstuhl.

Der Kerl hatte eine scheußliche Tätowierung, die sich um seinen Hals wand. Ein teuflisches Kichern stieg aus seiner Kehle auf. „Du spielst wohl den Löwenbändiger, Junge? Rollenspiele haben dir ja schon immer Spaß gemacht. Und jetzt willst du deinen Alten zähmen?" Er lachte. „Das haben schon andere vor dir versucht ..."

Millard hatte ihn erreicht, das Nudelholz krachte auf den Kopf des Fremden, dann gegen den Kehlkopf des Mannes. „Vielleicht sind Sie gar nicht der Mühe wert, Sie jämmerlicher Dreckskerl! Sie Maulwurf, Sie!" Millard freute sich über die gelungene Anknüpfung an das Thema von vorhin. Er war selbst erstaunt über die Kühnheit, mit der er sich dem Einbrecher entgegenstellte.

Plötzlich trat sein Gegenüber ihm gegen das Schienbein, ein Ellbogen traf seinen Brustkorb, und Millard krümmte sich zusammen. Er sah Beine um sich herumwirbeln. Tim warf sich mit seinem ganzen Gewicht gegen den Einbrecher und beide gingen zu Boden. Millard rang nach Luft. Der Schmerz im Brustkorb raubte ihm den Atem. Tims Fäuste droschen auf den Liegenden ein, aus seinem Mund kamen Schimpfworte, die alles andere als jugendfrei waren. Alles Leid seines ganzen Lebens brach aus Tim heraus.

Sein Vater stieß ihn von sich. „Hör auf, sonst mache ich dich einen Kopf kürzer, du Hurensohn!"

„Hurensohn? Ja? Sohn eines Penners? Sohn eines Versagers? Was noch?" Tim packte ihn erneut. Der Mann riss seinen Arm herum, schlug dem Jungen ins Gesicht und schleuderte ihn gegen die Wand. Tim blieb liegen. Im Aufspringen packte sein Vater einen der schweren Eichenstühle von Celines antiken Esszimmermöbeln und hob ihn hoch, offensichtlich mit der Absicht, den Jungen zu erschlagen.

Mit einem Hechtsprung rammte Millard seinen Kopf in den Bauch des Eindringlings. Mitsamt dem Stuhl fiel dieser rückwärts gegen den Tisch. Holz splitterte. Millard wollte sich wieder aufrappeln, da traf ihn ein Stiefel am Kopf.

Tim schrie, besinnungslos vor Wut: „Wenn du ihn auch nur berührst, bringe ich dich um! Ich bringe dich um! Ich tu's!"

Zwischen den zornig hervorgestoßenen Drohungen drang verzweifeltes Schluchzen an Millards Ohr. Millard versuchte erneut, sich aufzurichten, aber sein Körper gehorchte ihm nicht. Neben ihm wurde weiter gekämpft und geflucht. Ein Fenster ging zu Bruch. Glasscherben überall. Millard brachte sich in kniende Position. Wo eben noch sein Kopf gelegen hatte, war jetzt Blut auf dem Teppich.

Polizeisirenen.

Endlich.

Hilfe nahte.

Dröhnende Schritte entfernten sich eilig durch die Küche und aus der Hintertür ins Freie. Plötzlich war es ganz still.

„Tim? Tim, bist du verletzt?"

Millard tastete nach einem Stuhl und versuchte, sich daran hochzuziehen. Aber ein stechender Schmerz in der Rippengegend ließ ihn auf den Boden zurücksinken. Er lag mitten in den Bruchstücken des schönen, von Celine handbemalten Esstisches.

Der Junge kroch zu ihm. „Millard!" Tims Lippe blutete und sein Gesicht war angeschwollen. In seinen Augen stand immer noch das blanke Entsetzen. Er streckte die Hand aus und berührte Millards Arm. „Was hat er mit Ihnen gemacht?"

Millard schüttelte den Kopf, legte seinen langen, dünnen Arm um den Jungen und zog ihn an sich. Das Kind zitterte.

„Viel wichtiger ist die Frage, was dieser Kerl mit dir gemacht hat, mein Sohn!"

Kapitel 29

Celines Büro lag nur wenige Minuten vom Polizeirevier entfernt. Sie fuhr, so schnell sie konnte, obwohl Alex ihr am Telefon ausdrücklich gesagt hatte, es gebe keinen Grund zur Eile. Tim würde es gut gehen. Sie fuhr auf den Parkplatz vor der Wache, nahm ihre Handtasche und rannte zum Eingang des alten Gebäudes, ohne ihren Wagen abzuschließen.

Eine Polizistin mittleren Alters empfing sie bereits im Eingangsbereich und führte sie zu einem Raum am Ende des Flurs.

„Möchten Sie eine Tasse Kaffee?", fragte sie, während sie die Tür für Celine öffnete. Tim saß allein an einem alten Eichentisch mitten im Raum.

Celine schüttelte den Kopf, ohne die Beamtin wirklich wahrzunehmen: „Nein, danke … Tim!"

Sie eilte zu ihm. Sein Gesicht sah furchtbar aus. Er presste ein Kühlelement gegen seine Wange. Die Lippe war aufgeplatzt und geschwollen, eine Augenbraue war mit Pflasterstreifen zusammengeklammert worden, das darunterliegende Auge war blutunterlaufen. „Dein Vater hat dich so zugerichtet?"

Tim sah zur Seite.

„Oh, Tim." Sie begann zu weinen. Da ging die Tür auf und Alex betrat den Raum. Er nickte ihnen zu, holte einen Stuhl für Celine und setzte sich ihnen gegenüber.

„Bist du sicher, dass Tim sich nichts gebrochen hat?“, fragte Celine ihn besorgt.

„Die Ärzte haben ihn sorgfältig untersucht, bevor sie ihn mir übergeben haben. Bald werden wir auch Nachricht vom Krankenhaus bekommen, was mit Mr Bradbury ist. Danke, Tim, dass du so lange gewartet hast. Ich konnte dich nicht befragen, ehe deine Mutter da ist.“

Tim schenkte ihm keine Beachtung. Seine Augen fixierten seine Mutter. „Warum hast du mir nicht gesagt, dass du dich wieder mit ihm triffst?“

„Ich treffe mich doch nicht mit ihm! Wie kommst du denn darauf?“

„Er sagte, er würde wieder nach Ham Bone ziehen, er hätte mit dir darüber gesprochen. Er war nicht zum ersten Mal in unserem Haus. Ich habe gesehen, wie er deine Schubladen durchsucht hat. Er ist derjenige, der dein Geld und deinen bescheuerten Schmuck gestohlen hat. Ich habe dir ja die ganze Zeit gesagt, dass ich es nicht war!“

Celine vergrub ihren Kopf in den Händen. Sie hatte in diesem Moment völlig vergessen, dass auch Alex anwesend war. „Tim, es tut mir so leid.“ Sie hob den Blick und sah ihn an: „Ich … ich hätte nicht gedacht, dass dein Vater mich bestiehlt.“ Traurig schüttelte sie den Kopf: „Es tut mir schrecklich leid.“

Tim reagierte nicht. Seine Augen glühten immer noch vor Zorn und er fixierte einen Punkt an der grob verputzten Wand auf der anderen Seite des Raumes.

Alex notierte sich etwas, dann richtete er seinen Blick auf Celine. „Ich kann mich nicht erinnern, dass du einen Diebstahl angezeigt hättest!“

„Ich vermisse eine goldene Kette, einige Ringe und anderen Schmuck, außerdem Bargeld. Wenn ich wieder zu Hause bin, werde ich eine Liste anfertigen. Habt ihr Don erwischt?“

Alex nickte, während er ein Tuch aus seiner Hose zog und auf dem hölzernen Tisch ausbreitete. Ein diamantbesetzter Ring rollte über die Tischplatte, drehte sich ein paar Mal um sich selbst und blieb dann auf der Seite liegen. „Seht mal, was ich gefunden habe!"

Celine atmete erleichtert auf: „Emilias Ring?"

Alex nickte.

„Hatte Don ihn?"

„Nein. Tim, ich muss mich bei dir entschuldigen."

Tim drehte seinen Kopf langsam zu dem Polizisten.

„Ich habe Emilias Fernseher aus der Ecke geschoben, um für das Schränkchen Platz zu machen, das deine Mutter ihr geschenkt hat. Den Ring habe ich dahinter im Staub gefunden. Emilia sagt, er muss ihr vom Finger gerutscht sein, als sie ihre Pflanzen gegossen hat. Ihr sei gar nicht aufgefallen, dass der Ring weg war, bis die anderen Dinge gestohlen worden waren."

Wieder sah Tim mit gespieltem Desinteresse zur Seite.

Alex räusperte sich und wandte sich Celine zu. „Deinen Ex-Mann haben wir verhaftet. Er hatte einen knappen Kilometer von deinem Haus entfernt geparkt. Wir waren zu zweit und hatten trotzdem alle Mühe, ihn zu überwältigen. Er war voll auf Drogen, vermutlich *Angel Dust*."

Erst jetzt fiel Celine auf, dass Alex eine Schürfwunde an der Schläfe und einen Bluterguss an den Knöcheln der rechten Hand hatte. „Es lagen schon zwei Haftbefehle gegen ihn vor, zum einen wegen Autodiebstahls und zum anderen wegen unerlaubten Drogenbesitzes einschließlich der Absicht, damit Handel zu treiben. Du kannst ihn jetzt noch auf fehlende Unterhaltszahlungen verklagen, auf Einbruch, Hausfriedensbruch und Diebstahl." Er sah zu Tim. „Wenn er in all diesen Punkten für schuldig befunden wird, dann wird er sehr lange hinter Gittern bleiben. Sind das gute Aussichten, Tim?"

Das Kinn des Jungen bebte. „Von mir aus können Sie ihn zur Hölle schicken!"

Da war so viel unterdrückter Zorn in ihm, dass es Celine schauderte. Sie wollte die Hand nach ihm ausstrecken, doch er rückte von ihr ab. Kein Wunder. Sie hatte ihm keinen Glauben geschenkt. Seine eigene Mutter hatte ihm misstraut. Wie verlassen musste er sich gefühlt haben! Sie konnte gut verstehen, dass er verbittert war. Plötzlich fühlte sie sich so hilflos. Sie hatte das Gefühl, sie stünde auf Treibsand. Wer könnte ihr Halt geben? Wie könnte ihr Sohn sich von alledem jemals wieder erholen?

„Ich will Millard sehen", war Tim nun zu hören. Sein Gesicht war ausdruckslos, seine Augen blickten hart.

Alex erhob sich und ging zum Telefon, das auf einem kleinen Tisch an der Wand stand. „Ich rufe im Krankenhaus an." Er wählte und wartete dann.

„Polizeistation Ham Bone, Estrada am Apparat. Ich möchte mich nach dem Zustand von Millard Bradbury erkundigen, der vor etwa einer Stunde eingeliefert wurde." Er wartete. „Kann ich mit ihm sprechen? ... Na gut, und was können Sie mir sagen? ... Zwei Rippen gebrochen", wiederholte er. „Verdacht auf Gehirnerschütterung. Sonst noch etwas?" Er hörte aufmerksam zu, was am anderen Ende gesagt wurde. Allmählich verzog sich sein Gesicht zu einem amüsierten Grinsen. „Alles klar, vielen Dank." Er legte auf. „Euer Freund Millard bekommt von seiner Tochter gerade eine noch schlimmere Abreibung, als er bereits bekommen hat. Sie scheint seine Heldentaten gar nicht zu schätzen zu wissen."

„Wann wird er entlassen?", fragte Tim.

„Sie wollen ihn noch über Nacht zur Beobachtung dortbehalten."

Celine stand nachdenklich am Fenster, während Alex mit Tims Befragung begann. Er musste für seinen Bericht alles genau wissen, was an diesem Vormittag vorgefallen war. Celine schauderte, als ihr Sohn die schrecklichen Worte seines Vaters wiederholte und den genauen Ablauf des Kampfes schilderte. Dabei hatte der Tag so unauffällig angefangen!

Wenn Celine in Tims Gesicht sah, zeigte sich ihr eine offene Wunde, die sie zu heilen nicht imstande war. Millard, der liebe alte Herr, der so ein beschauliches, geordnetes Leben geführt hatte, bevor er mit ihr in Kontakt gekommen war – jetzt lag er im Krankenhaus, verletzt und verprügelt von ihrem Ex-Mann. Die Schuldgefühle, die auf ihr lasteten, drückten sie fast zu Boden.

„Okay", sagte Alex, „dann wären wir so weit fertig. Aber es gibt noch ein anderes Thema, über das wir reden müssen, Tim. Du stehst immer noch unter Hausarrest. Streng genommen hast du gegen die gerichtlichen Anordnungen verstoßen, als du aus Mr Bradburys Haus gerannt bist. Auch wenn du nur über die Straße und in dein eigenes Haus gelaufen bist, du hast dich dadurch seiner Aufsichtspflicht entzogen. Das weißt du auch. Dazu kommt die übereinstimmende Angabe von dir und den beiden anderen Zeugen, dass du mit der tätlichen Auseinandersetzung angefangen hast. Du hast die Dinge selbst in die Hand genommen, um die sich eigentlich die Polizei hätte kümmern müssen. Ich werde deinen Bewährungshelfer über den Vorfall informieren müssen und das Gericht wird dann entscheiden ..."

„Das Gericht kann mich mal!" Tim schnellte hoch, sein Stuhl flog nach hinten und fiel krachend zu Boden. „*Sie* können mich mal! Alle können mich mal!" Seine dunklen Augen traten fast aus den Höhlen. Er rannte zur Tür. „Ich mache das kein zweites Mal mit. Mit mir nicht! Erschießen Sie mich von hinten, wenn Sie wollen! Es ist mir scheißegal."

Er riss die Tür auf.

Im nächsten Moment hatte Alex ihn im Flur gegen die Wand gedrückt und ihm die Arme auf den Rücken gedreht.

Er legte ihm Handschellen an und zerrte ihn zurück ins Zimmer. Dem anderen Polizisten, der angelaufen kam, bedeutete er mit einer Handbewegung, dass er die Situation im Griff hatte. Er schloss die Tür und stieß Tim unsanft auf einen harten Stuhl, dann stützte er sich mit beiden Händen vor Tim auf den Tisch und beugte sich vor, bis er ihm Auge in Auge gegenüberstand.

„Es wird Zeit, dass dir ein paar Sachen nicht mehr so egal sind!"

Celine stand mit dem Rücken zur Wand da, so weit entfernt von den beiden, wie es nur ging. Sie durfte sich jetzt nicht einmischen.

Alex ging nervös auf und ab, ohne etwas zu sagen. Tims Augen folgten ihm, immer noch sprühend vor Wut. Endlich wandte sich Alex ihm wieder zu. „Wir beide haben etwas gemeinsam – ein schwerwiegendes Problem. Wir versuchen beide, unser Leben zu leben, obwohl wir tief in unserem Inneren eine unheilbare Wunde haben. Die Bitterkeit frisst uns innerlich auf."

Damit hatte Tim nicht gerechnet. Seine zornig verengten Augen zeigten erste Anzeichen von Interesse.

„Dein Vater hätte dich eigentlich lieben sollen. Dazu sind Väter da. Er hätte sich Zeit für dich nehmen und mit dir Ausflüge machen sollen, und er hätte dir sagen sollen, dass er stolz ist auf dich. Er hätte seine Versprechen halten müssen. Er hätte ein Mann sein sollen, auf dessen Wort man zählen kann. Doch das hat er alles nie gemacht."

Tim nahm nun jedes Wort auf.

„Es tut mir leid, dass er dich angelogen hat. Es tut mir leid, dass er ein Versager ist. Wenn ich könnte, würde ich daran etwas ändern. Übrigens geht es deiner Mutter genauso." Er senkte nachdenklich den Blick. „Ich fürchte, wir können uns aufregen, solange wir wollen – die anderen Beteiligten werden sich dadurch kein Stück ändern."

Ein langes Schweigen folgte.

„Was war es denn bei Ihnen?“, fragte Tim schließlich.

Alex schüttelte den Kopf. „Es fällt mir sehr schwer, darüber zu sprechen.“ Er ließ sich auf einen Stuhl fallen, stützte die Unterarme auf die Knie und ließ den Kopf hängen. Plötzlich sah er auf, als wäre ihm die Erleuchtung gekommen. „Kennst du das Gefühl, dass du nicht darüber reden willst, weil du dich schämst? So, als ob das alles deine Schuld wäre?“

Tims Augen füllten sich mit Tränen. Er wandte den Kopf ab.

„Bei mir war es mein älterer Bruder. Er ist ein charakterloses Schwein.“ Eine lange Pause folgte. „Er hat mir meine Frau ausgespannt. Die beiden hatten monatelang ein Verhältnis und ich wusste nichts davon. Wir haben uns getroffen, mein Bruder war nett zu mir, und die ganze Zeit hat er mich aufs Übelste betrogen.“ Celine bemerkte, dass Alex jeden Augenkontakt vermied, während er sein Geheimnis offenbarte. „Meine Frau hat sich schließlich von mir scheiden lassen und meinen Bruder geheiratet.“ Erst jetzt konnte er Tim wieder ansehen. „Aber das bleibt bitte unter uns.“

Tim nickte.

„Ich war ziemlich gemein zu dir, stimmt's?“

Tim sah ihn achselzuckend an.

„Wenn man sich seinen negativen Gefühlen so hingibt, dann kommt das an irgendeiner anderen Stelle wieder heraus. Ich habe meinen Hass auf meinen Bruder teilweise an dir ausgelassen. Das tut mir leid.“

„Schon okay.“

Alex stand auf, zog Tim von seinem Stuhl hoch, schloss die Handschellen auf und drückte ihn sanft auf den Sitz zurück. Er legte die metallenen Fesseln auf den Tisch, setzte sich Tim gegenüber, beugte sich vor und betrachtete seine Hände. „Liegst du manchmal abends im Bett und hast so einen Knoten im Bauch, dass du am liebsten aufstehen und etwas kaputt schlagen möchtest?"

Tim lachte bitter: „Und dann kannst du nicht mal ein Bier trinken!"

„Genau. Das habe ich auch versucht. Aber es hilft nicht." Nachdenklich sah er den Staubpartikelchen zu, die in einem Sonnenstrahl tanzten, der seinen Weg durch das schmale Fenster auf ihren Tisch gefunden hatte. „Manche sagen, ich müsste meinem Bruder vergeben. Das waren die letzten Worte meines Vaters. Kannst du dir vorstellen, was für ein schlechtes Gewissen man da kriegt?" Er studierte die Wunden in Tims verschwollenem Gesicht. „Ich habe keine Ahnung, wie ich das schaffen soll. Wenn es meinem Bruder leidtun würde, dann wäre das noch etwas anderes. Aber er hat überhaupt kein Unrechtsbewusstsein. Er lebt unbekümmert weiter, mit meiner Frau, und ich lebe mit dieser blutenden Wunde im Herzen."

„Das ist echt nicht fair."

Alex erhob sich und nahm das nervöse Tigern von vorhin wieder auf. „Du gehst nicht zur Kirche, Tim, oder?"

Tim schüttelte den Kopf, Celine betrachtete ihre Schuhe.

„Ich bringe Emilia jeden Sonntag hin, aber ich mag die Predigten nicht. Immer höre ich dort Dinge, die ich nicht hören will. Wir sollen anderen Menschen so vergeben, wie Gott uns vergibt und so etwas." Er blieb am Fenster stehen und betrachtete den Himmel. „Emilia sagt, Gott verlangt nichts von uns, was wir nicht schaffen könnten – mit seiner Hilfe."

Sein Blick ging zu Tim, der ihn aufmerksam ansah. „Glaubst du an Gott?"

„Ja, schon."

Celine wurde es immer wärmer ums Herz.

„Ich weiß auch nicht, wie wir beide unseren Hass loswerden können, aber ich schlage vor, wir fangen damit an, dass wir zusammen in die Kirche gehen. Machst du mit?"

„Wird mir das auf meine Stunden angerechnet?"

Alex ging zum Tisch zurück und stellte seinen Stuhl so neben Tim, dass ihre Knie sich fast berührten. „Ja, laut Gerichtsbeschluss wird das angerechnet. Vielleicht kommen deine Mutter und deine Schwestern ja auch mit." Er schaute zu Celine hinüber, die lächelnd nickte.

„Okay, ich komme mit", sagte Tim.

„Ich kann mir vorstellen, wie du dich jetzt fühlst", sagte Alex. „Es ist, als hätte dein Vater dich jahrelang verprügelt, auch wenn er es bis heute nicht wirklich gemacht hat. Die Verletzungen, die er dir in den vergangenen Jahren zugefügt hat, gehen tiefer als die Schrammen, die du heute kassiert hast. Niemand außer dir weiß, wie weh das alles tut. Aber irgendwie musst du darüber hinwegkommen. Willst du mit mir zusammen versuchen, alles zu tun, was in unserer Macht steht, um diese Bitterkeit loszuwerden?" Alex bot ihm seine Hand.

Tim saß reglos da und sah dem Polizisten in die Augen. Dann hob er seine Hand und schlug ein. Sie sahen sich in die Augen und Tim hielt sich an Alex fest, als hätte er ihn vor dem Ertrinken gerettet.

Celine wagte kaum zu atmen. Dieses Bild, diese Worte – das würde sie nie wieder vergessen!

Der Mann und der Junge erhoben sich. „Ich würde gern noch kurz mit deiner Mutter reden. Könntest du so lange draußen warten?"

Tim zögerte und schaute die Handschellen an, die auf dem Tisch lagen. Langsam ging er hinaus.

Als die Tür sich hinter ihm geschlossen hatte, wandte Alex sich an Celine. „Wie geht es dir bei alledem?"

Sie sah in seine dunklen Augen. Er trug die gleiche Uniform wie eh und je, aber ein anderer Mensch schien darin zu stecken, ein warmherziger, nahbarer Mann. Ihre Beine wollten sie kaum noch tragen, sie lehnte sich schwer an die kühle Wand in ihrem Rücken, nickte und versuchte, die Tränen wegzublinzeln.

„Alex." Sie holte Luft und hoffte, die richtigen Worte zu finden. „Du bist ein wunderbarer Mann!"

„Ich hatte nicht geplant, das alles zu sagen. Es ist einfach passiert." Er schaute aus dem Fenster. Die Nachmittagssonne schien ihm ins Gesicht. Mit einem hilflosen Achselzucken drehte er sich wieder zu ihr um. „Eigenartig. Plötzlich habe ich mich selbst in ihm erkannt. Ich bekam Angst, dass er sich auch so verschließen könnte, wie ich es getan habe, obwohl er doch noch so jung ist."

„Du wirkst gerade alles andere als verschlossen." Sie lächelte. „Du bist offen, lebendig und voller Gefühle."

Da stand dieser strenge, selbstbewusste Polizist vor ihr, verlegen und verunsichert, und rieb seine Händen an den Hosenbeinen, weil er nicht wusste, was er sonst damit tun sollte. Diese Verletzlichkeit machte ihn unwiderstehlich.

„Ja, ich merke es selbst", sagte er, „es fühlt sich an, als ob in mir alles von innen nach außen gekrempelt würde."

Sie sahen sich lange an, und Celine fragte sich, ob sein Herz auch so laut pochte wie ihres. So vieles lag unausgesprochen zwischen ihnen in der Luft. Schließlich legte er den Arm um ihre Schulter und führte sie behutsam zur Tür.

Kapitel 30

Millard öffnete die Augen nur einen Spaltbreit. Rita war immer noch da und sah mit über der Brust verschränkten Armen wartend aus dem Krankenhausfenster. Am liebsten hätte er sich wieder schlafend gestellt, aber als er das vorhin versucht hatte, war er tatsächlich eingeschlafen. Nun war es schon 18:30 Uhr.

„Solltest du nicht allmählich nach Hause fahren und deiner Familie das Abendessen machen?", fragte er in die Stille hinein.

Rita drehte sich um. „Erst, wenn wir miteinander geredet haben." Sie holte sich einen Stuhl, setzte sich an sein Bett und runzelte die Stirn, als sie sein Gesicht sah. Er spürte die Beule an seiner Schläfe auch, sie wurde wohl immer noch dicker.

Als er versuchte, sich aufzusetzen, zuckte ein heftiger Schmerz durch seinen Brustkorb, sodass er unwillkürlich eine Grimasse zog. Der Arzt hatte ihm einen festen Verband angelegt, aber die beiden Rippen fühlten sich an wie gebrochene Fahrradspeichen, die in seinem Inneren steckten. Reden? Hatten sie vor seinem Schläfchen nicht schon genug geredet? Was gab es denn noch zu sagen?

Rita stützte ihn, damit er sich aufsetzen konnte, und schob ein zusätzliches Kissen in seinen Rücken. Sie seufzte laut und schüttelte ungläubig den Kopf. „Habe ich dir nicht gleich gesagt, dass diese Walkers nur Probleme machen, Vater? Ich will ja nicht zu sehr darauf herumreiten, aber ich hoffe, dass du jetzt auch einsiehst, dass diese Leute nicht zu dir passen. Der Mann ist drogensüchtig. Er hätte dich umbringen können!"

Millard sah an ihr vorbei, während er sich an die Vorfälle dieses Vormittags erinnerte. Don Walker war wirklich durchgedreht. Er hatte den schweren Eichenstuhl über seinen Kopf geschwungen, als wäre er aus Pappe. Gleichzeitig stand in seinem Gesicht dieser grausame, unmenschliche Ausdruck – das personifizierte Böse. Genau das hatte sich gegen Tim gewandt. Er hätte den Jungen umbringen können. Was trieb einen Mann dazu, so etwas zu tun? War es vielleicht wirklich der Teufel, der ihn geritten hatte?

Rita redete und redete. Er hörte nur mit halbem Ohr hin. Tim hatte den Irrsinn im Gesicht seines Vaters gesehen und die Mordlust, als sein Sohn hilflos unter ihm lag. Die tränennassen Augen des Jungen waren in ungläubigem Entsetzen weit aufgerissen gewesen, während der Vater, der ihn eigentlich lieben sollte, ihm seinen Hass wie tödliche Pfeile ins Herz jagte. Die Erinnerung daran war der eigentliche Schmerz, der Millard quälte, viel mehr als die Beule an seinem Kopf, die Schürfwunden und die gebrochenen Rippen.

„Vater? Ist mit dir alles in Ordnung?"

Er wischte sich die Tränen aus den Augen. „Alles in Ordnung. Keine Ahnung, was für Medizin die mir gegeben haben."

Sie schüttelte den Kopf. „Nur Tylenol. Brauchst du ein stärkeres Schmerzmittel?"

„Warum? Hast du eine Flasche Whiskey in deiner großen Handtasche?"

Sie knurrte tadelnd. „Du darfst nicht trinken."

„Vielleicht sollte ich endlich damit anfangen."

Da war ein vorsichtiges Klopfen zu hören und die Tür öffnete sich einen Spaltbreit.

Celine sah zögernd herein. „Entschuldigung."

„Celine, los, komm herein!" Er winkte sie erleichtert heran.

„Wir wollen nicht stören", erklärte sie höflich.

„Ihr stört überhaupt nicht."

Tim folgte seiner Mutter in den Raum. Rita starrte Celine an und runzelte die Stirn, als hätte diese es die ganze Zeit darauf abgesehen gehabt, ihren Vater krankenhausreif schlagen zu lassen.

„Guten Tag, Rita", sagte Celine und senkte unsicher den Blick, als sie Ritas grimmiges Nicken sah. Sie ging zu Millards anderer Bettseite und nahm seine Hand. „Ach, Millard, es tut mir so leid." Sie starrte auf seine Beule und auf die Schramme zwischen seiner Lippe und dem Kinn. Traurig schüttelte sie den Kopf, wollte etwas sagen, brachte aber keinen Ton heraus.

Tim blieb auf halber Strecke zwischen der Tür und Millards Bett stehen, als hätten Ritas eisige Blicke ihn eingefroren.

„Nun schaut doch nicht alle so traurig", witzelte Millard. „Ich liege ja nicht im Sterben. Morgen um diese Zeit bin ich schon wieder zu Hause. Wenn ich meine Hose hier irgendwo finden kann, haue ich schon vorher ab."

„Das wollen wir erst mal sehen, Vater", unterbrach Rita. Sie sah Celine an. „Er hat gebrochene Rippen und eine Gehirnerschütterung zweiten Grades. Ich hoffe, dass er keine inneren Verletzungen hat, die man noch nicht gefunden hat." Sie hob ihr Kinn und spielte geistesabwesend mit den Hautfalten an ihrem Kehlkopf. „Diese Verletzungen wären auch für einen jüngeren Menschen schwerwiegend, aber bei einem dreiundsiebzigjährigen Mann ... seit Ihre Familie in sein Leben eingedrungen ist ..."

Millard nahm ihre Hand und drückte sie mit aller Kraft. Doch sie widersetzte sich seinem deutlichen Signal, zog die

Hand weg und sprach weiter: „Doch, Vater, das muss mal gesagt werden! Mein Vater ist zu eigensinnig, um es zuzugeben, aber er ist zu alt für das, was Sie ihm abverlangen. Ich verstehe, dass es in Ihrer Familie … Probleme gibt, aber Sie sollten sich selbst darum kümmern und meinen Vater in Ruhe lassen. Es gibt doch Beratungsstellen und Selbsthilfegruppen …"

„Schluss jetzt!" Messergleich schoss der Schmerz durch Millards Brustkorb. „Ich habe vielleicht ein paar Beulen abbekommen, aber mein Mund funktioniert noch. Ich kann für mich selbst sprechen."

Rita prallte zurück.

„Millard, sie hat aber doch recht!" Celine hielt den Kopf gesenkt und knetete verlegen an dem Zipfel von Millards zurückgeschlagener Decke herum. „Wir haben dich in einen Albtraum mit hineingezogen." Sie tupfte an ihren Augen herum. „Das Ganze hätte dich das Leben kosten können." Sie hob den Kopf und fuhr mit der Hand durch ihre in der Sonne glänzenden Haare, die sofort wieder in dicken Wellen auf ihre Schultern fielen. „Tim sagt, du hättest ihm das Leben gerettet. Du bist ein Held für uns."

Millard lachte amüsiert, obwohl er wusste, dass es wahr war. Wenn Don den Jungen nicht umgebracht hätte, so hätte er ihn zumindest schwer verletzt. Es war Millard jedoch nicht in den Sinn gekommen, sich heldenhaft zu verhalten. Eigentlich war es eher ein Reflex gewesen, der ihn dazu gebracht hatte, sich mit diesem beachtlichen Hechtsprung gegen den Rumpf des Mannes zu werfen, bevor dieser den schweren Holzstuhl auf Tim niedersausen ließ. Die Drogen hatten dem Mann irrsinnige Kräfte verliehen. Millard hatte handeln müssen; es hatte keine andere Wahl gegeben.

Rita verdrehte die Augen und verstaute unauffällig eine Packung Einweghandschuhe und einen kleinen Karton mit Taschentüchern aus dem Krankenhaus in ihrer großen

Handtasche. „Ich rufe dich später an, Vater." Sie nickte höflich in Celines Richtung, ignorierte Tim und ging mit dem Mantel über dem Arm zur Tür.

„Gut, bis dann", sagte Millard.

„Rita." Celines Stimme zitterte. „Würden Sie mit mir auf eine Tasse Tee in die Cafeteria gehen?"

„Gute Idee", sagte Millard sofort und sah seine Tochter so streng an, dass sie nicht zu widersprechen wagte. „Tim und ich brauchen auch noch ein bisschen Zeit, um von Mann zu Mann zu reden." Er sah, wie Ritas Brustkorb sich zu einem ihrer berüchtigten Seufzer hob und wieder senkte, während sie mit Celine den Raum verließ.

Kaum war die Tür ins Schloss gefallen, da war Tim schon an seiner Seite und schaute ihn besorgt an. Millard schob seine Decke zur Seite und machte Tim auf der Matratze Platz. Der Junge setzte sich Millard gegenüber und starrte ihn an. „Du meine Güte, so eine riesige Beule habe ich noch nie gesehen. Mit was hat er dich denn da erwischt?"

„Ich glaube, es war sein Stiefel." Millard lachte leise. „Alles ging so schnell; ich kann mich gar nicht mehr an die genaue Abfolge erinnern. Vielleicht habe ich mir auch selbst mit diesem dämlichen Nudelholz eine verpasst."

„Nein, das hast du fallen lassen, als er dir in die Rippen trat." Sein Gesicht wurde düster. „Stehen die gebrochenen Rippen heraus?"

Millard schlug die Decke zurück und entblößte seinen verbundenen Körper. „Nein. Die Ärzte haben gesagt, sie seien einfach nur gebrochen. Dieser Verband hält sie in der richtigen Position, bis sie wieder zusammengewachsen sind. In ein paar Wochen bin ich wieder so gut wie neu."

Das blaue Auge und die Platzwunden im Gesicht des Jungen würden auch bald nicht mehr zu sehen sein. Aber sein verwundetes Herz, das machte ihm Sorgen.

Tims Blicke ruhten immer noch auf den Binden. „Es tut

mir echt leid ... alles. Dass du meinetwegen in das alles hineingeraten bist."

„Mit tut es nicht leid."

Tim sah überrascht auf.

Millard versuchte, sich bequemer hinzulegen, ohne dass man ihm die Schmerzen ansehen konnte, die jede Bewegung verursachte. Tim zog das zusätzliche Kissen heraus, dann hörte er Millard sagen: „Du bist das Beste, was mir seit Langem passiert ist."

Tim sah ihn ungläubig an. „Was?"

„Ich hatte mal einen Sohn." Es lag Jahre zurück, dass Millard mit irgendjemandem über Jeff gesprochen hatte. „Er hieß Jefferson. Jefferson Ray Bradbury." Er legte den Kopf zur Seite und sah aus dem Fenster. „Ich war kein besonders guter ... nein, ich war ein miserabler Vater."

Geschafft. Er hatte es laut ausgesprochen. Allerdings fühlte er sich dadurch nicht besser. Nein, die Stille im Raum war eher unangenehm. Vielleicht sollte er dieses Geständnis nicht unbedingt einem Jungen zumuten, dessen eigener Vater ihn so enttäuscht hatte. Trotzdem sprach er weiter. „Er hatte das Down-Syndrom. Weißt du, was das ist?"

Tim schüttelte verneinend den Kopf.

„Er war geistig behindert."

„Oh."

„Aber er war ein fröhlicher Junge."

„Wo ist er jetzt?"

„Er kam mit einem kranken Herzen zur Welt und eines Tages hat es einfach aufgehört zu schlagen. Mit vierzehn Jahren starb er, ohne Vorwarnung. Tagsüber war er noch draußen und spielte mit dem Herbstlaub. Er wirbelte die Blätter in die Luft, als hätte er im Lotto gewonnen und jedes Blatt wäre ein Hundertdollarschein. Am nächsten Morgen lag er tot in seinem Bett." Millard sah zu der kahlen, weißen Krankenhausdecke. „Auf seinem Gesicht lag ein wunderschönes

Lächeln. Er sah aus, als hätte er einen Engel gesehen, der ihn abholen kam."

Tim räusperte sich, sagte aber nichts.

„Da nahm ich ihn in die Arme. Ich nahm ihn hoch und hielt ihn wieder so, als ob er ein kleines Baby wäre." Es war ihm peinlich, dass ihm an der Stelle die Tränen kamen, und er drehte den Kopf zum Fenster, wo er nichts als die weiße Außenwand der Klinik sehen konnte, die von einer Straßenlaterne beschienen wurde. „Es war so lange her, seit ich ihn im Arm gehalten hatte. Und nun war es zu spät."

Er spürte eine zarte Berührung, als wäre ein Schmetterling auf seinem Arm gelandet. Doch er konnte dem Jungen immer noch nicht in die Augen schauen. Es war noch nicht alles gesagt. Vielleicht lag es doch an dem Schmerzmittel, dass seine ansonsten so sorgfältig gehüteten Gefühle heute direkt unter der Oberfläche lauerten? Vielleicht war aber auch einfach die Zeit gekommen, diese Dinge auszusprechen. War ein Krankenhaus nicht der perfekte Ort, um diese alte, eitrige Wunde endlich zu öffnen, austrocknen und heilen zu lassen?

„Ich hatte schon immer von einem Sohn geträumt, der ein guter Sportler und ein guter Schüler wäre. Ich wollte mit ihm angeln und jagen gehen. Er sollte ein ganz normaler Junge sein. Aber mit Jeff ging das alles nicht. Seine Angelschnur landete irgendwie immer im Gebüsch, kaum dass ich ihn einen Moment lang aus den Augen gelassen hatte. Wie durch ein Wunder hatte er einmal eine Forelle am Haken. Da war er so aufgeregt, dass er vor Freude die Angelrute ins Wasser warf und selbst hinter dem Fisch hersprang, mitten in die starke Strömung des Flusses hinein."

„Immerhin bist du mit ihm zum Angeln gegangen. Das hat mein Vater mit mir nie gemacht."

Millard verschwieg, dass er nur wenige Male mit Jefferson am Fluss gewesen war, zuletzt, als der Junge neun war.

Er hatte sich innerlich von seinem Sohn abgewandt. Wenn er ganz ehrlich war, dann hatte er sich für ihn geschämt. Manchmal kam Molly mit Jefferson zum Ringen, aber Millard war es jedes Mal unangenehm, wenn sie nach dem Wettkampf mit dem Jungen zu ihm kam. Das behinderte Kind des Trainers. Er lachte zu laut, er hatte dieses klar erkennbare mongoloide Gesicht mit einem viel zu weit geöffneten Mund, aus dem oft der Speichel floss. Millard hatte sich mehr als einmal gewünscht, sein Sohn wäre unsichtbar. Aber Jefferson hatte seinen Vater geliebt, hingebungsvoll und bedingungslos wie ein treuer Hund.

„Ich war zu hart ihm gegenüber. Die wenigen Jahre, die wir zusammen hatten, verschwendete ich an meine Enttäuschung, weil er nicht so war und nie so sein würde, wie ich das wollte." Er stöhnte und seine Rippen schickten den Schmerz quer durch seinen Körper. „In Wirklichkeit war ich der geistig Zurückgebliebene. Er war perfekt, die ganze Zeit schon."

Ganz unmerklich hatte Tim das ganze Gewicht seiner Hand auf Millards Unterarm gesenkt. Millard hob den anderen Arm und legte, während er Tim in die Augen sah, seine Hand über dessen Hand. „Es ist mir wichtig, dass du das weißt. Ich bin kein Held, also bitte stell mich nicht auf einen Sockel. Ich würde bloß herunterfallen."

„Niemand ist vollkommen", sagte Tim und seine Stimme klang rau. Er räusperte sich. „Was meintest du mit ... ich sei das Beste, das dir passiert ist?"

Millard lachte in sich hinein. „Kannst du dir vorstellen, wie eintönig mein Leben aussah, bevor du alles über den Haufen geworfen hast? Ich habe jeden Tag mein Kreuzworträtsel gelöst und meinen alten Sessel angewärmt. Die Zeit verging, während ich aus dem Fenster schaute. Mein Leben war wie ein Film ohne Handlung, ein Standbild. Ich habe mich über Pusteblumen aufgeregt, die auf meinem Rasen landen wollten. Dieser unverschämte Maulwurf war schon fast ein Segen, weil ich endlich wieder ein Thema hatte, über das ich nachdenken konnte, außer den Text für meine Traueranzeige zu entwerfen." Er grinste. „Und dann bist du gekommen."

„Tja", Tims Augenbrauen hoben sich zu einem schelmischen Blick, „und der Film bekam Dramatik."

„Genau. Das Nächste, woran ich mich erinnern kann, ist, dass ich mitten in der Nacht von Güterzügen sprang, mit Beton arbeitete und wieder Geschichte und Englisch unterrichtete. Bevor du kamst, hatte ich gedacht, ich wäre zu nichts mehr nütze. Aber durch dich bekam ich wieder das Gefühl, noch einen Wert zu haben." Er versuchte, tief Luft zu holen, aber seine Rippen verhinderten das. „Durch dich sind in mir Gefühle hochgekommen, von denen ich gar nicht mehr wusste, dass ich sie noch hatte. Wenn du mir nicht so wichtig geworden wärst, dann hätte ich diesen Einsatz bestimmt nicht gebracht." Er schmunzelte. „Wenn du mir noch vor ein paar Wochen gesagt hättest, dass ich mich deinetwegen auf eine Schlägerei mit einem Verrückten einlassen würde ..." Er unterbrach sich. „Tut mir leid. Er ist dein Vater. Ich sollte nicht so über ihn reden."

Tim schnaufte verächtlich, seine Augen verengten sich wieder. „Er ist nicht mein Vater. Er ist es noch nie gewesen. Höchstens mein Erzeuger. Du kannst über ihn sagen, was du willst." Der Junge zog seine Hand zurück und sah auf seine Fingernägel. „Du bist viel eher so etwas wie ein Vater für mich; jedenfalls mehr als alle anderen Männer, mit denen ich zu tun hatte."

Millard hielt die Luft an. Er wollte etwas sagen, brachte aber kein Wort hervor. Er drückte Tims Hand und der Junge sah ihm ins Gesicht. Er sah die Tränen, die jetzt in Millards Augen traten.

Einen Moment lang schwiegen beide. Millard sah, wie

Tim die Lippen zusammenpresste. Dann flossen auch bei ihm die Tränen und sein Kinn zitterte.

„Deine Schwestern haben mich gefragt, ob sie *Opa* zu mir sagen dürften. Ich wäre stolz, wenn du das auch tätest."

Tim nickte. Er zog die kurzen Ärmel seines schwarzen T-Shirts zu den Augen und trocknete damit sein Gesicht. „Was meinst du, ob wir mal zusammen angeln gehen könnten?"

Millards Herz ging vor Freude auf wie ein hartes Maiskorn, das zu einem großen, weichen Popcorn wird. Was für eine herrliche bunte Welt tat sich da vor ihm auf! Seine Knochen würden schnell und fest zusammenwachsen müssen, denn er hatte noch viel vor. Es gab so viel Grund zu leben; so viel Liebe zu geben und zu empfangen.

Kapitel 31

Auf einem schmalen Tisch in einer Ecke von Millards Wohnzimmer war ein winziger, handgefertigter Sarg aufgebaut. Er war aus Kiefernholz, flackernde Kerzen umgaben ihn. Der Leichnam hielt in einer der beiden dicken Pfoten eine kleine Blume, oberhalb seines pelzigen Köpfchens mit der schweineähnlichen Nase erhob sich ein Maulwurfshügel aus Papierkügelchen, den Sissi für ihn gebastelt hatte.

Millard erhob seine Limo-Flasche: „Wir trinken auf Buddel, den Maulwurf. Möge er keine trauernden Verwandten in Ham Bone zurücklassen."

„Tim und Millard", bat Celine, „könntet ihr euch hinter den Tisch stellen? Ich möchte euch mit Buddel zusammen fotografieren!"

Sie stellten sich rechts und links des Tisches auf und stießen mit ihren Flaschen an. Millard trug eine rot karierte Jägermütze mit heruntergelassenen Ohrenklappen. Tim hatte sich von ihm eine ähnliche Kappe ausgeliehen. Sie sahen gut aus zusammen.

Die beiden grinsten stolz und schubsten sich gegenseitig, während Celine Fotos machte. Als Millard heftig lachen musste, zuckte seine Hand unwillkürlich zu seinen Rippen. Er trug unter seiner Kleidung immer noch den Verband, aber zu Celines Erleichterung waren die Ärzte mit dem Heilungsverlauf sehr zufrieden.

„So, jetzt haltet ihr bitte die Falle und den Ordner hoch!" Tim stöhnte in gespieltem Unwillen, dann nahm er eilig seinen Ordner, hielt ihn stolz vor seine Brust und schlug die erste Seite auf. Es war ihm wichtig, dass es jeder sehen konnte: „1+" stand da in Rot, mit der Unterschrift der Lehrerin, und darunter noch ein großes, rotes „Super gemacht!".

Millard hielt die Falle hoch, die Tim mit seiner Hilfe in der Garage gebaut hatte. Als Bauplan hatte eine abgewandelte Skizze gedient, die Tim im Internet gefunden hatte.

Celine machte noch ein paar Aufnahmen, dann legte sie die Kamera aus der Hand, nahm ihre Teetasse und lehnte sich gegen die Wand, um in Ruhe die fröhliche Szene zu genießen. Im angrenzenden Esszimmer sah sie Dennis und Andy, die sich ihre Teller schon wieder füllten. Es war drei Tage nach Thanksgiving und jeder hatte zu dem Festmahl etwas beigesteuert. Es gab Truthahnauflauf, Truthahn-Sandwichs, und Emilia hatte Truthahn-Enchiladas gemacht. Celine hatte Rosenkohl-Knoblauch-Salat mitgebracht und Zucchini-Muffins gebacken. Wenigstens die Muffins kamen gut an, aber außer Alex schien noch niemand ihren Rosenkohl probiert zu haben.

Alex. Der Name wehte über sie hinweg wie eine warme Meeresbrise. Als er Millards Landkartensammlung im Regal entdeckt hatte, hatte er die Schüsseln und Teller zur Seite geschoben und eine Karte des Bundesstaats Washington über einem Ende des Esstischs ausgebreitet. Tim stellte sich zu ihm, knabberte an einem Stück Karotte und sah Alex über die Schulter, während dieser ihm die Kaskaden-Berge zeigte. Alex zog mit dem Zeigefinger eine geschlängelte Linie über die Landkarte, Tim schien sehr interessiert, deutete auf einen bestimmten Punkt und stellte eine Frage.

Überall liefen unbeschwerte, fröhliche Gespräche. Nur Millards Tochter Rita und ihr Mann Dan saßen auf der äußersten Kante des Sofas und beobachteten das Fest so angespannt, als wären sie zu Gast in einer fremden Kultur. Rita fand die ganze Idee, die Beerdigung eines toten Nagetiers zu feiern, äußerst abstoßend. Tim hatte ihr zwar erklärt, dass Maulwürfe keine Nagetiere, sondern Insektenfresser sind, aber das hatte Rita nicht wirklich geholfen.

Als dann auch noch Sissi in den Raum stürmte, zu Millard rannte und fröhlich „Opa Bradbury!" rief, wechselte sie alarmierte Blicke mit Dan. Die beiden schüttelten voller Missfallen den Kopf, als würde die Lage immer mehr außer Kontrolle geraten. Celines Versuch, sich mit Rita bei einer Tasse Tee im Krankenhaus anzufreunden, war offensichtlich fehlgeschlagen und hatte Ritas Misstrauen nicht entkräften können.

Celine freute sich, als sie sah, wie Emilia mit den Mädchen an dem kleinen Kartentisch in einer Ecke des Wohnzimmers Uno spielte. Die alte Dame schien in letzter Zeit wieder etwas mehr Freude am Leben zu haben. Seit Enriques Tod hatten seine Kinder versucht, sie möglichst oft in irgendwelche Aktivitäten einzubinden, aber Celine hatte herausgefunden, dass man ihr die größte Freude damit machen konnte, wenn man sich zu ihr setzte und sich von ihr die alten Fotoalben zeigen ließ und den Geschichten von früher lauschte, die von guten und von schweren Zeiten erzählten. Dabei hatte Emilia stets die Realität im Blick. Enrique war nicht fehlerfrei, doch er war ihr bester Freund gewesen. Sie vermisste ihn und genoss die Erinnerung an ihn, aber das Leben ging auch weiter.

Celine ging durch das Zimmer zum Kartentisch. „Emilia, ich gehe in die Küche. Was darf ich dir mitbringen?"

„Habt ihr draußen noch einen Satz Karten? Ich bräuchte mal ein paar Achter."

Millard erschien und beugte sich über Rebeccas Schultern. „Hast du gute Karten?"

„Opa B., bitte spiel mit uns!", bat sie.

„Ich weiß gar nicht mehr, ob ich mich noch an die Spielregeln erinnern kann. Ich habe schon jahrelang kein Uno mehr gespielt."

„Das ist wie Radfahren", ermutigte ihn Emilia, „es fällt dir gleich wieder ein, wenn du es probierst. Komm, nimm dir einen Stuhl."

Er wirkte fast schüchtern, als er ihrer Aufforderung nachkam und seine knochigen Hände rieb, während Rebecca für ihn die Karten mischte. „Deine Enchiladas waren köstlich, Emilia", sagte er dankbar, aber dann fügte er hinzu: „Ich fürchte nur, heute Abend werde ich noch bereuen, dass ich so viele davon gegessen habe."

Sie sah ihn besorgt an: „Waren sie dir zu scharf?"

Er nickte. „Ja, aber ich habe sie trotzdem sehr gern gegessen; ich konnte einfach nicht widerstehen."

Sie sortierte ihre Karten. „Nächstes Mal mache ich dir eine Extraportion mit weniger Chili."

Er freute sich. „Das wäre nett von dir", meinte er und nickte, „wirklich sehr nett." Alles, was aus Emilias Küche kam, war schlichtweg wunderbar. „Vielleicht kann ich dir in einem anderen Bereich auch eine Freude machen?"

Sie ließ ihren Blick suchend über die Buchrücken in seinen Regalen schweifen. „Hast du Gedichtbände? Ich sehe hier einige Bücher, die ich mir sehr gern einmal ausleihen würde."

Millards Augen blitzten: „Du liest gerne Gedichte?"

„Hallo!", unterbrach Sissi. „Spielen wir jetzt Uno oder was?"

Celine ging lachend weiter. Alex sah kurz auf, als sie an ihm vorbeiging, und verzog seinen Mund zu dem nun schon so vertrauten, halben Lächeln mit geschlossenen Lippen, ehe er sich wieder dem Gespräch mit Tim und Dennis widmete, die sich interessiert über die Karte beugten.

In der Küche wollte Celine den Kühlschrank öffnen, doch plötzlich hielt sie inne und ihr Arm sank herab. Neben verschiedenen Bildern und Bastelarbeiten, die Sissi und Rebecca ihrem neuen „Opa" in letzter Zeit überreicht hatten, hing in zentraler Position, mit vier Magnetknöpfen befestigt, ein Bild, das Sissi im Kindergottesdienst ausgemalt hatte. Es zeigte Petrus, der auf dem Wasser ging. Im Hintergrund war das Boot zu sehen, an der Seite stand Jesus, die Arme ausgebreitet, und ermutigte Petrus, zu ihm zu kommen. Celines Augen wurden feucht.

Da öffnete sich die Küchentür. Sie tupfte ihre Augen trocken, während Alex sich neben sie stellte.

„Erfreust du dich an der kleinen Vernissage deiner Töchter?"

Sie verneinte. „So lange bete ich nun schon für einen Menschen, der meine Kinder lieben und ihnen Ratgeber und Vorbild sein könnte. Dabei wohnte Millard Bradbury die ganze Zeit genau gegenüber von uns." Sie seufzte und zerknäulte das Taschentuch. „Er war die ganze Zeit hier, während ich dachte, ich müsste irgendwie, irgendwo diese Person für meine Kinder auftreiben und in unser Leben hineinbringen. An Millard hatte ich überhaupt nicht gedacht – ich hatte nur gehofft, er würde uns helfen, den Hausarrest hinter uns zu bringen."

Alex lachte leise. „Der alte Millard ist schwer in Ordnung. Tim hält große Stücke auf ihn. Es ist so schade, dass viele Teenager überhaupt keine Erwachsenen um sich herum haben, die ihren Respekt verdienen."

Sie drehte den Kopf und sah ihn an. „Dich respektiert er auch."

Einen Augenblick lang war es still in der Küche. „Das freut mich."

Sie drehte sich vollends um und sah ihn direkt an. „Worüber habt ihr denn geredet?"

Er hob seine dunklen Augenbrauen. „Würdest du mir deinen Sohn nächsten Sommer für zwei Wochen anvertrauen? Wir haben überlegt, dass wir uns mal gemeinsam auf eine Wanderung machen könnten, vielleicht in der Gegend rund um die Goat Rocks. Es sieht so aus, als hätten Dennis und Andy auch Lust auf den Fernwanderweg."

Nächsten Sommer? Alex ging also davon aus, noch länger mit ihnen in Verbindung zu bleiben ... „Solange Tim dabei ist, kann euch nichts passieren. In der Natur kennt er sich aus."

Alex spielte den Beleidigten: „Ich kannte mich schon in der Natur aus, bevor es Tim überhaupt gab. Außerdem bin ich *der* Fachmann fürs Fischen. Wir werden uns Angelruten mitnehmen und die Bergseen befischen. Dort oben macht das Fliegenfischen wirklich Spaß. Der Blick ist atemberaubend. Wir werden über die höchsten Kämme gehen, Tim wird die Natur in einer Schönheit erleben, die er sich noch gar nicht vorstellen kann."

„Warst du schon einmal dort?"

Er nickte. „Vater ist mit mir und Esteban dort oben gewesen, als ich etwa so alt war wie Tim. Esteban war siebzehn." Sein Gesicht wurde wieder ernst. „Damals mochten wir uns noch."

Sie lächelte mitfühlend. Alex war dem Ziel, seinen Bruder zu vergeben, noch nicht wirklich näher gekommen, aber er schien fest entschlossen zu sein, es irgendwann zu schaffen. „Schritt für Schritt", hatte Alex ermutigend zu Tim gesagt.

Auch Celine selbst hatte mit ihren Gedanken und Gefühlen zu kämpfen. Am liebsten hätte sie Don, der nun in Seattle in Untersuchungshaft saß, die härteste nur mögliche Strafe gewünscht. Doch Schritt für Schritt wollte auch sie ihre Lasten ablegen und auf dem Weg der Vergebung wieder heil werden.

„Dort oben zu stehen und auf die Welt herabzublicken“, fuhr Alex fort, „das hat mein Leben verändert. Ich bekam eine ganz neue Perspektive. Wie winzig klein ich bin, und wie groß die Welt ist! Mir wurde deutlich, dass ich zwar ein Teil des Ganzen, aber nicht der Mittelpunkt des Geschehens war.“

Celine dachte darüber nach. „Willst du deshalb mit Tim dorthin gehen, damit er diese Sichtweise auch bekommt?“

Alex nickte, dann drehte er sich zu ihr um und sah ihr tief in die Augen. Er wollte etwas sagen, doch er schwieg.

„Was ist?“

Seine Hand streichelte ihre Wange. „Durch dich habe ich auch neue Perspektiven entdeckt.“

Sie schmiegte ihr Gesicht unwillkürlich in seine Handfläche und er massierte mit seinem Daumen sanft ihre Schläfe. Ohne sich darüber bewusst zu sein, ließ sie ihren Körper gegen seinen sinken. Seine Arme legten sich um sie. Sie schnupperte an seinem Aftershave und fühlte sich sofort wie zu Hause, obwohl es das erste Mal war, dass er sie umarmte. Sie hatte sich diesen Moment allerdings immer wieder ausgemalt und sich gefragt, wann er endlich kommen würde.

„Celine“, flüsterte er in ihre Haare, „weißt du, wann das alles anfing? An dem Tag, als wir bei Emilia waren und ich mir auf den Daumen gehauen habe. Da habe ich mich in dich verliebt.“ Er lächelte sanft. „Ich verliebte mich in dein tolles, unbeschwertes Lachen. Ich verliebte mich auch in dich, als du weinen musstest, während ich die traurigen Lieder sang. Ich liebe dein offenes Gesicht, in dem man alle deine Gefühle lesen kann.“

Sie wollte ihm sagen, dass sie ihn bewunderte und dass ihr Herz jedes Mal butterweich wurde, wenn er sich ihr gegenüber öffnete und ihr seine Gedanken und Gefühle offenbarte. Wie hatte Carmen es ausgedrückt, als sie nach der Beerdigung ihres Vaters liebevoll zu Alex sah: *Er ist ein sehr empfindsamer Typ, auch wenn er versucht, es zu verbergen. Das war schon immer so.*

Jack war ein netter Mann, aber er konnte die tieferen Lagen seiner Seele selbst kaum erkennen, geschweige denn darüber reden. Ihm genügte es, an der Oberfläche vor sich hin zu schippern, und er hätte diesen Lebensstil auch von Celine erwartet. Sie hatte vom Verstand her entschieden, dass Jack der richtige Mann für sie und für ihre Kinder wäre, aber in ihrem Herzen hatte sie es besser gewusst. Deshalb hatten seine Küsse bei ihr auch nichts ausgelöst.

Doch als sie jetzt in die dunklen, leidenschaftlichen Augen von Alex sah und ihre Lippen sich endlich fanden, da explodierte in ihrer Seele ein atemberaubendes Feuerwerk – komplett mit Konfetti und Orchestermusik.

Epilog

Mama, sie sind wieder da!“

Rebecca hatte im Vorgarten gespielt und die Heimkehrenden als Erste entdeckt. Celine warf das Küchenhandtuch auf die Arbeitsplatte und stürmte zur Haustür, wo Alex gerade seinen Pick-up parkte. Tim sprang heraus, gleich darauf stieg Alex auf der anderen Seite des Wagens aus. Die Mädchen, tropfnass von ihrem Spiel mit dem Gartenschlauch, stürzten sich auf die beiden und alle redeten aufgeregt durcheinander.

Alex grinste Celine über Rebeccas Kopf hinweg an. Er hatte sich offensichtlich die ganzen zwei Wochen nicht rasiert, während er mit Tim auf dem Pacific Crest Trail unterwegs gewesen war. Die Mädchen wollten seinen Bart anfassen und er beugte sich zu ihnen hinunter. Celine wartete geduldig, bis sie an der Reihe war.

Sie umarmte Tim. „Ich habe dich so vermisst, mein Großer. Hmmm, riechst du lecker! Nach Lagerfeuer und Kiefernnadeln.“

„Und nach Forellen. Mama, du kannst dir nicht vorstellen, wie viele Fische wir gefangen haben. Manche haben wahnsinnig gekämpft, bevor wir sie an Land ziehen konnten.“ Er zeigte mit seinen Händen einen beträchtlichen Abstand: „Ich habe so einen großen Kerl erwischt – ich schwöre dir, der war so lang. Wir mussten ihn durchschneiden, damit er überhaupt in die Pfanne passte.“

Alex nickte. „Dieser Junge ist ein geborener Fliegenfischer. Ich habe noch nie jemanden gesehen, der es so schnell gelernt hat. Er ist echt ein Naturtalent."

„Habt ihr uns ein paar Fische mitgebracht?", fragte Sissi.

Tim schüttelte den Kopf. „Quatsch! Wir sind doch gewandert, Sissi. Meinst du, wir hätten eine Kühltasche dabeigehabt oder was?"

„Ich wäre auch gern mitgekommen."

„Nein, das glaube ich nicht. Du hättest schon am ersten Tag gestreikt. Es ging die ganze Zeit bergauf, in der prallen Sonne."

Celine hatte ihren Sohn noch nie so begeistert, so gesund und so lebendig gesehen. Braun gebrannt war er, und größer schien er auch geworden zu sein. Das Schönste war die pure Lebensfreude, die aus seinen Augen leuchtete, heller als die Julisonne, die über ihnen vom Himmel schien.

Alex kam um das Auto herum, legte seine Arme um Celine und rieb seinen Bart an ihrer Wange. „Wie findest du das?", fragte er zärtlich.

„Ich weiß noch nicht. Lass mich mal probieren."

Sie küsste ihn. Ach, wie lang waren ihr diese beiden Wochen erschienen! Sein Nacken war sonnengebräunt, und er roch warm, salzig und männlich. Nachdenklich bog sie ihren Kopf nach hinten. „Ich bin mir noch nicht sicher ... ich glaube, ich muss es noch einmal testen."

Der nächste Kuss war länger.

„Jetzt reicht's aber", rief Tim. Celine bemerkte Tims gespanntes Lächeln, während er Alex anstupste: „Wolltest du nicht etwas sagen?"

Alex versetzte ihm einen kameradschaftlichen Rippenstoß: „Verschwinde!"

Tim kicherte.

Celine versuchte, böse zu schauen. „Was läuft hier? Habt ihr beiden etwa Geheimnisse vor mir?"

Der Mann und der Junge warfen sich einen vielsagenden Blick zu. Alex' Blick enthielt eine warnende Komponente, Tims Ausdruck war schelmisch.

Da kam Millard aus der Tür. Tim entdeckte ihn und wandte sich ihm zu: „Millard!“, rief er. „Wir haben Bären gesehen!“ Er wühlte aufgeregt durch die Utensilien auf dem Beifahrersitz, bis er Alex' Digitalkamera gefunden hatte. Damit rannte er über die Straße zu Millard, während Rebecca und Sissi ihren Kampf mit dem Wasserschlauch wieder aufnahmen.

Celine wandte sich wieder Alex zu, streichelte über seine Unterarme und hoch zu den stählernen Muskeln, die sich unter den Ärmeln seines T-Shirts vorwölbten. „Also, was für Geheimnisse habt ihr beiden?“

Er wedelte mit einer Hand durch die Luft. „Es ist eigentlich gar kein Geheimnis, eher eine Idee, die Tim und ich eines Abends am Lagerfeuer besprachen.“ Er hob eine seiner dunklen Augenbrauen. „Tim jedenfalls fand, es wäre eine gute Idee.“

Sie wartete.

„Könntest du dir vorstellen, in einem Haus zu wohnen, an dessen Rückseite jede Nacht der Zug vorbeirattert?“

Ihr Herz machte einen Satz. „Sprichst du vom Haus deines Vaters?“

Er nickte. „Es ist nicht groß. Rebecca und Sissi müssten sich ein Zimmer teilen, so wie bisher auch. Tim könnte den Raum auf dem Dachboden haben, der ist ziemlich groß. An der Seite ist eine Fensternische; dort könnte er seinen Computertisch aufstellen. Du könntest bestimmt alles sehr schön einrichten und dekorieren, besonders das große Wohnzimmer. Ich streiche die Wände in jeder Farbe, die du haben willst. In der Garage könntest du an deinen Möbeln arbeiten, zumindest so lange, bis du deinen eigenen Laden in der Stadt hast. Dann ...“

„Alex, nicht so schnell!“ Sie ahnte, worauf er hinauswollte, aber sie musste es von ihm hören, laut und deutlich. Sie wollte ganz sicher sein, dass es wirklich einen Grund dafür gab, dass ihr Blut mit so viel Druck durch die Adern raste wie ein Wasserstrahl, der ein Loch im Staudamm gefunden hatte. „Willst du mir das Haus deines Vaters vermieten?“

„Es ist jetzt mein Haus, nicht mehr das Haus meines Vaters.“ Er atmete aus. „Wann habe ich dir zuletzt gesagt, dass ich in dich verliebt bin? Ich kann mir gar nicht mehr vorstellen, dass ich mal so viel Angst davor hatte. Jetzt fürchte ich mich nur noch davor, dass du wieder aus meinem Leben verschwinden könntest.“

Sie trat lächelnd näher. „Verstehe ich dich richtig, dass du mir das Haus günstig vermieten würdest?“ Sie streckte ihre Hand nach seinem Gesicht aus, nach den feinen Lachfalten, die begonnen hatten, sich um seine Augen zu bilden. Auf Zehenspitzen küsste sie ihn.

Seine Arme umschlossen sie. Die Berührung seiner Lippen war so zärtlich, dass ihr die Tränen in die Augen traten. Langsam sanken ihre Fersen wieder auf die trockene, hochsommerliche Wiese zurück, doch ihr Herz blieb oben und schwebte irgendwo über ihr.

„Ich denke an eine langfristige Überlassung“, sagte Alex und strich sich eine Träne aus dem Augenwinkel. „Eigentlich an einen lebenslangen Vertrag.“

Celine strahlte ihn an. „Wo kann ich unterschreiben?“

Dank

Die Realisierung dieses Buches ist ein Gemeinschaftsprojekt unserer Familie. Seit bei mir Krebs diagnostiziert wurde, seid ihr nicht mehr von meiner Seite gewichen und habt mich emotional, körperlich und praktisch unterstützt. Vater und Mutter, Dan und Linda, Paula und Howie, Maria, Joe und Pam, ich danke euch. Ohne euch hätte ich den Abgabetermin nie einhalten oder auch nur einen klaren Kopf behalten können. Ich weiß es zu schätzen, dass ihr auch für Erholung und Ablenkung gesorgt habt. Wir waren auf Reisen, haben getanzt, sind Kajak gefahren und waren mit Wasserschildkröten schwimmen – ich könnte noch vieles aufzählen. Euer unerschütterlicher Glaube macht mich so dankbar. Es ist schön, dass wir so oft zusammen lachen können, auch unter schwierigen Lebensumständen.

All meinen Freunden und den entfernteren Verwandten möchte ich für alle Gebete und alle Worte der Ermutigung ganz herzlich danken.

Ryan, Mike und Jake, danke für eure Liebe! Danke, dass ihr eure Mutter wie eine Königin behandelt. Hiermit schlage ich euch zu Rittern des Königreichs, in dem Liebe die alles überwindende Kraft ist.

→ Ein ergreifendes Gleichnis für die Liebe Gottes.

Karen Harter:

Der Fluss, der mich trägt

Roman.

Gebunden, 320 Seiten
Bestell-Nr.: 816 293
ISBN: 978-3-86591-293-0

Samantha ist 17, als sie ihr Elternhaus verlässt, um ihrer großen Liebe zu folgen – und um den strengen Augen ihres Vaters zu entkommen, dem sie nie etwas recht machen kann. Sieben Jahre später kehrt sie ernüchtert zurück, allein, mit einem kleinen Sohn ... und todkrank.

Mit allem hätte Samantha gerechnet, nur nicht damit, von ihrem Vater mit offenen Armen empfangen zu werden. Nach und nach erkennt sie, dass sie sich in dem Mann, den sie immer nur „den Richter" genannt hat, nicht nur in dieser Hinsicht getäuscht hat.

An dem Fluss, der ihre Kindheit geprägt hat, beginnt Samantha, sich mit der Vergangenheit zu versöhnen und Vergebung zu finden. Doch ihre Krankheit schreitet erbarmungslos weiter fort und wird Samantha töten – wenn nicht ein Wunder geschieht ...

Ein wunderbarer Roman über eine verlorene Tochter, bedingungslose Liebe und die heilsame Kunst des Fliegenfischens.